这座旧京，
曾经繁华过，
神圣过，
喧嚣过，
也多次沉沦过。
那是名副其实的沉沦，
在无数次战火与黄水中沉沦。

旧京，旧京

范若丁 著

中国友谊出版公司

图书在版编目（CIP）数据

旧京，旧京 / 范若丁著. -- 北京 ：中国友谊出版公司，2019.1

ISBN 978-7-5057-4524-7

Ⅰ. ①旧… Ⅱ. ①范… Ⅲ. ①长篇小说－中国－当代 Ⅳ. ①I247.5

中国版本图书馆CIP数据核字(2018)第245045号

书名　旧京，旧京
作者　范若丁
出版　中国友谊出版公司
发行　中国友谊出版公司
经销　新华书店
印刷　北京中科印刷有限公司
规格　880×1230毫米　32开
　　　12.5印张　290千字
版次　2019年3月第1版
印次　2019年3月第1次印刷
书号　ISBN 978-7-5057-4524-7
定价　58.00元
地址　北京市朝阳区西坝河南里17号楼
邮编　100028
电话　（010）64674009

旧京，旧京

目录

旧京，旧京

旧京，旧京

老街

正午，我来到这条街上。在一个杨花似雪的季节，这里没有杨花，也没有过去的风沙，风沙正吹在我的记忆中。

这条街太苍老了。它显得比我还要苍老。

五十几年过去了，它确实是苍老了，苍老得令我几乎认不出它来。

五十多年对它说来可能不算什么，它可能已经过无数个五十多年了。在它残破的皱褶里，留下了无数个五十多年风霜雕琢的痕迹；但对我说来，五十多年几乎是一个生命的整部历史。

我从一个叫“州桥”的地方，辨识出一个狭窄灰暗、被岁月尘封的街口。

它在州桥旁边，而如今我的双脚正站在州桥上，但这里并没有桥。

说到底，这里什么都没有。没有桥，没有河，只有一个地名，据最新出版的报纸说，这里还有一些被考古学家刚发现的“遗存”。

许多年以前，这里确曾有过一座桥——一座很有名气的桥。

许许多多的人在桥上来来往往地走过，或者站立桥头看看京城的繁华，听听漕船的桨橹。“两岸夹歌楼，明月光相射”，这座桥是这座城池的盛景之一，也记述了这座城池的兴衰嬗变。

我当然没有见过这座桥。五十多年前，这里原是一条马路，每逢我从这里走过，感觉却是走在桥上，桥的一边是现实，桥的那边则是被称作历史的人与物。

这座旧京，曾经繁华过，神圣过，喧嚣过，也多次沉沦过。那是名副其实的沉沦，在无数次战火与黄水中沉沦。

在灰烬与泥沙中，我依稀听到过不安分的夷门小吏侯嬴，坐在信陵君赶的马车上招摇过市的车轮声；孟子与梁惠王的对答声；刘武梁园宴客的唱和声；隋堤烟柳下纤夫的呻吟声……

在灰烬与泥沙中，我朦胧看到了下令大开九门，不设一兵，祈神御敌，却在道坛上被他的“首都市市长”缚与金兀术的宋徽宗；决开黄河欲淹李自成兵马不成而淹毙数十万市民的明福王；因查禁鸦片、抗击英寇而被加以“误国病民，办理不善”罪名发配伊犁，中途奉旨修复黄河决口工程的林则徐；当然，还有在黄河两岸与日寇搏杀的千百万英雄好汉……

风烟飘过，给我留下的只有五十多年前的记忆。

不能说这座城市没有变化，但我所要寻找的那条街——小油坊街，却像一块化石，沉积在岁月的尘土中，埋藏在不知哪个角落里了。

从州桥向南走一百步，到了一个街口。若不是路侧粉蚀的砖墙上挂着的那块锈迹斑驳的街牌，我怎么也认不出这条街来。依然是一条土路，但路面上的一层砂石已经剥落而去，布满凹凸不平的黑泥与水洼；不少老门楼仍在，但已被残断的红砖或杂物所堵塞，失去大门的功能，成了住室或小店；老门楼里挤满了低矮而杂乱的小屋，看不到一个庭院；临街残留着一些防震棚一般的肮脏的临建物，它是那样的难看，使你想不出它的用处，仿佛只是为占据一点路面罢了；荒凉的黑瓦顶上，摇晃着散乱的瓦松，瓦松间突然露出几块机制红瓦，像给一件件破衣打上的一个个补丁。灰暗，即使满街阳光，街道两旁也是一片灰暗，并且只有这一种色调；在没有风的天气，到处是一片灰尘。

这条街真正是太苍老了。

我由东而西，沿街而行。奇怪的是，在这条只是慢慢苍老而没有新奇变化的街上，在这条我最熟悉的、记忆中千万次走过的街上，找不到我过去的住所，找不到我的庭院，找不到我刻有印记的老门楼。

我一直走到街西口靠近包府坑的地方，这里有座小庙。令人纳闷的是，在这条没有一座新建筑的街上，唯独这座小庙是新建的。从粉白的墙壁和青灰色的砖瓦上看，这座庙大约刚刚完工。这座庙有三间坐西向东的正房和南北各两间厢房，一个小院，一个黑漆院门，院中光秃秃的，没有一棵树木。

过去，这里就有一座小庙，是土地庙，但也设有别的神位，敬奉街上人认为需要敬奉的其他神灵。

我走进这座散发着石灰气味的新庙，正房迎门设了一张黑漆供桌，神坛上有一尊五颜六色的神胎，这神胎也是新塑的，有的地方的颜料尚未干透，显出不匀称的渍痕。供桌旁搁一张粗糙宽大的长板凳，一头略高的斜面上布满斧凿留下的疤印，显然，这是哪个在此干过活的木工尚未搬走的木工凳。一老一少两个人坐在长凳上，老者靠近供桌，微闭双目养神，但一只玻璃球样的眼珠总是半睁着。他身躯臃肿，像一个巨大的肉团压在吱吱作响的木凳上。少者坐在老者身边，年龄大约只有十多岁的样子，身材单薄，面色微黑，却有几分秀气。

我跨进房门时，那个肥胖的老头不知是无力抬起肥大的眼泡还是已经睡着，没有睁一下眼睛；只有那少年看了看我。

我问："这是什么神？"

老人不语，不动，少年看了老人一眼，答道："土地爷。"

"他是谁？"我用下巴指了指又似睡去的老人，问那少年。

"你问他。"少年笑笑。

我走前两步，把脸凑近老人问："您是这里的庙祝吧？"

老人微微摇摇头，硕大而木然的脸盘上，隐隐荡起一层难以觉察的笑纹。忽然，我看到挤在他颊下赘肉中的一颗深青色的瘊子，向上跳了几跳，瘊子上的几根淡黄色的长毛，颤抖着。

我不觉一惊，联想起年代久远的一个人。"您是车老板？"

老人又摇了摇头。

"那您是谁？"我惊疑地直视着他。

老人恼怒了，"我是这里的土地——土地爷！"

我忍俊不禁地笑起来，"土地爷不是在供桌上吗？"

"废话！你就说有什么事吧。"

"土地爷，这庙是新盖的吧？"我为了缓和土地爷对我的不满，便讨好地问。

"这里除了那尊滴漏，全是新的。"他指指左边一个铜制的庞然大物，"大炼钢铁那年，它自己沉到包府坑里，破'四旧'那年，它又沉了下去，所以这庙里的东西，只有它逃过了劫难。"

"这就是打更人计时用的更漏吧？"我仔细听听"滴滴答答"的滴水声。

"它是日子！"

"土地爷，我想问问很早以前，在这条街上住过的一户人家和他们的街坊。"

"我早知道，你就是为这件事来的。"土地不无得意地哼哼着，推推坐在他身边的少年。

“你是谁？”我转向少年。

“我是你！”

这回答令我又惊又气又好笑。我眯起眼，不无挑衅地将面前的少年上上下下地打量了一遍。

这少年面颊瘦削，高鼻子，一双不大的眼睛罩着一层迷蒙的光彩，像是藏着一个梦；他穿件浅咖啡色厚咔叽束袖大翻领青年装，草绿色丝哔叽灯笼裤，茶色高帮回力球鞋，同当今的时尚少年别无二致，但我却在多年以前见到过他。

我诧异不已，不禁又问：“你怎能是我呢？”

“我就是你。”

我无语，望着这个坐在土地爷旁边的少年，心里涌起一阵悲哀。

少年拉起我，向被人们称作“过去”的地方大步走去……

家事

我找不到我熟悉的高门楼，更找不到二门里那棵酸石榴树。我想起了沉没在黄河浪涛里的小红马，想起了母亲、大姨、干娘、外婆、大哥这些亲人的面容……

谁念西风独自凉，
萧萧黄叶闭疏窗，
沉思往事立残阳。

少年的双眼紧噙泪水。

“是纳兰性德的《浣溪沙》。”我说。

少年点点头。

大哥还常常吟诵吗？

影子马

一辆由三匹大牲口拽的胶轮大车，在后半夜的灰暗中，嘎嘎吱吱地驰出了残破的南阳城。

母亲、陈干娘和我们四兄妹坐在马车上。马车上装载着几个大小不一的箱子、包袱，地方狭小，我与小哥只好坐在包袱上。车的前半部铺了张棉被，母亲搂着妹妹坐在被子上，陈干娘和弟弟坐在对面。车行不久，大家都显出昏昏欲睡的样子，可能因为陈干娘曾提醒我不要摔下来的缘故，也可能是骑在马上与车并行的副官长，不时地同母亲说话的缘故，我却没有睡意。

我高高坐在随着车身不停摇晃的行李上，一只手紧紧抓住捆行李的麻绳，眼睛一直盯着前方。暗夜好像被我的眼睛盯透了似的，终于在朦胧中显现出一点景色。我最先看到的是一个白点，这个白点一直晃动着，同我的眼睛保持着一定距离。马车向前，它也向前。起初我怀疑它是一点鬼火，副官长向母亲说到过路上的凶险，令我心悸，不觉就疑神疑鬼起来。但那个白点却不像传说中的鬼灯笼那么怕人，它一直跟着人们前行，甚至还有在前边开路的意思，使我又怀疑起自己的想法来。

清冷的夜色渐渐透明了，空气像一盆乳化的水，迷茫而清冽。路边的树影由淡而浓，随着几声犬吠鸡鸣，在荒凉的平野上，露出远村的轮廓。朝霞升上了地面，由青而黄而红，一直在车前边跳跃的那个白点，刹那间变成金色，闪闪烁烁，像一支削竹，划开了一路晨风。

这时，我看清了，原来那个白点是右边梢马的右耳尖。这匹马身躯不大，但壮实，周身通红，唯有右耳有个白尖。

我想，这一定是匹好马。

早饭在一个路边野店里吃碗面条打发了。车老板喂马时，我跑去给这匹小红马加了一把料，好像它很久以前就认识我，我把手刚伸过去，它就伸过头来，迎着我的手打了个热喷。

副官长催促上路，车老板是个怪人，瞎了的一只眼睛总在不停地眨动，左边颊下有一颗深青色的大瘊子，长了几根长须，经常被他咬住，样子恶狠狠的。他同副官长顶了两句，才又将牲口套上。

副官长姓白，是父亲的老部下。他在日本留过学，回国后做过文化方面的小官。抗战爆发，他带着一支抗日宣传队到了父亲的部队，后来就当了父亲的副官长。日本一宣布投降，父亲的部队奉命北上，把我们留在南阳附近的一个小镇里，现在是白副官长带着师部搜索连的一个骑兵班，从南阳接我们往旧京。

白副官长是个斯文谨慎的人，抗战胜利才两个月，一路不平静，路上有皇协军变回来的土匪，有小股未被收编的抗日游击队，也有共产党的地方部队，碰到谁手里都不好办。道路难走，他计划第一天赶到方城，第二天抵达叶县，在叶县我大嫂的娘家休息两天，再往前赶路。母亲很信任白副官长，因为，前年我们从豫西老家逃难到南阳，也是他带领搜索连去接的，知道他办事牢靠。

在白副官长的督促下，车老板咬着瘆毛和胡子，紧甩了几个响鞭，马车跳跃起来，小红马迎着升高的太阳，有节奏地奋蹄跑去。小红马的红鬃上已有了汗水的闪光，它的影子像一条船，迅速地在起伏不平的路面上滑行。我望着那个神奇的青黑色的影子，不知道它为什么不会丢下，也不知道它会把小红马拖向何方。我望着，望着，后来只望到一个影子，也许那小红马本身只是一个影子……

一路上，我、小哥和弟弟对拉车的三匹马有了兴趣。小哥指指辕马问车老板："这匹辕马叫什么名字？"

车老板斜了小哥一眼："它不是马，它是骡子。"他用鞭杆儿捣了捣套辕的骡屁股，"一看就知，它叫大老黑。"

"那匹青马呢？"小哥又指着左边的青马问。

"独眼龙。和我一样，独眼龙。一只眼睛打仗打坏了。"

车老板挺不高兴地眨着一只瞎眼。听白副官长说过，车老板也是从部队上下来的，同日本鬼子打过几场恶仗。

"右边那匹马呢？"我急忙抢先问。

"还没有名字。"车老板说，"一个连长回家没有盘缠，刚卖给我的。"

"就叫小红马吧。"弟弟喊道。

"不，叫小白点。"我说。

小哥摇摇头，想了一想，说："我想它也是抗过战的，就叫胜利吧！"

"叫胜利好。"连母亲和白副官长都附和了小哥的意见。

胜利，胜利，胜利是好。我也只能赞成。但我仍然坚持己见，说：

"小红马的官名叫胜利，小名还叫小白点吧。"

因此，小红马一下子就有了两个名字，一时叫胜利，一时叫小白点。

小白点正拉着马车向旧京飞奔而去。

旧京是我的出生地。抗战爆发，不满四岁的我随家人回到豫西老家。我的乳母陈干娘是旧京人，在她絮絮叨叨地述说中，我捕捉了些模糊的记忆。但我保留的有关旧京的记忆，都带有几分恐惧与凄楚，所以，每当日暮黄昏，遥想大人们津津乐道的省城，心中就暗暗涌动着一阵揪心的悲凉。为了赶走这种莫名的悲凉情绪，我尽力去想陈干娘口中说过多次的正在幼稚园中跳舞的凤表姐与秀表姐，我全不知她们的模样，只好拿乡间的戏剧人物来代替。她们正是那戏剧中的仙子，只可惜那些仙子总是拂袖欲飞的样子……

田野上，黄昏降临。大车拖着血色的晚霞跑了好长一段路程，要将霞光像风筝一样放飞起来，但坚定走来的夜色将线割断了，霞光落下，黄昏来临了。晚风已有些刮脸，远远近近的坟冢旁边，有余烬闪烁，母亲同陈干娘说，是到了给鬼送寒衣的时节了。

几天后，大车到了朱仙镇。我们要在这里渡河。在课本上读过岳飞大破金兀术的故事，一听说到了朱仙镇，我就十分激动。

这时的朱仙镇，完全没有地理书上所讲述的“全国四大镇”之一的那种大镇气派。低矮倾斜的瓦屋上面长满瓦松，茅棚顶上一丛丛可怜兮兮的杂草，向路人招手。一条黄土路，两旁支几口卖豆腐汤和绿豆面丸子的大锅，几个把头埋在矮小油腻的木桌上的过路人，专心而紧张地在大碗里打捞。街里居然还有几间门前挑起布幌子的客店，可惜残破不堪。没有市井繁华，没有旌旗蔽日、金戈铁马、气壮山河的风云，朱仙镇的光荣与大镇风貌，只记在岳飞大破金兀术的辉煌史页之上。

大车到了黄河渡头。在等候渡船的时候，驾辕的大老黑一动不动，一直在打瞌睡，只偶尔甩动一下粗糙的尾毛，驱赶讨厌的苍蝇；独眼龙侧着头，用一只暴突的黄眼，茫然地望着流水；而小白点则激动异常，不停地倒腾着四蹄，把地面踩出一片泥浆，弄得泥花四溅，行人只好绕开而行。

黄河尚未复道，河水从抗战初期炸开的花园口奔涌而来。并非像书中常说的那样：“大河东流去”，这里的河水由北向南，裹挟着泥沙、漩涡和浮沫，无声地不可抗拒地挤压着宽阔的河床向前奔涌。站在岸上，几乎听不到涛声，也看不到波浪，但你不能不在心里感应着一种轰鸣，一种排山倒海的气势。这是我第一次看到黄河。我无比敬畏地伫立在河岸，面对滔滔逝水，面对沉稳雄浑而又奔放不羁、既没有哗众取宠的喧哗、又没有媚俗逐艳的欢笑的浪涛，被震慑了。

太阳初升，从左边望不清对岸的宽阔河湾里，一轮巨大的金盆似的朝阳跃出水面，红色河水浩浩荡荡地从金盆里喷涌而出，似熔岩，似太阳的血。这条河是太阳的血脉，河水有几处地方正在燃烧，迸射出灿烂的光芒。远村在朝霞映衬下变成黑色的剪影，剪贴在深远的大地与天空之间；也有几处河面很平静，悠悠然，好像还怀抱着昨夜星光织成的梦。晨雾在波浪上滑动，忽高忽低，忽聚忽散。朦胧的对岸钻出几头黄牛，青草早被霜打枯了，它们似乎找不到多少食物，不住地抬起头向人声嘈杂的渡头张望。渡头边的芦苇，在寒风中摇曳着毛茸茸的苇穗，沐浴在晨光里，时明时暗，翩翩起舞。忽然，芦苇丛中一阵骚动，一群大雁拍起翅膀，在苇丛与河水间打了个大旋，嘶鸣着冲入高空，整好队伍向南飞去。也许这是最后一队经过黄河南飞的大雁了。

准备渡河，车老板卸下车辕的骡马。大老黑和独眼龙走到大路一旁低头啃草，活跃的小白点跟过去同他们厮磨嬉戏了一番后，仰仰头一跳跳到大路另一侧，倒腾几下前蹄，向黄河岸边小跑过去。我与小弟抓了一把尚未全枯的野草，走过去将手伸到它嘴旁。它低头嗅了嗅，用温热的微喷白气的嘴唇擦了擦我们的手，又抬起了披满红鬃的脖颈。它分明被什么吸引住了。顺着它的目光，我看到了刚刚跃出波涛的那轮沾满浪花的红日。它侧头凝立，整个身躯融入一个巨大的光环，毛皮由红变紫，像是一块熊熊燃烧的火炭，光焰夺目，随着太阳升腾起来；一双突起的、淡青色的眼白中布满血丝的眼睛，直视着，渐渐放射出灿烂的反光。它喜悦而自信，想要同河水说说话。隐约传来桨橹声，它一惊，热切地踢蹬了几下坚实的蹄子，溅起许多泥水。芦苇丛中那一队大雁正好从头顶飞过，目送着晴空中那个"人"字，它忽然一耸肩，飞奔而去，像一道红色的闪电，首尾与四蹄迅速拉成一条直线；削竹般的双耳贴紧后颈，长鬃如疾风中的狂草，抖动，披伏，拍打得黄沙滚滚。在伸向天际的黄沙滩上，飘起一个影子，一朵云，越飘越远，越升越高，变成了一只淡红的飞雁。倏忽间，一阵急剧的马蹄声让大地微颤。小白点从风烟中钻出来，摇首抖尾，突然后腿直立，发出了几声高亢的嘶鸣。鸣声落入黄河，穿梭于波浪间，发出久久的回响。

极其兴奋的小白点，不安地停在车老板身旁；汗水打湿了锦缎般的长鬃与肚皮，四只坚凝的方蹄，铁杵一般扎在地上。许多在渡口等船的人围过来，啧啧称道，都说这是一匹好马。小白点用力抖抖身子，溅了车老板一脸热汗。车老板不知是恼怒还是高兴，摇摇鞭杆，猛地甩了个清脆的响鞭。

一艘大木船从对岸推涌劈浪地斜刺过来。船上和岸上的船工吆喝呼叫，撑篙抛锚，经过一阵紧张，大船靠上码头。等在岸上的路人——推车的，挑担的，当兵的，跑买卖的，挤挤拥拥地踏着跳板上了船。最后，我们乘坐的大马车也被推上了船。

谁料，在牲口上船时出了事，大老黑和独眼龙上船之后，小白点由于性急，在跳板上一只后腿踏空，忽然后退着将屁股向河面坐下去，一阵踢蹬，正跌落在河面它自己的影子上，影子碎了。起初还只是后腿没在水里，前腿尚能扒住岸边，车老板用力拉住鼻绳，船工们也来帮忙，却见扑腾的马在泥水里越陷越深，渐渐被河水漫过了肚子、胸口和脖子。小白点瞪着无望的双眼，悲哀地看着人们。浑身被水花溅湿了的车老板，仍然紧紧抓住缰绳，弯下身去抱马头。

旁边的船工急忙喊道："松开，松开！要把你拖进去啦！"

"王福喜，快松手！"白副官长吼道。

车老板垂死般地瞪了白副官长一眼，无奈地松开手，狠狠咬住唇边的那绺胡须。小白点在黄水中尽力抬高头，但无情的黄水仍然渐渐淹没了它的双耳和鼻梁，只剩下一绺额鬃和一双眼睛。那双眼睛睁得很大很大，对着碧蓝无云的天空，硕大的泪珠在里面晃动。我看到了那滚动的泪珠，在最后一瞬间，我与它对视着，我又看到它耳尖上的那个小白点。蓦然，河面上打起了一个漩涡，两颗眼睛不见了，那个最后晃动在波浪上的小白点也不见了。但河面上还漂浮着一个影子，一个灰色的被波浪撕扯得变了形却不会沉没的影子。

刚才在小白点腾跃、疾奔中感染到一种兴奋涌动的人们，叹息起来。

弟弟说："胜利死了。"

我愤怒地打了他一巴掌，我的眼睛湿了。弟弟哭了，我也哭了。

岸上的纤夫把木船向上游拉去，拉得很远很远，然后停下。船将要从这里斜刺过对岸。此时，船工要乘客全都下到舱底，不得在船舷上逗留。舱里看不到外面的景物，只能感到船的移动。大约船近河心，外面传来一阵紧似一阵的呼号声、橹声、桨声和波涛与船的撞击声，船的颠幅越来越大，船工的呼号越来越高。

有什么东西被抛出去又拉上来，一抛一拉，绞盘隆隆地转动，似战车轰鸣，战马嘶鸣，坐在舱底的乘客，如陷入两军对垒的战阵，揪紧了心。我悄悄爬到舱口向外张望、看到令人昏眩的河面上，那个如钢板剪成的灰色影子，仍漂荡着，顽强地不肯沉下。渐渐，两军后撤，雨过天青，河面静息了……待船工呼大家上岸，船已穿过急流，就要靠岸了。

少了小白点的马车，又缓缓走上黄土大道。路两旁大都是沙地和沙丘。秋庄稼收了，麦苗尚未长起，一望无际的平原荒芜苍凉。田野上，偶尔有一个老人或几个小孩跟在几只绵羊后面，漫无目的地在黄沙中游荡。要是有一只羊离群太远，他们就弯腰捡起一个土块抛过去把羊赶回来。在田间啄食的一群乌鸦，不知被什么惊吓了，蓦地飞起，旋个大圈，停在附近的叶子落尽的老树上。被迷蒙的阳光照射得朦朦胧胧的老树，好像又萌发了一树新叶，给寂寥空旷的荒野增添了些许动感。

太阳偏西时分，马车接近了旧京城。

“看，那是法国医院！”被思乡之情煎熬着的陈干娘，兴奋地喊道。

“呵，这不是就到南关了吗？”母亲在自言自语。

在陈干娘的指点下，我看到了法国医院的红色楼顶和南关密密匝匝的屋舍，看到了一道黑沉沉的城墙。城墙从南关伸出来，一直向西，然后转向北，在转弯处形成一个整齐的九十度的直角。西城墙外荒无人烟，在广袤的沙坂地上，寂静像水浪一样扑向城垣。夕阳的光辉在生满青苔的城砖上滑动，城砖一忽而青，一忽而黄，闪闪烁烁，像一页页动荡不安的历史。只有那整齐划一的城堞雄踞半空，宣示着城墙里面的繁华与神秘。

从看不到的地方传来火车的汽笛声，南关开始亮起一盏盏白炽的灯。

到了。我站在公馆大门的台阶上，目送着离去的车老板与大车。我惊奇地看到，这辆只有两匹马拉拽的大车，却有三个马影子印在路面上。

忽然我又想起那个沉入黄河而影子在河面上凝然不动的小红马。

公馆女主人

一个三十岁出头，身材瘦弱，面容姣好却有几分憔悴，身穿闪缎提花银蓝夹旗袍和鹅黄细毛外套的女人，俯身坐在车前，手摇大鞭在空中打了几个响，车轮跳跃着向前奔去。

不少行人驻足朝这边观看，奇怪车老板怎么会是一个衣着讲究的年轻女子呢？车在一个街口迅猛转了个弯，转进一条横街。人们正把惊疑的目光投向这辆奇异的马车，已有人认出了赶车的女人。

“凡太太，回来啦？”一个扤竹篮的婆子问。接着又有几个熟人上来打招呼。

一进大南门，母亲就夺过车老板的大鞭，欢叫一声，“得儿喂！”一拉缰绳，让无精打采的大老黑与独眼龙小跑起来。

大鞭在车辕前边一斜，车轮在小街中段一座高门楼前咯吱吱地呻吟一声，停了下来。堂哥和几个用人从院里急急跑出大门，卸车拿行李，说说笑笑地把我们接了进去。

这条街是小油坊街。街上没有油房，大约油房是很久以前的事了。

陈干娘说，小油坊街同战前没有什么两样。老八还在开铺子，老嗓婆还在吆喝“烧饼、油馍、大糖糕”，甘老头子仍然戴副断腿老花镜伏在案上做针线，卖水刘把子仍然把水车推得吱咛咛响，只是臀部的摆动没有原先那么爽气罢了。唯一大变化是，淘粪王二被日本人杀了，如今背着粪桶挨家挨户地打扫茅厕的，是他的儿子王二黑。还有一个大变化，就是我家那座被称作公馆的宅院，门牌由双号变成了单号。

真是风水轮流转，曾是油槌震天响的地方，战前却成了城里有名的公馆街。这条街上住了许多军政要人，这些要人有点怪，明明住私宅，却说是住公馆。回家不说回家，却说是回公馆，架子十足。我却一直不明白“公馆”的意思。街上的建筑大都是四合院，有两进和三进的。一色高门楼，出檐，门前有石台阶，进内数尺是两扇黑的或红的钉有大铜环的厚木门，两侧石鼓石兽。宽敞的门洞正对前院厢房的山墙，从山墙转过，入前院。门楼与临街客厅相连，客厅的后墙上，几个临街窗子被一排排令箭样的木栅半护着。前院与后院之间，又有座门楼，称二门，有过厅。过厅正中被木隔扇遮挡住，遇隆重庆典才将木隔扇打开，从前院才可直通二院上房。我家的住宅还有一个后院，后院与二院之间，还有一个小小的生些杂草的夹院。后院也有上房与厢房，大门开向包府坑的一角。

落住之后，街坊邻里不时前来问候，说些张长李短的街头新闻。这一阵子，沦陷时离开的人家纷纷回来了。先是斜对门冷总参议家，西头刘厅长家，接着是左近皇甫军长家，还有两三个外来的师长、旅长，也在街上买房置业安了家。这帮人都是“胜利者”，家家散发出洋洋喜气，更显得街东头整日关紧大门的张军长家门前的冷落来。抗战期间，那个早已下野的张军长不甘寂寞，从烟榻上猛撑起骨瘦如柴的身子投入皇协军，如今被以汉奸罪下入大狱，门口不免就有几分阴阴惨惨的晦色。

我家的气氛最为特别。

我们从南阳出发，路经许昌时，发生了一件意外的事。

马车在许昌城外七里桥特意停留了一下。这里是三国时期“关公挑袍”的地方，一座小庙，几个塑像，我们都进去看了一眼。带队的白副官长嘱咐搜索连的弟兄整理军容，稍事休息，准备进城。又行二三里，抬眼看到了城门，从路旁走出两个穿长衫戴礼帽的男人将车拦住。一个高个子把马车周围的人看了看，向白副官长走去。

“您是白副官长吧？”高个子很有礼貌地问。

“先生，您是……”白副官长警惕地注视着对方。

“我们是伍专员派来的，已经在此恭候两天了。”

高个子把白副官长拉到路边稍远处。从那边隐约传来他的话音，“你们的队伍投降了八路……你们不能佩带部队符号进城……”

话音虽不高，但马车这边的人都听到了。坐在车斗里的母亲，身子轻轻一震，然后一动不动，脸上没有恐惧，没有焦躁，几乎什么表情都没有。

白副官长将那人带到母亲身边，介绍道：“这是凡太太。”

“凡太太，”那人脱掉礼帽鞠了一躬，再次自我介绍道，“我是伍专员派来的。”

“知道了，你再把详情说说。”

那人重复了一下刚才对白副官长说的话，似乎还有话没有说完，怔了怔，扭头去看白副官长。

“伍专员还有话吗？”母亲问。

白副官长吞吞吐吐地回答：“刚才这位兄弟说，伍专员教问问您，是否还要去旧京？”

“不去旧京去哪里？”

“可不可以先折回去，回老家避避再说？”白副官长看着母亲的面色，寻思着说。

“不回老家！我要先去看看伍专员。我想他不至于不让我们进城吧？”母亲笑笑。

“哪里，哪里！……”

高个子正想解释，母亲已对搜索连的弟兄挥了一下手，喊道：“把新8军的臂章取下来，进城！”

可能是内心太激动的缘故，她竟坐直身子，从车老板手里夺过鞭杆，向黑骡身上猛抽两鞭。大车猛然向前蹿了数十丈，追在车后的士兵们一面上马，一面从臂上扯下部队的符号。

这是一个美丽的早晨，城里的炊烟悠然地越过干枯的树枝飘向天空。匆匆来往的行人，不约而同地望向手抡大鞭的女赶车人，目光惊异惶惑。马车轰隆隆地驶到专员公署前的石板地上，小白点好像受了惊，咴咴叫着猛一跳，车辕掀了起来。母亲迅速跳下车辕，扑上前拉住了马嚼子。

刚慌慌张张跑出大门的伍专员，看到这一幕半开玩笑地说：“弟妹，你啥时候学会了这一手。”

母亲将鞭杆抛给车老板，“有一年我跟卓魂在太行山同日本人打仗，帮助运伤兵，学会了赶车。”

“可佩，可佩，真可谓女中豪杰哪！”伍专员调侃道。

在许昌停留了三天，母亲没有接受伍专员与白副官长的劝告，一意要去旧京。

第四天，大车又装上行李，出许昌向旧京行去。搜索连的一班人枪，全被伍专员留下。伍专员表示，可在专员公署为白副官长谋个职位，白副官长谢绝了。

一到旧京，母亲感到冬天一下子降临了，从黄河滩吹来的西北风冷得刺骨。早上，每当吱吱咛咛的水车过后，路面迅速出现一长串暗黑色的冰珠，连空气也想随之凝结起来。这时，母亲才明白，为什么白副官长在许昌会那样疑虑重重了。

父亲，这棵母亲赖以得到护佑的大树，忽然不再能为她遮风挡雨了。

父亲与日本人打了八年。他参加了淞沪战役、台儿庄战役、瑞昌战役、太行山战役等等大战，但如今在这座抗战前他当过警备司令的城里，几乎没有人再提他的名字，或者说几乎没有人敢再提他的名字。

这一年十月，父亲参加了反内战的邯郸起义①。

父亲北上路经旧京回小油坊街看过，留下堂哥与解老师修缮被日本人改动过的房子。房子修缮一新，堂哥早早就在等候母亲了。

母亲回来之后，毕竟公馆小院是一天天地热闹起来了。过旧年之前，大姨搬过来了。有一天，大姨正在发愁，女儿徐月秀像一只小燕子扑着翅膀，从千里外扑进她的怀里，不久，秀表姐的哥哥徐大显也从青年军复员回来了；四姨和四姨家的大表姐蓝雨鸾、凤表姐蓝雨凤也搬了过来。毕竟父亲在生活上不能再接济我们，为今后生计，一向阔绰的母亲开始学着精打细算，想到收房租这个门路，就把客厅和后院出租，又招来几个房客。

为了能在旧京场面上进出，母亲迅速恢复了一个“高官夫人”的行状，融入了省城生活。她天天忙于跑金店、裁缝店和百货公司，忙于拜客。为了全家的安全，她拜见了不少身居要职的老朋友。当时的省政府刘主席，是父亲镇嵩军的老同事，总算与父亲有一段袍泽之谊。蒋阎冯中原大战时，如今这位刘主席与父

① 1945年10月30日，39集团军全体官兵在邯郸马头镇举行反内战起义，加入人民军队行列，是为著名的邯郸起义。

亲同属冯部第六路军，在豫东马牧河[①]一线与蒋军刘峙、顾祝同部对峙。后来他虽叛冯投蒋，为父亲所不齿，但也未公开交恶。由于这层关系，母亲希望我们在旧京能得到他的一些关照。

一大早，母亲又梳妆打扮起来。她面对梳妆台上那面鹅蛋形的大镜，照来照去，描眉施黛，扑粉点唇，刚烫过的瀑布似的长发，在前额顶上吹起两个名曰“飞机头”的发包。我不喜欢看母亲化妆，但我承认，如果不再一天天瘦下去的话，母亲原本的鹅蛋形脸盘是漂亮的；连被祖母背后诟骂为可炒一碟肉片的肿眼泡，在一对明亮的细眼上面，也能显出几分妩媚。

我凑前拿起台上的指甲油，往自己的手指上涂，母亲“呀”的一声，夺过指甲油要我别在她身旁捣乱。她很着急的样子，一面试旗袍，一面要陈干娘去吩咐拉洋车的郭娃在大门外等候。看这样子，她又要出门拜客了。

过午，母亲拜客回来，一下车，匆匆走进大门，走进二门，走进上房，未同谁打招呼，把手提包往床头一扔，往床上一倒，闭起双目，半晌不说话。

陈干娘凑近试探着问：

“还没有吃饭吧？”

“气都吃饱了，还吃饭！”

“见到刘主席没有？”

“没有。被三姨太挡了驾。”母亲叹了口气，“随他们的便吧，是死是活由他们！俺孩子的爹投了八路，俺也没有投八路，怎么？能把俺全家都拉出去毙了？”母亲对着陈干娘发泄着心中的恶气。

陈干娘唉了一声，摇了摇头。

---

① 马牧河位于豫东商丘一带，蒋阎冯中原大战时曾在此激战。

第二天，一个身躯高大的黑胖子走进二门。那人身着便装，长袍礼帽，身后却跟随两个佩带短枪的军人。

我正坐在上房的前檐下同秀表姐一起读《木偶奇遇记》，看到那人，就把头从秀表姐肩头移开，用手轻轻推了她一下。秀表姐望望悠然向前迈步的来客，轻轻叫了一声坐在我们旁边绕毛线的陈干娘。

陈干娘见过大世面，一看到两个军人停在二门口，那个穿便装的却慢悠悠地向上房走来，随即明白了来者是个有身份的人，急忙起身迎了上去。

“先生，您是找……？”

“这里是凡家吗？”那人抬头看看上房刚髹漆过的廊柱，问道。

“是的，先生。”

“凡太太在家吗？”

“在，在。”陈干娘扭转身，向房里喊了一声，“太太，有客人。”

“是谁呀？”母亲一面慵懒地在里面应着，一面推开了风门。看到来人，母亲怔了，沉吟着问：“您是——？”

“怎么，不认识我了？”那人笑着说：“弟妹，我是来看看您和孩子们的。”

“哎哟，是刘主席呀，贵人光临呀！”母亲惊讶地一摊手，做了个夸张的动作，“您如今可是管几千万人的父母官，怎敢要您屈尊来看我，这不折杀我了嘛！”

“弟妹，可别说这客套话，这不外气了吗？我同卓魂之间是谁同谁呀？”刘主席跨上台阶，站在房门口，挥一下手，故作无奈地摇摇头，“您还不知我有多大本事？拉牛上树罢了。我同卓魂是一起滚过稻草的兄弟，关系不一般，您可不能学外人瞎捧我。”

父亲名翔阁，字卓魂，官场上的人多称字，以示亲近。

“您如今忙，怎能劳您的大驾。”母亲拉开风门，把客人往房里让。

“昨天您去看我，不巧我不在，今天是来赔罪的。”刘主席哈哈笑着走进房门。这位大兵出身的省主席，嗓门洪亮，说话像在操场上喊口令，笑过之后，风门上的玻璃还在微微颤动。

陈干娘进去沏茶，我同秀表姐合上书，坐在窗下，好奇地听房内大人说话。

“您看卓魂出这事……”母亲抽泣的声音。

“弟妹，您放宽心，也不要担心卓魂，时局变幻不由人嘛。”刘主席安慰母亲，忽然又转换话头问，“卓魂最近有来信没有？”

“哪有什么信？也不知道他在那边啥情况。”母亲说。

“最好想法子给他通个信，叫他回来吧。”刘主席把声音压低了些，“委员长不会追究他的，我担保。卓魂的为人谁不了解？讲义气，好朋友，有时就会跟着朋友做糊涂事。本来一发表我为省主席，我就与他打招呼，要他留下，可他却要跟着他的那个总司令北上。那是个什么人？外号叫‘猴子’，看看，弄出了个啥结果？还不是被猴子耍了？”

“唉，你们男人们的事，我一个女人家真弄不明白。”母亲先叹口气，用手绢拭擦流淌在面颊上的泪水。

“弟妹，别难过，你同孩子在旧京的安全，我负责。”刘主席劝慰道，“不过，您还是应该想个法子把卓魂劝回来，如他那边需要我接济什么，我会想办法帮他解决。”

很明白，刘主席是想要父亲“反正”。

刘主席走后，派人给我家送来了几袋洋面。

刘主席的到访，给小油坊街上这座风雨飘摇、名不符实的所谓公馆，虚撑了一阵门面，接踵而至地来了一群亲朋故旧。有的在犹豫与观望中僵住了的人，一嗅到刘主席汽车的尘烟味，立即苏醒过来。

第一个跑过来的，是黎焕如的小姨子宋曼曼。黎焕如当过军长，是父亲的同事与好友。宋曼曼是黎焕如妻子宋田田的小妹，而宋田田又是母亲的干姊妹。两家因为有这几层关系，在南京时还共住过一幢楼。

为把公馆的门面撑起来，母亲天天同宋曼曼一起跑商店、转金行。马道街的同丰、裕丰、震旦百货公司，她们常常光顾，美国货最时兴，什么新到的玻璃丝袜、玻璃雨衣、玻璃手袋等美国货，她们买回一堆。但毕竟母亲的箱底是无源之水，用一滴少一滴，每晚躺在床上算账，都会有一股寒气袭上心头。她知道她不能像宋曼曼那样花钱，宋曼曼有个省党部书记长做后台，不要说是靠了个金山银山，起码这个书记长在接收敌产伪产中捞的那一把，已够她花一阵子的。

母亲到底在小户人家过过日子，虽无开源之能，却有节流之法。她首先想到的，就是以旧翻新。有一次，她派用人把裁缝店的甘老头找来，要这位全身皮包骨、没有一点油性的名副其实的“干”老头子，将她旧时的衣衫改制为合时式样。她旧时穿的缎子旗袍，都长而窄，领高袖紧，下摆长及脚面，硬领上可排四对丝纽。

甘老头子取下搭在脖子上的软尺，扶扶老花镜，比来比去。长截短容易，而窄改宽就难了。毕竟是出道几十年的老裁缝，这点难也就给包下来，反正得让太太满意。而对母亲这等小家子做派，宋曼曼甚表不屑，出语时含讥讽。

一天，母亲又将甘裁缝请来，一件闪光的黑丝绒盘纽旗袍刚摊在方桌面上，宋曼曼就风风火火地闯了进来。

“姐，有件好事找你。”

“等等，等我对甘老头把话说完。”母亲知道宋曼曼喜欢乍呼，不在意地说。

宋曼曼看看甘裁缝，走到方桌前轻蔑地笑了笑，“这是做什么？”

“改件衣服。”母亲有些赧然。

“我说姐呀，你真穷到这样子，整天把个糟老头子找到家里改衣服？他能让你时髦起来吗？”

甘裁缝苍白的布满青筋的脸忽地通红，身子萎缩着，在这个高挑秀美的贵夫人面前，无地自容。

母亲客气地请甘裁缝先回去，然后，故作生气地往沙发上一坐，直看着宋曼曼道：

“说吧，有什么好事？”

“姐，你生哪码子气呀。一件衣服算什么，我真有大大的好事找你。”

“什么好事？”

“我给你找了一辆小汽车，道奇，是道奇！”

“我听不懂，什么道奇？”

“是车的牌子。美国货，美国名牌车。”

为买车的事，小院上下议论纷纷，大姨、堂哥、陈干娘都劝她不要听宋曼曼的话，这使她心里老大不高兴。母亲渐渐拿起了公馆女主人的架子。

“十年的媳妇熬成婆。”母亲虽然尚未有儿媳妇使唤，但一家之主的地位已是确定无疑的了。她早就盼望有这一天。受祖母辖制了十年，也该她扬眉吐气了。

母亲和父亲的婚姻是家族的一个秘密，断断续续地听陈干娘说过一些，我才略知母亲与祖母之间常常发生争吵的原因。

母亲在旧京念中学的时候，适逢“大革命”的浪潮向家庭推进。像母亲这样剪发头、白上衣、蓝布裙，经常手拿小旗在街上高唱“打倒军阀，打倒军阀”的女学生，有不少倒成了新旧军阀的眼中尤物。那些参加过北伐或未参加过北伐的新贵们，要在家里革一次命，战场易帜，家内换妻，浩浩荡荡乎成为潮流。新贵中有不少行伍出身或绿林出身的人，斗大的字识不了一石，却特别垂涎洋学生；鸟枪换炮，缎衣大襟换成布裙剪发，于是脸面光鲜不少。

当年身为省会警备司令的父亲，自不甘人后，于是暗自留意，竟相中了多次在街口从他眼前闪过的手拿木夹书包的母亲。

母亲本不情愿，在她舅父极力攒掇下，勉强答应父亲求婚时，提出了三个条件：

一、举行“文明婚礼”；

二、婚后不与祖母同住；

三、供养经济上几已陷于绝境的外婆与舅父。

父亲满口应承，军人的胸脯挺得老高，似乎母亲再多提三条五条也不在话下。未涉世事的少女有些感动，就把终身交与了这个老拍胸口的男人。

婚礼如期在旧京的文明大旅社举行，彩车、乐队、婚纱、酒宴等等一切时兴排场，一应俱全。省城的头面人物几乎全来道贺，或肥头大耳，或削肩猴腮，或长袍马褂，或西装革履，济济一堂，杯觥交错，吆五喝六，戏谑怒骂，把一个“文明婚礼”装点了许许多多的不文明。

为此，《国民日报》还登出一个偌大的“结婚启事”，一尺见方，套红加边，让全城人都知道，正在警卫他们的警备司令“谨订于某年某月某日”，要迎娶一个女学生，给街谈巷议、茶余饭后添了话题，真可谓一时之盛。

父亲把婚礼操办得让母亲无话可说，至于供养外婆与舅父，只不过是多两张嘴吃饭，多两双手花钱，自然不成问题。

但是，与祖母分居一条，被亲朋誉为孝子的父亲却不敢付诸行动。母亲一过门，就得看祖母那双居高临下、阴晴难测的白眼，闷气暗生，加之不久又得知父亲在年龄与原配问题上欺骗了她，更是因怨生恨，自叹红颜命薄。父亲当年三十二岁，却谎报为二十八岁；父亲的原配妻子壮壮实实地活着，却谎说前妻已故。这样，正值花季的母亲，不仅误嫁了一个三十多岁的“老头”，并且成了姨太太。原说是填房已够委屈的了，如今成了“小”，木已成舟，暗暗饮泣之余，虽然父亲给了她一个“夫人”的名号，还是把将她推入陷阱的父亲与外婆恨得要死。

父亲心中有愧，对母亲分外关爱，但祖母却对母亲没有一个好脸，婆婆架子十足，特别是恨母亲的得宠，因而对她格外严厉、苛刻。母亲不服祖母的任意摆布，婆媳之间冲突不断，父亲夹在中间作难，有时难免把闹剧演成武打，也有动刀动枪的时候。

如今二门隔扇上还有两个弹洞，据说是当年母亲闹着要出走时，父亲胡乱开的两枪。

纠缠不清的婆媳俩却发生了奇妙的影响，母亲从祖母身上学了几分刚强，也学了几分刻薄。

来到小油坊街后，母亲实现了多年的梦想，成了独门独院的当家人，把过去祖母令她反感的那些治家方略，一件一件地推行开来，把公馆治理得倒也像模像样。先是打发了“吃闲饭”的堂哥和帮助修缮房子的解老师，接着是想如何辞退说话顶心顶肺的陈干娘。但她生不逢时，失去父亲这个依托，要她独立支撑局面，就难免要处处露出败象，不顺心的事一件接一件发生。

先是抽老海的外婆突然找来，再是时局不断发生变化，国共和谈吹起的和平气球，一个接一个地升起，又一个接一个地爆裂；刘主席们对父亲“反正”的等待，已由失望而变得失去兴趣；警察局和稽查处两次深夜入宅检查，使母亲主持的这个门口有对石鼓的所谓公馆，色彩越来越黯淡。

公馆的叫法已经是名存实亡了，但宅院依然。

对公馆女主人我充满同情与畏惧。我不时会怯怯地看看她，看看隐伏着悲喜的庭园。

宅院里，最令我心爱的景物是：二门里的酸石榴树和大门前光洁的青石台阶。

我常常在二院里骑自行车，绕过花坛旁的酸石榴树，表演我的车技。我常扶着酸石榴树停下来，探头去望树旁的纱窗。凤表姐坐在窗里看书，有时抬起头同我说几句话，有时明知我在望她却故意不理我，但我心中仍溢出欢喜来。

傍晚时分，我常常独自坐在大门外的青石台阶上，向街两头无心地张望。黄昏降临，夜色渐渐漫过街区，街道两旁公馆门楼上亮起一盏盏灰黄或白炽的灯，把小街映照得一段暗一段明的，像谁手中正在吹奏的洞箫。

街的东口连接中山路，那里有匆匆的人影和晃来晃去的车辆灯光。一间卖火烧夹肉的熟食店里挂着一盏汽灯，整个店被汽灯映得像一张吊着的白布。城里经常停电，停电的夜晚街上黑得伸手不见五指，有时一辆汽车开进街口，街道蓦地被车灯照个通透，门楼与墙壁像被剥光了衣服一样，裸露出嶙峋的身躯，一忽儿不见了，一切归于黑暗。一盏发亮的电石灯在梆子声中游动，一个挑着两个玻璃匣子，叫卖糖豆、萨其玛之类甜食的小贩慢慢走去。这时，悲哀向我袭来……

在公馆，酸石榴树是我少年时代的欣喜，青石台阶是我少年时代的悒郁，而母亲则给我留下了说不清道不明的哀愁。

烟外婆

那年正月十五，当月亮初升，前院二院各房房门两旁及大门口的石门墩上，刚点上了用豆面蒸制的灯盏的时候，卖烧饼油馍的老嗓婆带着住在隔壁的新娘童秋云，来给压轿孩儿[①]小弟送来一只四轮白兔灯笼，打断了凤表姐和秀表姐的歌声。

老嗓婆悄声对我讲，大门口门礅上坐了一个穿黑衣裳的老太太，不知是谁，我觉得奇怪，就拉着小弟，急急忙忙地跑到大门口去。

只见一个黝黑干瘦的老太婆，歪着脖子，正坐在石礅上，身边放个小包袱。奇怪的是，她歪着脖子，右手托一支大烟枪，就着灯盏的豆火做抽烟状。一见这支烟枪，我立即就认出她是外婆。

我唤了她一声，她不应，深深吸了口气，微闭双目，紧绷的黑脸皮渐渐地松弛下来，显露出一副十分舒泰的神色。我走近一步，竟发现那烟嘴处是空的，并无烟泡滋滋作响，不知她那舒泰的深呼吸究竟从何而来。

---

① 压轿孩儿：旧京风俗，坐花轿迎亲的小孩。

我又唤了一声 ："外婆！"

"去叫你妈出来接我，洋车钱还未付呢。"外婆仍然闭着双眼。

当下，我要小弟进去唤母亲出来。

这时，王巡警巡街路过门口，见有人公然在街边抽大烟，就跑上台阶问话。王巡警要拉外婆去三分局，外婆却大模大样地不把王巡警和他那个三分局放在眼里，声言多大的衙门她都见识过，在乎你那种小鬼小庙？

王巡警起初也只是想吓唬吓唬外婆，没想到外婆跳得比他还高，就认真起来。外婆改口，说她没有抽烟，烟泡在哪里？没有烟泡能叫抽大烟吗？这是哪家的王法？闲着没事耍耍空枪都不行吗？……

外婆同王巡警正在理论，母亲和陈干娘急急赶了出来。母亲见状，赶紧塞了五块银圆给王巡警，拉着外婆跨进门槛。

外婆看见母亲把白晃晃的银圆给了王巡警，心疼得要死，说 ：

"还不如把那银圆拿给我买些烟膏，让我过过瘾呢！一路上，你妈都快瘾死了。"

"我的祖奶奶，你就别再丢人现眼了，行不行？"母亲哀怨地说。

谁料，她这话反倒提醒了外婆，在以后的日子里，外婆就是要丢人现眼。每逢她向母亲要钱要不到，就拿支烟枪坐在门礅上，专等王巡警来抓。

外婆像一朵薄薄的无雨无风的灰云，挂在小院的房角上。由于她，小院好像忽然少了许多明媚亮丽的阳光。

自从正月十五夜外婆突然到来，过大年的气息一下子散去了，母亲的脸像点残的蜡烛，愁闷点点滴滴地堆积了起来。

母亲最怕舅舅把外婆送来，舅舅还是托朋友把外婆送来了。外婆是母亲的影子，母亲总想甩开这个影子，然而影子却紧追着她，扯也扯不去，甩也甩不掉。

这母女俩多年来内心的积怨，是常人无法理解的。

孩子们对外婆也没有好感。并非因为外婆穷，也并非全因为母亲的影响。

外婆的模样，常常令我产生一种莫名的恐惧与悲哀。

外婆瘦弱，皮肤青黄，面上像涂了一层灰暗的油彩。紫得发黑的嘴唇常常紧闭着，凹进去一道很深的黑线。突起的喉管，由于随着没日没夜的咳嗽，在又长又硬的脖子上不住地蠕动，令我总怀疑她脖子里有一只不安生的青蛙。反复戒过无数次的大烟瘾，把她那像秋后地里残留的秫秆般的躯体，彻底地摧毁了。她很少说话，眼神茫然又似乎心事重重。

在老家，她与我们同住过一段时间，她除了躲进母亲的房间偷偷地抽几口大烟，就是盘腿坐在床铺上抽纸烟。她的坐功好，像和尚打坐，半日不动。我睡在她对面，半夜醒来，往往看到对面床铺一个坐着的黑影，和一点忽明忽暗的烟火。在我们兄弟的脑海里，外婆总被一团烟雾包围，所以我们常唤她烟外婆。

她不常与我们同住，母亲畏惧祖母不屑的眼神与嘴角褶子里那种刺人骨髓的轻蔑和冷笑。祖母十分看不起外婆，因为她知道外婆是靠她儿子养的，并且还抽大烟。祖母虽然也抽大烟，但她认为自己抽大烟使的是儿子的钱，天经地义，抽得理直气壮。你一个吃闺女饭的老婆子，也配端那根烟枪吗？哼！

每次外婆一来，住不了几天，母亲就赶紧设法把她打发走。母亲拿钱给舅舅，要舅舅照看她，但舅舅却把她托给一个朋友。舅舅不断问母亲要钱，一拿到钱就天马行空，呼朋唤友，四处闯荡。一没钱，就托人或亲自将外婆送过来。

有几次，我看到外婆坐在鸡公车上，车旁跟着舅父那个穿件绛色绸大褂的朋友，面色木然地走进老家那座大宅的大门。

外婆不管母亲高兴不高兴，一翻脸也理直气壮得很。怎么？不想养活我？我是你娘，你就得养我！再说，我把闺女送到凡家，就是为了凡家的钱，为了我有吃穿，为了我能享闺女、女婿的福！母亲感到外婆说的这些话丑死人，可外婆却偏要说，还要大声嚷出来，你嫌丑我不嫌丑，不嚷不叫还被人家忘了呢！

父亲确实有养活外婆及舅舅的责任。这是当年母亲与父亲结婚时所提的条件之一，她怎会忘记？她恨的是外婆与舅舅不给她在婆婆面前、在父亲面前争一点点脸面。

外婆是鲁西南人，家住旧京曹门通往的曹州府，原本并不穷。关于她家是如何败落的，有两种说法：一是说外婆与外公一起吸大烟，吸光了田产家业；另一是说外公来旧京做生意，经营失败破了产。外婆口里是第二种说法，我则相信第一种说法。

母亲曾给我们讲过一个故事，讲的是从前有一个人到烟具店买烧烟泡的烟扦子，店主拿出一盒烟扦让他挑，他用手指捻捻，嫌盒里的烟扦太细。店主叫伙计另拿一盒，他挑来挑去仍说细。店主笑笑说，你别看这烟扦细，它可以挑动你的万贯家产哪！那人闻言忽然一惊，内心大动，回家后下狠心戒了烟瘾。

这是外公给母亲讲的故事，母亲又讲给我们听。我想这大概是外公用细细的烟扦挑翻万贯家产之后的忏悔，但悔之已晚，否则就不会有母亲与父亲的婚姻了。母亲认为，是外婆为了父亲的权势与钱财，才把她嫁给比她大十多岁的父亲的。我不止一次听母亲与外婆吵架时说：

“是你把我卖了，卖进这倒霉的人家，你就别再想我这个闺女了！”

要外婆不想闺女可以，要外婆不想闺女的钱却不行。

外婆看到母亲已同祖母分开住，当家做主，可以过舒心日子了。舒心日子一起过，你舒心却叫我不舒心，那可万万不行！

外婆来到旧京之后，经常与母亲为钱吵架。事情很简单，外婆要钱，母亲不给。不给钱，外婆会发烟瘾，一发烟瘾，外婆身子特难受。

“看到我这样难受你都不管，你这闺女心太狠，我早知道你没有孝心！”

母亲当然也有千般道理，万般委屈。

“你骂我不孝顺？你把我卖了还要我孝顺？我没钱给你抽，就是有钱，我还得养我的几个孩子呢！”

母女俩就这样吵吵嚷嚷，过一天说一天。外婆曾答应把毒瘾戒掉，还到同济医院去戒过毒，但半年多过去了，外婆却没有真正将毒瘾戒掉，仍然不断地向母亲要钱。母女俩依然不断吵闹。外婆也不断到大门口示威，等待王巡警来抓她。

抗战胜利后，时代发展，外婆已经不抽鸦片而改抽老海了。老海即海洛因。外婆一从母亲手中弄到点钱，就央求陈干娘或其他用人到街对面童老二处买几包老海，老海对她比女儿亲，她打开纸包时往往激动得双手发抖，然后把白色粉末倒在从纸烟盒里抽出来的锡纸上，噙起一个自制的像吸管一样的小纸筒，将锡纸凑近早已燃着的煤油灯头，锡纸上立即冒起一团浑浊的白烟，滋的一声短暂而悠长的轻响，烟雾顺着纸筒被微闭双目的外婆尽情吸入口中。为了不让一点烟雾飘散，她运足丹田之气，原本已经深陷的双颊因紧缩而几乎紧贴在一起，一气贯通，那烟雾直达五脏六腑，循环不已，然后周身通泰的外婆才微睁枯眼，翕动干唇，悠悠然舒一口长气。这时，如果我或弟妹们在她身边，她就会笑笑说：

“你妈说我浪费，你们都看到了，一丝一缕都被我吸进肚子去了，我有一点浪费吗？”

说过这话之后，她那僵直的嘴角往往波动起一丝心醉神迷的微笑，靠着被子迷迷糊糊地睡去。

这是外婆最得意的时候，但我也看到过许多次外婆毒瘾大发的惨状。

当发起烟瘾而手边没有那种白色粉末，母亲又不肯给钱时，外婆先是盘起一条腿，泪眼婆娑地坐在床边，口中咕咕嘟嘟，语音不清地诉说自己的苦命，男人早死，儿女不孝，越说越快越含糊，一把鼻涕一把泪的。等甩干了鼻涕眼泪，双目突然大睁，凶光闪闪，开始干号与大骂，骂得凶狠；时而拍腿打床，似要拼命；慢慢骂声渐低，变成嘤嘤的泣求；然后被痛苦与疲累彻底击倒，爬到床头，弓起腰，把瘦小的、头发稀疏的头像钻子一样向枕头上顶。她没法钻透床铺，钻透墙壁，钻透痛苦，干瘦的身躯在痉挛中发生一阵阵抖颤而由弓形变成三角形，又由三角形变成混乱的一团，不停地在床上翻滚，常常滚落到肮脏的青砖地面上。

到这时候，母亲只好拿出钱来，要她去买白粉。陈干娘可怜外婆，在母亲硬着心肠迟迟不往外掏钱的时候，陈干娘就用自己的钱给外婆买几瓶十滴水喝。外婆喝下十滴水，好像也能解除一些痛苦。陈干娘不在时，我和弟弟也常帮外婆到相国寺后街五洲大药店去买那救命的十滴水。不知外婆喝下这种褐黑色的、有强烈辛辣味的药水究竟有何感觉，但聊胜于无，毒瘾发作的外婆确实从辣得喉咙发麻的药水里，得到一丝慰藉。

这一次母亲下了狠心，一定要外婆戒掉毒瘾，发下话，不准哪个人去帮外婆赊白粉，也不准我和弟弟去给外婆买十滴水。

听到外婆叫得凄惨，我和弟弟走进她的卧室悄悄探视。虽然她不是会讲故事的外婆，但她毕竟是我们的外婆。我和弟弟刚把布帘拨开一条缝往里间瞧，外婆已在里间哼哼叽叽地呼唤起来。外婆虽然天天一副昏昏沉沉的样子，但耳朵极灵。

“是憨生吧？快进来。”外婆有气无力地叫道。

“外婆。”我和弟弟掀开布帘，走近床边。

“我快死了……”

“不会的……”我想说句安慰她的话，未说完就被她打断了。

“怎么不会？你们同你妈一样，看着我难受死了，还以为我不难受，不会死！”外婆的声音高了起来，不知道她从哪里来了力气。“你妈就想我死，我就死给她看看。”

“我妈不想你死，”我为母亲辩解，“我妈听到你难受得吆喝，还哭了呢。我妈只想你早点好过来。”

“我妈真哭了。”小弟补充道。

“你妈真哭了？”外婆突然兴奋起来，青黄的脸上迅速划过几条笑纹。

“真哭了。”小弟加重语气说。

“快，你们快去告诉你妈，说外婆难受得要死了，要她快快叫人去买那东西。”外婆紧张得喘着气，双唇不断哆嗦。在小孩子面前，她避讳“老海”那两个亲切而暧昧的字。

“我妈不让谁再去买那东西。”我说。

“你妈是真想要我死，真想要我死呀！她哭，是哭我死，我还没有断气，她就哭丧了，这不是咒我吗？”

外婆嘤嘤地哭了一会儿，伸出一支干枯的青筋暴突的手，在床褥下摸来摸去地摸出了两个银圆。她轮番捏着银圆在鬓发上蹭蹭，再放在唇边吹口气，急忙拿到耳边听听。可能那旋转的嗡嗡声十分美妙，外婆笑了，大约想起少女时期在田野听到的蜜蜂声，心里泛起一种甜甜的回忆。

她解释说：“这一块上面有袁大总统，叫大人头；这一块上面是孙大总统，叫小人头，给你们一人一块。憨生要大人头，小弟要小人头，外婆要死了，给你俩留个念想。”

外婆闭上眼，窗外投射进来的一缕阳光，像一张透明的黄表纸，正罩在她那张被痛苦熬干了的脸上。可能由于阳光，外婆的脸竟变得从未有过的柔和。窗口很蓝，高高的蓝天上有一只白色的风筝。风筝像一片落叶，安闲地在蓝幕上飘游，由于风的扯动，不断地发出阵阵悠远的唿哨声。我看得出神，我想那就是外婆的魂，仔细看风筝下边还有一条若隐若现的白线，只要那条细细的不胜重负的白线一断，外婆的魂，就要永远飘向无尽远的高空去了。

倚着床头假寐的外婆并没有飘升。她说：

“去，去用这两块银圆买点那东西回来。”

她半睡半醒，好像仍然沉迷、游荡在一个梦中。听不到回答，又说：

“就当我是先借你们的，等以后外婆有钱了，加利还，还给你们四块。”

“外婆，不能再帮你买那东西了。”我劝她。

“这又是你妈说的吧？”外婆嗔起脸，猝然坐直身，“哼，犯人临死还有一顿饱饭吃呢，我生你妈算是白生了！你们也学你妈的样儿，都认为外婆不好。外婆除了吸一口这点小毛病，别的还有啥毛病？你们说说，你们说说。”

外婆发作之后，又喘着粗气躺下去，双眼一直瞪着天花板。久久，她用极低极细的声音哀求道：

“去给我买些十滴水吧……”

我拉拉小弟，暗暗将那两块银圆放到外婆枕头下，急急退了出来。

我和小弟用自己的零花钱给外婆买了两打十滴水。我们放下装十滴水的纸盒，看了看睡着的外婆，恐惧突然袭来，几乎是跑步离开了外婆的住室。

到了下个周六，我从学校回到家，外婆已经死了。

走进前院，正站在二门外边低声说话的凤表姐和秀表姐，就面色紧张地告诉我这一死讯，是昨天早上死的。二门的木隔扇已经打开，小弟和小妹听到我的说话声，绕过二门里的花坛跑了出来。他们的鞋面上已鞔了一层白布，鞋头正中缀一块小小的蓝布头。花坛后面升起了淡淡的烟雾，想必是二院里已设了香案。

按旧京的规矩，父母亡故遗体应移至堂屋，始为“正寝”。可能因为外婆是外姓人，母亲没有将外婆的遗体搬移，而是在外婆住室的外间设了灵床。几块木板上铺了一张高粱秆箔，外婆头朝房门、脚朝里墙地躺在箔上。双脚已被称作“绊脚索”的麻绳捆扎，想来她那双很少移动的小脚将永远歇息了。外婆的脸被一张黄表纸盖着，我不知能不能动那张纸，犹豫了一下，不敢去动，因此我没有看到外婆死后的面容。我想，那面容上不会再有痛苦、怨恨、渴求、挣扎，在那布满沧桑的皱折里，一切都归于平静了。

院中的供桌正对灵床，春风吹过，香篆袅袅，给外婆的住室送去一股股从未有过的香味。

我在灵床边站了站，又在供桌边站了一会儿。供桌上摆放着供飨五碗，有荤菜、素菜和圆蒸馍，另有酒三盅，筷子一双，油灯一盏。桌前地上放有底部钻有洞眼的红瓦盆一个。那油灯是为外婆照路的“指路明灯”，那个被旧京人叫作“老盆”的红瓦盆，是为外婆到阴间后，能“盛干漏稀”，免除被小鬼强迫喝“迷魂汤”之苦的。看到这里，我叹了口气，想那外婆到了阴间也是难得安宁的。

我走进上房，就见母亲与大姨正坐在沙发上商量丧礼的事，陈干娘把太师椅移过去，一起谈论。陈干娘看看我的脚，说要给我鞔鞋，母亲说那不要紧，先把出殡的事定下来，再说其他的事。

母亲很焦急的样子，听她的意思是等一会儿就入殓，明天就出殡。大姨与陈干娘好像认为太仓促了，不太好。

“明天出殡怕来不及。还没有找人去打坟呢。”大姨说。

“入殓后，还要找风水先生看个吉日，才好出殡。”陈干娘说。

“什么吉不吉的，俺老丘家落到这一步，还有什么吉利可求！”母亲蹙紧眉头，十分烦恼地用拳头敲敲额角。

“也不能太草率。太草率了，会被街坊笑话。他舅不在，身边就只有你这个亲女儿，一切由你做主，你好好想想。”大姨与母亲不是亲姊妹，话也只能说到这一步。

“是不能太马虎。”陈干娘附和大姨道。

“那你们说该怎么办？难道还要搭灵棚设祭不成？一个穷老婆子，又不是什么人物……”母亲不由得又想发泄她那一肚子的怨恨。

“搭灵棚倒是不必，”大姨截住母亲的牢骚，望望陈干娘，“一般的礼仪还是要有的。旧京的人很讲究一个‘礼’字，是吧？”

“是的，是的。”陈干娘急忙应和。

“老丘家在旧京没有什么亲戚朋友，不需报丧，也不需请人点主①，我看没有那么多麻烦事。”

“纸扎呢？响器呢？这些都还没有去定哩。”陈干娘说。

“不要纸扎与响器了。”母亲摆了摆手。

“纸扎得要。”大姨说。

“要几件？”母亲问。

“起码得四件。童男童女和金山银山。”陈干娘说，“我这就到南京巷的杠轿铺去一趟，顺便把杠夫定下来。”

陈干娘刚走到房门口，母亲又吩咐说：

① 点主：是指牌位上的“神主”二字先写成“神王”，然后请“点主官”前来点王字上的一点。

"要扎纸扎的给童男童女手上扎一对烟灯烟枪。"

大姨笑了，看着母亲，半是感叹半是打趣地说：

"他姥姥瘾了一辈子，到阴间可要好好过足瘾了。多亏你想得到。"

"人家早就不抽大烟，改抽老海了。"陈干娘说着，重重地甩了一下门，走了出去。

按风俗，人死后三日入殓。母亲坚持丧事快办，陈干娘从南京巷回来，棺材就跟着抬了过来，随即入殓。入殓时，陈干娘猛然想起刚才掀开床褥时，跳在地上叮当作响的两块银圆，急忙走进屋里找出银圆，往外婆的两个手掌里各放了一枚。

陈干娘围着棺材忙来忙去，我与凤表姐、秀表姐一起站在旁边。小弟、小妹不听大人的呵斥，带着惶恐与好奇的表情，不断地悄悄凑上前来。

听说外婆死时，五岁的小妹刚巧在她身旁。外婆挣扎着虚弱的身子到上房找母亲要钱，母亲不给，外婆蓦然来了精神，一跳老高，把地跺得咚咚响，蹦着骂着从上房冲了出来。小妹好奇，跟着她跑回她住的屋子。一进屋，她就从床底下拉出一个搪瓷痰盂解溲，听到母亲在窗下说话，她要回敬几句，从痰盂上猛然跳将起来，岂料一句话没喊完，就倒地死了。

小妹看到这情景好像被吓着了，不断地重复着说：

"外婆从痰盂上跳起来，喊了声：'我就是卖了你……'就摔倒了。样子好怕人！……"

秀表姐拍拍小妹的头，说：

"以后外婆就不会再卖谁了。你们看她左手捏一个大总统，右手也捏一个大总统，她有钱了。"

凤表姐叹了口气，摇了摇头。

第二天，来了八个杠夫把外婆抬走了。西门外有块山东义地，那里刚打好了一个坟。

孩子们都没有参加送殡。没有响器，没有僧道，没有执杖的孝子，当然更没有众多亲友拉着棺旁两块白布那种“执绋”的排场。在绣花已经脱线的破旧棺罩后面，跟着母亲、大姨和陈干娘乘坐的三辆洋车和晃动的四个纸扎。

我站在大门台阶上，目送这支出殡队伍渐渐远去，那个童男手中的烟枪与童女手中的烟灯，又令我想起母亲最后的那点孝心，以及她们母女之间的许多故事。

天色阴暗，装着外婆的棺材，终于隐没在灰蒙蒙的街景之中。

落考的大哥

大哥已过世多年了。

按中医说法，大哥是因肝气郁结而亡。快人快语的大嫂对我说："你大哥是气死的！"

大哥是学水利的。大学毕业先治淮后治黄，起初在省水利厅工作，后来下放到地区水利局，再下放到县水利局协助工作。"文革"中平日少言寡语的大哥成了逍遥派，但他想逍遥别人不让他逍遥，一时间两派都审查他，说是他隐瞒了父亲的反动历史，说父亲在旧军队里当过兵团司令，他避重就轻，将父亲降了级。大哥不承认不老实，旧军队确实没有那么高瞧父亲，给他那么高的职位。大哥回家问母亲，母亲还是那句"家庭名言"："咱家的事都是小秃头上的虱，明摆着呢。从邯郸审查到延安，从延安审查到西柏坡，从西柏坡审查到北平，多少虱子一清二楚，没有的就是没有，用不着咱们把它掖起来！"大哥如此这般向两派交代，两派仍然不信，仍然说大哥不老实。不老实就是不诚实，人无诚何以为人？大哥的人格遭到了诋毁与蹂躏，郁气于内，先胸后肝，以至于肝硬化，肝腹水，实在挪不动步了，从乡下回到旧京，住进一间肮脏杂乱的小医院。他自知生命不保，一天走出医院，有人看到他出北城门向北走去，以后就一直没有下落了。关于他的死因有种种推测，但我深信他融入了黄河……

近几天，我又想起大哥考大学那年。大哥在他通向大学的道路上，给我留下了不少带有戏剧性的记忆。

由于结婚与日寇入侵中原，大哥高中毕业之后停学三年。这年夏天，大哥从家乡来到旧京，打算升大学。大哥自幼娇生惯养，自视甚高，从来自认是有大抱负的人，高中毕业后他并非不想升学，国难当头，何能埋头书斋？不听父亲劝告，壮志凌云地跑到西安投考了黄埔军校七分校。入校两个月，天天早操夜集合，连吃饭屙屎也要限制时间，简直是法西斯！一向崇尚民主自由的大哥怎能受这份气，一气之下愤然离去。军校实行的是军事制度，私自离去等于开小差，抓回不得了。多亏了父亲是道不高不矮的土墙，他虽瞧不起，还是能替他挡风遮雨的。报国不易，然何愁报国无门？大哥在家里等待报国时机，这一等就是三年，不争气的小日本投降了，把大哥满腔斗志消磨了不少。

大哥从来没有想过投考河朔大学，河朔大学虽近在家门口，可怜从来入不了他的视野。“念河大的人都是混饭吃的”，大哥不愁没有饭吃，大哥不必混饭吃，大哥从心眼里瞧不起那个什么国立河朔大学。还国立呢？挂着那个校章不嫌寒碜！

大哥从家乡来，目光瞄准了全国的名牌大学。母亲连忙表示支持，咱家大少爷即使不上北大、清华，也要上个中央、复旦。往北不易走，国共两党正打得激烈，把一条平汉线打断多时了，路不通，只有向南去，武汉、南京、上海等等，哪里都有适合大哥就读的名校。大哥告别母亲，匆匆上路了。那年月不是全国统考，大哥搜集了许多份招生简章，按考试日期的先后，从武汉一路考到上海，真乃是漏夜赶科场呵！一个多月过去了，我们都焦心地日日盼着邮差送来录取通知书，却接到从上海来的一份电报，大哥拍来的：

母亲大人：儿抵上海已数日，尚有两校待试，然川资已罄，乞速寄钱若干，以解儿燃眉之急。儿敬上

母亲看到大哥的电报哭笑不得。“娘那 ×，火都烧焦眉毛了，还同我拽文呢，我不懂啥‘燃眉之急’！”

大哥非母亲亲生，在家又是长子，所以母亲对他一向很客气。他对母亲也算尊重。虽然心里并非没有隔膜，都是知书达理的人，面子上从来未有过过不去的地方，祖母娇宠大哥，只有大哥可以站在中间缓冲一下母亲和祖母的紧张关系。抗战期间全家逃难在伏牛山的一座大庙里，祖母为家产被毁整日生气，母亲受不了她无端辱骂，决心离去。那一夜母亲带着二哥、弟弟、妹妹和我，突然跪在祖母面前向祖母认罪、告别。祖母没有心理准备，僵了一会待想发作，一看大哥与大嫂跪在她两旁，紧紧抓住她两只手，她动不得，终于未说一句话未有一个表示，眼睁睁地看着我们站起身来走了。那一天晚上没有月光，在很高很远的穹顶，密密麻麻的星星闪烁着微弱的光亮，那一点星光是照不见路的，黑苍苍的大山挤压着大地，山梁山沟溶解在墨黑之中，凉风如水，一切都在墨水中悬浮起来。我们坐上牛车，看不到赶车人，也看不到拉车的黄牛，只听到车轮与石头路面的碰击声、牛的喘气与喷鼻声和远远近近的流水声。牛吃力地曳着牛车，车上了一个斜坡，赶车人在黑暗中吆喝着，我知道车正从白天我常来玩耍的一座石桥上通过。到了桥的高处，我扭头回望，看到大庙门口一盏如萤的马灯在晃动，黯淡的光晕里有两个人影，那是大

哥和大嫂。平日母亲对大哥和大嫂也尽力维护，生怕落下做庶母的不是。大哥大嫂结婚使用的那么多衣料用品，都是母亲张罗着在天津置办的。母亲常苦涩地笑着说，世界上最难当的是后娘，这角色偏偏叫她派上了。

母亲接着电报急忙去找大姨，大姨是大哥的干娘，大哥小时候还是大哥的家庭教师。大姨一看电报急了，这孩子最爱面子，不到十分的难处他是不会拍这个电报的，“燃眉之急”呀，说不定现在饭都没得吃的了。大姨说着说着眼泪就掉了下来。母亲本来是向大姨讨主意的，反而得劝大姨：“大姐你别急，咱赶紧想法子弄钱汇钱就是了。”末了还说了一句笑话，“一个干娘一个后娘，加起来总顶得上一个亲娘吧？”把大姨又说笑了。

母亲弄钱的办法只有卖首饰。她拿了一只金镯子到老凤祥变成钱，随即到自由路邮局汇了出去。

半个月后大哥回来了。一路风尘，大哥黑了点瘦了点。母亲和大姨这样说，我看也是黑了点瘦了点。大哥生得一表人才，是个白面书生，绝不像我这样又黑又瘦又憨的不成体统。大哥长相好，我同秀表姐去看《雷雨》，看过后我们不约而同地说，“要咱大哥来演周萍，根本不用化装。”大哥的长相很为父亲争面子，可惜这父子的性格格格不入。祖母溺爱大哥，我想与大哥的长相也有关。我有自知之明，我不记恨祖母。如今大哥黑了瘦了，当然要好好将养。大哥不急不躁，既没有“得胜回朝”的傲气，也没有“兵败而归”的沮丧，但不时会激昂地对我们大家发一番议论，猛烈抨击他报考的那些大学。

“这是在中国吗？试卷用英文出题，到底他们要招的是中国学生还是美国学生、英国学生？”

“孙中山先生说中国是次殖民地，我说中国是次次殖民地，大学是专门为洋人培养洋奴的！”

“那些用英文出题的试卷，我根本不答。当然，我也看不懂。我是中国人，我答他做什么。”

我不怀疑大哥是一个真诚的爱国主义者。

全家没有人同大哥争论，但大家心里有数，理直气壮的大哥没有考取一所大学。

因为共产党嫌疑躲在我家住闲的柳先生劝大哥不要选理工科要选文科，大哥不听。大哥重责任，战时以军救国，平时以工救国，所以大哥必须学工，责无旁贷地学工。高中时，大哥的英文与数理化诸科成绩均平平，他喜欢文学，最善诗词，能把李煜、姜白石、温庭筠的词背诵如流。我念小学三年级时，他就教我读李煜词，他是我的文学启蒙老师。他在准备功课考大学时，常见他读的也是诗词歌赋之类的书籍，还常常同住在前院的姬参议谈诗论画，但他偏偏报考理工，柳先生不解，大家都不解。大姨——他干娘有时劝他两句，他浅笑不语，莫测高深，不知是听还是不听。

没有谁责难大哥，不以成败论英雄，那种培养洋奴的大学不上也罢。大哥不难受。但没有书读总是个问题，母亲劝他再考，他也只能仰天长叹，点头诺诺。

大哥花去若干法币和银圆在江南跑了一圈，虽未考上大学，却带回了两件宝贝，一件是健脑器，一件是农民党。

这健脑器是科技新产品，据说是美国人发明的，材料可能是一种铝合金，宽约两寸，厚约一寸，半圆形，一面平滑，一面呈蜂窝状，两端连接一条宽皮筋，用时拉开皮筋，将那个半圆形的金属玩意紧附于额上。据说戴上此种新发明，读书可以收到事半功倍的之效。大哥经常将此宝系于额上躺在他钟爱的帆布躺椅上看书，满脸严肃，满头神符，那样子是很神圣的。秀表姐偷偷暗笑，我不敢笑，大哥一贯对我好，我要维护大哥的尊严。我说，大哥把那新发明让我试过，我一戴，只觉前额凉丝丝的，头脑顿时清醒几分，总同我闹别扭的 ABCDE 一串串字母，即刻在我脑子里漂游起来。

“好啦，你戴上健脑器漂游吧，以后不要再问我英文单词。”秀表姐说。

“我还没有说完嘛，”我抬手敲敲头，“总是那么漂游着，抓不住。”

这农民党就更厉害了。大哥在上海遇到了一个朋友，这朋友劝他参加农民党。那时国民大会正闹得声势汹涌，大哥也正在研究党派民主政治，他不满国民党，也不十分赞成共产党，一听说新成立了一个农民党——一个为农民谋利益的党，不错，就报名参加了，并衔命回河南发展党员。他把小哥、表哥、表哥的同学都发展进去了，还说要成立河南省农民党支部，没有地方挂牌子，曾想将牌子挂在我家门口，因为母亲和大姨都反对如此招摇，隆重的挂牌典礼才没有举行。后来听说根本就没有去做这块牌子，只是几个热情的党员的建议而已。我同表姐们很看不起他们这个党，笑他们穷得连张印表格的纸都没有，还谈什么竞选。大哥十分自信，说中国农民最多，将来农民党参加竞选，在国民大会中的席位一定最多，到时他们都是国大代表，地位不亚于住在前院北屋的现任国大代表姬参议。姬参议参加的是青年党那种小党，成不了大气候。这些话大半是玩笑话，想不到后来这个农民党会给大哥、小哥、表哥等等住在小院的年轻人带来那么大的麻烦。几十年后我查找资料，证实农民党确有其事。农民党的全称为中国农民党，负责人是董时进。一九四九年初农民党曾经响应中共提出的八项和平条件，董时进还来到北平，打算参加新政治协商会议。但农民党反对土改，走的是地主路线，中共统战部长李维汉劝董时进将农民党自行解散。董时进无党可依，回到香港，农民党也就销声匿迹了。当年大哥带回的这个农民党，可比健脑器影响大得多，小哥、表哥们在历次运动中几经审查，自不待言。

还得把话说回来。当年大哥虽沉溺于党派民主政治，还是得带上健脑器考大学。夏尽秋来，还何有大学可考？真乃是天无绝人之路，这时旧京城里偏偏出来个从未听人说起过的中原工学院。原来这中原工学院是黄河水利委员会属下的黄河水利专科学校改办的，因等待教育部批准备案，所以招生晚了。柳先生得到这个消息劝大哥报考，大哥听了半晌好像还没有听明白：

“什么中原工学院？”

“就是原先的黄河水利专科学校，现在升格了，有水利系和土木建筑工程系。”

“这算什么学校？”躺在躺椅上的大哥不屑地摇摇头，坐起身从身边茶几上端起一杯他心爱的龙井茶，啜了一口，缓缓把茶杯放下，若有所思地望望西窗上的阳光，躺下去顺手拿起刚从北书店街旧书店买回的一套线装纳兰性德词选，不经意地翻着。

大哥与柳先生住在二院西屋，此时夕阳正射着西屋的后窗，窗上的玻璃流动着一种淡红的颜色，直流在坐在窗下的柳先生的四方脸盘上，把两颊浓密的青胡茬都染得闪闪发亮。柳先生是大哥的高中同学，比大哥大几岁，由于家境及社会阅历不同，他待人处世比大哥成熟得多、沉稳得多。大哥很敬重他，大哥不佩服父亲却佩服这个曾经身贫如洗的共产党嫌疑犯。我们全家对柳先生都是很客气的，只因他曾在我家乡的小学校当过老师，我们全家都称他为先生。大哥虽然是个表面懦弱的少爷，内心却有一种浪漫色彩的正义感，每当柳先生遇到困难与麻烦，大哥总是慷慨相助。这次柳先生到我家避祸，也是大哥的主张，虽然母亲认为我家并非安全之地。

柳先生仰起浸泡在夕阳余晖里的青下巴，眯起长眉毛下的细长眼睛笑了笑，不无嘲弄地说：

“那你就好好读你的纳兰性德吧。贵公子吟诵贵公子，惺惺惜惺惺嘛！”

大哥不语，埋头读词。他故意气柳先生，竟摇头晃脑地高吟起来：

“风一更，雪一更，聒碎乡心梦不成。故园无此声……”①

“你这人真怪，天天叫喊着要工业救国，要读工，可没见你摸过数理化，前些时是姜白石与温庭筠，近日又弄来个纳兰性德，缠缠绵绵的，这不是南辕北辙吗？”柳先生不客气地批评大哥。

大哥放下手中发黄的线装书，双眼直直盯着天花板上那个有乳色玻璃罩的电灯，不语。

“我告诉你，前天伯母同我谈起你升学的事哭了。她说要是你荒废了学业，她对不起身在远处的凡老伯。”柳先生说，“大姨也为你升学的事着急。”

太阳落到西城墙后面去了，黄昏停留了片刻，屋内有一抹晚霞的余晖，由淡转暗，渐渐失去了透明的柔光。大哥轻轻地叹了口气，躺椅咯吱响了几声，好像是想起身拉亮电灯，但他还是没有离开躺椅，黑暗中那双眼角过早出现皱纹的眼睛睁得很大，疲惫的目光似乎在探索着穿越墙壁，却被夜色无情地挡了回来。大哥一惊，好像听到了被挡回的目光跌落地上的声音。

大哥还是听从了柳先生的劝告，不无屈尊地报考中原工学院，柳先生也去报考，说是陪考。大哥给了全家一个惊喜，他考取了。当母亲和大姨都为他高兴，张罗着庆贺一番的时候，他却满不在乎地说：“妈，是柳兴华考上的。”

---

① 纳兰性德词《长相思》下阕。

"明明录取的是你嘛。"

"他替我考的，"大哥说，"试卷上他写我的名字，我写他的名字。"

"别乱说！"母亲打断他的话。

站在一旁的柳先生推了推大哥，为大哥遮掩道："你就喜欢胡说八道。"

"这有什么好胡说的呢？"大哥昂起头，不乐地瞧瞧大家。

入学后，有一段时间大哥学习是努力的。学土木建筑，绘图课是免不了的，大哥经常铺开绘图纸，拿出三角板、圆规、绘图笔等等在桌上画来画去。一个星期天他独自坐在西屋半天没出来，吃中午饭我进去叫他，他从桌边站起来，指着绘图纸上一个像半个鸡蛋壳样的圆形问我那是什么，我看了一眼不假思索地说，是草帽。他说你再看看，草帽怎么没有帽檐？我说是乡下人戴的那种用白草编的凉帽。

"怪不得都说你憨，这就看不出来是什么，"大哥灰心地叹了口气，"去把秀叫来！"

我把秀表姐喊了来，秀表姐比我灵动，走到桌边瞄了一眼就说：

"——这能难为谁呀，谁看不出来，这不是一把伞吗？"

"伞有四个柄？"大哥的脸红了。

"旧京风大，你多画了几个柄呗。"

"去去去，什么草帽呀伞的，"大哥垂头丧气地，"画的明明是个亭子呀！"

秀表姐怕大哥发火，急忙拉起我的手，丁零零笑着跑了出去。

大哥虽说已潜心学工，打算修成正果，但他对政治学的兴趣依然不减。他愤世嫉俗，兴之所至，难免又要指点江山，臧否人物，因此在小院引起了一次次辩论。

他最难忘的仍是“民主”二字。他看到我们穿的学校制服，帽子上的“青天白日”帽徽设有一圈红边，愤愤地说：“现在还搞一党专政，如今已是啥时代了？”

表哥徐大显和同学纪一天抗战时期参加过青年军，那时他们都是十六七岁的中学生，是抱着杀敌救国的决心参军的，他们在军中受的教育与大哥的言谈不合辙，因此经常发生碰撞。

“一个帽徽和一党不一党专政有什么关系。”表哥说话带着质问的口气。

“当然有关系，‘青天白日’是贵党党徽，周边一圈红代表‘满地红’的意思，就是国徽。”

“我们在青年军是集体参加国民党的，根本不自愿，你不要‘贵党贵党’的。”表哥嘟哝着，侧着头不高兴地瞟了大哥一眼。

“大哥，你不要忘了我们都是你发展的农民党党员呀！”纪一天打趣道。他们几个人除大哥外没有谁把那个不知所以的农民党当真。

放寒假，大哥回家乡一趟，祖母、大嫂都在乡下，大哥不能不回去看看。这时家乡已经解放，他对共产党没有什么恐惧，从洛阳下车，步行着就从国统区迈入解放区。过了大年，开学的前一天他才又回到旧京。他在家乡住了近一个月，回来后说话腔调都变了。他说共产党好，共产党讲平等爱护穷人，共产党的干部艰苦朴素，不像国民党那么腐败。

“共产党那么好你还回来做啥？”士别三日当刮目相看，表哥刮不了这个目，打断大哥的话，挑衅地瞧着大哥。

“他们就是不愿我回来，区长还找我谈过话，想把我留在区上当干部，当工作员，还说可以推荐我到县里去。”

“当县长呵！”表哥语含讥讽。

“那可说不定。”

“有官做你还回来做什么？”

“别说是区官县官，再大点的官我也不稀罕！”大哥被表哥激恼了，从桌子上胡乱抓起一本书，坐在躺椅上翻动着，满脸不屑于再争论的神气。

秀表姐与我在一旁笑起来。秀表姐看看表哥又看看大哥说，“你们农民党内讧了？真好玩！”大哥把书摆在桌上，吁口气面色平静了些。“我对共产党的做法也有许多不赞成的地方。比如动不动就把人拉上台子斗争，动不动就叫人到台子上坦白，这太不尊重人了。再说有的基层干部也很坏，我们村的工作员被人杀害了，上面本说要给他立碑的，后来在他的遗物中发现了三个金戒指，金戒指哪里来的？还不是贪污来的？再一查他劣迹斑斑，不比国民党的保甲长好到哪里去，立碑的事就不了了之了。中国人呵，中国人呵……”大哥叹息着没有往下说。

这一时期，大哥的思想是比较倾向于共产党的。但他同躲在我家的共产党员柳兴华争论起来，也无止无休，只不过大哥成了主讲，柳兴华却总是仰着黑乎乎的下巴，眯着似笑非笑的细长眼睛只听不讲，偶尔说几句，往往把大哥逼得没有退路，使大哥哑在那里。

大哥进入中原工学院后，柳先生曾被警务处抓了一次。大哥请前院的姬参议设法营救，还把我家的一幅于右任写的对联送给姬参议，才把柳先生从监牢里扒了出来。柳先生出来后通过关系在防空司令部作战室谋了少校作战参谋的差事，改名柳震中，仍住我家。解放军没有飞机，旧京城根本无受空袭之虑，不知设此空衙门为何？柳先生虽然无事可干，无战可参，每天手提黑皮包，军容整齐，上班下班从不差分误秒。柳先生沉默寡言，彬彬有礼，只有回到西屋同大哥争论起来，话才多一点，声音才高一点。

有几天我看到大哥常常看一个小薄本本，夜晚停电，他还点上煤油灯翻来覆去地看。我好奇，趁他不在家偷偷打开他的书桌抽屉，找出了那个本子。封面上印的书名是：《论联合政府》，还印了一个毛泽东的木刻像，印得很粗糙。我明白这是共产党的书，是柳先生拿给大哥的。我想大哥那么认真地读，可能这书不亚于纳兰性德词对他的吸引与感动。一天下午刚睡过午觉醒来，天气炎热得很，柳先生一面用冷水擦脸，一面问大哥："感想如何？"大哥把那本书放到柳先生床头，坐回躺椅，微闭双目出神，好像在思索如何回答柳先生的问话，

"好文章，好文章。"

"仅仅是好文章吗？"柳先生又问。

"文章写得好，但实行不了，就只能是好文章。"

"那是国民党要搞独裁，所以联合政府不能实现。"

"如果你们共产党掌权，这联合政府的主张就能实现了？"大哥直直望着柳先生，"我看不见得吧！"

"何以不见得？"柳先生黑红的脸膛唰地变得乌青，"这是不能同日而语的！"

"中国人呵，中国人……"大哥不管柳先生变了脸色，在躺椅上挪挪身子，自言自语地，"中国人什么都想要，就是不想要民主。"

"多少人在流血牺牲争民主，你怎能说中国人不想要民主呢。"柳先生脸色恢复过来，缓缓气笑了。

"如果想要民主，还打什么内战？"大哥说，"抗战八年，从苦难中走出来的中国人多么希望国家真正走向和平、民主、繁荣，但结果人民得到了什么？得到了炮火！炮火！炮火！"

"你知道各党派并不是没有进行政治协商，是国民党撕毁了政治协商会议决议，因为他不愿意政治民主化，因为老蒋想要当

大总统。”柳先生平心静气地对大哥解释道。

“是的是的，中国没有戴高乐，就算蒋介石想当戴高乐，他那些一心希望加官晋爵的党羽也不同意。”大哥停了一停，挑逗地瞧了瞧柳先生，“老哥，咱中国不是也没有多列士吗？”

“中国共产党绝不能像法国共产党那样缴枪！”柳先生又气愤了，说话斩钉截铁，“严格说，多列士是叛徒！”

“救国领袖戴高乐不当总统，抗德英雄共产党游击队员们接受整编，我不知道这对法兰西人民有什么坏处。”大哥拉长声调，语含讥讽地笑着说。

“法国与中国的国情不同。”

“是不同。两千多年前孔老夫子就教训我们君君臣臣父父子子，我们要什么民主，我们要的是皇帝。”

柳先生似乎被大哥激得又好气又好笑，他指指大哥，说：“你是个人主义者。”

“你说我是什么主义都行。”

“农民主义？”柳先生嘲笑地眨眨眼，“你们农民党有主义吗？”

“我已宣布退出农民党，宣布我们这个农民党的小组解散了。”

大哥真的这样宣布过。国民大会在南京选举总统、副总统，热闹得打架、贿选、抬棺材，乌烟瘴气，闹剧连台。大哥、小哥、表哥们为了讽刺前院姬国大一家，在二院排演了几场精彩的竞选，还召开了“国民大会”。大哥、小哥代表农民党，表哥与纪一天代表国民党，大哥找姬国大的儿子姬彬来代表青年党，姬彬不来，就把这个席位让给了我弟弟。我成了“社会贤达”。要秀表姐代表妇女界，当“会花”，秀表姐呸的一声拒绝了邀请。柳先生站在花坛前看热闹，拉他参加他急忙后退，一直退到酸石榴树下，拉来拉去，把那棵酸石榴树摇得扑扑棱棱乱抖，像害了疟疾。大哥说算了，他那个党是抵制国民大会的，不来就不来吧，我们照样开会。大会议程一项一项往下进行，贿选、指骂、投票、计票……气氛不亚于南京。当参选的个个捞到“金条与高官”之后，大哥突然宣布，他退党，农民党小组解散。

大哥失望了，大哥对一切都失望了。

大哥喜欢心血来潮，大哥做的一些事往往互相矛盾。

大哥本是个斯文的、性格良善的人，但他心里总是有团火在乱烧乱蹿。兄弟间，大哥同我最接近，我望着他感到亲切，也感到几分畏惧，甚至某一刻会忽然不认识他，你是谁？你到哪里去？他同情穷人，同情弱者，但他也会做出捆打同学、打骂大嫂和陈干娘的乖张举动来。我不理解，有时我只能远远望着他。

一九四二年河南中部遭受旱灾，当一群群西去的灾民从村子经过时，大哥提出救济灾民，起初祖母不同意，大哥同她争吵，“我家喂鸽子，都是一斗一斗地往地上撒，难道人还不如鸽子！”大哥不管祖母高兴不高兴，要长工们从楼上把粮食一袋一袋地扛到门口，凡是路过的灾民，不管大人小孩，每人一升小麦或小米、玉米。一米救三荒，大哥确实做了好事。我因口讷貌丑，在家是很不得人喜欢的，大哥偏对我好。祖母极吝，她从洛阳请来牙医给她镶牙，我害牙病，脸肿得好像半个皮球，她骂我好哭，却不叫医生顺便给我看看。我得了肺病，整夜咳嗽没人管，大哥放假从洛阳回来，知道我得了病没有医，很生气，总是骑着马把我放在马鞍前边带我去看病。家里人都说我傻，大哥说：“憨生傻是傻，可读书最聪明。”一个“最”字，多少改变了祖母、父亲、母亲对我的态度。那时我听说大哥在学校捆打了一个同学，我真的很难相信。我心想大哥不会做这样的事，但他确实做了这样的事。他准备回家特意买了一些衣料之类的物品，夜晚被人偷了，有一个与他很要好的同学说是另一个同学偷了，那个同学不承认，他们就把人家捆起来拷打。柳兴华比他高两班，听说此事急忙赶来制止。后来这件事闹得很大，被打同学的家长将我父亲告到一战区长官部，父亲很生气，大哥却硬着头皮不认错。其实衣料是怂恿他打人的那个同学偷的，事实被人揭发出来，他置之不理，与那个同学来往如故。他对大嫂很专横，他与大嫂结婚那年才十九，大嫂十七,十九岁的人不知道怎样就学会了端一副“男人”的架子。大嫂是在天津长大的，十七岁的女孩子完全是由于门当户对，从天津下嫁到陌生的山窝窝里，远离家人，无依无靠，够可怜的了。大哥很少体恤她。大嫂的娘家离得远，新婚后免去了回门等许多礼仪，祖母怕大嫂思家，那天要她坐在轿车里到院墙外看看戏。阅楼紧挨我家院墙，戏班是为了大哥大嫂的婚事特意从洛阳请的。我和姐姐陪着大嫂，大嫂穿一件浅蓝色毛呢大衣，围一条格子长围巾，打扮的一点不妖艳，但因大嫂是新娘子，生得又白净丰韵，戏台下的乡下人纷纷扭过头脸来，有些年轻人站在稍远处嘻着嘴笑，有几个老太婆走过来拉拉大嫂的手，说几句称羡的话。一切都不过分，却惹恼了坐在宅子里无精打采望天空的大哥，他派人叫大嫂立即回去，大嫂茫然地看看我和姐姐，一句话没说，任轿车在石头路上咯噔噔地拉我们回来。跑日本时，趁日本兵不来摸山，我们会住在一个村子里相对平静十天半月。天热了，一天大嫂换了一套绸子衣服，不意日本人那天却来了。一接到报信，我们从村东口跑过刚长有半人高的玉米地，然后沿着一道道土垄往山沟里跑。走出玉米地，大哥看着大嫂身上的黄色绸衣，突然发怒，抡起手中的木棍就打大嫂。大嫂立下不走了，掩面无声地哭起来。我看到大哥又要举起木棍，蹿上去抓住了棍稍，我不知道我是什么表情，大哥把木棍推拉两下松开了手，我看到大哥的面色惶然。大嫂是个心大肺大不知忧愁的人，整日乐乐呵呵，同我们兄弟姊妹相处得十分融洽。她给我们唱《渔光曲》、唱《四季歌》，过去我们没有听过这种歌，我们从小学一年级起就唱“风在吼，马在叫”，我们还挺着胸脯唱《满江红》，所以听听《渔光曲》感到新鲜。我们用她的指甲油涂红手指甲和脚指甲，涂了抹，抹了涂，有时她被我们的无理取闹弄哭了，但一会就又笑起来，从未真正生过气。她心肠好、脾气好，大哥为什么对她那么粗暴我不明白。更使我难过的是他对陈干娘的责骂。陈干娘虽是用人，但她是我的奶妈、干娘，连厉害的祖母不管情愿不情愿都要对陈干娘以礼相待，可大哥有一次竟失态地用火钳掷她。我们逃难在南召的时候，陈干娘的一个做粮食生意的干亲来探望，陈干娘只想把她的干亲照顾好，跑前跑后，又亲自到厨房做菜，大哥看着不悦，恰逢他急于泡茶，陈干娘把灶上的水壶移开了，他发脾气，陈干娘同他顶撞起来，他一怒，拿起灶台上的火钳向陈干娘掷去。虽然火钳没有掷到陈干娘身上，或者他原本就不想掷在陈干娘身上，但他这种举动太过分太出人意料，陈干娘委屈得大哭，全家上下都感到吃惊。我几个月不理他，见了他绕道走。他知道我恼他，也知道自己做得不对，还笑着说我：“憨生厉害！”

大哥一直生活在矛盾中，他志向远大，却不实行；他对祖母吸毒、养戏班子常常表现出一种深恶痛绝的心情，可他在家停学那几年，据说得了一种怪病，居然也染上了毒瘾，直到来旧京前夕，才将毒瘾戒掉。

有一次我听柳先生说他：

“说到底，你还是一个大少爷。”

可以说大哥是一个心地不坏，自视甚高，志大才疏，喜欢异想天开的大少爷，但大哥的为人与对世事的观察是有不少可取与独到之处的。

大哥退出农民党和对南京国民大会的讥讽，说明他对中国的政党政治与民主政治是彻底不抱幻想了。

他提出要转系，由土木建筑工程系转入水利工程系。柳先生问他为什么，他苦笑着说："不论是国民党打赢了还是共产党打赢了，谁也不能不要黄河吧。将来我只为黄河做事。"

下一学期，他真的转了系。他对水利比对土木似乎兴趣大些。除了功课外他还到书店街搜寻了许多关于黄河的新书和古书拿回家里读。经常还读读词。他最爱的仍然是李煜的词。

一个秋天的周日，他要同我去寻找李煜的墓。我说没有听说过旧京还有李煜墓，他说旧京不但有李煜墓还有仓颉墓呢。他最近读了一本书，上面记载了李煜墓的方位。

我跟着他走出北门，雇了两头赶脚的小毛驴骑着向西北方向走去。城北是一望无际的黄沙，沙丘起伏，有些地方黄沙几乎已拥上城堞。地面上几乎没有生长的庄稼，远处散散落落地有几棵树，灰蒙蒙的了无绿意。疲弱的秋阳像一个白色的气球，被风吹得一摇一摆，怕是会跌下来。无力的阳光在沙丘上流动，黄沙和白光搅拌在一起，像一匹匹晾晒在天空下有无数个洞隙的破麻布。四周没有一点生气，天苍老，地也苍老。我们从一条勉强可以行驶汽车的土路转入一条小路，斜插向西，正经是走在沙窝里，刚才还撒欢的小毛驴一步一颠，走得十分艰难，青黑色的脖子上汗珠像蚯蚓爬行一样，慢慢向下蠕动。一会，连前额上挂的红缨也湿了。大哥和我从小毛驴上跳下来，让小毛驴喘息一会，赶驴人早已松开了驴绳，由驴儿随意走着。大哥同赶驴人一面走一面说话，大哥提起李煜，赶驴人说没有听说这一带有这个人，说到古墓，前面村子倒是有个大土堆，听说里面埋的是古人，不过早被盗墓贼盗过几次了。赶驴的不会把我与大哥当成盗墓贼吧。赶驴的问大哥："先生是干什么的？"

"盗墓的。"大哥有时也是很幽默的。

"里面没啥东西啦，早叫盗完了。"

"墓旁有碑吗？"

"好像石碑也没有。早先应该有，可能被村子里的人挖去垫猪圈了。"

赶驴人不管我们是不是盗墓贼，就这样一直陪我们一路走下去。我同大哥走一段骑一段，大约过了两个时辰，前面出现了一片歪歪斜斜的茅屋，几棵泡桐树。赶驴人说这就是他说的那个村庄。

村庄北面有一道沙梁，沙梁向西展，渐渐变成慢坡。村庄南面是一片平展的沙土地，上面种的多是花生，玉米和小米之类的秋庄稼，所以没有那种青纱帐营造的秋色。但在漫漫的沙原里有这样一片绿，也足可令人兴奋了。我和大哥好像刚睡醒一样，突然觉得眼前一亮。大哥说，是个风水宝地。他站在沙丘上指给我看，下面一块田地中间确实有一个大土冢。他急忙从挎包里掏出古书翻了翻，说："那就是李煜墓了。"

我坐在沙面上像坐滑梯一样从沙梁上滑了下来，一路小跑地拉着疾步行走的大哥。

土冢在一块花生地中间，高约两丈，圆锥形，基部周围十几丈，夯土而成，由于千百年的雨刷风吹，上面有许多被雨水冲蚀的壕沟，整个形状像一个瓦楞帽。土冢下面有两个丈余宽一人高的深穴，里面堆积些黍秆豆藤，不知是盗墓人留下的痕迹，还是农人为堆放草料开挖的。从土冢身上和四周找不到一块残碑或铭文，只有几丛泛黄的衰草在秋风中俯仰抖颤，像仍在回忆一个久远的被遗弃了的轰烈的或是凄惨的故事。中午的阳光直射到土冢上，迅速被发白的硬土吸收了，土冢并不因为阳光的照射而摆脱了阴冷与孤独。

"如果这真是李后主墓的话，也真够可怜的，亡国之君客死异乡，有谁抚慰他的孤魂呢！"他绕着土冢走，回头问我："憨生，你还记得我教过你的那首词吗？”未等我回答，他已开始吟诵：

四十年来家国，三千里地山河，凤阙龙楼连霄汉，玉树琼枝结烟萝，几曾识干戈。

“唉，古往今来，在中国这个地盘上能不识干戈吗？不识干戈只有当亡国之君、当奴隶、当顺民。”他浩叹一声，“乃知兵者为凶器，圣人不得已而用之，强梁满地，圣人何在！”

大哥在土冢旁发了一番感慨，听赶脚的说这里离黄河近，又骑上毛驴上了黄河大堤。这时黄河已经复道，正值秋汛，近十里宽的河床涨满黄水，正浩浩荡荡地向东奔去。黄河的波涛绝不发出轻浮的嚣声，那奔涌的波涛好像是无声的，站在大堤上，初时听不到什么，耳旁只有呜呜的风吼，渐渐从天上和地层深处传来了沉重的轰鸣，这轰鸣是无可比拟的，它沉郁而不可阻挡，使所有站在它岸边的人由于敬畏而不觉垂下头颅。

大哥面对黄河伫立良久，忽然低声说：“将来我会死在这条河里的。”

这是谶语吗？我不觉一惊，心里浸入一股流动的凉意。

大哥回头望望沙梁下的土冢。太阳偏西了，土冢在绿色的花生地里投下了一个浓重的阴影。

“那不是李煜墓。”

“为什么？”我问。

“李煜是被赵匡胤掳到汴梁来的，被封为违命侯，先被夺妻，后被投毒，死后不可能有这么大的墓冢。”

“也许是后人修的。”我说。

我们从西城门回城，在西城门下了毛驴换乘人力车，穿过路灯昏暗的大街小巷，回到家已是晚饭开过多时了。我想他要对柳先生发一通感慨，却没有，吃了一碗面条，就摊开图纸俯案计算起来。他说，这张图明天要交给老师批阅。

我吃完面条，坐在大哥那张旧帆布躺椅上看着大哥，这同刚刚从南方落考归来的那个愤世嫉俗、满目忧患、满腹书生意气的大哥是大不同了。

大姨老师

我记事之后，大姨给我留下的第一个印象是这样的：脸色绛红，淡眉下一双不大的眼睛总含着慈祥的笑意，慈祥后面有一种威严；左眼角有一个疤痕，使左眼皮稍向下垂，仔细看左眼比右眼小些，但并不影响脸部神情的端庄、稳重与和蔼。她身材比较高大，穿件蓝布长衫，一双自己做的毛边底的带襻黑布鞋，一双白线袜子；长衫只到小腿处，所以露出一大段白袜。我记事后第一次见到大姨，大姨就是这付神态，这套打扮。

我蹲在南院一棵绒花树下看蚂蚁打仗，不时用一截十字草拨一拨，帮帮打败的一方。我背后是一棵树干上凝着一疙瘩一疙瘩桃胶的桃树，甬道那边是一棵枝干蓬散开来的樱桃树，做饭的堂叔在厨房门前呼哧呼哧地和煤，几只麻雀从桃树上飞到樱桃树丛里，又从樱桃树丛里飞到桃树上。两只麻雀看我孤单，飞下来同我一起看蚂蚁打架，它们忍不住要参与，竟用尖尖的喙啄起蚂蚁来，我一甩手把它们轰走了，想抬头看看它们飞到哪条树枝上，却看到一个穿蓝布长衫的中年妇女站在前边正低头看我。

我立刻意识到这是昨晚才从洛阳城来到乡下的大姨。我慌忙站起身，低下头，有些羞怯。

“你叫啥名字？”

“大名叫凡云生，小名叫憨生。”

“是憨还是寒。”

“是傻子那个憨。”

“怎么叫这样个名字？”大姨笑了笑，笑得很温和，毫无揶揄的意思。

“人家都这样叫……”

“会写自己的名字吧？”大姨摸摸我的头，又笑了。

“会。”

“写给我看看。”

我撅了一截树枝，很有信心地在地上写了我的大名：凡云生。

“写得不错。”大姨说，“会拼音吗？”

“拼音？我不知道，老师没有教过。”

大姨拿过我手上的树枝，在“凡云生”三个字下面加了一行我不懂的似字非字的符号，“这就是拼音。你跟着我念，ㄈㄢ凡，ㄩㄣ云，ㄕㄥ生，这就是拼音。学会拼音字母，什么字都可以拼出来。”

我惊异地问：“可以拼几百字？”

她说：“几千几万字都可以拼出来。”又问，“你念几年级？”我告诉她：“我念二年级。”

她用两个被粉笔侵蚀得粗糙的手指捣了捣我，非常柔和地问我，“想学吗？”

“想。”我怔怔地望着她。

“那我们现在就开始，就在这棵绒花树下。”她抬头饶有兴趣地看看巨大浓密的树冠，“这个课堂还不错么。”

那几天，绒花树撒满羽状枯叶的地面上，写了许多ㄅㄆㄇㄈ

ㄉㄊㄋㄌ的拼音符号。大姨在地上写，我也照着写，一面写一面念，写写抹抹，我学会了二十几个字母，还学会了拼音。

大姨回洛阳她教书的小学去了。虽然大姨只在这样的情景下教过我拼音字母，但我一直记住她这位老师。在以后的年月里，每逢说到“师表”二字，一个穿蓝布长衫、白袜、毛边底带襻黑布鞋的女教师形象，就自然地出现在我的眼前。在旧京又见到她时，我想唤她大姨，又想唤她老师，心中一急就唤了她一句大姨老师。大人们笑我口讷，但后来小弟与小妹也跟着我这样唤过。

在我遇见的人当中，我深信大姨是唯一堪称师表的人。

她不是教授、不是著名教育家，她在小学一年级的讲台上站了几十年。后来，许多教授，多少名人是跟着她在一年级的教室里从ㄅㄆㄇㄈㄉㄊㄋㄌ学起的。她没有穿过一件华贵的衣服，没有一个荣耀的虚名，她永远的蓝布长衫，永远的淡泊清贫，永远的小学一年级讲台，我心中的师表呵！……

大姨不是富裕家庭出身，一个农家女靠苦学与奖学金读完了校址在老府门的旧京女子师范学校。二十世纪二十年代能读洋学堂的女孩子如凤毛麟角，更何况读赫赫有名的旧京女师。她感谢上苍，她热爱斜襟宽袖的白上衣配黑裙的校服，热爱外方内圆意蕴“无规矩不能成方圆”的校章，白衫短，黑裙长，走起路来自有一种妩媚、清奇与潇洒。她们把新风带到古老的旧京，许多人睁着不解与艳羡的眼，望着这些提着花布手袋的洋学生呵！大姨是个品学兼优的学生，是学生会的活跃分子，还是女师篮球队的队长。篮球队长带领全队在华北运动场的全省运动会上夺得了女子篮球冠军。这是大姨最自豪的一件事。我看过几次冠军队的合影，照片虽有些发黄，照片上的每个人还能看得清楚，前排坐的是校长和老师，大姨是队长，站在第二排正中，真正是风姿飒爽呵！我不明白的是她们的球衣，她们的队服仍然是白衫黑裙，只不过袖子与裙摆都短了许多，每个人从左肩至腰部佩一条宽宽的缎带，像值日带一样，上面印着“旧京女师”四个大字。我问：“你们在球场上也佩着这条带子吗？”大姨说：“那当然，要是不佩怎么区分队友和对方。”我想这可能是同当兵的打仗要在手臂上勒一条同样颜色的毛巾的作用一样。那时候老旧京的场面人见过篮球的还没有几个呢，何况是女学生打篮球？这可真令旧京的老少爷们开了眼，全城开了锅，议论纷纷，那位女队长受人注目就更不必说了。那时大姨风华正茂，领导潮流，用后来的话说是很前卫、很先锋的，但在毕业分配时，她却坚决不留校，也坚决不去省政府做事。“我学师范的，我要到小学校去。”

她被分配到省立第三小学当一年级老师。她换上一件蓝布长衫，从此没有离开过一年级讲台。日寇来了，她带着十岁的表哥徐大显、六岁的表姐徐月秀跟随学校先迁洛阳，再迁鲁山、卢氏、镇平、淅川，八年她没有间断教书，八年表哥表姐在流亡中长大，八年她的鬓角隐隐有了白发。

由于省立三小离小油坊街近，又由于我们兄弟的学业需要大姨照管，大姨与表哥、表姐回旧京后，就在我家二院东屋安顿下来了。三小迁回旧京县角，她仍然教一年级，她是学校资历最老的教师，待人宽厚慈祥，教师和学生对她无不尊重。大姨要我在六年级插班读了几个月，我的小学毕业证就是在三小发的。六年级的级任老师张老师是个脾气很怪的人，喜欢发火，一下课就坐在备课室的窗下，独自望天不说话。他是沦陷时期的教师留下来的，非常不满意有人把他看作“留用人员”。有一次为了一盒粉笔的小事，他同一个女教师争执起来，女教师很不客气，说他故意将粉笔藏起来不叫大家使用，处心不良。张老师受不住这个冤枉，更受不了“处心不良”的讥讽，把手中的课本猛地往桌子上一摔，拉开抽屉整理东西，声言立即找校长辞职。

“我是亡国奴好不好？我为日本人推行过奴化教育好不好？我不配同你们这些抗日英雄共事好不好？”

“你就是不配！”那位女教师也站起身，轻蔑地瞧着张老师笑。

大姨啪地击了一下桌子站立起来，所有备课老师都吃惊地抬起头望着大姨，室内好大一会没有一点声响。

“像话吗，你们当老师的在几百个学生面前这样吵闹，可笑不可笑？可耻不可耻？”大姨激动得眼睛湿了，左眼角的伤疤变得赤红。它转身面向那个女老师，“我们一起逃难多年，在山沟里，在防空洞你教孩子们，待孩子们将来长大了，会想起你的。这几年张老师不也在教孩子们，沦陷区的孩子也要老师教呵！如今好不容易大家聚在一起了，你是接收大员吗？张老师是汉奸吗？你凭什么拿那种态度那种眼光对待张老师？”女教师伏在桌子上呜呜哭，她同大姨是患难与共的姐妹，大姨任她哭去，转脸对张老师说：“张老师，教师的天职是教好学生，我们要对孩子负责，怎么可以一赌气就走呢？你可以不管这些同事，但不可以不管班上的孩子。”

朴实的大姨受到同事、学生、街坊与亲友的爱戴是非常自然的，自然得就像是春天隐在草丛中的山花，谁也没有去刻意寻找，它开了，它静静地开，开了漫山遍野，一朵朵花儿是那么小，却又是那么博大。

一九四五年冬天，许多日本人还没有被遣送回国，自由路有所日本小学，小油坊街的几户日本人家的小孩都到那里念书，往往同中国小学生在街上相遇。天气很冷，中国小孩一般都穿棉大衣，戴棉帽子，而日本小孩则穿浅黄色的呢制服，男生是短裤，女生是短裙，长袜，皮鞋，露出半个膝盖，不能不在寒风中有些瑟缩。中国孩子只要结群，一遇上他们就要发出嘘声，嘲笑、挑逗、掷土块、掷雪球、挡住去路。战场上的胜利与失败，不难在孩子的心灵上投下阴影，两国的孩子相遇，日本孩子一般是低下头，目不旁视，尽量匆匆走过，也有反抗的。个别倔强的日本孩子会用土块、雪球反击我们，然后沿着墙边狂奔逃走，甚或同我们厮打。小哥同皇甫军长的儿子皇甫木林、冷总参议与白俄三姨太生的小儿子老幺、街西头刘厅长与英国媳妇生的黄毛刘约翰，还有我，组成“同盟国部队”，专门和日本孩子过不去。日本小学生遇到我们就躲着走，“同盟国部队”在小油坊街战场上，大显威风。

不巧，一天早上，“同盟国部队”遭遇了大姨。

来了一场雪。老天爷感到这座残破的城市需要彻底粉刷一番。雪没日没夜地闷头下了两天。第三天突然晴了，软软的阳光轻拍着地面，雪层下的雪水越流越快，除了墙边被人堆起来的积雪，路面很快变成了黑色的泥浆。行人一走一滑，一辆美国道奇两用小卡车开过来，把黑泥溅在路两旁的雪堆上，雪堆成了蜂窝，像刚挨了一阵机关枪子弹。下雪不冷化雪冷，缩着脖子谨防滑倒的行人在路上偶然遇到熟人，不是互致问候，而是一起诅咒这冻死狗的坏天气。我们“同盟国部队”的几个正往学校赶早自习的孩子，像溜冰一样不时在路上滑行着、追逐着、呼叫着。快跑到街口，忽然从高家胡同出来两个日本小学生，一男一女，是两兄妹。看见我们，男孩故作镇定，昂着头目不旁视地大步向前走，过坟场吹口哨似的把手中的一个铜板抛上抛下。这种样子惹恼了我们，小哥蓦地跨前一步，一伸手抓过男孩抛向空中的铜圆，用力一甩手臂将铜圆砸在雪堆冰碴里。男孩蹲下身想把铜圆扒出来，黄毛趁势一推，把他推倒在满是污迹的雪堆上。男孩跳起身要冲过来，却被女孩哭着从后面紧紧搂住。我们笑起来，正得意取得的“胜利”，身后忽然传来一个低沉、威严的声音：“你们干什么？”穿件蓝布棉袍、围条浅驼色长线围巾、双颊冻得红中泛紫的大姨正向我们走来。我们几个急忙退在街的一边，泥塑木雕般地站立着，垂着头，排列整齐，想让大姨快快走过去。

“丘老师！”

“大姨老师！”

“你们为什么欺负人家？还想打？打了八年还不够吗？”大姨生气地看看我、看看小哥、黄毛他们，“凡云山、刘约翰，去把铜圆找出来还给那两个小朋友。”

小哥与刘约翰正要移动脚步，我和黄毛已经急忙走过去扒雪，找出了那个正躺在冰碴下面的五十文的铜圆。大姨将铜圆交还给女孩。

“不要欺侮人家，”大姨对我们几个又说，“快去上学吧。”

曾经对街上的日本小孩威风一时的“同盟国部队”，就这样偃旗息鼓、自行消失了。

我们不再在街上与日本孩子争斗了，大姨却同别人打起了官司。

大姨是个非常简朴非常平和的人。她喜欢吃臭豆腐，佐饭常常只有几根青菜几块臭豆腐。她有头痛病，头痛起来，就吞一包头痛粉，很少见她去抓药看病。就是这样一个与人无争，生活简朴，善良宽厚的大姨，却轰轰烈烈地与人打了场官司。

大姨打官司，说起来人们都不相信。

大姨确实得打官司，对手是旧京乡下一个姓胡的大恶霸。

打官司为的是她在娘家的二十几亩沙坂地。

她才到省立三小任教时，正值青春年华。她教学认真，活泼好动，很快引起了同事的注意，特别注意她的是年已三十多岁、老成持重的徐校长。徐校长对这个风华正茂的女教员自然高瞧一眼，接着就是不懈的追求。他们结婚了。结婚后徐校长不想愧对年轻的妻子，思谋另图发展。此时正值刘峙主豫，福将刘峙北伐有功，一心要在河南再弄出点政绩，让蒋介石高兴高兴。他想“励精图治”，想当“改革派”，幕僚们给他出主意，想“改革”就要先来个“刷新吏治”，考县长，也就是选拔县长要经过公开考试！这在民国年间不能不说是一大“创举”。凡有三年公务员、教员资历的，不分性别年龄均可以报考，可谓一律平等矣。徐校长前去应考，凭资历与学识有幸金榜题名，刘峙召见后，紧接着放了一任县长。几年过去，徐县长在三个小县当过父母官。虽说身处穷山恶水的小县，但小县县长毕竟不同小学校长，手中慢慢积了几个钱。这时徐县长已为人父，为妻儿今后生活计，就在旧京护城堤外妻子的乡下买了二十几亩沙坂地。有幸与不幸往往接踵而至，不久徐县长患水臌病亡故，留下了妻子、一双儿女和这二十几亩薄地。

大姨的官司拖得时间很长，大约一年多。

二十几亩薄地由弟弟代耕代管，一九四二年大荒，弟弟把地以十分低廉的价钱卖给了当地胡姓大地主。姓胡的当时正替日本人做事，有权有势，乘饥民之危，贱价收购了大量土地。抗战胜利后，国民政府颁布了一道法令，凡在抗战期间因灾荒而贱卖的土地，一律允许原价赎回。本是简单的事，政府有明令，照办即可，但姓胡的于抗战后仍然独霸一方，不肯让人赎地。这惹恼了大姨，大汉奸却一点不惊，他用金条买了一纸地下军委任状，有恃无恐，怕你这个逃亡八年的穷教师不成？大姨一气之下，一纸诉状递到了河南省高等法院。

一个身材矮小、五十多岁的老头帮助大姨打官司，他是大姨夫过去的同事也许是下属，如今仍当公务员。这位可能一直没有升迁过、可怜巴巴的小公务员，每次来都是一身袖口已经磨破的黑中山装，驼着背，夹一个蓝布包，很潦倒的样子。他帮大姨出主意，写诉状，陪大姨去过堂。高等法院开庭审理，过了几次堂，这样简单的案情居然复杂化了，甚至姓胡的还占了上风，把大姨气得几次头痛病发作，不知吞了多少包头痛粉！

一天，一位瘦高，穿件竹布长衫，但精神矍铄，气宇不凡的老者来找大姨。

“丘老师在这里住吗？”老人一进二门，脱下椭圆形的盔帽，一面扇汗，一面恭敬地向院内问。

“哪位呀？”大姨急忙从东屋走出来，看看老者，怀疑地问，“您是哪位？”

“您就是丘老师吧。”老者说，“我是张振。”

“呵，张老先生，久仰久仰，请到屋里坐。”大姨走前两步掀开竹帘，请老者进屋。

“咱们是同乡呀！”老者坐在木椅上，“我家离你家没有十里路。”

“可不是嘛，”大姨恭恭敬敬地捧上茶杯，“我念小学时就知道您的大名了。”

“虚名罢了，虚名罢了。”

“您是老革命呀。”

这位张振先生确实是位大名人。孙中山先生在东京成立同盟会，他是最早的同盟会会员之一。他在东京留学，积极追随孙中山，办刊物鼓吹革命。一次他到东京一个博物馆参观，看到陈列品里有中国女人的小脚模型、裹脚布和尖尖的绣花鞋，大怒，认为这是有意侮辱中国人，愤而把陈列柜砸了。日本警察把他抓起来，作为思想犯驱逐出境。孙中山、黄兴发动反对袁世凯的二次革命，他在河南组织革命豫军，武力响应。孙中山命令革命豫军开赴上海，他率队行至安徽，因内部发生意见分歧，他一气之下拂袖离队，队伍遂不战而溃，使孙中山大失所望。自此以后他一直隐居乡间，他所以没有像他早年的同志们那样身居国民政府要职，可能与古怪的性格及二次革命中使革命遭受损失有关。他虽然隐居多年，但言辞仍然锋芒毕现。

“我是来替你打官司的。”他说。

“你听说我告那个姓胡的了？你认为我能赢官司吗？”大姨试探地问。

“姓胡的是吾乡败类！吾乡败类！”张振克制不住地冒了火，“这个恶霸、汉奸如今同当权者暗中勾结，你斗不过他！”

“那怎么办？”

“我们一起和他斗！”

后来张振又来过多次，同院里的人熟了。都以为他性情执拗，其实他对小孩子们非常和善，说起话来幽默风趣，常常逗得我同秀表姐大笑。我们让他说说在东京砸博物馆的情形，他说得绘声绘色，情绪激昂，说到痛快处，竟然情不自禁地举起木椅做投掷状，吓得大姨赶紧扶住他的手臂，笑得我同秀表姐扭成一团，差点喘不过气来。

由于张振出面活动，姓胡的感到了压力，心慌了。一天他亲自登门拜访大姨，要求大姨撤诉，双方和解，他愿无偿退还土地。大姨拒绝了，大姨说还是听候法院判决吧！姓胡的说那好那好，可是要法院判就不知道是什么结果了。姓胡的语带威胁，大姨不理，他只好点点头讪讪地走开了。

龙亭后面的华北运动场上开了一个禁毒大会，几千市民、学生参加。主席台上的官员们轮流说了几句应景的话，社会贤达张振也登台讲话了。原来姓胡的还是个大毒贩子。天不怕地不怕的张振在台上揭发了姓胡的贩烟贩毒、当汉奸、霸占乡人田亩等等十条罪状和其与官府勾结的事实，条条有根有据，句句合乎法理。张振不愧为早年参加过革命的鼓动家，为了激发群众情绪，他在台上高声问：

“这个大汉奸该不该严办？”

众人台下呼应：“要！”

“这个大恶霸该不该严办？”

“要！”

“政府对这个毒贩要不要严办？”

“要——”

山呼海啸，群情激愤，台上的官员狼狈不堪。

政府为了保住自己的面子，大会开过不久就把姓胡的抓起来了，但不久又放了。

大姨总算打赢了官司。

大姨要回乡下看看刚赎回来的土地，我与秀表姐跟着她。我们在南关找了一辆顺路的胶轮马车，马车向南走不久就转向西，一条车路在沙窝子里转来转去。天气已到深秋，沙窝子上的柳丛已经落光叶子，黑黑的枝条，在风中发出一阵阵低鸣。沙窝子旁的庄稼大都收了，有几块未刨的红薯，叶子已被霜打蔫在土块上。一块未收的玉蜀黍地上，高低不均、半黄半绿的黍秆在瑟瑟发抖，看样子也收不了几升几斗的。一队队排成人字形的大雁，不停地鸣叫着由北向南从高高的透明的天空飞过。天空高邈，大地荒凉，行进在这样的乡野间，有一会儿我忽然感到进入无人之境，不敢相信那座喧嚣的城市尚距我不远。

大姨在马车上不住向四处观望，神色由兴奋渐而惆怅，忧郁地不断喃喃地重复说：

“收成这样不好，怎么得了！”

在一个岔道口我们下了车，绕过一个沙丘，大姨兴奋地指给我们看，前面不远处有几株树有几块晒场的地方，就是她的村庄了。我同秀表姐欢叫着向前跑去，大姨在后面叫住我们，要我们回来，原来大姨发现地头上有两棵桐树的地块，就是她的土地。地上什么生物也没有，庄稼已被胡家收拾了，只有被风扬起的沙土，使这里还有一点点动感。

大姨弯下身，虔敬地令人心酸地用双手慢慢捧起一捧黄土。她张开手指，沙土慢慢从手指间流泻下来，还没有达到地面，就随风飘去，变成一道淡黄色的烟雾。

“这地真不好。”我说。

大姨看着我，眯起眼望向沙土地的远处。

大姨打赢了官司收回了土地，当时谁也没有想到打赢这场官司对大姨以后几十年的生活会带来那么多痛苦与折磨。

我想，大姨不悔，因为农家出身的大姨，对土地有一种根深蒂固、化解不开的依恋。

马 嫂

马嫂就是陈干娘。

在旧京过罢第二个年节，陈干娘辞了工。母亲没有再挽留。十二年来，经过多少次去去留留的说道之后，陈干娘终于走了。

我生下来四天，陈干娘就来做我的乳母了。陈干娘喜欢大笑，声如洪钟，但陈干娘的乳汁里有泪水。

我那时在陈干娘甘甜的乳汁里，品不出一种深含着悲哀的咸涩。

陈干娘坐月子还未满月，就把襁褓中的小女儿丢给半瞎的婆婆出来当乳母。因为她担心隔时间久了乳水不好会找不到活做，因为从她身上掉下来的小女儿再也无权吮吸她的乳汁，因为生活逼她只能把洁白的乳汁卖给有钱人家的少爷。

我夺去了一个小女孩的天赋权利。一个被许多人唤作“三少爷”的孩子，就是这样靠了抢一个小女孩的乳汁长大的。这是一件很平常的事，这事太平常太平常了，没有一个人提出疑问，在浑浑噩噩中的我紧抓着有丰盈乳汁的乳头更不会提出疑问。

小女孩也没有提出疑问。半瞎的奶奶用小米汤一点一点喂她，喂得十分细心，但她还是死了。

陈干娘家几辈人都住在南门大街。她家是回族，她的男人在南门大街开了一个牛肉铺，卖牛肉汤和卤牛肉，还有炕得像锅盖那么大的死面馍。冯玉祥将军在河南当督军时，一心要给河南人办好事，先就是在旧京开马路。原先旧京的路很窄，真是名副其实的马路，只要马车能通过就行；旧京是省城，这样的路不像样子。要拓宽路，就要拆掉两边的房屋。那时不像几十年后的今天，政府为了市政建设需要征地，首先要考虑原住户的拆迁问题和补偿问题，要动员要协商。那时候的政府不是这样，说拆就拆，大兵端起枪，拆你没商量。也有一种说法，冯玉祥将军考虑到了赔偿的事，但钱被他手下的官员给黑了。总之，男人的三间门面铺子被哗啦啦地拆掉，没有谁赔他一个银角子。陈干娘望着男人直流泪，男人直愣愣地砸了牛肉汤锅，痴呆呆望着耷拉在断墙沿的旗幌子，三天不吃不喝不说话，从此男人魔怔了，疯了。

陈干娘常向人述说，“男人心眼小想不开。唉，但那是三间临街门面呵！”

男人魔怔了，婆婆的两只常年红肿的眼哭成了半瞎。再无别的生计，陈干娘在连着生了三个女儿后，狠狠心把不满月的三女儿交给婆婆，出来给人家当乳娘了。

起初陈干娘每月拿四块银圆，后来八块，再后来可能更多一些。用这四块或八块银圆，确实养活了她的全家，但她却用乳汁养大了我，养大了一个她真心地叫着“乖乖”却并非儿子的儿子。母亲为这四块或八块银圆感到宽慰，自以为没亏待陈干娘；陈干娘往往为这不算菲薄的工钱，为这四块或八块银圆而自慰，甚至自豪，这难道不是人间无法言说的悲哀吗？

陈干娘走时，用一张印花床单打了一个包袱，挽住。母亲走到大门口随便说了句，“以后常来玩，”就转身走进院子，一点没有送人的那份热闹，只有我怔怔地站在门楼下。陈干娘摸摸我的头还是哭了。她哭得很伤心，用手帕捂住眼睛，肥壮的双肩不住地耸动。车夫郭娃架起洋车的车把走过来，说要送送她，她不要送，她走下青石台阶右臂挽着那个印花包袱走了。开始走得很慢，渐渐走快了。走了半条街，她回转身来，向我招招手，望望她熟悉的门楼。门楼里是她常常亲切地称作公馆的家，但那里不是她的家。在那个有两扇黑漆大门的公馆里，有她养大的一个少爷和带大的两个少爷。有时她发生错觉，简直以为自己与公馆融为一体了，公馆就是她的家了，但无论旧京的公馆还是家乡被村人称为“北宫”的大宅都不是她的家！

“她是个用人，”忽然这个念头像闪射的电火殛击了我的心，我哭了，我望着她的身影大声地想让街上的人都听到似的喊了一声：

“妈——”

陈干娘听到了。十二年，十二年她得到的就是这一声回报。

有人说陈干娘是我家的有功之臣，陈干娘兴奋时也忘情地这样说过。她用乳汁养大了我，她带大了我的一个哥哥和一个弟弟。母亲常年跟着父亲在外，家族中我们这一房的事情全由她支撑，可谓有功于我家，但有功之臣也是“臣”呵，也是奴仆罢了。

陈干娘一生执迷，这也是无法的事。

半年后，听说陈干娘改嫁了，嫁给马伯。公馆里的人议论不一，有讪笑的，有同情的。

我见过马伯。抗战初期中国军队为了挡住日本人，把花园口堤坝炸开，让黄河改道南流，旧京被隔在黄河以北，陈干娘几年与家人不通音信。大约到了一九四二年，从旧京来了一个姓马的朋友到我家乡探望陈干娘，这个姓马的就是马伯。马伯长得黑干精瘦，两只围有很多密密皱纹的大眼炯炯有神，浑身一把火，刚劲有力，直往上蹿。陈干娘与马伯坐在大皂角树下谈话，我走过去，她要我唤马伯，我对那个像钢条一样的男子唤了一声。陈干娘低低啜泣，马伯告诉她，自从她离开旧京之后，家里一直收不到她寄的钱，日本人无恶不作，市面萧条，老百姓实在难熬。她家连年遭遇不幸。先是她男人被日本汽车轧死了，接着她婆婆过世，不久她的小女儿也没有了……院墙下拴的几匹马不停地尥蹄打喷，他们的谈话多次被打断，我也没有全听清楚。后来，陈干娘要带他去见我祖母，擦干眼泪叮嘱道：

“等下见了老太太，不要提我家里的事。”

马伯向祖母问过安，祖母知道马伯是陈干娘那边的人，就问起陈干娘家里的情况，马伯看了看陈干娘，说她家里情况还好，老太太不要挂念。马伯又说了日本人到后旧京发生的几件大事和一些市井传闻，祖母问起她熟悉的几个地方，譬如相国寺内的戏园子等等，最后特别问起小油坊街。马伯说他来前特意到小油坊街走了一趟，看了看公馆的房子。听说公馆内住进了日本人，从外面看房子的模样还好。祖母听后点点头，像在想什么，好久不说话。马伯看了陈干娘一眼，就起身告辞了。祖母坐在罗圈椅里没有起身，也没有留马伯吃饭住下。

马伯走后陈干娘就急急忙忙收拾了一篮子脏衣服到河边去洗。村西有一条河叫西河，平日是条干河，逢下大雨，山水下来，浑黄的急浪把河身塞得满满的，很是吓人。由于浪头能推动牛样的大石头，无数石头与凶猛的洪水搅在一起，使整条河发出轰隆隆的巨响，声音传到几里地外，所以每当这个时候，村人都知道发大水了。几天过后，水渐渐平了，清了，有十天半月，会有一条小溪在乱石间穿流，在被洪水冲蚀过的崖下或转弯处还出现一个个像是谁刚刚开挖出来的小水潭。潭水清澈平静，里面甚至有几条游弋的小白条鱼。这是西河最美丽的时刻。每当这时陈干娘总要抓住机会到西河洗次衣服。陈干娘洗衣服在村上是有名的。她有力，舍得肥皂和皂角，她来洗衣满河筒子都是她抡棒槌的震颤和她豪气的大笑。这次不同，昨天她才来洗过衣服，怎么今天又来？我跟着她，坐在一个小潭边的石块上。她不说话。她把几件衣服泡在水里，把一只皂角放在一块平滑的石块上用棒槌砸碎，双手停在只揉了几下的衣服上面，低低啜泣，渐渐哭声越来越高。哭声中夹杂着一种紊乱的悲痛至极的诉说。她向谁诉说？向天、向地，向这河还是向我？

我不说一句话。我痴痴地坐在她的身边闭口无言。我是一个嘴拙的孩子，我从不会说一句抚慰人的话，我知道陈干娘心苦，也许这世界上只有我一个孩子知道她心苦。祖母总是说陈干娘心大，说陈干娘女人男相是受苦的命。听到这话，我就心堵得慌。陈干娘不心大行吗？不认命行吗？因为她和她的男人、婆婆、女儿需要那用乳汁换来的四块或八块银圆呵！如今，男人死了，婆婆死了，小女儿也死了……陈干娘的心还能吞咽下多少泪水呢！

西河是从南山流下来的，秋天已向南山和大地走来，南山坡上的草儿开始泛黄，栎树的叶子开始变化了。河对岸田野上的庄稼也都刈过了，只有岭头有块高粱，低垂的穗子红得发暗，早已成熟却被人遗忘在旷野的寒风里。一队队排成人字形的大雁，从湛蓝湛蓝的天空飞过来，叫着，羽翅扇动着，背着冷冷的夕阳去南方寻找温暖，到明年它们还会从这里经过，飞向它们那遥远的西伯利亚的家。陈干娘无家可归了，只有她的泪水她的滴入小河的泪水，从这里顺着小河流入伊河，伊河流入洛河，洛河流入黄河，或许可以回到她日夜思念的故乡旧京……我突然感到眼前的南山、旷野和雁阵都是不真实的，只有这条小河是真实的，我感到我面对的这个世界充满疑问。

我茫然地想了很久，看看已经平静下来的陈干娘，轻唤一声：

“妈！”

“乖儿，妈心里苦，把眼泪哭出来就好了。别害怕。”

过两天，陈干娘向祖母请假，要去洛阳看望马伯。祖母从未见过地开恩，居然吩咐长工老何家套上三匹马拉的轿子车，陪陈干娘前往。

祖母怕陈干娘不回来，她的三个孙儿没人照管，陈干娘上车前她再三嘱咐：

“她干娘，你可要回来呵。有啥难事，咱们都好商量。老亲老故啦，不讲外气话。”

陈干娘受宠若惊地上了轿子车。

三天后陈干娘从洛阳回来，人又精神爽利起来，笑声从前院一直传到后院。

陈干娘这次洛阳之行给我留下的最深印象是马伯要她带给我几个糖心芝麻烧饼。

想不到后来陈干娘会嫁给马伯。但细想想陈干娘要过活也只有嫁给马伯。

陈干娘同马伯办喜事之前，母亲使人送去两块花丝葛衣料做喜礼。不久，陈干娘带着马伯来我家，说是拜谢。陈干娘穿一件油绿绲边缎子大襟袄，一条油绿缎裤，头发梳得油亮整齐，鬓角上插一朵红绒小花。马伯穿一件深蓝阴丹士林布长衫，黑圆口布鞋，由于没有穿惯长衣服，黑干精瘦的身躯在长衫里晃晃荡荡，迈起步来笨笨拙拙。街上的熟人半开玩笑对着陈干娘叫马嫂，我母亲和我们家的人不改口，仍叫她陈干娘。我仍叫妈。

弟弟指着陈干娘鬓角上的绒花嘻嘻笑，问我陈干娘是不是坐花轿来的，我一口气冲上来，恨恨地拍了他一巴掌。

我到陈干娘的新家去看过，她仍住在南门大街。南门大街街西向下倾斜，她和马伯住在一个地势很低的杂院里。陈干娘改嫁后拿出积蓄在院子门口一间小门面房里开了一个小杂货铺，我去时，陈干娘正在柜台里招呼顾客，马伯刚把一辆架子车停在门外，从车上卸下大小几个坛子。陈干娘看到我，急忙从一只玻璃罐里抓一把糖球塞给我，向马伯交代几句，就拉着我走进院里她住的小屋。小屋格子窗上糊的纸是新的，扎的顶棚是新的，几件制作粗糙的桌椅也是新的，透出几分生气。我想陈干娘在这间小屋里的生活是快乐的。

在我们逃难住在豫南山区的时候，陈干娘曾有一个相好。这人是我父亲部队里的一个排长，因是同乡的关系就常赖在我家不肯上前线，后来自愿不干排长干伙夫，留在我家做饭。此人油嘴滑舌，会吹会蒙，陈干娘听了人家几句甜言蜜语就同人家好上了。为这事陈干娘的声誉大受影响。在我们那个三妻四妾寻常事的家族里，不少人竟然视陈干娘不洁，给了陈干娘不少耻笑与奚落。那个多情的排长后来回家乡看老婆去了，两年没有人提起他，一天忽然来到小油坊街。排长从家乡给我母亲带了一些药材，说是还给陈干娘留了点，想送过去。母亲不愿多留他，要我赶快把他带到陈干娘那里。陈干娘是个讲情义的人，没有记恨这个排长，反而关上小铺，与马伯一起带着排长逛了相国寺，吃了又一村的灌汤包。晚上马伯动手炒了几样小菜，从铺子里提了两斤老白干，与排长一碰一杯地喝起来。酒酣耳热之后，排长连着摔了两个酒杯，换上大碗一面海喝一面说：

“马哥，我看着你们这日子心里难受。开这么一间小铺，能叫嫂子过几天舒坦日子吗？”

“咱穷人能弄上碗饭吃，也就不错了。”马伯说。

“不行，你不心疼嫂子我还心疼嫂子呢。”排长把酒碗往桌上一掷，“要想法子发点大财才行。”

“咱有个啥法子发大财。”马伯笑笑。

“我有个大计划，”排长说，“我家乡出药材，当归、淮山、杞子都有，我打算倒腾药材。这次来就是探探路，你人熟，带我找几家药材行联络联络。马哥，老弟我亏不了你，有你的好处。”

“我这个开小铺的咋能上得着大场面干这种大事。”马伯推辞道。

“你先给我带带路总行吧？”

碍于陈干娘的情面，马伯不好推，带着排长去找了几家药材行的掌柜。以后，排长真的一架子车一架子车的药材往旧京运，有时货不能立即出手，还把马伯的小铺、住室当仓库。排长赚了不少钱，吃喝嫖赌地挥霍，根本想不到马伯和他“心疼”的嫂子。马伯和陈干娘只想清清白白地做人，也不想沾别人的光。

到解放前一年，一个停电的北风呼号的夜里，警察局的人把马伯从床上拉起来带走了。以后又将马伯关进第一监狱。原来排长是一个车匪团伙的头目，那一麻包一麻包的药材都是他与同伴从行进的火车上掀下来偷运到旧京的。排长被抓后咬上了马伯，说是把赃物藏在马伯处。马伯交不出钱，受了重刑。陈干娘来找母亲，母亲到处找人，但因我家的处境越来越不好，又无重金去疏通关节，所以跑来跑去也于事无补。马伯终于未能走出监狱，在解放军第一次攻打旧京前夕，瘐死监狱里了。

埋罢马伯那天，我到大杂院去看陈干娘。陈干娘的鞋面上缝了一块白布，髻子上扎了一圈白绳，面色平静，双眼含着泪光，望着一盏油灯，怔怔不语。

“我对不起你马伯，”许久，她叹口气说，“乖，我也对不起你，你看我丢人现眼的……”

“不说，不说……”我用手掌捂住她的嘴。

多少年我不能忘记那盏油灯，不能忘记陈干娘喑哑的抽泣声。

陈干娘，又有谁对得起你呢？

我最后一次看到陈干娘时，旧京已解放了，她不当用人当保姆了，因为她早已没有了乳汁，她七十多岁，已不能当奶妈而只能当这称号比较高雅的保姆了。她已经病得起不了床，但头脑清楚，还对我讲了我小时候的趣事。我与她告别，她笑了笑。当我走下楼梯时，身后猛然传出来几声凄厉的号啕。

后来听母亲说，陈干娘就在那一年病故了。她被埋葬在旧京城的东边，同马伯埋葬在一起。

我不知道到哪里去找她的墓碑，也许她根本没有墓碑。我不知道这个原先被许多人称作陈干娘后来又被许多人称作马嫂的妇人，这个给我奶吃我曾把她唤作妈的妇人叫什么名字。是不是她原本就没有名字，她的名字原本就是奶妈、干娘、用人、保姆吗？

在这个世界上有谁对得起她？我对得起她吗？

街坊

阵阵热风裹着沙尘扑面而来，街上传来汽车喇叭声，一辆黑色的轿车颠簸着，从我身旁缓缓经过。

少年说："这不是那部老奥斯汀。"

我笑笑说："也不是赵师傅给冷总参议开的那部雪铁龙。"

我与少年相视而笑。

正午，汽车过后，街上静得像被黄土埋掉了似的，一时我忘记我在哪里。

看不到一个街坊，也没有一声叫卖，我在一条老街上迷失了。严格地说，当年是听到买烧饼油馍的老嗓婆一声悠长的叫卖，我才真正回到这条街上的。但而今，没有了这种声音。

甘裁缝和杂货老八

一大早，甘裁缝甘老头子双腿叉开，双手垂在小腹下，握把一尺长的大剪刀，站在店门口闭目养神，全不管街上忙碌的行人。

车夫郭娃刚赶了一趟早车，从火车站回来，车把仰起，车座后蹲，将两条把杆夹在腋下，悠悠荡荡地从甘裁缝面前经过。每逢看到甘裁缝这种架势，郭娃都不会饶过，总要停下来调侃两句。

“今日你老儿要剪哪位太太的骚毛？”

甘裁缝听到郭娃的话声，突然睁开双目，上前两步，大喝一声说：

“剪你小子的鸟！”

郭娃脸上的黑麻子挤来挤去，笑着连跑带跳地避开甘裁缝，在远处回过头来高喊：

“你老儿剪下老子的鸟，要同三皇摆在一起敬着？”

“喂狗！”

甘裁缝的裁缝铺，位于高家胡同口烧饼铺隔壁，一间矮爬爬的瓦房，临街一面是个占了半面墙的格子窗，窗边开了个小门，这就是每天早上甘裁缝站立的地方。窗下有一张双人床大小的蒙张灰布的木案，案上是剪刀、尺子、灰线、划粉与一块块剪开的布料。谁一进门，都可以嗅到裁缝铺特有的刮糨糊留下的酸酸气味。

这间铺子，是甘裁缝从他爹手上接过来的，是小油坊街名副其实的“老字号”。裁缝铺虽然小得不起眼，门额却有一块白底黑字的大招牌，上面的“甘记裁缝店”几个大字，据说还是前清时住在街上的一位翰林所书写。可能因为甘裁缝认为那招牌仍不够大，每日还用一支竹竿挑出一把木制的五尺见长、黑身白刃的大剪刀。裁缝铺门前挂个剪刀幌子，究竟是出于何典，或是甘裁缝的别出心裁，街上居民一直都未能弄个清楚。

甘裁缝已经是五十多岁的人了，干裁缝少说也干了三十几年，用他的话来说，不要提那些花里胡哨的女装了，单说军装，就做过不少式样：老毅军的军服、冯玉祥国民军的军服、刘峙中央军的军服，还有他不想在人前提起的街口张军长穿的那种皇协军的军服，他都做过。“城头变幻大王旗”，但甘记裁缝铺门口的那把大剪刀却不变。

甘裁缝甘老头子生得矮小干瘦，青白紧绷的面皮上，有几条弯弯曲曲的青筋。不管冬夏，一身黑斜纹布短打扮，不知是不是为了炫耀自己的本事，件件衣服的对襟两侧，一律排起密密麻麻、针脚细密的布纽扣。他小时候念过两年私塾，在郭娃们面前是个识文断字的文化人。他对字纸有一种收集的狂热，特别是报纸，拿到一张报纸，不管是那一天出的报纸，他都要抽空支起一扇纸糊窗，戴上铜腿老花镜，坐在窗下看个仔细。

“甘老头子又在看报哩！”郭娃见到老裁缝那种深不可测的神态，不能不敬畏，虽然老裁缝有时向他们报告的报纸新闻已经是一年前的历史了。

甘裁缝除了看报纸，还喜欢看历书。这一天，甘裁缝翻翻历书，呃的一声，急忙从一个放满零碎物品的木架上找出酒瓶。

“今日十五啦，该给三皇上香了。”他自语道，不知所措地在房内踱了几步。他望了望后墙神龛里的三皇牌位，三皇是旧京裁缝师傅的行业神，这牌位是从三皇庙请来的。为了隆重起见，他爹把后墙挖了一个一尺多高的拱洞，将牌位放在洞里敬着。拱洞旁边贴了一张大年时从相国寺买来的美人画，画中人是个少女，穿着入时，脸上的笑意却透着一种无法抹去的纯真。

甘裁缝看着画中的少女，摇摇头叹了口气。他一抬脚，脚步忽然不稳起来，摇晃两下才站定。他定了定神，提着酒瓶出门，向张八斗的杂货铺走去。

街坊都把张八斗叫作老八，张八斗的名字中的“八”字，并非因为他弟兄多，他排行老八，其实他只有弟兄两人，他有一个比他小十多岁的弟弟。街上有一种传说，说八斗是个螟蛉子，他是他那开杂货铺的爹妈用八斗高粱换来的。杂货铺老掌柜年过三十无子，就用八斗高粱,向一个逃荒过来的人家换了他。那时他已十岁出头个子长得不小，就是右手有个抖的毛病，是小时候一场热病落下来的病根。八斗“招弟”，不料想第二年杂货铺的老板娘就怀了，生了个小子。老八的弟弟在旧京高中念到毕业，到北京考大学，不久抗战爆发，听说去了延安，以后便再也没有了音讯。

爹妈死后，子承父业，老八就撑起了这个铺子，没有想到杂货铺的营生倒比过去兴旺。这本是老八夫妇起早贪黑、苦心经营的结果，但却被街上好笑闹的人，说成是老八“抖”的结果：不管是卖酒还是打油，老八拿提子的右手抖搂几下，那提子的分量就要轻了几分，因此，老八的“八斗”就被人唤作“八抖”了。

老八杂货铺的门面，比甘记裁缝店的门面要宽一些也高一些，迎街砖柜内圈了一个油缸、两个酒坛。柜台后的货架上，陈列着烟卷洋火、牙刷牙膏、毛巾手绢、丝袜吊带、顶针纽扣、信纸信封、针头线脑等等，琳琅满目，应有尽有，甚至暗中力赶时髦的老八，还进有原子打火机和美国口香糖。货架下边的许多瓦罐里，有辣酱甜酱、红醋白醋、砂糖冰糖、海盐味素等，大体可以应付日常人家厨事之需。柜台上那几个装满棒糖、水果糖、药枣、花生糕、咸炒花生米的玻璃罐，常常映出孩子们垂涎的面影。

老八的生意，看起来做得比甘老头子红火，但杂货铺的门首，却既无招牌也无幌子。

老八的长相与性格，同甘裁缝也大异其趣。老八虽有残疾，但长得高大，不到四十岁已经发福，虚胖；面皮蜡黄，连合在眼睛上的睫毛也是黄索索的；整年一身长打扮，一件不灰不蓝、紧窄得不堪裹体的长衫，挂着许多永远洗不掉的油渍污斑。他为人和顺，做事慢吞吞的，总是一副不急不躁的样子。

甘老头子并非遇到初一、十五才过去打酒，不管刮风下雨，从裁缝店到杂货铺是他每天必走的一段路。熟门熟路，他一手甩上木材已朽了的店门，还没觉得迈出几步，酒瓶就已经蹾在酒缸的缸盖上了。甘裁缝看到老八坐在货架下微闭双目打瞌睡，知道这是他听到脚步声而故意摆出的死样儿，就把酒瓶提起来又蹾了几蹾，夹紧细嗓嚷道：

“你龟儿还做不做生意？有大白天在店铺里睡觉的吗？”

“是哪条老叫驴在乱叫哪！？”老八平日不多说话，是个葫芦嘴，但遇到甘裁缝，他的嘴就不同了。

他睁开挤在肥肉里的眼睑一笑，慢悠悠地顶撞甘裁缝一句。然后，提起酒瓶看看，问：“高粱还是白干？”

“养你这么大了，还不知你爷的脾性？”

老八笑了笑，不与甘老头子计较，又问：“多少？”

“半斤。”

“现钱？”

“现个屁！要屁有现成的，要钱没有，可爷得有酒喝！”

“嗬嗬！你们看，”老八一面提起酒提子往酒瓶里灌白干酒，一面瞧着正在铺前小桌旁喝酒的几个人说，“有这么不讲理的主儿吗？”

“哎哎，正好要大伙看看，”甘老头子来了精神，“看你抖个啥？你这七抖八抖就少了四两，幸好你叫八抖，如果你叫十抖，还有我们的酒喝吗？”

正坐在下边喝酒的推水刘把子、淘粪王二黑、车夫郭娃和他那挑食盒的老弟郭汉，听着二人斗嘴，都不由得大笑起来。

在大伙的笑闹声中，老八已把酒瓶灌满，递给甘裁缝。

甘裁缝举起酒瓶，对着瓶口抿了一下，惊诧地问：“这是啥？是酒么？”

“不是酒，是马尿，你老儿没有马尿能活吗？”老八笑嘻嘻地回敬道。

“是马尿倒好，还能肥几寸土，”甘裁缝继续不依不饶地说，“我说这是水。”

“是水你倒到当街去。”

“喂，大伙品品，一起品评品评，看老八究竟往酒坛里掺了多少水！”

甘老头子眨巴着黄睫毛，一面向刘把子使眼色，一面将酒瓶塞了过去。

刘把子抿了一口，开朗地笑着说：“不错，不错，你这是白干吧？我们刚才喝的是高粱，都不错。”

“你这不错是啥意思？是老八卖的酒不错，还是我说得不错？”甘裁缝质问刘把子。

“当然是酒不错。”

“你会喝酒不会？连酒是啥滋味都品不出来。”

甘裁缝从刘把子手中夺过酒瓶，顺手递给王二黑：“二黑，你尝尝。”

二黑抓住酒瓶扮了个鬼脸，一仰脖子咕咚一口入肚，不知是酒烧了喉咙，还是没有品出酒味，他皱起两道浓眉说，“嗯，是有点水气。”

“你咋不说有粪气呢？那是你身上带的。”老八当即反驳二黑。

“我来，”郭娃夺过酒瓶，一气喝了三口，“喂，这酒不是从刘把子的水车里打的吧？”

他咂吧几下嘴，故作不解地看看，“老八真是太黑了，怎么这酒就跟水一个样儿？……”说着，举起瓶又要来两口，猝然飞起一只青白的瘦手，把瓶子从郭娃厚厚的黑嘴唇边抢了过去。

这只瘦手，就是甘裁缝那只飞针走线的巧手。

“你娃子别太狠了，想把我的酒喝光呀！”

“咦，这瓶子里不是水吗？”

大家哄笑起来。

甘老头子苦着脸，摇摇酒瓶，“看，你们这一尝就尝去我大半瓶。只有刘把子还有点良心。”

大家又是一阵哄笑。

站在柜台边的老八微笑不语，拿回甘裁缝那只酒瓶走近酒坛，又往里灌了半斤。

甘裁缝见了有些感动，急忙说：“这半斤也给我记上账，等我给冷总参议太太那件皮袄吊好，拿到工钱，同你一起清。”

“谁给你记这个账！这半斤算我请你老儿的。”

“那不行，那不行！……”甘裁缝提起酒瓶，一面说着，一面慌忙往回走，好像害怕郭娃们再分他的酒喝似的。

“甘老爷子，”郭娃在后面喊，“今晚喝醉酒可别想老婆，别再张开喉咙哭嚎。”

甘老头子走到裁缝店门前，回头瞪了一眼，跨进门“嘭！”的一声，关住了那吱溜乱摇的木门。

像每天一大早双手拿把大剪刀站在门前那样，街上人知道甘裁缝还有一个毛病：每晚喝几盅酒就要大嚎一场。有人说，那是甘裁缝在哭他早死的媳妇哩!

这一晚，甘裁缝真的又哭了一场。

晚饭前，甘裁缝给三皇神供了三盅酒，点了三炷香，又在旁边一只小香炉里插了三炷香，在小香炉前供上了三盅酒。小香炉后面没有牌位，不知是谁来请这香火。有人说，这里敬的就是他的媳妇，甘裁缝重情义，媳妇死了二十多年了，他还不忘。

晚饭照例是碗汤面条，面条不用擀，是半瓢面从街东头轧面铺换回来的。下酒的东西只有花生米。喝了汤面条，喝完了瓶里的白干酒，他忍不住又将香炉前的六盅酒，隔一会儿一盅、隔一会儿一盅地都喝干了。可以想见，他是要强制自己给三皇神和那别人不知的受敬者留上一两盅，最终他未能管住自己。喝干了，喝完了，眼泪唰地一下迸了出来，淌在青白的面颊上，淌在瘪进去了的嘴角里，渐渐哭出了声，渐渐拍着胸脯号啕起来。他把一双手放在胸前乱抓，手指痉挛着、扭结着、撕绞着，像要把心扒出来给谁看，又像要缝合一个巨大的永远无法缝合的伤口。他拿起木案上的剪刀，做一个猛然投出的姿势，又将手臂一缩，将剪刀抱在胸口，像怀抱一个婴儿一样，无限慈爱地用另一只颤抖不停的手，将剪刀来来回回地抚摸着。当街坊听不见他们听惯了的哭声时，那就是甘老头子真正醉倒了，头趴在木案上睡着了。

第二天，老八找上门来了。甘裁缝眨着睡意惺忪的眼睛，说：

“讨账来了？这么快就找上门了！”

“给你老儿送壶酒钱。”老八将胳肢窝里的一个布包取出来放在木案上。

“咋，你也要做件衣裳？”

“咋，就不兴我穿件新的？”

“咋，要再当一次新郎官？”甘裁缝调侃老八。

“去你的！你知道我媳妇是蚌埠人，多年没有回娘家了，过几天趁小孩放暑假，带小孩去走一趟。”老八解开包袱正正经经地说。

包袱内是一块灰蓝洋布，甘裁缝掂起布头抖了抖，问：“做啥？”

“咱还能穿啥，大褂呗。”老八望着甘裁缝，“你看这布够不够？”

“看你这一身膘，怕不够。”甘裁缝双臂用力一抖，那块布在半空中一摆，啪地发出一声脆响。

“老哥，你不会想想办法？”老八乞求甘裁缝，“再说，这次你可不要给我做窄了。你看看，你看看，”老八后退两步，扯扯身上紧绷得几乎开线的旧长衫，“这是你做的活，这不太紧窄了吗？”

“那怨我吗？”甘裁缝反问一句。

“怎么不怨你？”老八来了气，黄脸盘突然一紧，“做我身上这件时，我拿了两丈布，你却给我做了这么小的一件长衫，叫人没法穿。可布用得不少，布到哪儿去了？”

甘裁缝的两个高颧骨腾地一片血红，听老八这么一说，他真的恼了。

“你张八斗血口喷人，没得好死！”甘老头子来了神，忽然从睡意中清醒，一蹦二尺高，从颧骨到脖颈血溜溜的赤红，两眼暴突，拳头紧握，像要打架的样子。事关做人品格，老头子认真起来。

“每次给你量身，你小子总是嘀咕着‘宽点，宽点’，恨不得把整块布裹在身上。等做好了，你又说宽了，要改，一改再改，拆拆缝缝，我算倒了八辈子血霉，收一个钱的工钱，做八个钱的糟活。也不知你俏个啥，宽啦宽啦，直到绷得你的大肚皮放不出屁来，才不叫我再改。好啦，如今说我昧了你的布，问问二黑，每次剪下的那些碎布，叫二黑扫去沤粪，二黑都不要。”

甘老头子说得嘴角堆起白沫，老八却直望着他笑，笑得有点傻，好像甘老头子的愤怒与他无关，他只是在听甘老头子说一个可笑的故事，听得津津有味似的。

甘老头子看到老八这副德行，气不打一块出，抓起那块布投了过去，“拿回去，你爷不侍候你啦！”

“谁真说你昧布了，不是说句玩笑吗？”老八摊开双手，“这次你做啥样咱穿啥样还不中吗？”

甘老头子拉下脖子上的软尺，鼻孔哼哼着开始给老八量身。

“宽点，宽点。”老八忍不住又嚷道。

“好，再宽点。”甘裁缝宽宏大量地又将软尺松了三寸，顺手一捋，把尺码搁在老八眼皮底下，“看看，够宽了吧。”

大褂做好后，老八一连几天往裁缝铺跑，里面不断传出吵嚷声。

“宽啦，是宽啦，你得给我再改！”

“已改了三次，再窄的话，兜得你见了老丈人连屁都放不出来！”

老八穿着这件一连改了四次的新大褂，从蚌埠探望岳父岳母归来，不料想街上却发生了一件大事。甘记裁缝店那扇朽了的店门上，被十字交叉地贴上了两张白纸黑字的封条，甘裁缝被警察分局抓进去了。

“为啥抓他？”老八看到坐在洋车脚踏上的郭娃，便问道。

“汉奸罪。”

“毬，街东头的张军长都从监狱里放出来了，甘老头子算哪门子的汉奸？”

“唉，你可别这样说，听王巡警讲，这糟老头子的案情大着咧！”

看到郭娃幸灾乐祸的样子，老八扭过脸去。

郭娃同甘裁缝有过节，想当年甘裁缝的儿子早死，郭娃调戏甘裁缝守寡的儿媳妇，被甘裁缝撞见打了他两个耳光。后来小寡妇远嫁他乡，郭娃一直耿耿于怀。再后来，他想追甘裁缝的小女儿，甘裁缝的小女儿连眼角都不扫他一下，他以为是甘裁缝在中间挑唆，便把甘裁缝恨到骨缝里去。不要看他是个拉车的，他可是小油坊街一霸。他身强力壮，蛮横泼赖，三教九流人物交了一些，竟修炼成了一条地头蛇，在王二黑这一层人当中，呼风唤雨。

老八不耐烦看郭娃那副德性，走进柜台里独坐望街。

看到王巡警从不远处走过来，老八急忙上前拦住，说了几句客套话，便问起甘裁缝的案子。

王巡警把那顶帽腰间镶圈白箍的黑色大盖帽往上一顶，挠了挠鬓角，说：“这事我也闹不清，不过有人举报。”

“举报他啥？他替日本人做过啥事？他害过人啦？他是吃香的喝辣的得过啥好处啦？”老八愤愤不平，一时失去了平日说话的敦厚。

“好像有人说他给住在街上的一个日本大太君做过衣服，还把衣服送过去……”王巡警说。

“送衣服又不是送情报，他一个裁缝不给人家做衣服怎么活？”

“呵，对，有人说他就是去送情报。”王巡警忽然想起什么，“不过，这事你别管。”王巡警老了，记忆力是大大衰退了。

老八目送着王巡警有点老迈了的脚步，摇了摇头。

“你帮帮忙，明天我去看看他。”老八在后面喊道。

“到时候再说吧。”王巡警没有回身，从远处答了一句。

街上的人都晓得甘老头子冤，都在骂那使坏的人。

王二黑背着粪桶走过来，听到刚才老八和王巡警的说话，扭头瞅了一眼，丢下一句："遭雷打的！"

郭娃刚从郭汉的食盒担子上取了一块沙馕西瓜，正低着头哧溜哧溜地啃，听到王二黑的话，一激灵，猛一仰脸，问：

"嘿，你这是冲谁来的？"

王二黑答："我冲那个心叫狗刁的，咋，你多心了？"

路边扤篮叫卖烧饼油馍的老嗓婆子接过话头，说：

"不知道甘老头在哪旮旯踩着屎了？"

王二黑说："这你要问问郭娃，他知道老甘头怎样踩上那疙瘩最臭最脏的屎！"

"我怎么知道？"郭娃吼地站起身。

"你不知道，你急什么？"王二黑龇着牙笑笑，脸色铁青，"不做亏心事，不怕鬼叫门！"

"日你祖宗！你欺侮到老子头上来了！"郭娃不容分说地冲了过去。

王二黑将身子一闪，背上的粪桶溅出的粪水正泼在郭娃脸上。郭娃被愤怒燃烧得失去理智，一面叫着"郭汉快上"，一面想用头把王二黑撞倒。弟弟郭汉站在挑子旁不动，郭娃一头撞过去，二黑飞快地从背上取下粪桶来挡，郭娃的头与粪桶撞在一起，哎哟一声，倒在街上。二黑趁势反转粪桶，倒了郭娃一身臭粪，骂了一句："你就是这么臭！"提起空桶走了。

王二黑心中对郭娃早就埋有怨恨，日本人杀他爹时，郭娃在场，日本人用刺刀把二黑爹捅倒在街边，郭娃竟眼睁睁地看着不去相救。

郭娃知道王二黑跟着刘把子学了一身武功，看着在自己身上出了一口恶气的二黑扬长而去，一时不敢追赶，爬起身瞪了郭汉一眼，慢慢走向包府坑，跳进去洗净一身粪水。

第二天，老八打点王巡警一条“蝴蝶牌”香烟，央求王巡警带他进三分局探望甘裁缝。老八把那件从蚌埠回来洗了未干透的、已由甘裁缝改过四次的灰蓝布长衫穿起来，把准备好的一斤老白干、两条五香兔腿、一包咸脆花生米放进一个布兜里提着，气喘咻咻地跟着王巡警走去。

三分局距街西口不远，在一片凸进包府坑的盐碱地上，白花花的地坪围着一个黑黝黝的砖瓦院，粉白的院门券顶，正中一盏鸡心形的灯罩血红的电灯。一些穿黑制服的人在券门顶下进进出出，看到王巡警有点头的，有扯几句闲话的。王巡警进到院内举手行了几个礼，找了几个长官，才有一个拿着一串钥匙的警察，把他们领到后院一间矮房前。

路上，王巡警问：“这甘裁缝犯的是啥事？”

拿钥匙的人淡淡一笑回答：“谁知道呢？反正是犯在曹局长手里了。”

王巡警又问：“他同曹局长有啥过节？”

拿钥匙的人回头一瞧，说：“老王，这事你最好别问。”

老八跟在后面听二人说话，听得越发糊涂，心想，这甘老头子怎么会开罪了那个姓曹的呢？

拿钥匙的人打开门锁转身就走，好像那门后有什么凶险似的，王巡警也急急跟着去了。

老八慢慢把门推开了一道缝，闪进房内的一道阳光像一把刀子，猝然劈开了眼前的晦暗。老八在门口站了一会，渐渐看清了坐在屋角一堆麦秸上的甘裁缝。甘裁缝眨巴着眼，许久才认出面前站的是老八。

“你来干啥？”甘老头问，算是同老八打招呼。

“咋，不兴我来瞧瞧。”

“带点啥来？”

“我还不知道你好啥？”

“快，快让我喝口酒。”甘裁缝从老八手里夺过酒瓶，连灌几大口，灌得自己直抽气。然后，狡黠一笑，说，“这酒掺了水！”

“真是猪啃鲜花，不知香臭。亏你喝了几十年，还品不出个好赖。”老八同甘裁缝急了，“这是我埋了十年的老白干，是想着等我老弟回来那天给我老弟接风的。一共两坛，没想到会扒出一坛先给你这个‘汉奸’喝喝。喝吧，喝醉了等杀头时少受点痛。”

“算你孝顺，还知道祭法场哩。”甘裁缝一面品酒，一面含着眼泪同老八逗乐。

“品出味了吧？”老八问。

“嗯，好酒，好酒！刚才一开始我就闻出是好酒，论价钱这可不是一般的白干。”甘裁缝醉眼惺忪地说，“你给我记上账，记上账。”

“闭上你的臭嘴！”老八怒声道，“你这不是骂人吗？”

两人相视一笑，甘老头子猝然垂下头，呜呜大哭。甘老头子是每晚哭惯了的，哭起来有声有调，有滋有味，弄得老八手足无措。

“挨打啦？”老八问。

“没有。他们还没有顾得上打我。”

“那你哭个毬！”

“我想我这喝酒的家伙，”甘老头子拍拍脑袋，“以后怕是再喝不上你的好酒了。”

“别那么没出息，净说丧气话。”老八宽慰老甘头，“我找过凡太太，也找过赵师傅，凡家同如今的保安司令有关系，赵师傅也许找冷总参议能为你说说话。”

“凡家如今也在难处。”

“虎死虎威在。当家人不在，可还有三亲六故呢。你别怕，街坊邻里都说要想法扒你出去。”

果然，甘老头子在那间小屋里又挨了几天，警察们一句话不说，就把他放了出来。

一波未平，一波又起。没过一个月，杂货老八进去了。老八进去的不是包府坑边的三分局，而是保安司令部的稽查处。人们惊愕不已，料想老八的案子大了。

老八的案子确实不小。这年月国共两党虽未放弃和谈，可仗是越打越大，越打越激烈，谁沾上个“赤”字，命就难保了。老八的案子偏偏就沾上了这个吓人的“赤”字。谁也不会认为老八是共产党，但他那十多年没有音讯的老弟却是共产党。

原来他老弟没有死在抗日战场，半月前，穿一身人字呢校官军服突然回来了。这套军服与缀在领子上的少校领章，同街上走过的别的少校没有两样，可老弟却是共产党那边的人。老弟这次跟随共产党那边的大人物从上海飞来旧京，为的是黄河花园口堵口的事。说起花园口堵口，老八听闻过，还见过不少美国人开的水陆两用大吉普，轰隆隆地在大街上开来开去。抗战初期，用大炮轰开花园口，挡住了日本人，也淹死了几十万中国老百姓。如今要堵，敢情好，但干河床上已有了人家，而且这些人家住在解放区，所以要谈判。这道理老八懂，老弟住在南郊红洋楼联合国救济总署河南分署里边，开罢会，到小油坊街来看过老八两次，除了讲堵口的事，不讲别的，更不会要老八参加共产党。老八没有想到，老弟走后不出十日，自己就进来了，罪名是：通匪。

老八靠在稽查处看守所返硝的房脚上，回想着老弟第二次到杂货铺告别，二人喝酒的情形：

那坛前两天从地下挖出的老白干，已喝了一半有多．半夜了，郭汉的食品挑子仍停在老八门前。玻璃食盒旁边的电石灯扑扑响着，两扇惨白的光晕在食盒下边晃动，像一只巨大的灯蛾想飞起来，翅膀却扇不动。郭汉隔一会儿吆喝一声，老八也隔一会儿出来一次，不断地买些兔头兔脚拿回屋去。老弟自幼喜欢啃兔头，这次老八决心要叫老弟解解馋。当两人啃了十个兔头时，老八手中的酒盅一抖，掉在地上摔了个粉碎。老八急忙用脚磨磨地面，老弟知道老哥这是在驱邪，笑了，说：

"哥，别喝了，我看你醉了。"

"不醉，不醉，我量大。"老八说着换了个酒盅。

"哥，我这趟回来，怕于你不利。"老弟忧虑地凝视着老八。

"怕啥？不怕！我一个卖油盐酱醋的，他们摆治我干啥？"

"不过，你要多加小心。"

"那是，那是，你放心走好了，今后该干啥还干啥，别挂虑我和你嫂子，只希望今生咱弟兄还能见上面……"老八哽咽着再也说不下去。

老八想小心却没法小心。一天半夜，铺门被砸开，十多个穿军服的人围上来，推推搡搡地把他塞进一辆破汽车带到这里。

老八在看守所想心事的时候，甘裁缝正在他的裁缝店里长吁短叹。他知道，如今凡被定为"通匪"的，家里人到西南城坡或到西门外收尸也找不到尸体。老八这次是在劫难逃了。甘老头子从箱底翻出一块深蓝阴丹士林布，比来比去，戴上他那铜腿老花镜，整整花了三天工夫，仔仔细细地给老八做了件新大褂。就是这次老八走了，也有件合体衣服，排排场场地走过奈何桥。叠好新衣，备下酒菜，几费周折打通关节，甘裁缝来到稽查处看守所。

这稽查处看守所不同于三分局的那间小黑屋，只见铁栏重锁，岗哨林立，只这阵势就让人吓得挤出鸟来。甘老头跟随一个看守走到一间监栏边上，那看守往里面瞧瞧，低喝一声"张老八"，破衣烂衫的犯人堆中摇摇摆摆地站起一个人来。他晃动一下，差点儿跌倒，慢慢移动脚步，在一阵哗啦啦的响声中，移近与过道隔开的铁栏杆。才住了几天号子，老八已经瘦了一圈，颧骨突出，肚子下塌，唯有眼泡肿大得几乎埋住了一圈黄睫毛。看到老八脚砸镣铐，举步艰难，甘老头“哇！”的一声先哭了。

“他们给你砸了脚镣……”

“到这里的，一人一对脚镯，也不是单单优待我。”老八用力睁开一双肿眼强笑，“哭个啥？你老儿可是从没这样熊过。”

甘老头用袖筒擦擦泪，从提的一个布包里往外拿东西。“一点酒和下酒菜，还给你做了一件新大褂。”

“先搁在地上吧，”老八说，“等下还要看守过过手。”

“那你试试这件大褂。”甘老头子抖开大褂想从铁栏间塞进来。

“不试了吧，”老八说，“这时候你给我送新衣来干啥，你看在这里头能穿？”

“试试，试试，看看合不合身。”甘老头子鼻子一酸，声音发颤。“一辈子你没穿过一件合身的衣服，都是你要我改来改去弄得那么紧窄。你试试，我想这件衣服就不用改了。”

“试试就试试。”新大褂一着身，老八揪起前襟就喊：“宽了！宽了！”

甘裁缝赶快戴上老花镜凑前看个仔细，“不宽吧，怎能这么宽呢？哈，是你瘦了。”

“我不瘦它也宽，得改，得改。”

甘裁缝把这件新大褂拿回来改了几次，一面改一面担心老八在黄泉路上穿不着这件大褂了。没想到过了一个月，老八穿着这件改了几改的大褂从鬼门关走回杂货铺来了。

是我母亲为老八说的情。听厨娘李嫂说老八出了事，是红案，母亲动了恻隐之心，叫郭娃拉着她到了保安司令家。母亲说，“如果老八是共产党，那全天下人都是共产党了。”司令太太随即翻了司令一眼，“你们男人就是多事，抓哪个卖盐卖油的干啥？”司令低头抽烟，全不理会两个女人的胡说，第二天却叫副官到稽查处查一查，把老八放了。老八来我家感谢母亲，说起甘裁缝为他做的新大褂，母亲笑了。临走时，他对我说铺子新到了上海橘子糖，我就跟着他往外走，走出大门，看到甘老头掂个酒瓶正向这边走来。

天气炎热，街面的尘土蒸腾起来像一层飘动的轻烟。老八三脚两步从热地上跨过去，顾不得擦汗就拿起提子给甘裁缝打酒，甘裁缝拿过酒瓶靠在门框上仰脖大喝一口，咂咂嘴吆喝道：

“老八，你龟孙真黑心，这瓶里装的不是刘把子的水吗？”

老八走上去夺过甘裁缝手中的酒瓶，“你老儿去噙着刘把子的小车水口往肚里灌吧，要这瓶子干啥？”

“呃呃，这瓶子是我的。”甘裁缝急忙去抢瓶子。

两个人撕扯着，只听呼啦一声，老八的新大褂从肩头到脊背裂开个大口子，露出了一片黄肉。

“瞧你这手艺！”老八说。

“瞧你这模样！”甘裁缝回敬道。“让你俏，眼看要砍头了，还要我把衣服改来改去，好好一件送老衣，改成这副德行。你受吧，犟死你！”

老八笑笑，把甘裁缝摁在铺前小桌旁坐下，然后走进里间换了件衣服，提了壶酒，拿了些花生米、豆腐干之类走出来，在甘裁缝对面坐下。

“干啥？”甘裁缝惊讶地问。

“感谢你给我做的那件衣服。”

“谁让你感谢？”甘裁缝斜了老八一眼。

“喝酒喝酒。庆贺咱俩大难不死。”

两个人一连喝了几壶，又从郭汉的担子上取了半个西瓜切来吃，不想瓜还未吃完，满口西瓜汁的甘裁缝，竟趴在小桌面上呼呼噜噜地睡熟了。苍蝇不客气，飞过来同甘裁缝争食，老八解开领扣，拿把大蒲扇给甘老头子轰苍蝇。看着甘裁缝满头的白头发，暗自叹口气，低声说，“唉，啥时候才叫咱们过几天安生日子呢？”这句话太重，一时将苍蝇吓跑了。

这次甘裁缝醉得厉害，直到第二天过午才醒来，他是被一阵拍门声惊醒的。他睡眼蒙眬地打开门，未说一句话，几个警察就把他捆到了三分局。一顿猛揍，曹局长亲自出来审问。曹局长说他替日本人藏了几箱银圆，还有皇军制服，他说没有。曹局长说他对这一片的人清楚得很，连谁撅屁股屙啥屎他都清楚，别想骗他，别想隐瞒他，再隐瞒你的汉奸罪更大。甘裁缝擦擦嘴角的血说，那是那是，曹局长在三分局当了十几年局长，战前当局长，日本人在时当局长，现在还当局长，这一片谁掉根针在地上曹局长您都看到了。我有银圆我有军服怎敢隐瞒？就算是我敢骗老天爷也不敢骗您曹局长呀！不想这话曹局长不爱听，一挥手，几个警察上来又是一顿好打，直打得甘裁缝招了银圆和军服。

“银圆藏在哪里？”曹局长追问。

“曹局长，我哪来的几箱银圆？你就放过我吧。”甘裁缝哀求道。

“你女儿勾引皇军，骗了皇军的银圆，你当我不知道？”曹局长说，“别以为你叫女儿跑了，你就能把这笔敌产昧下。”

一提到女儿，甘裁缝的心就剧烈的哆嗦起来。他忘记了浑身伤痛，两眼怒火直喷，恨不得烧死面前这个魔鬼。是这个魔鬼诱逼有几分姿色的小女儿同皇军来往，光复啦，这个投敌卖国的魔鬼成了地下挺进军的“地下工作者”，却硬要把汉奸的帽子往他甘裁缝头上戴。想起曾与他相依为命、如花似玉的小女儿，他羞愧、悲愤、哀痛，他下意识地握握两只手，手是空的，没有每天早上他站在店门口握的那把剪刀；他想一头撞过去，抖抖胳膊，手臂被两个警察抓得动弹不得。

“说不说？”曹局长继续喝问。

“说啥？”

“说啥？还装糊涂不是？我就不信你能不把窝藏敌产的罪证交出来。”曹局长摆下手，示意身边的警察说，“来，上去给裁缝点辣的尝尝。”

“灌辣椒水？”一个警察冲上来要将甘裁缝按到一条板凳上。

甘裁缝挣扎起身，蓦然变得十分平静。

“好，我说。”

“就是嘛，说起来我们也算是街坊邻里，何必要大动干戈呢。”曹局长亲昵地拍拍甘裁缝的肩头，“那你说，银圆藏在哪里？”

“埋在房内地底下。”

“军服呢？”

“挂在顶棚上。”

曹局长兴奋了，即刻向几个警察发出命令：“带他去搜！”

一群警察推搡着甘裁缝从夜半的小油坊街走过。街景黯淡，只有几盏老门楼门檐下的电灯洒下几圈昏黄的灯光，没有行人，郭汉的亮着灯的挑子在很远的地方。偶尔从那里传来一声叫卖声，声音像一根弦，在甘裁缝的心上拉了一下。“再没有五香兔肉吃了。”为什么会想起兔肉，甘裁缝感到好笑，但伤口的疼痛令他未能笑出声来。街道真长，他想起小女儿小时候拉着他的手说，真远，怎么还不到家呢。不远了，就到了。

到了裁缝店，曹局长命甘裁缝点上灯。甘裁缝顺从地点上煤油灯，安上玻璃罩子拧大灯头之后，还到里间找出一盏马灯点上。

“埋哪里了？”曹局长喝问。

“案子底下。”甘裁缝指指他整天趴在上面做活计的木案。

警察们已带来了镢头、铁锨，移开木案，抡镢挥锨地猛往下挖。挖一阵，曹局长问，“怎么看不到装银圆的箱子呢？”甘裁缝说，“再挖。”又过了一阵，曹局长再问，甘裁缝仍说再挖，眼看已挖了五尺多深，几个警察的气不打一个地方出，骂甘裁缝捉弄他们，一个警察要上来打甘裁缝，将镢头用力朝下一杵，想顺势跳出土坑，不意听到“咚”一响，发出与木箱撞击的声音。曹局长大喜过望，命坑下的警察加快挖掘，起出木箱。

警察们清理了浮土，一个完好的毫无朽腐的棺材般大小的木箱显露出来。由于木箱太大，警察们搬不动，曹局长只好要他们就地开箱。警察用镢头撬开箱盖，本想看到白花花银圆，却看到一具完整的女尸。警察们惊呼着，纷纷跳到坑外。甘裁缝忽然跳进坑里，抚着女尸大声恸哭。两年啦，没想到两年了女儿的面容还像刚刚睡着一样。女儿从小没有妈，是他一手把女儿拉扯大的。她是那么可爱，他是那么娇惯她。没有想到她被姓曹的害了，姓曹的为了讨好日本驻华北特务机关的太君，要她去陪吃陪酒。从小被娇纵坏了的女儿不听父亲的劝告，一意跟随姓曹的在日本人中间走动。十八九岁的大姑娘被街坊邻里捣脊梁骨，让甘裁缝的老脸没地方搁。一天晚上，女儿又对着镜子梳妆打扮，甘裁缝问：“又要到哪里去？”她抬头看看镜子里的自己，满不在乎地回答：“喝酒，跳舞。”甘裁缝又问一句：“同谁喝酒？”女儿挑衅地说：“当然是日本人啦。”甘裁缝骂道：“不要脸！”女儿笑笑，“曹局长说如今这世道要脸干啥用，要钱才有用。”甘裁缝怒不可遏了，喝一声“狗屁”，顺手从木案上抓起把剪刀，指着女儿说：“今晚你不许出去，你往门口走一步我就杀了你！”女儿拿上小皮包站起身，满不在乎地向甘裁缝一笑，依然向门口走去。甘裁缝浑身发抖，喝一声“站住”，头脑昏乱中投出了剪刀。女儿应声倒下，自己用手把刺进心窝的剪刀又向深处推了推。甘裁缝扑过去抱住女儿，女儿说的最后一句话是："爹，不怨你。"虽说女儿不怨自己，但女儿却是甘裁缝最大的心痛，他每晚哭女儿，每逢初一、十五给女儿上香，他不是想以此来求得心安，他是想以此来与女儿同在。

甘裁缝在抚尸痛哭的一刹那，回想起那令人撕心断肠的一幕。

"那是谁的尸体？"

"我女儿的。"甘裁缝被曹局长的问话惊醒。

"谁杀了她？"

"我。"

"呵，你当父亲的为什么杀她？"

"因为她跟着你当汉奸！"

"哈哈，真会胡说八道，杀了人还敢狡辩。"曹局长狞笑着，"我现在告诉你，你女儿是地下工作人员，你谋杀她就是破坏抗战，你不是汉奸谁是汉奸？"

曹局长要两个警察把甘裁缝从土坑里拉出来继续审问，审不出银圆审军服。曹局长说，就算你没有帮日本人藏银圆，你给日本太君做军服你不能不承认吧？

"我承认，我给日本人做过衣服。"

"军服呢？"

"没有做过军服。"

"又抵赖，又想挨揍是不是？"

"我不抵赖。"

"不抵赖就把藏的日本军服交出来。"

"我藏在一个亲戚家，明天我去取。"

"好，明天你取回交上来。"曹局长打了个哈欠，一摆头，向几个警察示意。"走，谅他也跑不了。先回局。"

甘裁缝一夜未睡，一直陪着女儿坐在土坑里。到天明，甘裁缝将几张旧报纸染成土黄色，糊了一套日军军服穿在身上。

一大早，甘裁缝像往常一样双手握剪，双腿叉开站立在店门口。他身穿一套奇形怪状、报纸糊的、领章肩章勋章齐备的日本军服，目光呆滞地望着街对面的灰墙。听到有人走过，他就高喊：

“我是汉奸，快去报告曹局长，我替日军太君做的军服找到了！”

拉早车的郭娃从他跟前经过，他一听脚步声就喊道：

“郭娃，快找你的曹局长来。我有军服上交！”

郭娃吓得不敢回头，加快脚步，拉着车匆忙跑了过去。

“我是汉奸！我是汉奸！”甘裁缝不停地高喊，喊得满街静了下来，只剩下甘裁缝的声音。人们越聚越多，刘把子轻轻放下水车，走过来劝甘裁缝进房去。甘裁缝不听，刘把子想起甘裁缝素日同老八交情深，就挤出人圈去唤老八，这时曹局长带一干人马转过街西口向这边跑来。

“曹局长来啦！”有人喊。

甘裁缝走进房，恭恭敬敬地在三皇神前的香炉里插了三支香，又在旁边的小香炉里插了三支香，然后提起房角的煤油罐，打开罐盖，把半罐煤油泼洒在神台上、木案上、女儿的棺木上，余下的从头淋到脚，泼在自己身上。他划根火柴，点燃了木案上的碎布，又将冒出火苗的碎布投进土坑，投向神台，投到那张已有虫蛀的顶子床。他走出来，仍然站在店门口，仍然是双手握剪、双脚叉开的固定姿势，一动不动，像尊泥塑。看到曹局长走进人圈，他呵呵笑了两声，像平日招呼来做衣服的顾客那样平静地说了句：“曹局长，你来啦。”曹局长不应，他又说：“抓汉奸来啦，要不要我把身上这套日本军服脱给你！”曹局长冷笑着仍不上前，甘裁缝一抬手将剪刀投了出去。

曹局长呀了一声，躲过飞来的剪刀，伸开双臂，示意警察们不要上前。甘裁缝掏出火柴，街上静极了，只听“嚓”的一声，甘裁缝刹那间变成熊熊烈火，烈火蹿到甘裁缝店的招牌上，蹿到房顶上，蹿上天空，把干燥的没有云朵的天空，烧开了一个巨大的又红又黑的焦裂的伤口。

老八找来刘把子、王二黑，一起给甘裁缝办理了后事。

老嗓婆

确切地说，听到老嗓婆的第一声吆喝，我才真正回到了小油坊街。

老嗓婆的嗓音沙哑，但喊得有韵味，好听：

“买烧饼油馍、大糖糕——不来？”

这一声粗粝的高亢的吆喝，无论早上或夜晚，无论热气蒸腾的夏天或朔风凛冽的冬天，都在小油坊街上空回荡着。它回荡了几十年，也许还要再回荡几十年；它从久远的过去飘来，又向久远的不可预知的未来飘去。

听到这一声呼喊，小油坊街的人们就知道：老嗓婆扤着她的油馍篮子来了。老嗓婆的这一声尾音有些发颤的吆喝，无数次地叩击过小油坊街每一扇黑漆大门或薄板小扉，叩击过小油坊街每个居民的耳膜和记忆……

自那个早上，当我听到老嗓婆的这一声呼喊，朦胧中我才真正意识到我已身在旧京，身在陈干娘口中常说的那条街道。

我闻声从二院跑出来，手拿一枚五十文铜板，站在大门石阶上，看着老嗓婆臂扤竹篮急步向我走来。

旧京城里的小吃花样多，有名。旧京城里开铺的、摆摊的、沿街叫卖的小吃有：胡辣汤、牛肉汤、羊肉汤、羊双肠、豆浆、豆沫、豆汁、豆腐花、江米稀饭、馄饨、绿豆丸子；还有：油馍、炸糕、糖糕、豆沙糕、小粽子、熟梨、炒凉粉、风干野兔肉、板羊肉、板牛肉、烧饼油馍等等。

我最常吃的、也是最喜欢吃的，就是烧饼油馍。旧京人把油条叫作油馍，油馍的内涵要丰富些，不单是常见的棍子状的油条。烧饼油馍里的油馍，就不似两根棍子粘连在一起的那种，而是两个炸得嫩黄焦脆、小手指粗细、一般都要撅碎夹在烧饼里吃的、海碗口大小的圆圈。烧饼也不是一般的烧饼，这种烧饼是用一个龟壳状炉灶烤制的。先把面做成饼状，饼的边缘用刀界出花纹来，撒上芝麻，然后贴在炉膛上炙烤。一经火烤，中间鼓成虚泡，外焦内空，好像专等着往里面夹东西似的。一个烧饼夹一个油馍圈叫作一盒，夹两个油馍圈叫作加料。刚出炉的烧饼与刚出锅的油馍圈夹在一起，焦爽松脆，真正好吃。

老嗓婆本姓尚，小街人都叫她尚姑，因她那副老嗓粗沙雄壮，故街人将“尚”转音而唤她为老嗓婆。她挓个大竹篮，整日在附近的几条街上吆喝叫卖，只卖些烧饼油馍和糖糕之类。

“买烧饼油馍、大糖糕——不来？”

小油坊街的街民们，从大人到小孩没有哪个不熟悉老嗓婆这声吆喝的。

老嗓婆的叫声有明显的抑扬顿挫，一字一板，高低有度，长短有规，像唱歌似的。特别在收尾处，她把“大糖糕”的“糕”字拉得绵长悠远，蓦地一收，“不来”二字像小孩们玩的弹子，猛然间弹跳出来，可那意味却有几分哀伤，似询问也似乞求。老嗓婆吆喝的有艺术、有人情味。她不像别人那么直喊：“烧饼油馍！”好像要把东西硬塞给你。她是“买……不来”，是在问你，很温和、很坦诚地问你。

有一次，凤表姐对我说："听听老嗓婆在喊啥？她的喊声后面应该是加问号，还是加感叹号呢？"

我毫不犹豫地答："加问号！"

凤表姐轻声骂了句："鬼，谁说你是憨子！"

她浅浅一笑，跑出大门，叫住老嗓婆买了两盒烧饼油馍，一面登上台阶一面调皮地喊着："不来？来了！"

老嗓婆的竹篮奇大无比，竹篾上的油渍被她的衣袖长年磨拭得油光铮亮，似上了一层桐油。竹篮上面不管阴雨晴日，总盖着一块发灰的厚布。烧饼油馍要趁热吃才可口，老嗓婆卖的烧饼油馍，什么时候都氤氲着微微的热气，吃起来发酥。原来，她在竹篮里垫了一张厚厚的棉套子，偌大个篮子内其实空间很小，只能盛十几二十来盒烧饼油馍和一些糖糕，这就是老嗓婆保鲜保热的秘诀。她不怕跑路，一天几次到烧饼铺发货，少量多批，常保货色新鲜，所以，街上的人都愿意光顾她。

没有人能说出，老嗓婆是何年何月开始在小油坊街周围这个街区叫卖"烧饼油馍、大糖糕"的。从陈干娘的口中，我早已听说过她。回到旧京第一次听到她的吆喝，第一次跑到大门口去看她，她已是真真正正如我想象的那副模样了。

她身材高大，背微驼，挽篮子的手臂关节粗壮；一张黑红的圆盘大脸上，有许多深深浅浅的黑麻子；宽嘴巴，细眼。两条淡淡的眉毛高高挑入鬓角。她常穿一套宽大的青色竹布衣裤，脚很大，赤脚穿双带襻布鞋。她的穿着一年四季几乎不变，唯一变化的是她头上的帽子。帽子也只有两顶：夏天一顶烂草帽，冬天一顶破绒帽。后来，我听对门杂货铺老八的媳妇说，老嗓婆年轻时就在这条街上了，起初在一个亲戚家帮工，后来就扛起竹篮吆喝着卖烧饼油馍。她刚来时是个支支整整的大姑娘——一个美人坯子。这话我不大相信，我怎么也无法把老嗓婆同美人坯子联在一起。

老嗓婆热心肠，人缘好，爱热闹，街上谁家有个红白喜事，添丁嫁女的，她都掺和进去帮忙。街西头有座小庙，小庙里的神灵出巡玩社火，也都有她的份儿。光复后头一个年节，街上出了旱船和狮子。杂货铺掌柜老八扮艄公，头戴白色毡帽，耳挂白胡须，脚蹬云底皂靴，双手握桨，站在旱船旁边，一面划一面唱道：

想当年为抗日八年苦战，
看今天庆胜利合家团圆。
迎新春又一年好景有盼，
只想望咱中国国富民安。

旱船随着老艄公的歌声左摇右摆，前俯后仰，一会儿滴溜溜地转圈，一会儿呼啦啦地摇荡，真好像被波涌浪打一般。

我同凤表姐、秀表姐站在门台上看热闹，对旱船里面那个头戴凤冠流苏，身穿绿衣红裤、把两只穿红绣鞋的尖尖小脚伸在船面上的女子称奇不已。不禁问道：“她是哪家的女子？”

凤表姐说：“那是陈妙常。”

我问：“是哪家的陈妙常？”

凤表姐说：“是尼姑庵里思凡的陈妙常。”

我生气地说：“我问她是街上哪家的？”

“哪家的？老嗓婆家的，她是老嗓婆！”秀表姐抢白我：“就你啰唆，打听那么仔细做什么？想叫人去说媒呀！”

凤表姐与秀表姐碰碰肩膀，低声浅笑。我一听船里坐的是老嗓婆，顾不得同秀表姐理论，急忙跑下台阶，扒住旱船往里看。

老嗓婆的脸上虽然抹了一层厚厚的官粉，双颊又粘了“贴子”，脸变白了狭了，但我仍然从粉妆下隐隐约约的黑麻子认出了她。她见我愣愣地直瞧她，就扬起手中一块水红绸子大手帕，向我脸上扫了一下。

“真是老嗓婆，”我走向门台，“怎么她的两只大脚变得那么小了呢？”

“你怎么不往下看，”秀表姐说，“那两只大脚正在忙着跑路哪！”

我很失望，怎么看老嗓婆都不像个美人坯子，但大人们说三十年前老嗓婆确实是个美人坯子。老八媳妇说，民国初年，离街口不远处有一间烧饼油馍铺，是老嗓婆的亲戚开的，老嗓婆从乡下过来帮工。那时老嗓婆才十七八岁，生得白里透红，浓眉大眼，身板修直丰润，健朗动人，带出几分乡村姑娘的野味。特别是身后那条乌黑油亮的发辫，又粗又长，一走路发梢上的红绒绳悠来晃去，看着直叫人眼热心跳。

为什么美人坯子尚姑会变成老嗓婆呢？谁也对我说不清楚，这好像是街上一个永远无法破解的秘密。在这条表面繁华、暗含诡异的街道上，这样的秘密不少。从大人们零碎的话语中，我还是理出了一点头绪：

住在我家斜对面的童二老爷，即当年的童二少，想纳尚姑为妾，尚姑不从，后来，就无缘无故地发生了油锅炸锅的事。有人说，炸锅是童二少使的坏，有人说，是尚姑自己炸锅毁容，不管怎么说，这事童二少是脱不了干系的。童二少的爹，在清朝末年当过一任河道，在河道街河道衙门坐过堂。他把朝廷拨下来治理黄河大堤的银两割下一大块，在小油坊街盖了一座三进三出的深宅大院，飞檐回廊，雕梁画柱，碧纱橱，满洲窗，一应俱全。其气派造工，街上至今没有哪个宅院能超过的。后来，黄河决口，二少的爹被砍了头，加上清朝变民国，不问世事的童二少守着一盏烟灯，慢慢变成了童二老爷；而终日在街上吆喝叫卖的尚姑，也慢慢变成了老嗓婆。风霜雨雪磨蚀了老嗓婆的脸，也磨平了她心头的积怨……

这传说虽然不知是真是假，但我却注意到，老嗓婆确实不把油馍篮子扤上童家阴气森森的门台。她与童家人打招呼的，也只有二老爷那两个无父无母，也没有亲祖母的、可怜孤单的孙女——童秋云和童秋雨。

童秋云要出嫁了，新郎是我家隔邻赖老师的儿子。虽说新娘就住在街对面，按风俗，赖老师还是叫人从南京巷杠轿铺请来四顶花轿。

四顶花轿有规矩：第一顶花轿给“陪俊”（伴郎）坐，第二顶花轿给迎亲的新郎坐，第三顶花轿给另一位“陪俊”坐，第四顶花轿最为华丽，是为新娘而备，先由“娶女客”与压轿孩坐上。花轿从男家门前起轿，也有“照轿”“燎轿”等诸多规矩。

执事一喊起轿，只见一个女人点燃一根饱蘸香油的粗纸捻，把花轿里里外外照个遍，生怕有什么邪秽扑在新郎和童秋云的身上。这手拿纸捻“照轿”的女人就是老嗓婆。四顶花轿抬起，在中山路、县角、大油坊街、包府坑街来回绕了两个圈。

老嗓婆穿一身绛色暗花花丝葛新衣裤，纂子上斜插一朵红绒花，一去一回，紧跟在第四顶花轿旁照应，生怕那没爹没妈的童秋云，在大喜的日子里有个闪失。

傍晚，赖家的酒宴过后，微醉的老嗓婆坐在我家大门口喘口气，大脸盘上溢出满足而欢乐的光泽，连每颗黑麻子似乎都在欣喜地跳跃。

我和凤表姐、秀表姐走上来同她说话，我说：

“嗓奶奶，我看今日你是真的高兴。”

“太平啦，大家都会有好日子过啦。”老嗓婆回应我的话，声音很轻柔，像自语，与她平日的高声吆喝全然不同。

“什么是好日子呵？”凤表姐问。

这话把老嗓婆难住了，她想了一会儿，才回答说：

“咱街上的人都能吃得起烧饼油馍。”

“那你不是就赚大钱了？”我说。

“那倒也是。”

“如果有人没有钱吃怎么办？”秀表姐故意难为老嗓婆。

“是呵，没钱也有烧饼油馍吃，那才叫好日子呢！”

老嗓婆虽然孤单，却过得很有滋味。生意好时，她会拿钱到街口酱肉铺买两个卤猪蹄，甚或还要到老八的杂货铺去打半斤烧酒，关起小屋的木门又吃又喝，喝了几口酒就捏细嗓子学大名角陈素真[①]唱的《三哭殿》，又舞又唱，锣鼓家伙一起响，真正弄出了一台戏。

老嗓婆住在大杂院，往往她那人影晃动的窗前，会聚集一大堆女人小孩。她不吃斋、不念佛，却喜欢烧香，相国寺、铁塔寺，以至于城隍庙、火神庙，凡旧京礼佛敬神的所在，没有她不去的。她甚至不知她拜的是何方神圣。她只知神是教人行善的，所以她行善。她极愿意帮助人，小庙的庙祝病倒了，都是她去端药送汤，就连祸害她的童二少爷抽大烟失了火，她也跟着大家一起去扑救。

在小油坊街的街民中，曾传说过一个这样的笑话：

一年夏天，她把她唯一的一张棉被晒在屋顶上，心想晒得高，一不挡路，二不怕丢。一个小偷看上了这张被子，总踮着脚往屋顶上看，还不时在屋檐下跳几跳，像是想上房的样子。老嗓

① 陈素真：豫剧著名女演员，豫东调的代表人物。

婆见了，就问那人想做什么，那人说，他也想把被子晒到屋顶上。老嗓婆进屋搬架梯子给那人上房，自然，后来她的被子就这样晒丢了。

老嗓婆的一片好心，常常得不到好报。

有一天，她看到几个穿单衣的伤兵在寒风中走过，就叫住他们，掀开竹篮上的棉套说：

“老总，吃烧饼油馍吧，刚出锅，热的。”

伤兵们互相望一望，便坐下来大吃起来，几乎吃完了篮里的东西之后，站起身要走。

“老总，还没有付钱呢。”老嗓婆提醒道。

“啥子钱，老子的命都不值钱，你的几个破烧饼值啥子钱？”一个伤兵蛮不讲理地说，“你不是要慰劳老子们吗？算啦，提啥子钱哟！”

老嗓婆想这太平年景，公买公卖，不给钱怎行？再三索要，被愤愤不平的老总痛打了一顿，疗伤煮药，在小屋里足足躺了半个月。

老嗓婆一直想不透，这把小日本赶跑了，太平了，可为什么还有那么多伤兵，这好日子咋还没来呢？

烧饼油馍的价钱一个劲儿往上升，由最初的五十文铜钱，升到法币一元、五元、十元、一百元，我想老嗓婆要发大财了，心里高兴又不高兴，心想老嗓婆说她希望街上的人都吃得起烧饼油馍，是骗人的鬼话。

有一天，老嗓婆轻轻地把竹篮放在我坐的石阶旁边，说：

“三少爷，你帮我算个账，你年轻头脑清亮些。”

“算什么账？”

“我昨天卖了一百盒烧饼油馍，每盒发货价是一百二十元，卖一百五十元，你帮我算一算是亏了还是赚了？”

“当然是赚了，”我不假思索地回答，“你发货用了一万二千元，收回一万五千元，这不是净赚三千元吗？”

“是呵，是呵，这不是净赚三千元吗？”她不解地苦想着，“可是今天我拿一万五千元去发货，还想发一百盒却不够钱，这是怎么回事呢？”

“为什么？”我诧异地追问一句。

“今天的发货价上涨到每盒一百八十元。”

到底她昨天是赚是赔？我一时也糊涂了。

在斜对面，童二老爷娶的年轻小妾，正手托一个厚字典样的收音机站在门楼下看街景，听到我与老嗓婆的对话，很有兴致地笑着叫老嗓婆过去，让老嗓婆把刚才的话重说一遍。她听后给老嗓婆出了个主意，要老嗓婆把新发的烧饼油馍放在家里不抎出去卖，等涨了价才卖，这样就准赚不亏。

“这怎么行？”老嗓婆疑惑地望望眼前这胖乎乎的女人。

“怎么不行？我家老爷就是这样做生意的。”

“生意不同。”老嗓婆干脆地说。她早就听说童二老爷在做昧心的黑白生意，黑指鸦片，白是海洛因，都是害人的东西，同她卖的烧饼油馍毫不相干。她提起油馍篮子要走，又被胖女人喊住。胖女人可能预感到明天烧饼油馍会涨价，竟一下子要买八盒。

“放到明天就不好吃了。”

“你别管，我付给你钱就是。”

不知何时，瘦成一杆枯枝似的童二老爷已站在门槛里，大约还听到了她们的对话。他让胖女人多给些钱，胖女人撇撇嘴，又塞给老嗓婆十张一百元纸币。

老嗓婆将这十张纸币一卷，塞进了大门旁一个小石狮子的嘴里。

连着几天，老嗓婆一见我，就要我帮她算账。

“唉，又亏了，又亏了……”

我常常看到老嗓婆自语着，慢慢走进了血色的夕阳之中。我劝老嗓婆歇些时日，老嗓婆摇了摇头。

“买烧饼油馍、大糖糕——不来？”

好像小油坊街离不开这一声喊；只要有这一声吆喝，小油坊街就有了几分活气。

忽然有一天，我发现许久没有听到“唉，又亏了，又亏了……”的怨诉，也没有了那一声熟悉的吆喝，便纳闷地问杂货铺老八，才知老嗓婆得了一场大病，被乡下的亲戚接回乡下去了。

从这一天起，我感到小油坊街变了样，寂寞了许多，也冷清了许多。

夫子与牧师

小油坊街的居民常常会看到一老一少两人并肩从街上走过。好像他们脚踏的不是尘土飞扬的路面而是公园里绿茸茸的草地，那步子慢悠悠的，不管周围发生什么事，总是那么不慌不忙地信步走着。老的近五十岁，光头又大又圆，身材微胖，常年穿件胸前有几摊油渍的青竹布大褂；冬天的一条扎腿老棉裤，一双开花黑绒棉鞋，往往到四月还舍不得换将下来。少的二十四五岁年纪，中等身材，略瘦，长方脸，鼻梁高挺，有点苍白的面皮上撒着些青春痘，乌亮的头发上总有几缕坚硬的不服帖的短发向外乍起，似乎浑身的活力不可遏止地要往外闯似的；不管风雨阴晴，敞领西装外面总罩一件宽大的黑呢面子黑防雨绸里子的干湿两用风雨大衣，这件大衣像是他的道袍，不到极炎热的天气，是不肯离身的。

这一老一少往往一面走一面说话，说的大都是小油坊街的土著们听不懂的洋文，叽叽哝哝，像是从白杨树上飘落下来的鸟语；间中夹杂几句土话，人们虽说能听得清楚，但也不知何云。

“光景，这算什么光景！”老者说这话时，目光直视，好像身旁并无一个人似的。

“是的，是的，这是一个严肃的问题。”落后几步的年轻人急忙跨前两步应和着。

路人虽然不明白这“光景”是如何的“严肃”，但大都认可这两个人是应受尊敬的。老者是住在我家隔壁西厢的赖夫子，年轻人是住在街口浸礼会教堂的黎思明，都是我的英文老师。

看衣着，怎么也看不出赖夫子是教英文的。但他确确实实已在旧京初中开了二十年英文课，而且是旧京城最有威望的英文老师。传说他是清华大学的高才生，是林语堂老先生的高足。我们不能不信，要不他为什么一接替离校的芮佑梨老师上我们班的英文课，就改用了林语堂主编的开明版英文课本呢？这一册英文课本讲的大都是希腊、罗马神话，扎裤脚、戴毡帽的赖夫子把西洋诸神的故事，可以倒背着讲，讲得活灵活现。宙斯、赫拉的无情，普罗米修斯的英勇，潘多拉的美貌，赫耳墨斯的机灵和俄狄浦斯无法摆脱的杀父娶母的悲剧命运，一座不得安宁的奥林匹斯山，一个纷纷攘攘的神的世界被赖夫子用另一种语言生动地描绘在我们眼前。我们痛恨专横毒辣、常同凡女偷情的宙斯，厌恶阴险的忌妒心极重的女人赫拉和骄傲的阿波罗；我们崇敬为盗天火给人类而被堂兄弟宙斯囚禁在高加索山悬崖上，整日被鹫鹰啄食心脏的英雄普罗米修斯，但同我们最熟稔的却是神的使者赫耳墨斯。赫耳墨斯一出世就会说话，就会同神捣蛋；他那双飞毛腿下边的小翅膀，简直就是哪吒脚下的一对风火轮。哪吒把老父托塔李天王和爱管闲事的太上老君气个半死，赫耳墨斯也一点不含糊，把众神之王和太阳神阿波罗气得喘不过气来。

“Friends，朋友们，这是神的世界，也是我们人类的世界！”一次赖夫子在讲台上讲到动情处，声调不觉激愤起来。他拿起粉笔，用力在黑板上写了一个很大的单词：God，接着画了个加号，又写了个“S”，随口问：“God 十 S，等于什么？”

接过他的问话，鬼使神差地我竟大声答道：“光景！”

都知道“光景”是赖夫子的口头禅，全班同学哗然大笑。赖夫子慢慢扭转身子，咧着厚嘴唇苦苦一笑，撅下一截粉笔头用大拇指一弹，恰好弹到我的头顶。粉笔头在我的乱发上跳了几跳，竟被我那硬直的头发夹住了。这又引起了笑声。弹粉笔头是赖夫子的绝技，他往往给不注意听讲的学生吃粉笔头，几乎是百发百中，一节课下来，地板上留下十几二十个粉笔头是常事，但粉笔头不肯跌在地板上滚动，竟像草丛中的虫泡子吊在学生的头发上，确属稀罕。

“看你那光景，黄豆芽！”赖夫子半带嘲笑半带训斥地直望着我走下讲台，然后慢慢踱到我的身旁，抚了抚我的头发，笑了。这“黄豆芽”是个典故。赖夫子说过，当年他在北平念中学，一次与几个同学壮着胆子去吃西餐，事前约好，到时都用英文点菜。入座后有点蔬菜沙律的，有点西冷牛扒的，有点罗宋汤的，一个平日不用功的同学想了许久，憋红了脸，用英语语调点的却是“黄豆芽炒萝卜丝”。从此以后，“黄豆芽”在他口中就成了不用功学生的代称。

“God 十 S 是什么？当然是众神的意思。众神等于什么？我说等于群魔；一个神就闹得人类不得安宁，一群神还不闹出个魍魉世界嘛！你们都知道美女潘多拉的名字是‘众赐者’的意思。众神按照宙斯的旨意，赐给她美丽与邪恶，为的是给人类带来一种新的灾难。宙斯首先将潘多拉赠给普罗米修斯，被普罗米修斯拒绝后，普罗米修斯的弟弟不听哥哥的劝告，迷上了这个大地上的第一个女人，接受了宙斯的礼物。在他们新婚的那天晚上，潘多拉打开了众神赠予她的宝盒，让疾病、恶习、灾祸从盒子里飞到人间。你们说，众神不是恶魔还能是什么？”

赖夫子在讲台上走来走去，一双破棉鞋擦得地板沙沙响。由于讲得激动，大冬天也热得满头汗水。他往衣襟下掏掏；似乎是要掏出手帕，却掏出了一卷残破的书，看那发黄脆薄的纸张想必是一卷古书，他低声咕哝句："怎么把它装来了"，先自笑了。他用衫袖抹抹汗，在学生的记忆中，他从来是用衫袖代替手帕的。何来手帕，不知他刚才为何多此一举？我暗暗笑了，这老头眼力好，"叮"的一声，我的课桌上出现了一个白点，一截白粉笔头弹跳在我的脚旁，我赶紧直直腰，装出正认真听课的样子，

"凡云生，你还了得，不能说你是'黄豆芽'！"我是他平日喜欢的学生，他说谁学习好就说谁了得，"不过，且记不可懈怠，要不断努力，坚持一个人生目标，你们说对不对？"

没有人回答，他又说："有个目标，始为人生！"

这时，毛俊珊从我身旁站起来，愣头愣脑地问："赖老师，你的目标是什么！"

"教好你们，要你们都不成为'黄豆芽'。"赖夫子嗬嗬地笑起来，笑得肥厚的肩头一耸一耸，差点喘不过气。

赖夫子平日对学生很严厉，要求我们把每篇课文都背下来，星期天他怕在校住宿的学生睡懒觉，一大早就从老远的地方赶到学校唤学生起床。童子军教员章振国认为他不是训育处的人，这是多管闲事。他不理会，仍然风雨无阻，每个星期天早上六点半钟必到。住校学生多，大礼堂改作寝室，四排大通铺让几百个人睡在一个屋顶下。正在酣梦中的学生，忽听一声吆喝，那效果不是一阵铃声可与之相比的。

"Get up! You are lazybones!(懒骨头，起床！)"赖夫子站在大礼堂门里一声高吼，几百个睡眼惺忪的少年坐起了身；有的急忙穿衣，有的茫然四望，有的歪歪斜斜地又想钻进被窝里去，迷迷糊糊的憨态令人发笑。赖夫子微笑着悠悠然从通道穿过，拍拍这

个“Lazybones”的头，拉拉那个“懒骨头”的被子，把一个一个唤醒过来。一个星期六晚上新来的英文老师黎思明带我们去看美国电影回来晚了，同我们一起挤在大宿舍里，不知道第二天早上会有赖夫子的这番操练，所以当赖夫子大叫懒骨头时，他把被子往上拉拉蒙住了头。赖夫子走到床头又喊：

“You are lazybones, Get up!”

“No, no,”黎思明朦朦胧胧地在被子里抗议，“这不是星期天吗？”

“起来！”赖夫子生气了，弯下腰用力揭起了黎思明身上的被子。

“是你？”赖夫子疑惑地看着黎思明。

“赖老师,”黎思明急忙跳下床，恭恭敬敬地站立着。

“黎明即起,”赖夫子瞥了身穿内衣内裤的黎思明一眼，“为师者本应以身作则。”

站得僵直的黎思明没有说话，一直目送着赖夫子走出大礼堂。

黎思明念初中时也是赖夫子的学生，并且是不属“黄豆芽”之类很受赖夫子器重的学生。抗战胜利前夕，他在昆明西南联大外语系毕业，因参加“一二·一”学生远动曾被通缉。回到旧京，一面在联合国救济总署做事，一面在旧京高中兼几节英文课，两份收入，日子过得还算优裕，不幸的是一直受到特务机关的注意。他喜欢别出心裁，上课不照课本讲，而从上海的英文报纸上找些时事新闻讲给学生听。一次他给学生讲一篇英文报纸上的文章，内容关于美援，讲着讲着就骂起一心打内战的蒋介石来了。他生性活跃，讲到兴奋处不觉手舞足蹈做了一个蒋介石向美国特使魏德迈乞求美援的动作。“魏德儿迈爷，请多给我些枪炮子弹让我打共产党吧！”他模仿蒋介石的腔调，做单膝下跪，双手前伸乞求状，把几十个同学惹得笑出了眼泪。仅隔一天，他被抓进了监狱。赖夫子四处奔走，找到他在救济总署的同事，才把他从警察局要了出来。为安全计，他搬进小油坊街街口的浸礼会教堂，又经过一番周折，赖夫子把他介绍到旧京初中来了。黎思明不再像教旧京高中那样讲时事新闻，而是认认真真地给我们讲解着美丽而哀伤的安徒生童话。

"It is very very cold, it is the last day of the year(天气非常非常的冷，这是一年的最后一天)。"《卖火柴的小女孩》的开头两句，就这样在朗朗的诵读中，带我们走进北极附近的严寒冬夜，一个用火柴温暖生命的小女孩，成了我们抹不去的悲惨记忆……我发现黎老师更喜欢给我们讲的则是《海的女儿》，他好像望到了海，望到了晶莹的长发和温柔的海风；他那双本已不大的眼睛眯缝着，闪闪的泪光充满幻彩。

那幻彩是什么呢？我们不知道。

黎老师并不主张我们背书，反而带我们去看原版美国电影，去教堂同传教士对话。"能听就听一些，能说就说一些，比死背课文强"，很明显他的教学方法不同于赖夫子。由于他说话常带一些传教士的语气和在我们眼里十分怪诞的动作，在他上第一堂课之后，就被我们送了一个"牧师"的雅号。

班里的同学在很久之后，还在谈论他第一次来上课的情景：一个穿黑呢大氅的年轻人腋下夹着讲义夹，手托粉笔盒，三步并作两步地急急走进教室。大家心想这就是新来的老师了。班长喊"起立"，几十双眼睛注视着他，他登上讲台迅速放下讲义夹和粉笔盒，然后抬起头，看了下边一眼，郑重抬起右手在胸前画了个十字。

"孩子们，坐！"他愉快地点了点头。

大家强忍住笑，但不知是谁还是忍不住笑出了声。

"严肃，孩子们，这是一个严肃的问题。"他不慌不忙地打开讲义夹。

谁也不知道他说的严肃问题在哪里，大家却一下子喜欢上了他。再没有多余的话，也不打开躺在台面上的讲义夹，就口若悬河地开讲了，那滔滔不绝的音节像小河流淌，把我们听觉的舟推在波浪上摇荡，沉浸在畅游的乐趣中。我们不能不打心眼里佩服这位从衣着到说话都十分新派的年轻老师。余下十分钟，他要同学们提问，同学们愣在座位上，一时没有人出声，许久，毛俊珊在凳子上磨蹭了几下，没话找话地站起身问："黎老师，您是基督徒吗？"

"啊，这是个严肃的问题。"黎老师龇龇雪白整齐地牙齿一笑，"我不是基督徒。我在大学念英文时，我的一位老师是传教士，一位 Concurrent professor，兼职教授，明白吗？"

"明白，"毛俊珊装作明白的样子，"不过我们看您像个牧师。"

"No, no，"黎思明摇着一头不服帖的短发，"起码我现在还不是，我只不过住在一位牧师朋友的教堂里。"

浸礼会坐堂牧师理查德是黎思明的好朋友。理查德的中文名叫李修德，美国人，年龄比黎思明略大一些，都是生机勃发的青年。理查德出生在旧京，十几岁回到美国，加州神学院毕业之后，前两年又来到中国。浸礼会教堂其实是座民居，一套四合院房子，与天主教堂及基督教青年会教堂相比，显得十分寒碜。这次理查德离美前立下宏愿，一定要在旧京建一座高大的浸礼会教堂，以还老传教士——他的老父亲多年的心愿。理查德虽然年轻，却是旧京最活跃的神职人员，他布道，施粥，放幻灯，见缝插针地参加各种会议和慈善活动，在旧京的角角落落里常可以看到他那高大英俊的身影。他开一辆最新型的比省主席、绥靖区主任的座驾还要豪华的轿车，穿十分名贵的西装；领带皮鞋，礼帽皮包，只要离开教堂，谁也不会想到他是一个牧师，但他确是一个恪尽职守的传教士，黎思明在西南联大读书时的美籍老师就是理查德牧师的父亲。后来黎思明不仅住到浸礼会教堂，并且成了理查德出外传教的助手。

小油坊街的居民经常会在傍晚听到阵阵音乐声。紫色的薄雾渐渐笼罩了炊烟浮动的古城，在黄昏姗姗步来的那一刻强睁开睡眼的路灯，照得苍茫的街道依然沉入灰暗；空气中隐隐飘散着酸菜与煤烟混合的味道，杂乱的脚步声、车铃声在匆匆来去的暗影中汇成一股股浊流四处奔突。此时，街口像一个漩涡，在忽然响起的音乐声中，让浊流上的漂浮物打起漩，聚集起来。

理查德和黎思明并肩站在暮色中的小油坊街连接中山路的东街口，音乐声正来自他们。理查德肩挎大型手风琴，黎思明手握萨克斯管会意地互望一眼，点点头；悠扬地乐声响起。先是古诺的《圣母颂》，一个个鸽哨似的音符，越飞越远，越飞越高，带领人们仰头去寻找蓝天与飞翔的白鸽。一忽儿转了调，奏起了河南梆子《穆桂英挂帅》的曲牌……后来被乐声聚集起来的人们，在理查德引领下走进那座四合院式的教堂。

有天晚上，理查德从教堂开出一辆齐头加拿大中型轿车，同黎思明一起到我们学校放映幻灯。拉幕，调灯光，吸引了一大群好新奇爱热闹的学生。

“找一根小棍，小棍棍。”爬在木杆上绑幕布的理查德从高处向我喊。我找了根木棍递给他，他嫌长了，又说，“撅一榾柮，撅一榾柮。”旧京土话在他口中打着滚，被他咬出了滋味，梯下的几个同学不禁笑了。银幕拉展，从轿车一个小窗口射出的一道光柱晃了几晃，将彩色的画面摆正了位置。理查德急忙钻进车里，跟着耶稣在画面上的动作，唱了起来：

只有一个真神，

就是救世主，
给我吃，给我穿，
时时保佑我。

理查德的调门像相国寺的和尚念经，加上他那过于拿腔拿调的旧京土话，听起来难免有点滑稽。围在汽车旁的小哥，“面户”“猴子”、我和一群学生笑出了声。“猴子”一耸肩扮了个猴像说：“这听起来怎么有红薯味呢！”大家更加笑得厉害。在汽车前抱着萨克斯身子前仰后合正在为理查德配乐的黎思明，忽然转过身子告诫我们：

“严肃，这是个严肃的问题！”

大家急忙噤声，但压抑的低笑声仍不绝于耳。

“光景，这算什么光景！”不知何时赖夫子已站在我们身后，他不满地望了望黎思明，丢下一句“光景”，黎思明正沉醉在弹奏中，似乎没有听见。

幕上的画面变化着，理查德改变腔调开始用英文唱道：

Since my lord Jesus loves me,
So I love my life and I love My lord.
（我爱主，我爱主，只因主耶稣爱我。）

黎思明热烈地吹奏了一阵，然后扭转头对我们说：

“这是我用《布拉姆斯小夜曲》配的，好听吧？李牧师唱的英文歌词，听懂了吗？”

“听懂了，听懂了一些，”不知谁迟迟迟疑疑地回答着。

“你们要这样练习听，多多练习才行。”黎思明说。

赖夫子出其不意地站到了黎思明面前，说：“我看还是教学生们认认真真把书读熟为好，来传什么教！”

“赖老师！”黎思明慌忙直站身，但赖夫子已拨开聚集的学生走了。

放完幻灯，黎思明找到赖夫子，问他回不回小油坊街，回去的话就一起坐理查德李牧师的汽车回去，赖夫子站在汽车尾灯的灯光里，皱皱眉头讽刺道：

“这也是美援吗？我一个穷教师不需要美援！”

“赖老师，您怎能这么说？”黎思明漫无目的地向远天的星光望了望，一只脚停留在踏板上，低声解释了一句：“李牧师为的也是一种信仰。”

“什么信仰？我看你缺少的是生活目标。”赖夫子数落黎思明道，“天天跟在一个美国人的后面跑，啥光景？”

正要钻进汽车的理查德突然转过身来，逼视着赖夫子问：“美国人怎么样了？你没有用过美援吗？当年你就读的清华大学不也是美国人拿钱办的吗？”

“放屁！你这是屁话！办清华大学用的是庚子赔款的钱；赔款，我们该赔吗？”赖夫子怒不可遏了，“把庚子赔款说成是你们的钱，怎么听起来那么像帝国主义腔调呢！”

黎思明慌了，一面劝慰他的启蒙老师赖夫子，一面劝说他的好友理查德；他让理查德开车先走，他一直赔着小心，把气喘吁吁的赖夫子扶上人力车，然后也坐上一辆人力车送赖夫子回家。

这件事似乎没有留下什么疤痕，赖夫子照样在讲台上往下弹粉笔头，黎老师照样在胸前画十字，不同的是黎思明比过去沉默了些。黎老师经常从理查德那里拿一些圣经故事之类中英文对照的图书给我们看，有时还拿着书本念给我们听，样子真有点像布道的牧师。我们同他开玩笑，问他是不是快当牧师了，还当面称他“黎牧师”，每当这时他就会微摇着头，眯起眼陶醉地说：

“No, no, 这是一个严肃的问题，一个信仰问题，信仰是需要寻求的，我正在寻求。”

有时，他又拿来几本印制粗糙的小册子给我们，如《杨白劳卖豆腐》，如《新民主主义论》。我们有个在课堂上传阅闲书的习惯，张恨水的《金粉世家》、张竞生的《性史》、大仲马的《三剑客》等等都在课间传递过，这几本内容新奇的小册子，更被传看不已。但是黎老师从不向我们提起这几本小册子的来历，好像它们是天外来客，是自己轻轻地飞落到我们中间似的。

许多次大太阳底下穿件风雨大衣在操场上低头漫步的黎老师，成了我们依窗捕捉的新风景。

“看，‘牧师’又寻找什么了！”我几乎是自语地说。

“寻求信仰呗。”曹宝善伸出头笑着参加进来，

“严肃，”毛俊珊瞪了我和曹宝善一眼，拿腔拿调地学着黎老师的样子。

后来，毛俊珊在童子军课上偷看小册子，被章教头当场逮个正着，三番四次追究“共产书籍”的来路，毛俊珊说，书是在操场上捡到的，章教头鼻子尖，嗅来嗅去冷笑着不肯相信。不安与紧张像许多根小螺丝钉一样，被章教头拧紧着，谁也不提这件事，谁都为这件事担心着，就在这种不安的气氛中，传来了黎老师结婚的消息。据说新娘是赖夫子的外甥女，旧京女师毕业班的学生；赖夫子保的大媒。

我、毛俊珊、曹宝善和班上三十几个同学去闹新房。

可能是向亲友借的房子，洞房设在三胜街博物馆内。这个博物馆除了几个牲畜家禽的怪胎标本，我在以前的参观中没有能留下什么印象。穿过黑洞洞的展厅前院，跨进一座院门，才看到家属院的灯光。那个窗口最明亮的房间，想必就是黎老师的新房了。我们挤进门去，新房的布置令我们眼睛一亮，新粉刷的苹果

绿的墙壁，还散发着淡淡的灰粉味；一株正开花的泡桐树立在窗外，白纱窗帘在夜风中抖进来一树幽香；一张古典式的铜床虽是仿制品，但在几支红烛的映照下，也显出几分华贵。黎老师穿一身浅灰呢西装，系条红色领带；新娘身上是一件红软缎旗袍，外罩一件雪白剔花细纱披肩，一对新人，郎才女貌，真可谓天作之合。新娘圆圆的脸盘白里透红，微戚的细眉挽住的几分矜持，被轻浅笑靥里流淌的笑意无法阻止地冲淡了。黎老师按捺不住内心的喜悦，总露出两颗虎牙，微抿住嘴地笑出几分傻气。婚礼在早上举行，按照旧京的旧习，黎老师与新娘拜过天地，拜过祖宗，拜过父母之后，下来的事就不再按老规矩办，闹洞房也只求一个热闹。我们到的时候其他客人大都已经告退。在学生面前，新郎顿时潇洒起来，新娘也不再那么拘谨，但毕竟新郎官是自己的老师，反而学生们一时有些手足无措。为了打破沉闷，黎老师不断派糖，新娘捧出一罐大公鸡牌饼干，欲打开罐盖，让大家吃饼干。看到新娘白嫩的手在罐盖上游动，平日口讷的我忽然灵机一动说出一句逗笑的话来：

“不要打开这个宝盒！”

“呵，没关系，潘多拉早把众神赐予她的宝盒打开过了，疾病、恶习与灾祸早已放了出来。”黎老师机灵地接过话头，向新娘挥一挥手，“打开，快放出被潘多拉关在盒里的希望。”

希望飞出来了，满室都是透明而闪动的薄翼。

同学们一阵欢呼。大家吃着糖果饼干，想象着正在飞翔的希望和无数只金光闪烁的翅膀。

是谁提议新娘唱支歌，大家鼓掌附和，新娘再三推辞，还是唱了：

你知道你是谁？

你知道华年如水？
你知道秋声，
添得几分憔悴？
悴，悴；悴，悴，
你知道今日的山河，
有多少凄惶的泪……

歌声优美，却带着过多的哀婉。可能是为了冲淡一些沉重，黎老师站起身，主动说他也要给大家唱支歌。我在教堂里看到过黎老师唱诗，每唱一首他都要在胸前画个十字，想不到这时他习惯性地又画了个十字。

山连呵山，山连呵山，
山下的人们逃上山，
山上的人们打下山，
打下山，打下山，
打出了人民的江山……

不知是因为新婚的喜悦还是因为对那遥远山巅的向往，黎老师唱得很激动。他一面唱一面打手势要大家唱和。新房内响起了合唱声，轰鸣的不太整齐的合唱声刚刚开始，赖夫子趔趔趄趄地闯了进来，跨门槛时，长衫的下摆扑扑闪闪地纠缠着他的双腿，差点将他绊倒。黎老师急忙上前把他扶住。歌声骤然停止，一双双吃惊的眼睛投向赖夫子。赖夫子抬手抹一把圆头上的汗珠往地上一甩，喘着粗气对黎思明说：

“快走，曹局长正带着人又来抓你！”

“怎么回事？”黎老师问。

"吴青说的。"赖老师说。大家愣在那里还没有回过神来，赖夫子已经拉着黎老师冲了出去。

后来听说，赖夫子和黎老师刚跑到三胜街口，就被三分局曹局长堵住了。赖夫子、黎老师一起进了班房。

是冷总参议的副官吴青请赖老师通知黎老师逃跑的。章教头把黎老师在学校进行"赤化宣传"的情况报告了党部，党部通知警务处查办，警务处命令三分局曹局长抓人。吴青得到消息时，曹局长已准备出发。曹局长虽然没有在教堂里找到黎老师，赶到三胜街口还是将黎老师连同报信的赖夫子抓了起来。赖、黎二位老师的被捕，又在校园里引起一场波动。小哥和高年级的同学们正准备到教育厅请愿，理查德牧师上下奔走已经把赖夫子和黎思明救了出来。大家没有想到警察局会这么快放人，星期六晚上还在大宿舍内猜想赖夫子在班房里的"光景"，不料星期天清晨却听到一声熟悉的呼叫：

"Get up! You are lazybones!"

大家猛然坐起身，睁大眼睛惊疑回顾，看到了光头上冒着热气的赖夫子。

星期一上午第一节课是英文，黎老师用他通常的小慢跑登上讲台，一咧白牙笑了笑，愉快地在胸前画了个十字。

"孩子们好！"

"新郎官好——"毛俊珊做了个手势，全班一起欢叫。

"严肃，这是一个严肃的问题。"黎思明在讲台上摆摆手。

在旧京遭遇了一场惨烈的攻防战之后，小油坊街的居民最后一次看到赖夫子与黎思明并肩从硝烟未尽的街上走过，并且最后一次听到他们那已经被街坊听到过无数次的对话：

"光景，这算什么光景！"

"是的，是的，这是一个严肃的问题。"

旧京许多文化人和学生跟随解放军走了。班上的同学都认为这一次黎老师是一定要跟随解放军到遥远的山那边去的，据说他也确实到过攻城部队设在鼓楼街大金台旅社的一个接待处报名参军的机构，但攻城部队撤离时，他没有跟着走。令同学们惊讶的是，不久他却去到江南，进了一个基督教青年会主办的夏令营。更令同学们惊讶的是，年近五十的赖夫子跟着解放军走了。

半年后，赖夫子随解放军回到旧京当了中学校长，而黎思明则由台湾到美国，据传好像真的成了牧师，但对他的真实信仰，人们又有种种猜测。

故旧

飘起了绵绵细雨，过清明了，夜里却突然又有几分寒气。

庙里的老人去打了一壶酒，是那种辛辣的老白干，老八的铺子早没有了，酒是从临街窗口烟酒摊上打来的。喝酒时，少年陪着，老人与我碰了几杯就有了醉意，肥脸像一只欲裂的气球，从脖颈到头皮都成了滴溜溜的血红色。醉中的老人抿嘴一笑，一颗凶险的瘊子猝然从嘴角肉缝中蹦了出来，冷冷摇晃着几根荒草般的汗毛。我认出了你——几十年前的车老板。

在辚辚的车轮声中，闪现出几位故人。

光复楼老板

一

大约在我家回到旧京两个月之后，一个寒风逼人的中午，有个身裹棉军大衣的人叩开了我家大门。也许是因为那人身躯过高，也许是因为那件黄色军大衣太旧太短，军大衣的下摆在不过膝盖的地方，摆来摆去，像是幼稚园小朋友身上的罩衫，有点滑稽可笑。在二院里我认出了他，急忙拉住他冰凉的手把他引进上房。进了房门，看见错愕地木然坐在沙发里的母亲，他伸出手说：

“我，杜农，”看到母亲有点发愣，他又说，“艺术家杜农，不认得了？”

“原来是杜院长呵，”母亲欠身与他握手，问，“你怎么到这里了？”

“我到旧京已经两天了，白副官长本说今天陪我一起来看您。临时他又有别的事。”杜农低头朝身边瞧了瞧，找了一张沙发坐下。

“你不是在邯郸吗？不是同新八军一起到八路那边去了吗？”

母亲满脸狐疑与希冀，期盼着杜农能带给她一些关于父亲的消息。

“我是被‘欢送’回来的。”杜农张张双臂，做出一副无可奈何的样子，快活地笑了笑。

“被谁‘欢送’，怎么个‘欢送’法呢？”母亲紧跟着问。

“当然是被共产党‘欢送’的了。怎么‘欢送’？虽然没有敲锣打鼓，也算客气的了。我们不愿意留下的人被请到邯郸最大的饭馆吃了一顿饭，发了路费。一位陪我们的首长还说，如果回去之后又想回来，照样欢迎。”杜农以他那惯常的乐天的玩世不恭的态度大笑起来。

“你们这是演的什么戏……”

“一台大戏，一台大戏，一台真正的轰动全国的大戏。新八军反内战起义还不够轰动吗？”杜农的面部表情突然变得庄严了，似在沉思，“我反对内战，我不赞成国民党，可我也不赞成共产党。我回来了，我是真正离开内战战场了。”

“师长如今的情况怎么样？”母亲轻声问。

“师长升任军长了。”杜农摇摇头，我看到他的脸上瞬间滑过一缕不易觉察的苦笑。

“怎么就放你回来了呢？”母亲又把话扯回来。

“不是放，是‘欢送’。”

我坐在杜农身旁，听他很有兴味地讲述着他在邯郸的经历。起义后不久，大军区政治部召集新八军将校级军官开了一次座谈会，宣布对起义军人的政策。总的精神是“留者欢迎，去者欢送”八个字，欢迎大家参加反内战起义的义举，但并不勉强哪个人一定留下，去留自便；如有要去的，也予欢送。参加座谈会的新八军近百名将校军官，听罢大军区首长的讲话，纷纷表态留下，无一个表示离去，连已决定离队的副军长和一个师长，也无发言，只有他杜农在会上说了一番同会场气氛不协调的话。

艺术家杜农有声有色地给我们表演了一番当时的情景——

“我请求准许我离队。”杜农突然站起身说，因激动把身下的椅子踢倒了，弄出一阵响声。

“请问您是哪位？”首长温和地问。

“我是二八五野战医院上校院长杜农。”

“呵，是位知识分子。”

“是的，我曾在日本仙台医学院读过五年书，后来回国参加抗战。”

“那你留在解放区，用你的知识为解放区军民服务不好吗？”首长微笑着问。

“我反对内战，但我不愿留下。”

“为什么？”首长饶有兴趣地又问。

“我不赞成共产党的政策，”杜农直率地说，坐在他身旁的医务处处长用手推推他，示意他不再说下去，他却怕意思没有表达明白似的，继续补充道：“我是个自由知识分子，我追求的是民主与自由。”

会场猝然沉寂下来，有些人低下头，有些人脸上堆起尴尬的笑容，有些人神情紧张，谁也不知杜农这种明显冒犯的话，会引出什么后果，一时偌大个会场，鸦雀无声。是谁忍不住咳嗽了一声，令人不觉暗暗一震。

稍停，首长哈哈笑了几声，宽宏大量地打量着杜农说：“好，杜院长是个坦率的人，我们尊重你的意愿，欢送你回去。”

“谢谢。”杜农点点头，坐下身去。

首长直望着杜农又说：“如果你回去之后，仍找不到你心目中的民主自由，可以再回来，不要忘记，我们还有一条是‘来者欢迎’啊！”

杜农就这样离开了移驻武安的新八军来到旧京……

过了几天，杜农在白副官长陪伴下，又来了。白副官长支支吾吾好像有什么话不好说，杜农越看越着急，抬手把军帽拉下来当扇子扇着，直说：

“太太，我同白副官长是来向您借钱的！”

“为什么要借钱呢？”母亲问。

“我们商量着要在这条街上开间饭庄。”

一听说这个十冬腊月拿帽子当扇子的杜农要开饭庄，我不禁回想起他当初同我们家相识的情景来。

二

半年前母亲患了一场病。一天，一个瘦高的穿身粗布黄军装的中年人，出现在母亲面前。

“我是杜农，艺术家！”

母亲打量着眼前这个身穿紧窄的皱皱巴巴军装，浑身骨节向外贲张的人，怔了怔。

那人伸出一只骨节明显的大手，又自我介绍说：“艺术家杜农！”

母亲犹疑地将手伸过去，望望两旁，问：“杜院长哪？”

“报告，”站在杜农身后，一个穿身同样的粗布军装，面色赤红，手中挽着三条马缰绳，看年龄只有十六七岁的士兵，向母亲行了一个军礼。“报告太太，这位就是杜院长。”

“是的，”杜农习惯性的双脚一收，猛一挺胸，“二八五野战医院院长杜农前来报到。”

“报啥子到呀，我是请您来看病的。”母亲忍不住笑了。

“是的，师长交代过。”杜农说。

“杜院长不是学医的吗，什么时候成了艺术家？”母亲打趣道。

杜农那缺乏血色的被青色胡茬几乎遮去一半的狭长脸膛，红了一下，两个布满微血管的颧骨刹那间变得赤红。他静静一笑，坚持说：“我一直爱好艺术，献身艺术，行医是我服务社会的职业。“

接着，杜农看到我和小弟，一视同仁地向我们伸出大手，自我介绍着：

“艺术家杜农！”

“艺术家杜农！”

我们全家就是这样认识杜农的。那时我们住在豫南伏牛山腹地一个叫我坪的小寨里，母亲像深山里的一些女人那样，在不知不觉中脖子粗了起来。杜院长给母亲仔细做了检查，诊断为甲状腺肿大，也就是山里人所说的瘿，缺碘所致。

“不要紧，不要紧，”一面安慰母亲，一面要那个名叫从小丁的小兵从马驮子上取来几盒药针指着说，“这是氯化碘，打下这几盒药针你的病就好了；对了，还要多吃些海带。”

每隔两三天，杜农就带着从小丁从几十里外骑马来给母亲打一次针，他为人热情、风趣，很快就同我家上上下下都熟了。他是浙江人，母亲说南方人好吃，要小哥找房东家的十四少爷带几个人到白河边炸些鱼回来。一颗手榴弹扔下去，河面泛起一片白，十四少爷们下水捞上来一箩筐震昏的鱼。杜农围着箩筐来回走了几圈，伸手掂出几条脊花鱼，兴奋得不住搓手。给我家做饭的一个同乡——一个泡蘑菇不愿上战场的排长在炉子上支起了油锅，杜农一听到滚油响，立即放下刚从我母亲身上拔出的针筒直起身问：

“是要油炸吗？”

“打针不行还要油炸？”母亲惊恐地望着杜农。

“鱼，鱼，你们说的脊花鱼就是名贵的鳜鱼呵，这种鱼怎能油炸？要清蒸，清蒸才能保有原味。”

原来杜农说的是鱼，弄得惊慌的母亲只有苦笑。

杜农不管母亲的表情，救火一般冲进了厨房，从油锅边抢下了那几条鳜鱼。

我们全家尝了杜农做的清蒸鳜鱼，确觉味美，都说好吃。一席赞美的话，说得他才喝了三盅酒就醉了，于是，道出一番宏论来：

“烧菜是什么？是烹调！烹调是什么？是厨艺！厨艺是什么？是艺术！”杜院长排炮一样的自问自答，把大家镇住了。我不知天高地厚地偷笑一下，被他看到，他说：“别笑，烹调是艺术的一种。”他顿了顿，似乎想打住话头却未能打住，“你们河南人太不讲究吃，这与我们江浙人不同。我喜欢烹调，我不仅会做江南菜，还会做日本菜，西菜；有机会我给你们表演一二。对啦，我早想请师长吃顿饭，但洛阳有什么好馆子？只会做大鱼大肉，我怎能请师长吃那种东西？托人买了海参鱿鱼，猴头燕窝，我要亲自下厨为师长办桌酒席。可恼的是洛阳失守了，这一年多来部队不断转移，我没有工夫去做，师长也没有工夫来吃，那些鱿鱼海参还一直在我的马褡子里装着。我连换洗衣服都丢了，这些东西我没有丢，我要让师长看看我的厨艺，我的艺术！”

杜农虽然有点语无伦次，却表达了对我父亲的一份情感，母亲似乎深受感动，频频颔首，不料我却横插一句说：

“原来艺术家就是会做菜呀。”

母亲斜了我一眼，生怕我的话触犯了杜院长，杜院长却毫不介意，只轻轻地摇了摇头。

“我是个戏剧家。”杜农神秘地一笑，轻声说。

“你演过什么戏吗？”我紧问。

“你看过话剧《家》吗？”他反问我。

“我只看过小说，没有看过话剧。”我说。

“你在《家》中演谁？演高老太爷？演觉新？”谈到演戏，小哥来了兴趣，不无钦羡地望着杜农连声问。

“不，我这个台型不适合在剧中扮演角色。”杜农低头看看自己的身躯，“戏剧家不一定都是演员。”

“呵，您是导演？”小哥瞪大充满希冀的眼睛，等待着一个大导演的即刻出现。

“不，我负责灯光。”

“唉，”小哥叹了口气，我也跟着叹了口气。

“对一场戏来讲，灯光是非常重要的。”杜农没有受叹息声的影响，愈加激昂地继续说，“前年在洛阳西工礼堂演《家》，你们看没有看？如果你们看过的话，一定不会不记得鸣凤和觉慧那场戏，不会不记得那纷飞的雪花，那雪景多美呀！”杜农微闭双目有些陶醉地摇了摇头，“你们知道那雪花是哪里飞来的吗？是我把白纸剪成碎片，装在一个大风桶里，然后爬在戏台的棚顶，猛烈搅动风桶把手，让碎纸变成雪花飘下来的。”

我想象着杜农这个艺术家爬在棚架上有点怪可怜的样子，偷笑出了声，但他浑然不觉，只顾忘情而自豪地说下去。

杜农是个愉快的风趣的好人，来的次数多了，同房东汪五爷家也熟了。我坪小寨里住的是一个大家族，老弟兄五个，几十个小姐少爷依次按序排列。五老爷膝下有一男五女，即十四少爷、三小姐、四小姐、七小姐、十八小姐、十九小姐。正在女子高中读书的七小姐因肺痨病休学，同早已女师毕业而因陪嫁问题尚未出嫁的四小姐住一个房。杜农被汪五爷请去给七小姐看病，每次诊断后，杜农就会不停地自语：“盘尼西林，盘尼西林。”好像那个叫盘尼西林的神仙或恶魔，能够被他用咒语咒出来似的。他没有盘尼西林，汪五爷也弄不来盘尼西林，七小姐的病情只有一天天加重。天热时，大人给我在紧靠四小姐窗下的回廊里搭了张床，我整夜听到七小姐的咳声与四小姐对妹妹的轻轻絮语。我听不出她说什么，但感觉那声音羽毛般的轻柔与温暖。四小姐长得十分好看，说话的声音散发着香味，使那间住有病人的住房也变得温暖起来。有一天母亲同杜农开玩笑，说五老爷说了，你要把七小姐治好，就将七小姐许配给你。杜农突然收住笑容，沉默不语。我从没有见过杜院长如此严肃，吓了一跳。下午我在白河边看到他面对河水发愣，想走近，从小丁在一丛柞树棵子后面向我招手，示意我离开。后来小从告诉我，愉快的杜院长其实心里很苦，他的妻子儿女在淞沪战役期间被日本飞机炸死了；每逢想起妻儿的惨死，他就会这样发呆半日。

杜院长告诉母亲，过去他也害过肺结核，后来在西安一间大医院治好了。这种病有一种特效药叫“盘尼西林”，如今买不到，就是可以买到，价钱贵得很，怕是汪五老爷也未必舍得花这个钱。七小姐的病已到晚期，他怕是无力回天了。

一个月后，七小姐死了。埋七小姐那天，杜院长正巧赶上。

秋风搅动着满地黄叶，老杨树的树梢已经快秃了。一口白木棺材从寨里抬出来，没有响器，也没有人送殡，只有一个长工模样的人倒行在棺材后面，不停挥动镢头刨翻路面的泥土。杜院长与从小丁刚从河那边过来，牵着马站立在路边。望着那口白棺材，他不解地问身边的一位老者：

“为什么棺材不漆一漆就入葬呢？”

老者看他一眼，说：“我们这个地方的风俗，未过门的女儿死了，只能用白木棺材。”

“那个人为什么在棺材后边刨路呢？”

“未过门的女儿死了，是讨债鬼，要刨断她回家的路，教她不能再回来讨债。”老人麻木地说。

“这是什么风俗？太不人道！野蛮！”杜农突然大怒，脸膛倏地血红，冲过去夺了跟在棺材后边那人手中的镢头。他和从小丁一直把七小姐送到坟地，本来是不培坟冢的，他与从小丁却给七小姐培了一个很大的坟冢。他还擦着满头大汗，跑了半个山坡采了一把野菊花放在坟冢的新土上，然后，向坟冢行了一个标准的军礼。

这件事之后，寨里人都暗称他“疯子”，更有口舌缺德者，说他是想媳妇想疯的。其实，杜农对七小姐一点没有那种意思，他只是同情那个可怜的女孩罢了。

潇洒的杜农一派身赴国难，四海为家的气度，从不考虑个人私事，却关心起我的婚事来了。那年我刚刚十一岁。

他要给我说亲，说的是汪五老爷家的十九小姐。

十九小姐与我同岁，圆脸，白净，一双汪一泓泉水样的大眼像被山风吹拂着似的，总含着沉静的笑意。她和她的姐姐十八小姐都与我同在小寨私塾读书，平日同出同入，相处十分亲密。十九小姐待我好，到了缫丝季节，每逢我与她一起从大门里的缫丝锅旁走过，要缫丝师傅抓起一只大铁笊篱从锅底捞起满满一笊篱绛紫色的蚕蛹来，十九小姐总是把最大最饱满的挑给我。有时她穿着绸衫绸裤跟着我到白河边浮水，走向白河边时，两人扶肩挽臂，被人戏称“小夫妻”，都一点不在意。可是，多事的杜农一说媒，十九小姐突然不再理我了。我恨上杜院长了，还编了顺口溜骂他。每看到他与从小丁骑着马过河来给母亲打针，我就远远站在布满五颜六色山蚕的柞树丛后面高唱：

二百五医院三匹马，

高马屁后挂盏灯，
院长肚里流了脓，
一个小兵是颗钉。

母亲知道我编着法子骂杜农，很生气，要打我，杜农却将我拉过去，用一只带酒精味的手抚摸着我的头顶，夸奖地说：

“这孩子是了不起，懂艺术，将来可以像我一样成为艺术家。”

我感到，杜院长对我的赞许是真诚的，但一想到将来不知我能不能成为他那样的艺术家，就又十分惶惑了。

三

白副官长白甫臣最近也经历了一段故事。白副官长把我们从南阳接来旧京，虽然路经许昌时已知道部队出了变故，但作为军人，他仍坚持归队复命，后又被派回来接新八军的眷属。他联络了一批眷属，先叫他的勤务兵带路北上，待他准备亲自带第二批眷属出发时，那边传来消息，他那个回到部队的勤务兵被政治部抓了；事情闹得越来越大，虽然他十分明白加予勤务兵的罪名是无稽之谈，但他不能不有所顾虑，只好滞留在旧京。他把妻子杨水仙，女儿白丽金，儿子白俊仪安排在我家后院住下，时间一长，一家人的生计就成了问题。他这个东京帝国大学文学院毕业的人想到开饭庄，恰好在街上遇到被‘欢送回来’的杜农，两人一谈，总想在烹饪学上一展身手的野战医院院长，拍手叫好。

两人商议，饭庄取名光复楼，含纪念与张扬抗战胜利之意，选址在小油坊街中段。一般说来小油坊街是个富人聚集的地方，拜亲访友，免不得酒宴应酬，生意好做。

二人计议停当，到着手办事，才发觉缺了点什么。缺什么呢？缺本钱。白副官长搔着短发说：

“老杜，你感到我们的计划还有点欠缺没有？”

“欠缺什么？”

“钱，本钱！”

“钱？小事一桩。”艺术家杜农的气派显现出来了。

“你有钱吗？”

“我没有。你有吗？”杜农反问。

“我也没有。”白甫臣答。

杜农看见白甫臣垂头丧气的样子，拿过一张纸，掏出钢笔在上面画了一座饭庄，招牌上写了“光复楼”三字，端详一阵，说：

“这不就成了嘛。”

白副官长抓过纸一看，“你真够浪漫蒂克的了。这不是纸上谈兵、纸上谈兵嘛……”。

“怎么是纸上谈兵呢？我们不是只差没有本钱吗？借借不就可以了？”

“向谁借？”

这个问题把杜农也难住了。他认真想了想说：“不可以问凡太太借借？”

“唉，凡太太如今也够难的了……”

“我们也不是不还她，再说我们给她利息，不就把她的死钱变成活钱了吗？”杜农说。

白副官长虽感到不忍向母亲开口，后来还是同杜农一道向母亲提出借二十两黄金的要求，一年为期，年利二分。白甫臣和杜农不仅是我父亲的老部下，又同我家熟稔得很；再说，杜农为人直正，白甫臣已不像年轻时的孟浪，母亲也信得过，就无可奈何地答应了。

"我不要你们的利息，一年为期，到期一定还我。"母亲悲戚地瞧了瞧面前的两个大男人，"你们知道，我一个女人家带着几个孩子不容易。"

"凡太太请放心，我杜农从不食言。"

"利息还得有，哪有借钱不给利息的。"白副官长很难为情地搓着一双又红又冻的手。

母亲没有坚持，最后说是收一分利。然后从里屋取出二十块小金砖，均分两份，每份十块，分别交到白甫臣和杜农手上。

无论从哪个角度来说，光复楼开张都算是小油坊街一大盛事。

两挂千字头长鞭在噼噼啪啪的烟雾中，燃放得惊天动地。爆竹声一停，嘉宾们络绎进入张灯结彩的店门，白、杜两位老板站立阶下恭迎，门侧的外柜不断高喊"贵客某某太太、某某大人到"，几个堂倌在店内回应着，"请"字不绝于耳。大堂和侧房的十几张方桌已经"摆台"，杯盏碗筷，摆得停当。宾客逐渐按首座，二座、三座等等依序入座；有不少谦让者，你推我辞，未上菜已有一番热闹。我随母亲、四姨夫、四姨、闲客黎焕如黎军长及他的小姨子宋曼曼坐一张台，大姨从不凑这种热闹，谢辞未来。

光复楼其实无楼，饭庄建在一座四合院的前院。临街的四间客厅房正中开门，作为铺面和大堂；东西厢房设雅座，冬去春来院内两棵洋槐树一串串白花正开得热闹，使满院飘荡着洋槐花特有的刺鼻香气。

贺客有身穿制服的军政界人士，有富商小贾，有能够露个脸面的街坊邻里；有独自一人来祝贺的，有带太太小孩的；有被马道街新到时装装备起来的"吉普女郎"式的女人，也有头戴瓜皮小帽、手托水烟袋的遗老；各色人等，笑语喧喧，个个表现出身价十足的模样，但没有一个真正的当权显要。可能因为开店本钱是母亲借出的缘故，在宾客中忙于周旋与寒暄的白、杜二位老板，还时时走到我们这张台旁，殷勤招呼。

白副官长今天身穿长袍马褂，满脸堆笑，顿时有了一种生意人的风度。杜院长却是一身洋行头，西装革履，一个折叠整齐的鲜红手绢从上衣口袋里探出头来，向外喷着香气，倒真像要登台演出似的。宋曼曼“白副官长、杜院长”的热情呼喊着，黎焕如说要改改口了，以后对这二位得唤老板才是。机伶的宋曼曼立即调皮地一笑，改叫起“白老板！杜老板！”杜院长看到宋曼曼的表情竟红了脸。我不知哪来的胡思乱想，拉住他的手问：

“你不当艺术家了？”

“谁说的？”

“你如今是——”我学杜农伸手的样子，做自我介绍状，“我是杜农，老板！”

一桌人哄笑起来。

“不不不，仍然是‘杜农，艺术家’。”杜院长摆摆手，“我先开饭庄当老板，赚了钱开间医院；开医院赚了钱，我就开办一个艺术学校、一个话剧团，我当编剧兼导演，到那时，我就是大艺术家了。”杜院长陷入遐想，慈爱地拍拍我的头。

大家听着杜农这个“鸡蛋变鸡，鸡变羊，羊变牛”的计划，都有些愕然。

光复楼饭庄开张即日，打出了“烹饪艺术家杜农江南新菜式”的旗号。旧京人很少吃到江南菜，追新逐奇，一时生意十分兴隆。我从店门经过，常常可以看到堂面里有包桌和许多临客，猜拳行令，吆五喝六，自有一番热闹。白老板多次请母亲前去“赏光”，“赏个光，太太，杜农侍弄的几样江南菜不错，有空带孩子们过去尝尝新鲜。”白老板遇到母亲总这样说，可是母亲只表谢意，却不带我们过去。有时母亲在家招待她的那班一起打麻将的干姐妹，会指派人到光复楼叫上一桌，由店上伙计按“八仙庄”的规矩，四碟八碗的，用礼盒抬过来。一次父亲从前的参谋长魏然堂请我们全家和黎焕如吃饭，我才第二次走进光复楼。

魏然堂做烟叶生意赚了些钱，要请我们全家吃饭，母亲再三推辞，魏然堂仍在光复楼订了一桌。我们全家和黎焕如、魏然堂来到光复楼前，白甫臣、杜农早在店门口迎候。魏参谋长同白、杜二位原本是上下级的关系，见面后自然有一番寒暄一番人生沧桑的感慨。入座后，黎焕如看着杜农说：

“今天不吃你的杜记江南菜。今天要让魏参谋长尝尝咱们地道的旧京菜。”

“好，就吃咱们的旧京菜。”杜农答应着。

“哈，听你们‘咱们咱们’的，都成旧京人了。”魏然堂开玩笑道，“可不要合伙耍我这个外地老杆呀！”

“他们谁敢？”母亲打趣地说，“如今你是财主，比当个破参谋长威风着呢。”

“嫂子，你不知道我的情况，我算什么财主！”魏然堂苦笑道。

谦让一番之后，坐齐了，菜也点好了。白老板轻声问：“喝啥酒？”

“汾酒，老汾酒。”黎焕如随便答了一声。

酒暖好后，开始上菜。头菜是个攒盘（拼盘），接着堂倌捧来一条一尺多长的活鱼，鱼鳞青中带黄，鱼鳃翕动，鱼尾左右摇摆。全桌人刚发出惊讶声，却听白老板介绍道，“这是今早才从柳园口打上来的黄河鲤鱼。”大家更是惊喜不已。

“各位先生太太，请问这鱼咋吃法？”捧鱼的堂倌问。

“鲤鱼焙面，当然是鲤鱼焙面！”黎焕如不假思索地高声说。

“好，鲤鱼焙面！”堂倌高喊一声，双手往后一扔，活鱼在他身后划条弧浅，准确无误地落在厨间。接着按照旧京的规矩，先上了四个冷盘，跟着上了八个热盘、四个蒸碗，中间穿插了甜、酸辣和清味三道汤，最后是一道丸子。菜式无非是烧三样，虾仁盖底、小苏肉、黄焖鸡、糖醋里脊、酱牛肉、葱爆羊肉、粉蒸肉、四喜丸子之类，而让我惊奇的是套四宝与奶汤鸽蛋。套四宝是将鸭、鸡、鸽和鹌鹑一层层套起烹调，做法实在精巧；奶汤鸽蛋另有一番巧思，乳白色的上汤里，颗颗鸽蛋和几条青菜漂浮着荡漾在氤氲的热汽中，像远方缥缈的星洲，神秘而诱人。

在我的记忆中，魏参谋长请我们吃这顿饭的时候，光复楼的生意最为兴旺。后来听白老板几次向我母亲诉苦，物价飞涨，苛捐杂税，不堪重负；附近军官俱乐部和军官总队的老总们吃惯了白吃，赊欠多，账难讨，生意连连亏本。母亲劝他们停业，起码少赔几个，白老板唉声叹气地摇着头，说是骑虎难下，只好硬着头皮往下走了。

白老板将我母亲的意思转告给了杜农，杜农杜老板不像白老板那样悲观，更不会接受母亲的劝告。

“你别老唉声叹气的，”杜老板给白老板打气，“最近生意淡了些不是？不过这两天我又想出个好办法。”

“啥好办法？”

“开西餐！”

“开西餐？”

“是的，开西餐，旧京还没有一家西餐馆不是？救济总署有不少外国人，花园口堵口工程处有不少外国人，还有美国空军人员，我想我们店里增设西餐会有生意。”

“也是，但到哪找西餐师傅呢？”

“这你就不必发愁了。”杜老板撇撇薄薄的嘴唇，神秘地微微一笑。

增设西餐后，光复楼确实又红火了一阵。救济总署那些白皮肤、蓝眼睛、身着西装的人来了；头戴船帽、脚蹬短皮靴搂着吉普女郎的美国大兵来了；甚至不顾庞大的水陆两用吉普车是否会堵塞街道的洋专家、洋司机也来了；当然军官俱乐部和军官总队那些专爱凑热闹的军官也来了……不管如何，生意好转，白、杜二位老板自然高兴。

为增设西餐，杜农请上海一位朋友介绍来一位西餐师傅，又将院内西厢房辟为西餐厅，添置西餐用具摆设，挑选“Boy”，几乎是事必躬亲，日夜不离，很忙了一阵。

一个凉爽的秋晚，几个常客——几个经常记账的军官走进西餐厅。由于几天前杜农向他们讨过账，见到杜农故意不理不睬，叮叮咣咣地拉开椅子，高声呼叫“Boy”。

“五份黑椒牛扒，五份罗宋汤，五杯葡萄酒。”一个身材低矮、肩宽腰粗的军官大大咧咧地把军帽往桌上一撂，对走过来的“boy”吩咐道。

“Boy”一面写单一面弯腰凑前含笑说，“老总，本店不再记账。”

“谁说的？”

“这是老板交代的。”

“要付现钱是吧？怕老子还不起账是吧？妈的！”矮子军官骂一声，突然撕下领子上一个少校领章，往桌上一摔，恶毒地嘻嘻一笑，“老子这个东西还值几个钱吧？押给你们！”

看样子这帮人是想闹事，“Boy”扭转头望望站在酒柜前的杜农，杜农向他点点头，示意他照常服务。

“老总，请问牛扒要几成熟。”

“六成！”矮子黿声黿气地答一声，围坐桌旁的几个军官互相看一眼，无缘由地大笑起来。

“有啥好笑？笑你姐的奶子！”矮军官粗俗地眨眨眼睛。

端上牛排，矮军官只咬了一口，就将盘子摔了。

“怎么了老总？”“Boy”急忙上前询问。

矮军官抡起手臂就给了“Boy”一个耳光。“妈的，这是人吃的吗？要我们茹毛饮血呀！”

“什么事？什么事？”杜农赶快走过来。

“什么事？你看看你们做的啥牛扒，血淋淋的，能吃吗？你们只知道赚钱，就这样拿生东西给顾客吃呀！”

“你不是要六成熟吗？”“Boy”抚着腮帮争辩。

“放你娘的狗屁，六成熟也得熟嘛！拿生的给老子吃，老子今天揍死你！”矮军官又挥拳打去。

“不能打人，岂有此理！”杜农阻止矮军官，怒叱道。

“老子还敢打你呢！”矮军官向杜农扑去。

杜农不慌，与矮军官对打。矮军官回头瞧瞧几个同伴，喊道，“狗日的，还不给我上！”几个人起身，围着杜农乱打，杜农不敌也不逃避，终于被打倒在地。

杜农头破血流，手臂骨折，住进同济医院治疗。

饭庄被砸，杜农伤重入院，三分局曹局长以店内发生打架斗殴影响治安为由，勒令饭店停业半月，自此，光复楼元气大伤，遂一蹶不振。待杜农伤愈出院，与白老板重整河山时，往日的光复楼饭庄已变成了个不起眼的酱肉铺。

我常去酱肉铺买酱牛肉和卤鸡蛋，看到白、杜老板束上围裙兼做起伙计的角色，虽然忙前忙后，生意却不如人意。为了同街口对面那间老酱肉铺竞争，他们又卖起了酱驴肉。人们说“驴肉滚三滚，玉皇掉下天”，驴肉的香味吸引了不少顾客过来。有一天傍晚时分，我看到原来赶车把我们从南阳拉来旧京的车把式王福喜拉着一匹大腿受伤的马一跛一瘸地走进小街。我认出这匹马是在左边绷稍的名叫独眼龙的小青马。王福喜问我白副官长的住处，我指指酱肉铺，他走过去把马拴在一根门柱上，向里喊了两声就进去了。我好奇，心想这个原本喜欢咬着一绺胡子露点恶狠狠凶相的大车老板，如今怎么变成这么个馁样子，随后也跑着进了店铺。听他同白甫臣、杜农说的话，知道他连人带车被新五军抓了伕，如今他是从兰封一带的战场上刚跑出来的。夜里他骑着小青马从两军对垒中逃跑，小青马不知被那一方面打中了一枪，死活总算逃了出来，想找个地方暂时安身。小青马能治则治，不能治就当马肉卖了。白甫臣叫伙计把马牵到后院，看看马腿说：

“伤了骨头，我看是治不了。”

“那就给你们留下，您随便给几个钱。”满面泥汗的王福喜说。

“它代你挨了一枪，瘸着腿救你一条命，你就这样对它？”杜农不满地斜视着王福喜。

“那你说咋办？”王福喜愤愤地叹口气，“妈的，想当年是老子拉伕，想不到如今叫龟孙们拉了伕。”

白、杜二人不语。白甫臣知道王福喜曾在二十九军一个连里当司务长，喜峰口战役负了伤，瞎了只眼睛，十几年过得不容易，看看王福喜如今落魄的模样，心里酸酸的。

“副官长，找人把它放倒吧，等它死了，连肉都不能卖了。”王福喜乞求道。

白甫臣看看杜农，“你动刀？你是拿刀的好手。”

“我是做手术治病的，不是杀人的！”杜农愤怒地将白甫臣顶撞回去。

“这是匹马，不是人！”白甫臣说。

“它为抗战瞎了只眼，它同我们一起流过血！”杜农吼道，转身向账房走去，走到账房门口又转身说了一句：“再说，我们也不能挂驴头卖马肉！”

在王福喜再三乞求下，白甫臣叫来两个伙计做帮手，几个人还是将这匹命运悲惨的两次负伤的马放倒杀了。

我陪着杜农坐在账房里。杜农在翻阅鲁迅的《狂人日记》，他时时不忘记他崇拜的这位学长。他把脸埋在书里，但他的耳朵却听着外面的动静。当小青马最后凄厉地嘶鸣一声，他流泪了，我看到他那瘦薄的双肩在微微发抖。

我也哭了。我想起那只在明丽的朝霞照耀下，跌入黄河的耳尖有个白点的枣红马，想起那个凝固的浮在波涛上不肯下沉的影子。如今，连那个影子可能也不存在了……

王福喜在酱肉铺住了两天，搬进街西头的小庙，自此以后，这座土地庙有了一个左颊下一颗青瘊上长了几根长须的庙祝。

小青马的肉被众人当驴肉分吃了，不久，酱肉铺走向末路。

顽强的杜农仍不肯就此歇业，他支起两口大锅，用棉被包裹好两个大缸，开始卖胡辣汤和豆沫。每天东方初始，这位在炮火下曾经为无数伤员开过刀的上校，立在寒风中，手拿长勺搅着热气升腾的汤缸，不断招徕路人。听同学说，他的胡辣汤确实料足味好，但我从没有去光顾过。寒冬的晨雾里，远远看到那个立在店棚下的瘦长身影，我的鼻子就会像寒风刺进去一样发酸。每当路过已不是光复楼的光复楼，我总是绕得远一点。

卖胡辣汤顶不上房租，最后只好停了。租我家临街四间客厅住的五十五军姬参议，要介绍杜农去当医官，军阶仍是上校，杜农一口谢绝。杜农说：

“我是真正反内战的，我绝不参加内战。”

四

白、杜两位老板只好分道扬镳，自谋出路。杜农打算回浙江老家，同济医院甄院长请他过去帮忙，他就先在同济医院住下了。白甫臣听说考试院将举行县长考试，就想碰碰运气，说不定在走投无路之时不料想会弄个县太爷当当。

我有幸目睹了这场考试，因为考场就在我们学校。

可能是国民政府由军政、训政进入了“宪政”时期，戴传贤执掌多年的考试院要做点事，旧京举行了这场令人刮目相待的考试——考县长，借了旧京初中六七个教室做考场。我是初中一年级学生，故能躬逢其盛。全校停课一天，学生们挤在二楼几个窗口看热闹。一大早就从校门进来一批批考员，有大冷天缩着脖子穿西装的，有迈着小方步身穿长袍马褂的，有穿中山装的，有戴顶毡帽穿件撅肚子对襟棉袄的，最多的还是穿件黑色或蓝色长棉袍、脖子围条围巾。他们手中的物件更是五花八门，有器宇轩昂手拿黑皮包的，有一脸严肃手提木手把布包的，有肩挎布袋的，有腋下夹个蓝布小包袱的，还有几个人抖抖索索地用个小网兜提个白铜墨盒，两支毛笔插在口袋里，一面走一面把提墨盒的手放在嘴边哈着的。男女老少俱全，看样子最老的已有五六十岁了吧，最少的不到二十岁年纪。几个蓄着花白胡子的老者和几个花枝招展的女士，在人群中相映成趣，最惹人注意。我们这些中学生看得开心，叽叽喳喳，不断评说，引发几多好奇！到他们入得考场，铃声一响，有的叹气，有的摇头，有的正襟危坐，有的交头接耳，那考相比我们这些十二三岁的孩子好不到哪里去，使我们顿时失去了几许神秘感。战后，教室的窗子一直破破烂烂，听说校长把换玻璃的钱私吞了，这些一心希望着捞顶乌纱戴戴的女士们先生们，被破木板隙缝中的寒风吹了半天，早已手脚发麻，热血也冷却不少。中午，我在校门口遇到穿身黑色棉中山装的白甫臣，我唤了他一声，他对我点头笑了笑，我问：

“甫臣叔，考得咋样？”

“不咋样。”他说，又笑了笑。

我感到当时白甫臣的笑意有些凄凉，心想他大概没有考好，不料，他却考取了。

汜水县新县太爷前去上任那一天，自然会想起他的患难之交杜农，白甫臣到同济医院请杜农同他一起赴任，却被正要起程回家乡的杜农谢绝了。

“到那里，我会给你安排一个差事的。”白甫臣再一次劝说杜农。

“谢谢，我不去。”

“为什么？难道这不是一个机会吗？”

“我反内战是真的，我不能掺和到内战中去。”

“我们到那里也不是带兵打仗，有什么参加内战不参加内战的问题。”白甫臣还想说服杜农。

杜农摇摇头：“再说，现在看来，我只有回家乡才能筹集到偿还凡太太的钱，不知你做如何打算？”

白甫臣无言以对，两人只好握手言别。

第二年，冬至那一天，我们全家正围在一起包饺子，有人敲门，是杜农那边的人。那人将十二两黄金交给母亲，特别说明十两是本金，二两是利息，问起杜农的近况，那人欲言又止，在母亲再三追问下，那人说：

“杜院长上个月死了。”

“怎么死的？”

“肺结核病复发。”

“为什么不治？他不是医生吗？他不是知道有盘尼西林特效药吗？”母亲一连声问道。

“他不想治，大概也是没有钱。”

“这不是钱吗？”母亲托托手中的黄金。

“这钱是他变卖祖产得来的，是为了还账的。”那人说。

那人告诉我们，杜农回家乡后，去到一间小学当美术老师，他好像对什么都厌倦了，明知病情一天天严重，也不治疗，唯一的一桩心事就是偿还别人一笔钱。

白甫臣借母亲的黄金一直未能偿还。汜水是个穷县，又是游击区，他这位新县太爷上任不到半年尚未捞到油水，就遇陈赓的部队路过。他手下只有二三百个保安队员，明知不是对手，就换上一套生意人的衣装逃出了那座破烂的黄河边上的县城。省政府定他个擅离职守，弃城自逃的罪名，还说他私吞戡乱捐，下令通缉。他左躲右藏，后经朋友帮忙，更名改姓混到山货店街《国民日报》当了一名校对员。母亲想想这个通缉犯整日在昏暗的灯光下一字一校地真不容易，他那租住在我家后院的妻子儿女还要吃饭，也就没有再提那笔金子的事。

明星姨

母亲可能是受了父亲的影响，喜欢“换帖”，有一大帮“金兰结义”的干姊妹，我也就平白有了许多姓氏复杂的姨妈。

母亲在旧京的干姊妹有三拨。一拨是以大姨为中心的文化人，大都是正在学校任教的老师；一拨是以同济医院院长的大嫂为主的本地贵夫人，这一拨人很杂，内中还有几位过气的名角儿；再一拨就是以宋曼曼为桥梁的官太太。

宋曼曼被我和凤表姐、秀表姐呼之谓“明星姨”。

宋曼曼究竟演过没有演过电影，当过没有当过电影演员，说法不一，但她确有一副明星派头。听母亲说，她是跟着姐夫黎焕如长大的。黎焕如曾是豫西熊耳山区最著名的山大王，绰号黎老妖，被收编后当过师长、军长等等不小的官。抗战前，黎老妖与我父亲在二十路军同事，后来又与父亲一起在南京陆军大学受训，两家人同住一幢楼，关系密切。那时宋曼曼十七八岁，已出落得风姿绰约，五官身段没有一个地方可挑剔的，皮肤亮白得像瓷娃娃一般，母亲她们都戏称她“瓷人”。宋曼曼整日在穿衣镜前晃来晃去，自以为不在胡蝶、王人美之下，是个当电影明星的材料。黎焕如对她宠爱有加，虽不想她去当戏子，但一看到她噘起小嘴，也就急忙点头应许，把她送进了一所电影演员培训学校，还专门请了琴师、武师，个别教授她弹琴、舞剑。在演员班学习时，她参加过一部影片的演出，是个丫鬟侍女之类的跑龙套角色。她的演员事业还没有真正开始，恋爱事业已轰烈起来，同时与导演、主演、编剧打得火热致使剧组内动刀动枪，闹得比影片里的剧情还要热闹。学校要开除她，她差一点割脉，黎焕如唉声叹气，只好把她从上海接回南京。抗战前夕，她同一个吃党饭的姓张的大学毕业生结了婚，住在西安。姓张的听说她同姐夫的关系不明不白，冷落了她，她也不在乎，不愁在西安的舞厅里找不到愿意陪伴她的人。后来姓张的因为写篇文章得罪了戴笠，被戴笠以贪污罪抓起来关进监狱。不知道是不是姓张的贪污得来的钱被她挥霍了，她怕受连累，急忙跑回河南黎焕如处。抗战爆发，第一战区长官部令我父亲组织河南自卫军，黎焕如参与其事，把他招集的一拨人交给了我父亲。河南自卫军开赴豫北，黎焕如虽然无职无衔，因在地方上与人结孽太多，怕遭报复，就带上宋曼曼跟着部队过了黄河。战争环境不同于当年在南京生活，每到驻扎地，他两人都是三间民房两头住，黎焕如不是关云长，如此安排，只是稍遮耳目而已。每逢父亲检阅部队，邀黎焕如登检阅台，宋曼曼也要戴付墨镜跟着。方阵通过检阅台，与其说士兵们向长官行注目礼，弗如说是向宋曼曼行注目礼，宋曼曼成了这支部队的一大花絮，很出了一阵风头。

不知通过什么关系，后来那个姓张的不仅出了狱还钻进中央党部当了官。一九四一年春天，姓张的要接宋曼曼去重庆。宋曼曼快快乐乐地辞别了落魄的黎焕如，“义无反顾”地踏上万里寻夫的旅途。行前，她在我家住了一晚，母亲劝她说：

“曼曼，你到重庆后可要注意，同焕如的事可不要传到姓张的耳朵里。”

宋曼曼笑一笑，泰然自如地说：“三姐，你放心，就是传进那个武大郎耳朵眼又怎样？我不怕找不到男人，哼，没有哪个男人见了我不心软的，只要我肯解开扣子……”

母亲用手指捣了一下她的脑门，忙制止说：“你这妮子，别胡说，就不怕被下人听到。”

这话正好被送茶的使女听到了。以后在熟人中间广为流传。

关于宋曼曼的传闻，小时候我听了不少。

胜利后回到旧京，官太太中第一个来拜访母亲的就是这个宋曼曼。

“姐，姐，”喊的那才叫亲。

她家住在包府坑街延庆观旁边，离我家很近。由她家向南，到小庙前往东一拐就是我家住的小街，可她还是坐了一辆黑色的车门下带踏板的老奥斯汀轿车过来。事先已有仆人通报，听到门外喇叭响，母亲就从二院走出来，孩子们好奇，也都迎了上去。

说这时的宋曼曼的模样光彩照人，一点不虚夸。高高的身段，丰润挺拔；一头烫过的长发，松松地从两肩泻下来，像喷射着水珠的黑瀑布；眼不大而有流光，双眉细而有黑泽，一张如剥了蛋壳的鸭蛋脸，白净透亮；高鼻挺拔而线条柔和，鲜艳的红唇旁边，有一缕抹不去的微笑，像是在向谁不停地讨好和斗气，谁看到都不能不承认这个二十七八岁的少妇是个美妇人；连爱挑剔的秀表姐也忍不住推推我，说这人长得好看，有个明星的样子。

天气还不是太冷，宋曼曼已经是一身皮草：淡黄与深赭相间的狐皮大衣，狐皮帽子和狐皮手笼。一进上房她就脱掉大衣，甩手笼与皮帽，身上却是一件灰色闪缎无袖旗袍，旗袍下摆一直打到穿高跟鞋的脚面，却因开叉过高而遮不住两条穿玻璃丝袜的长腿。她往沙发上一坐又跳起来，走来走去，一个劲喊冷。

“三姐，怎么不开暖气呀？”

“傻妮子，你当这里是南京吗？”母亲一面吩咐用人往火炉里加石炭，一面从衣架取下那件狐皮大衣给她披上。

炉火旺了，用人又端来一只木炭火盆，屋里渐渐暖了起来。

我坐在沙发扶手上，她拉起我的一只手。

“这孩子怎么这么黑呢？”

“像他爹呗。”

“俺姐夫有这么黑？没有吧？”

她同母亲笑起来。我拿起她的皮手笼，不知怎样就把吃着的一支棒糖塞了进去。

她只顾同母亲说话，没有注意我。她先从那件皮大衣说起，狐腿狐肷的，话中很有些炫耀。接着说起这几年在重庆的生活和她男人如今的官位。姓张的如今是省党部书记长，这个书记长可不是军队里的文书，而是仅次于主委的大官。母亲说：“这几年你和老张可真是时来运转了。”她说：“转个啥，刚碰到一件倒霉事。在来旧京的路上，勤务兵撞死了。”

“怎么会撞死呢？”母亲问。

“在路上勤务兵站在车踏板上护住车帮，车夫同勤务兵不对劲，故意将车靠路边开，把勤务兵撞死在一根电线杆子上。”

“车夫怎能这么恶毒，老张不处理他？”

“哼，他还为车夫辩解呢，他说车夫不是故意的。”宋曼曼气愤得眼圈红了，“也许车夫不是故意的，但他是故意的。”

“谁？”母亲不解地看看宋曼曼。

“还有谁？就是那个姓张的矮子呗！”宋曼曼恨恨地说，“姐，你不知道，那种吃党饭的人，心黑着呢！”

“他对一个伺候自己的勤务兵怎么会这样呢。”母亲叹了口气。

“姐，你不知道那孩子有多好，人样长得排场，又知道疼人……”宋曼曼抽抽搭搭哭着说。

母亲明白了几分，问：

“你同老张又闹气了吧？”

“我要同他离婚！”

“别说傻话了，过几天老张就心软了。”

“这次他心软我还不心软呢！”宋曼曼擦擦眼泪，慷慨激昂地仰起脸，“姐，我要搬到你这里住，你收留我不？”

“你就住吧，等他来接你。”

转眼间宋曼曼高兴起来，提出要唱一段京戏给我母亲听。

“唱啥？还唱你那熟透的《苏三起解》？”

“我不再唱苦情戏。”她想了想，“就唱《贵妃醉酒》吧。”

听到唱声，院里的孩子们都来到了上房。

宋曼曼又唱又演，真正是有腔有调，有模有样，舞来舞去，一派醉态。碰倒了一张椅子，母亲赶忙扶她坐下。

“别疯了，别疯了，”母亲说。

“我醉了，我真真的醉了。”宋曼曼说着，抓起手笼从沙发上跳起来又说，“我回去了，回去了。”

“怎么又要回去呢？”

宋曼曼顾不上回答，匆匆穿上皮大衣，戴上皮帽，推开风门，刚把手伸进手笼，就“啊”的一声把手笼甩在风门外惊叫道：

“蛇！蛇！”

“在哪里？怎么会有蛇呢，大冬天的？”母亲问。宋曼曼绕着手笼走了几步，几次弯腰却不敢用手触摸手笼。

我想起我的棒糖，开口说：

“那不是蛇，是糖。”

“什么糖？”母亲转过身来问我。

“棒糖。”

“这孩子真淘气，怎么可以把棒糖放到你曼姨的手笼里呢？”

“看样子憨生是真老实。”宋曼曼对我抿抿嘴，苦苦一笑。

“老实？心里捣鼓的事多着呢！”

宋曼曼拾起手笼，从里面掏出我吃了一半的棒糖，皱起细眉：

“这里面黏糊糊的可咋办呵！”

母亲急忙从柜子里找出一块绿绸，同手笼一起交给我说：

“去，同陈干娘一起到裁缝铺去，要甘老头重新给手笼吊一个里子，要陈干娘顺便到光复楼要几个菜，留你曼姨吃晚饭。”

宋曼曼口里说着“不吃饭了，不吃饭了”，却没有要离去的样子。

吃罢饭，甘老头也把吊好里子的手笼送了来，宋曼曼临走用手笼拍拍我的头说：“是不是刚才我说你黑，把你惹恼了？哪天你到我家，姨帮你好好洗洗。”

“还唱戏给我听吗？”我问。

“唱。”

陈干娘不待见宋曼曼，看到她那假声嗲气的样子就暗暗撇嘴。我听陈干娘说过，在南京一个楼住的时候，一天，宋曼曼和她姐姐宋田田拉我母亲去游中山陵，三个人在墓道台阶上登了一半，为行走方便，也为好玩，都脱了高跟皮鞋。母亲和宋田田自己拿鞋，唯有最年轻的宋曼曼非要陈干娘替她拿鞋不可。陈干娘对这个靠吃姐夫饭的娇小姐十分不满。

后来宋曼曼常来找母亲闲谈和打牌，一到吃饭时候就大叫大嚷：“快到光复楼叫一桌，我都快饿死了。”她说话阔得很，一叫就是一桌菜，又从来不给用人彩头，过年节我们这些孩子也得不到她一块压岁钱。

省党部一个官员在铁塔附近被打了黑枪，据传说是当地驻军干的。张书记长怕那些穿军装的，急急换了辆新车。宋曼曼要把原来那辆破奥斯汀和接收的日本车出手，就捣鼓母亲买车。她的骗术被赵师傅戳穿后，有好长一段时间没来我家。直到有一次黎焕如从南京来到我家，她才什么事没有发生过似的，又亲亲热热地上门来了。

第二年过年的前两天，宋曼曼来到我家说要上街买东西，叫我同秀表姐跟她一起，到书店街的包耀记和晋阳豫食品店买礼品。那时旧京有钱人家送礼，都是将许多盒糕点之类的食品摞起捆扎，两边挂两只风干毛鸡，叫作“一提”。她买了几提，要车夫把车开走，按照她交代的地址先送去，又带我和秀表姐转进相国寺前街，在多间甜食店、水果铺进进出出，一直走到行宫角的冠生园。天下小雪，地上泥泥水水的又脏又滑，北风呼呼紧刮，秀表姐脸冻得通红，我把围巾解下给她包头，她不肯，只管阴沉沉地低头走路。宋曼曼兴致不减，有认识她的店家，只道她是银幕上下来的“大明星”，对她很是恭维，还招来一群闲人围观。她甚为得意，不时停下来与人讲价，与人说笑，秀表姐站在一旁冷冷地看着，不言不语。一路上宋曼曼挑挑尝尝，买了一篓一篓的香蕉和橘子，要秀表姐和我帮她提着。从冠生园出来，她又走过对面，到老五美酱园买了一竹篓豆腐乳。她看看天，接过我们手上的东西，好像才发觉下雪似的说，“噫，真冷，不要把你们俩冻着了，快回去吧。”说着，她扬手叫了一辆洋车，自顾自地登车走了。

“真不是东西！”秀表姐看着在雪中远去的洋车，骂了一句。“我当她是买给你们家的呢，叫我们挨了半天冻，连个橘子都舍不得给我们吃。”

“她也舍不得吃，一个下午都是吃店家的。”我笑笑，夹腔夹调地学宋曼曼说话；“叫小孩们尝尝，叫小孩们尝尝。”

秀表姐笑着捶了我一下，弯腰擦擦眼泪说：“学得还真像……”

“结果全尝进她嘴里去了。”我补充道。

“她要我们跟她来就是为这？”秀表姐诧异地眨眨眼睛。

“还能为啥？你当她会买一篓香蕉橘子给我们吃。”

秀表姐撇撇嘴，哼了一声。

走过一家水果铺，秀表姐要给我买两个橘子，我说不要。秀表姐问我不吃橘子你吃啥，我说吃熟梨。

“我说今天你咋会这么仁义呢，橘子都不吃，原来是想吃熟梨。”秀表姐把我领进一间甜食店坐下。

在我们吃熟梨的时候，雪下大了。待走出店门，眼前已是白茫茫一片混沌。秀表姐不想坐车，她喜欢雪，我只好跟着她在雪地里走。

整条中山路像一条朦朦胧胧的大河，人像走在水底，水波闪闪烁烁地在头上左右摆动。行宫角的四面钟就是龙宫前的灯挂子，可惜那红红绿绿的灯光照不到稍远一点的地方，北边的龙亭和南边的大南门已是看不见的了。一会风小了，雪花变得温暖起来，积雪松松软软，脚踩在上面似踩在腐草上，每一步都会有咕咕的水泡冒上来似的。

秀表姐高兴起来，拉起我的手用力甩动，大步向前走去。走到中央社门前，我蹲下身，佯说走累了，要秀表姐拉我。中央社门前的人行道，有二三十米光洁的洋灰路面，这在旧京是少有的。我蹲在那里，让秀表姐拉着我从雪上滑过。快滑过这段路面，我得意地半直起身，嘴里“驾驾”地喊叫着，扬手做挥鞭状。秀表姐意识到上了当，猛一松手，把我摔个面朝天。秀表姐回头看看我倒在雪地上的样子，大笑着急急朝前跑去。

我赶上了秀表姐，威胁似的从地上抓一把雪要朝她的领口里塞，秀表姐苦苦求我，我把双手一摊说，“哪里有雪？吓你哩。”

她拍一下我的手，“我心想你也不会那样待姐。”她把我的手放进袖筒里暖着，又走了一段路。

这时，不知道哪家急性的孩子，放了几个爆竹。爆竹声在雪天里响得沉闷，但却久久不肯散去，散发出一种孤独的悠长。街边有的店铺正在张罗挂灯的事，几个无精打采的伙计，围在一个木凳旁打着转慢吞吞地比画着什么。

我们旁若无人，走着跑着，不觉到了家。到了家才想起下午的事，秀表姐气愤地把宋曼曼买礼送礼的情状对我母亲述说一遍，想不到母亲听后很平静，只是苦笑一下，说：

“乖，气啥，她现在还会给咱家送礼？听说她巴结的是刘峙的姨太那些人，她要为她男人找升官门路呢。”

都说宋曼曼天生一副大明星的派头，却总想占别人的便宜，指头缝里连一个子都不漏，我说不尽然，有一次我看到她塞给黎焕如一沓钞票。

黎焕如常来我家闲住。他喜欢使唤我，要我去给宋曼曼通个信。我看他可怜，总帮他，何况他常给我鹅牌口香糖吃呢。

“憨生，你知道你曼姨家在哪儿吗？”他第一次住进前院客房时问我，顺手塞过来几只大白鹅。

“我知道，往西走一转弯就是。”

“你去告诉她我到了，要她抽空来一趟。”黎焕如看看我，又补充道，“说话密声点，不要乱嚷嚷。”

她家住的也是四合院，也有临街的门楼，不过不是规规整整的两进院。进大门只是个窄院，靠门楼有两间供用人住的下房。从一个小门进去才是正院。上房后面就是残破得塔不像塔、楼不像楼的被街坊称作琉璃庙的延庆观。延庆观年久失修，墙身斑驳陆离，倒映在浓绿的发出腥味的水面上，样子怪怕人的。包府坑从这里一直延伸到西城墙边，空阔寂寥，走在湖边令人感到一股阴冷。我紧张地推开宋曼曼家的大门，见到宋曼曼，把要说的话说了。

这一次宋曼曼匆匆赶过来，走进我家客房同黎焕如低声细语说了半天话，后来还不住用手帕擦眼睛。她哭了。以后有几次我去"通信"，宋曼曼不是推说身体不舒服，就是磨磨蹭蹭地等半天才来，但是有一次我看到她把一沓钞票塞给黎焕如。黎焕如接过钞票流下两滴老泪。

我把看到的情景说给母亲听，母亲说：

"傻子，那是她同你黎老伯合伙做生意，她把你黎老伯坑了。"

明星姨在旧京越来越有名。她成了郑州绥靖公署主任刘峙家的常客；她收了正在醒豫大舞台演京戏的当红名角做干女儿，她是有名的票友，几次到人民会场为伤兵义演，客串登台，她还推销玻璃丝袜，玻璃雨衣，并和联合国善后救济总署的外国官员们周旋……

在战争气氛越来越浓的旧京，宋曼曼倒真的成了一颗明星。

失意将军

明星姨宋曼曼的姐姐宋田田，虽说长得没有宋曼曼漂亮，但那娇骄刁蛮的品性却与宋曼曼相差无几，比较起来只能是有过之而无不及，在女流之中算是一个厉害角色。黎焕如在山东打仗时娶了她，本是想娶个姨太太，没想到娶了个煞星。曾经蹚平熊耳山区号令数万之众的大刀客，居然臣服在这个女人脚下，在镇嵩军后期的将领中，他成了有名的“惧内”将军。

一九四四年中原战役中，四十万中国军队像潮水一般向西撤退，强悍的豫西人纷纷起来拦枪，把许多溃军缴了械。汤恩伯曾经说，他的军队不是败于日本人，而是败于豫西人之手。这当然是推卸责任，但也反映出当时豫西人对溃军拦截之烈。新八军撤在最后，军部在熊耳山区附近遭到拦截，胡军长佩挂的经常炫耀的何应钦赠送的金柄手枪，也被下了。此时一直在我父亲司令部住闲的黎焕如很生气，觉得在他的地面上出了此等事，太丢脸面。第二天部队出发他自动走在最前面。五月天，天气闷热，半山上有些地块的麦子已开始泛黄。天上没有一丝云，太阳直射着绿苍苍的大山，山被烤炙得昏昏欲睡，树木杂草一动不动。偶尔有一两声野鸡的鸣叫，凄厉地在山沟里划一下，像划不着的火柴一样，被轻飘飘地抛向远处。队伍没精打采地蜿蜒在山路上，黎焕如走在前边，解开军装上衣，不时用毛巾擦擦胸脯上的汗水，警惕地望望路边绿黄相间的纹丝不动的凝固似的麦地。刚转过一个山脚，路两旁的麦地里突然蹿出几个手拿各式武器的汉子，黎焕如刚停住脚步，两挺机枪已经从两旁对住了他的胸脯。

“缴枪！放下枪再通过！”

麦地里响起一片“缴枪！缴枪！”的喊声。

黎焕如一个箭步扑上去，双手抓住两挺机枪的枪管，高声喊道：

“我是黎老妖，打吧！”他腾出一只手拍拍胸口，“往这里打，有种的往这里打！”

一声“黎老妖”，站在麦地里的十几个汉子都怔住了。一个端机枪的膀乍腰圆的矮子像是个头目，愣一下，挪直枪，急忙拉拉头上汗渍斑斑的军帽行了一个军礼，说：

“不知道是黎司令回来啦！不知道是黎司令回来啦……”

黎焕如上前一步给了那头儿两个耳光，满嘴脏话地骂起来：

“娘那 ×，谁是你们的司令！娘那 ×，有种在我黎老妖的胸脯上织筛子，打呀！打呀！娘那 ×，有种去打日本人！不打日本人却藏在这里拦国军的枪，狗屁！”

“司令，正因我们要打日本人，才向国军借枪。”

“混蛋！你们手里抓的是啥？是烧火棍？那不是枪吗？你们向哪部分国军借枪我不管，新八军的枪一支不能动。娘那个 ×，咱这地方的名声都叫你们给败坏了。”

“是是，司令息怒。”

黎焕如骂不绝口，父亲从后面赶上来，劝住了他。

“快去通知各村备饭。”黎焕如对那矮汉说。

矮汉急忙向站在麦地里的人招手，夸张地大声喊道：

“传黎司令的令，大家快去通知各村备饭，让新八军的弟兄们吃顿热饭过境。”

新八军在熊耳山区的两百里道路上，畅通无阻，没有损失一枪一弹，胡军长的金柄手枪也被找了回来。当胡军长把何应钦给他的荣耀重于实用的那支手枪又挂在鼓鼓的腰间时，连敬了黎焕如三杯白干，微醉中对黎焕如说了许许多多敬佩的话。一时间黎焕如在新八军以至于整个三十九集团军成了一个传奇人物。

更有传奇色彩的故事是从勤务兵的嘴里说出来的。就在遇到拦枪的那个晚上，兴致极高的黎焕如忽然想到家中的娇妻，带上勤务兵策马跑了几十里夜路回到家。月明星稀，鸡啼犬吠。他叫开门，看门人与一群用人都走出屋子欢迎，他却摆摆手，要大家不要大声说话，免得惊了太太。他轻轻地走到上房，轻轻地敲敲房门，轻轻地呼叫：

“田田，田田，你睡着了？是我，我回来看看你。”

“田田，田田……”声音更轻更柔和了。

半晌，房门“吱”的一声开了。门框里站着一个身穿白绸睡衣的女人，这女人脸色惨白，白得像身上穿的白绸睡衣，月光在上面一闪一闪泛出烁烁的青光。

“是你呵，你怎么回来啦？”

“路过，我回来看看你。”

“就你一个人？东西呢？你带的东西呢？”

“没有带什么东西，兵荒马乱的……”

“你带了多少人马？”

“没有什么人马，就只有一个勤务兵跟着。”

“哼，没东西没人，那你回来做啥？”宋田田退回门内，双手拉门，像要把门关上。黎焕如赶紧跨前一步，又叫声“田田”，欲把宋田田拉住。宋田田愤怒地用手拢了一拢披在肩上的黑发，抡起手臂扇了黎焕如一个耳光。

房门“哐”一声紧闭起来。

勤务兵惊诧不已，噤声站在一旁，等待一场大战的爆发。但什么动静也没有，黎焕如不仅没有暴跳如雷，并且同他一样站在那里发呆，好像刚才挨耳光的是别人。好一阵，黎焕如似清醒过来，才摆摆手，示意勤务兵离去。下了一个台阶，黎焕如扭转身对住门里低低地柔声地说了一句：

“田田，那我走了。”

勤务兵把这一晚的经历绘声绘色地向同事们说了一遍，当即笑倒了几个，这段话越传越远，成了新八军以至整个三十九集团军的一大笑谈。

一个曾经呼风唤雨的山大王，一个曾经挂过将军衔的军人，如此受制于一个妇人，个中原因谁也说不清楚，可能与这些年他时运不济有关。多年前，受收编的黎焕如，先是在镇嵩军当师长，以后把部队拉到张宗昌那边又当了军长，北伐军打到山东，他倒戈投奔北伐军，蒋介石不断整编，他由军长而师长而旅长，官位越来越低。直到从二十路军下来，十多年来虽仍混迹于军界，却再没有得到过实职实权，反而多数时候赋闲。宋田田的面色总是阴沉沉，时不时还要挖苦他几句。黎焕如一怒之下离家出走，临走夸下海口，不带回金条、烟土和枪支，不带回人马重新荡平熊耳山就不回来，要是空手而归，你田田可以扇我的脸，我这大男人的脸塞在裤裆里不要了。

黎焕如没有弄到金条、烟土、枪支与人马，没有官职没有昔日的威风，加之他在家乡结孽甚多，时时有黑枪筒子对着他，所以他有家回不得，只好流落在外。

日本宣布投降后，黎焕如没有随新八军北上，当然就没有参加邯郸起义，他感到很侥幸，没有落入共产党之手；他也感到悲伤，在举国庆祝胜利的日子，到处听到的是“缩编”“减员”的消息，没有办法谋一职位，不能不为生计发愁。他住我家前院东客房，整天一吃过晚饭就跑出去，说是上省政府、省保安司令部跑事，跑来跑去跑不到一个差事，甚至一点头绪都没有。起初他还强打精神，不时在客房里与人高谈阔论，说刚刚见了某某，某某讲起他过去对某某的提携，某某要报请上峰给他安排个位置。渐渐就不再说这种壮气提神的话了，常常一个人在房内踱步，有时坐在窗口望着院子上方的一片蓝天，默然抽烟。我常常看到他从口中吐出一个个烟圈，然后吹出一条线来把几个烟圈串起来，那技巧令我佩服。他从正月住到腊月，一住将近一年。最初两个月我母亲还把他当作客人招待，渐渐就慢待了，到以后用人也不给他端饭了，他常常要自己到厨房去。他听到了我母亲的烦言，尽量躲着。一天，我母亲终于走进了东客房，黎焕如正在抽闷烟，看到母亲进来，下意识地掸了掸烟灰，笑了笑。

“焕如兄，您的事跑得怎么样了？”母亲明知故问。

“还没有头绪，还没有头绪。”

“都快一年了吧？”

“快一年了，快一年了。现在办事难，接收大员们只顾自己快活，哪管我们这些人死活。”黎焕如恨恨地掐灭了纸烟，站起身要给母亲倒茶。

母亲摆摆手赶忙制止，笑着说：“看，您倒把我当成客人了。”

黎焕如的脸红了一下，拿起茶壶的手怔在那里。

“弟妹，你有话就说。”

“世事艰难呀。”母亲拉张椅子坐下，“按说您同孩子他爹是生死之交，在咱家住多久都应份，无奈我带着几个孩子如今没有一点其他收入，只靠这几间房子。最近我想把东客房租出去，不知这样合适不合适，想同您商量商量。”

“合适，合适。”黎焕如急忙应道。“弟妹，我明白，我还不知世事艰难吗？这年把打扰你了，我心里很不过意。我正打算到南京去，几天内动身。”

“咦，焕如兄到南京去高就？”母亲故作惊讶地问。

“也不是什么高就。我想到南京找张总指挥。”

“就是原来二十路军的张总指挥吧？”

“是的，他现在是军事参议院副院长，虽无实权，但位高。”第二天黎焕如就提着两个大皮囊来同母亲告别。他从皮囊里掏出三十块银圆放在桌上，母亲不收，他把银圆按在桌上，因用力过猛，银圆哗啦啦掉了一地。

“不好意思，不好意思，这点钱太少了。你还记得吧，想当年你生第一个孩子时，我去喝满月酒，给孩子一给就是三千。现在手头只有这三十。真是太少了，太少了。”黎焕如有点语无伦次，“弟妹，这点钱你一定留、留、留下，留下给孩子们零花。”

三个月后，他合体穿一身崭新绿呢军服，肩上赫然扛着两颗金星、昂首挺胸地回来了。全院大人小孩，都被那耀眼的中将军衔镇住了。歇工后来串门的陈干娘张着口半天没有说出话来。只有秀表姐轻声对我叽咕几句，说那肩牌不知是从街边哪个小摊上买来的。黎焕如看看东客房尚未住人，就叫车夫把两个鼓胀胀的大皮囊放了进去。

黎焕如又在我家住了下来。房子没有租出去，母亲也无话可说。黎焕如在南京、上海走这一趟，人整个地变了样，不仅军服笔挺，将星闪亮，并且出手都是些最时髦的洋玩意。他送给母亲一件玻璃雨衣，送给哥哥及表哥们每人一支原子笔，送给凤表姐和秀表姐各人一双玻璃丝袜，送给我和弟弟、妹妹一人一把鹅牌口香糖。一时中将黎焕如成了小院中很受欢迎的人物。宋曼曼也不停地来这边走动，看起来两人的关系甚为亲密。

如果谁把这位当年的山大王的模样想象成《水浒》里的李逵，那就大错特错了。黎焕如十足是一个美男子。白净脸，浓眉凤目，五官长得不俗；通官鼻下的人中略长，线条分明的上嘴唇微微下弯，与下嘴唇总是紧闭一起，刮过的嘴边与两颊泛着青光，整个脸盘凛然而刚劲。他肩宽身高，腰背笔直，不穿军服也有一派军人的英气。许多女子爱过他。他投靠张宗昌期间，曾与白俄军队伊凡诺夫师协同作战，一个白俄贵夫人爱上了他，他娶了这个白俄女人，半年后他转而参加北伐，把这个白俄女人给蹬了，这个白俄女人要死要活地不肯离去。论相貌，黎焕如比宋曼曼的张矮子强多了，宋曼曼对姐夫黎焕如有几分真情，是很自然的事。

黎焕如与宋曼曼合伙做生意，每月要往南京、上海跑两三次，发回来的玻璃雨衣、玻璃丝袜，由宋曼曼经手推销到马道街的百货公司。我常常看到他们两个在一起数钱。赚了钱宋曼曼一高兴，就带黎焕如到模范商场新开的舞厅跳舞喝咖啡。也有赔钱的时候。一赔钱宋曼曼就阴沉下脸来，又是货不对路啦，又是发货价钱高啦，埋怨个不停。听母亲说，过去宋曼曼花黎焕如的钱无数，如今为了一点钱就同黎焕如吵闹，黎焕如不想做这个生意了，但不做又没有其他生计，况且宋曼曼一定要他去做。黎焕如告诉母亲，他到南京求张总指挥，张总指挥给他活动了一个军事参议院参议的空衔，军阶中将，但无职无饷。他这个中将军衔唯一的用处，是跑单帮搭乘“绿钢皮”“小红快”的列车方便，可以懵过查票的，坐霸王车。我看到黎焕如常常独自在东客房清点大皮囊里的货物，清着清着就摸出纸烟衔在嘴里发愣，确有几分悲凉。我想，一个国军中将天天提着两个大皮囊，在火车上转来转去跑单帮，怪滑稽的。

幸亏东客房又来了一个将军，与他做伴，此人的军阶比他小一级，是个少将。两人同样军容整齐，同样由军入商，并且是老熟人，应该有话讲。

此人姓魏，原是父亲的参谋长。此人生得五短身材，虚胖，弥勒脸，鸭子步，说话畏畏缩缩，从哪点看都不像是个能吃军饭的人。不知他与第一战区长官部的老爷们有啥瓜葛，把他派到父亲的部队去当了参谋长，因为他是上面派的人，父亲对他一味维持，在生活上对他多加照顾，不希求他“参谋”什么，他也确实“参谋”不了什么，只是他没有野心，有点小利即满足，所以与父亲倒也相安无事。他是襄县人，中原战役一开始，日本人刚过黄河，父亲就要他把家眷带到我们家乡避难，战事越来越紧，他却不急于回部队，还同我祖母商量，说是想在这边买一两百亩地种苹果。后来日本人打到了我家乡，他的“苹果梦”破灭，只好回部队西撤。他的家眷一直随我家逃难，在伏牛山里钻来钻去，后来还一起逃到南召，经常住在一个村上。他的太太是一个深眼窝、薄嘴唇、瘦瘦小小的厉害女人，不知为什么却生了一个高大黑胖的女儿，女儿十六七岁，样子已像二十大几的人了。女儿下面有三个男孩，年纪同我与弟弟相仿，我们经常在一起玩耍，特别是住在我坪时，我们这群孩子天天泡在白河里，个个晒得黝黑发亮，不细看还真分不出谁是谁呢。他那过早成熟的女儿不光是疯长身体也疯长情感，十六岁就与他的一个短小精悍、浑身像拧紧了螺丝的勤务兵好上了，一来二去怀了孕。山民们迷信，认为孕妇进宅不吉利，所以每到一处为安排住处要费很大周折。魏太太起初否认女儿怀孕，在我祖母面前为她的宝贝女儿叫屈叫冤，说是本地人欺负外乡人，要祖母为她做主。后来女儿那个不知掩饰的肚子越来越大，魏太太那张利嘴也就闭上了。她的薄嘴唇变成了一道线，像刀刻一样透出狠劲。可她女儿从来就是笑眯眯的，不辩解，更不羞怯。后来有人传说，那个小个子勤务兵同魏太太也有一种隐秘的关系，所以女儿根本不怕妈妈。传说归传说，没有人去深究与证实。奇怪的是魏参谋长对这一切听之任之，不闻不问，好像事不关己，任人说去。在新八军里，“肉头”这个绰号自然就落在他的头上了。

一九四五年八月，蒋介石给三十九集团军划了一个冀察战区，命令包括新八军在内的三十九集团军北上受降。魏参谋长虽说对指挥作战一窍不通，但他明白肉不是可以轻易吃到口的，到共产党的地盘上受降，不打个你死我活才怪。想起中原战役的那种惨烈，一提起打仗他的心就发怵。队伍路过襄县，他看过了过去开的钱庄、烟行，看过了家乡的山山水水，看过了未开垦成功的果园，决定离队归隐。他在襄县城最大的饭庄摆了几席，把新八军的头头脑脑全部请了来。席上他说明了离队之意，他说：“蒋主席正要整军缩编，许多军人要复员，我就先走一步了。”他顿了一顿，又说：“我原本是经商之人，抗战事起，我深感国家兴亡，匹夫有责，遂毁家纾难，在地方上组织自卫军，以支持抗战，不觉也成了军人，还被赶鸭子上架地任命为军官。我知道自己不是当军人的料，尸位素餐，深感惭愧。如今抗战胜利，区区不才，但总算与诸君共赴国难，尽了民族大义，如今同诸君告别，于心亦安。”

大家没有想到“肉头”魏参谋长还能讲出这样一番慷慨激昂的话，一时刮目相看，鼓起掌来。魏参谋长走到我父亲面前碰杯，两人都很激动，不觉酒喝多了。

“卓魂兄，卓魂兄，”魏参谋长举着酒杯喊叫。卓魂是父亲的字，军中同侪多这样称呼他，但魏参谋长是他的下级，平日很少这样直呼其字。“再干一杯，再干一杯，西出阳关无故人呵！”

“然堂，干，干。”父亲也直呼其名，同他频频碰杯。

“卓魂兄，前边的仗咋打？”

“然堂，我咋知道？我不知道。”

“能打赢吗？

“我不知道。”

“卓魂兄，我们是一起从死人堆里爬出来的人，算是生死之交吧？“

“是生死之交！”

“老弟我是个庸人，这次不跟随你北上，你别往心里去。”魏参谋长说着说着哭了，“这仗打赢又怎么样？打不赢又怎么样！都是中国人呀……卓魂兄，我有一句话你记住，到你真没办法的时候就回来，回来咱老弟兄一起开果园。”

“然堂，不知我还能不能回来呀！”父亲也流出了眼泪。魏参谋长的手抖得厉害，手中酒杯“啪”的一声掉落地面。“失敬，失敬。”魏参谋长哈哈一笑，佯装擦脸，用手抹了一下泪水。一时间全场静默，在座军官皆潸潸然。

魏然堂本是生意人，如今重操旧业，倒也驾轻就熟。一天他忽然提着礼盒来我家探望，母亲见他仍然穿着军服挂少将衔，笑着问他：“你怎么改行不改装呢？”他说：“我还得借这张老虎皮用用，如今关卡多，军警宪和接收大员都可以在生意人头上作威作福，有这身老虎皮，有时还能障障眼，吓吓那些龟孙。”他和母亲都笑了，黎焕如在一旁也笑了，笑声特别响。母亲打趣道：“你看你们一个中将，一个少将，还真给这个小院增辉呢！”

魏然堂请我们全家在光复楼饭庄吃了一顿饭，又在我家住了几天，也住东客房，同黎焕如住在一起。两个人不是重游龙亭、相国寺、禹王台，就是在房里喝酒。没有好酒好菜，酒是从对门老八铺子里打的烧酒，菜是从老八铺子里买的花生米，有时听到卖烧饼油馍的老嗓婆在大门外吆喝，就出去要几盒烧饼油馍，兴之所致，还要划上几拳。有次我进去，看见他们正对着那个挂在后墙上的“一笔虎”中堂逗趣，我一听，差点笑出声来。

“老哥，想当年你可是一只虎呀！”魏然堂说。

“老弟，想当年你也算是一只虎吧！”黎焕如说。

“你看，到如今你还有一身虎皮。”

“你也看看自己，到如今也还是一身虎皮。”

“这个虎字写得好，”魏然堂眯起眼睛仔细端详墙上的中堂，“只是尾巴一垂到地不好。”

“是，尾巴垂到了地下，不好，不好。”黎焕如点着头。

“虎落平阳，虎落平阳呵！”魏然堂叹口气，感慨万端。

黎焕如若有所思地点着头，划根火柴，点着一支烟。火柴快熄时，又紧忙伸过去把魏然堂刚衔在嘴里的烟点着。

后来，魏然堂又到我家来过几次。第二年春天，突然传来一个消息，魏然堂死了，是押车从车顶上掉下来摔死的。母亲听来人说，上年年底，魏然堂的烟庄从许昌发一车皮烟叶往郑州，因为担心路上被偷被卡，魏然堂坐在烟包上亲自押车。入九时节，天寒地冻，朔风凛冽，不知是冻僵了，还是因为太疲劳而睡着了，他就从行进的列车上跌了下去。

应了兔死狐悲那句话，黎焕如听到这个消息难过了好几天。其实小院里也不止他一个人心里难过，连我也心坠坠的。每想起魏参谋长身穿少将军服坐在烟叶包上打瞌睡的样子，既可笑又有点可怜。一天傍晚黎焕如在一个闲置的火盆里烧纸，我问他烧纸做什么，他说送送魏然堂，我也顺手拿起几张黄表纸投入火中。

天一天天暖了，有一天小院来了一个真正的将军。我正在前院玩耍，有一个穿细条衬衣、左臂上搭一件灰色中山装的中年人走进来问我：

“这里是凡翔阁将军家吗？”

“是的。”我答。

“一看到你我就知道没有找错。你长得真像你爸。”他摸摸我的头，“你妈在家吗？”

我急忙跑进二门，对着上房喊道：“妈，有客人。”

这人是父亲的老同事，又是同乡。在淞沪战场上他守福山要塞，我父亲守虞山，他在福山打得很顽强，受到蒋介石的召见。后来他的部队到了云南，他升任第二军军长。第二军参加了中国远征军，坚守怒江战线，有战功。抗战后，第二军整编为整九师，从云南调来河南，路经旧京，为表故人之谊，他特来我家探望。听母亲说黎焕如也在此，他等了很久才把黎焕如等回来。他同黎焕如也是二十路军的老同事，故人相见，百感交集，一时倒不知从何说起。黎焕如看了看他床铺上寒碜的行装，红了红脸拉起客人的手说，“走，我们到又一村好好谈谈。”客人急忙应和，“好好，我做东，一定让我做东。”因为我在旁边，也把我带了去，饭间，黎焕如毫不掩饰地诉说着他的失落与坎坷，本以为客人正值志得意满之时，应以豪言相劝，不料客人心中也有块垒，道出人生许多不得意。他说出同上司的诸端不和，担心有一天跌入陷阱，甚至想退隐，想过黎焕如那种一壶烧酒醉日月的逍遥生活。

“像我一样跑单帮？”黎焕如用自嘲的口气打趣地问。

“跑单帮！”客人严肃地答。

“那你可要记住，你那套中将服不能甩掉。”

“是吗？它还有用场？”

两人碰杯，喝酒，大笑。

这些天黎焕如的情绪一直不好，可能是因为生意不顺，也可能是想起故人们的境遇，心寒意冷。宋曼曼来看他，为了使他高兴，也为了炫耀，送了两张戏票给他。郑州绥署主任刘峙为第几姨太太的老娘祝寿，也就是为第几岳母祝寿，从上海请了戏班子在大陆电影院演出，宋曼曼还要上台“打炮”。她要黎焕如邀我母亲去助兴，母亲不去，黎焕如也不想去凑这个热闹，但宋曼曼一定要他去。宋曼曼说这是光彩的事，劝黎焕如以后多在这种场合走动，说不定遇到个可以提携他的老朋友，令他的境遇大大改观。这话打动了黎焕如，那一天他出人意料地脱下中将服，换上一套特意拿到甘老头子的裁缝铺熨过的中山装。黎焕如的身段是衣裳架子，穿上中山装不仅显得潇洒，而且多了些许沉稳的感觉。没有人肯同他一起去参加“岳母大人寿辰”的“盛典”，他只好拉上我，我想看热闹，就跟他去了。

会场上人头涌涌，座位几无空席了。全城的高官、大贾和名人名角都到齐了。有满脖子星斗的，有大热天还穿长袍马褂的，有一本正经地穿中山装的，女人的衣装更是五光十色，有衣摆打到脚面的旗袍，有领子低到胸口的裙子，还有穿大襟衫的。我们的座位在楼上，从楼上看下去，有亲密交谈的，有老远就呼名唤姓地打着哈哈寒暄的，嗡嗡嘤嘤，氤氤氲氲，好像这些人都不是来看戏而是来演戏的，好像今晚好戏已经开场。其实到了开演时间还没有听到锣鼓家伙响。人们在窃窃传话，说是主角没到，不是戏台上的主角，而是这个祝寿会的主角刘峙还没有到。人们耐心而紧张地等待着，熟人们趁机打招呼话旧，表现出思念良深的样子。黎焕如遇到几个熟人，大都敷衍几句，态度冷淡。黎焕如正感没趣，一个秃顶、几绺头发用发油紧抿在头皮上的干瘪老头走过来，紧抓住他的手，“司令、司令”地叫个不停。这老头的谦卑与热情，在这大庭广众之间为黎焕如添了面子，黎焕如的情绪即刻受到鼓舞，昂扬地扫视了一下四周，又请坐在旁边的一个年青军官换换位置，礼贤下士地要老头坐过来坐在身边。老头受宠若惊，从原座位上拿起一顶青呢礼帽，一颠一颠侧身挤了过来。

从他们的谈话里，我听出这老头姓张，多年前当过县长，与黎焕如有旧交，现在联合国救济总署旧京分署做事。

过了半个多小时，忽然楼下响起掌声，楼上的人不知是怎么回事就跟着拍起巴掌。原来刘峙到了。台下早有军乐队等着，一时鼓号齐鸣，奏起《皇帝进行曲》。秀表姐放过唱片给我听，所以我听出来奏的是《皇帝进行曲》。楼上很多人站起来往下看，我也站起来，想看这“皇帝”何等模样，只看到一个头顶光得泛红的大胖子，后面跟着一群人，不断向两旁招着手，摇摇摆摆地走向前排。他在第一排坐下，坐在一个打扮得花枝招展的女人与一个穿着绛色大褂的老妇人中间，想必那年青女人就是他的姨太太，那老妇人就是今晚的寿星——他的姨岳母了。宋曼曼坐在相隔几个座位的位置上。刘峙一直望着舞台，所以我只能看到他那个头顶泛着红光的大脑袋，而看不清他的尊容。

所谓上海来的戏班，其实是个舞蹈团。节目大都是大腿舞。十几个年轻姑娘抡大腿，前后左右地抡，抡得也算整齐，但很单调。我对舞蹈节目中间穿插的滑稽表演与小魔术，倒有些兴趣。本地班子演的《贵妃醉酒》是压轴戏，宋曼曼客串的杨贵妃，赢来了许多掌声，我也只好跟着黎焕如鼓掌，虽然我对这个“杨贵妃”早已经是烦烦的了。散戏后，我与黎焕如、张县长走出大陆电影院，戏装未下的宋曼曼正搀扶着老寿星去上汽车，故意不瞧我们。等她走过来，我故意喊道：

“曼曼姨，焕如伯在这里哪！”

宋曼曼狠狠斜了我一眼，装作没有听到。

自打这次看戏，张县长常来拜访黎焕如，有时带一条美国金驼香烟，有时带两包砖头样的美国大兵啃的巧克力。巧克力我吃得不少，听他们谈话也听得不少。张县长提出要做一笔大生意，说是救济总署有一批剩余物资，有香烟、奶粉、豆粉、牛奶罐头、牛肉罐头、花生米罐头；有巧克力，有二战美国兵吃的盒装 Breakfast（早餐）、dinner（午餐）和 smpper（晚餐），总之是一大批东西，可以通过关系低价弄到手，一转手就可以赚一大笔钱。张县长把黎焕如说动了，黎焕如又把宋曼曼说动了，两个人弄了一笔钱，具体数目我不清楚，肯定是一大笔钱交到了张县长手上。张县长接过这一沓钞票，推了推那张窄脸上显得过大的黑边眼镜，激动得红鼻尖直淌汗珠。黎焕如满怀希望地把张县长送出大门，张县长夹着皮包，信心满怀地登上郭娃的洋车，但从此后郭娃的洋车再也没有拉过干瘦的轻飘飘的张县长。

等了一天又一天，张县长那边没有一点消息，黎焕如烦躁不安。他问郭娃把张县长拉到哪里了，郭娃说拉去火车站了。怎么不是救济总署呢？郭娃说那瘦老头没有叫他往救济总署拉。

救济总署设在位于相国寺前街的青年会内，黎焕如到救济总署去找，人家说那里根本就没有他找的那样个人。他与人家争论，几个高鼻子洋人在一旁叽叽咕咕不知说些什么，门口站岗的警察走过来，说他是疯子，把他赶了出来。

香烟是没有的，奶粉也是没有的，最可恨的是钞票也没有了，这老头原来是个骗子，黎焕如恨得咬牙切齿，悔不当年在老头的县里驻防时，把这个贪官给崩了。

宋曼曼把黎焕如臭骂一顿，气得几个月不到小油坊街来。黎焕如自认倒霉，大财发不了，又穿起中将服，跑单帮去了。

黎焕如没有料到，倒霉事竟接踵而来。

玻璃雨衣、玻璃丝袜已不像前两年那样希贵了，从南京、上海发回来的货，往往出手不顺，弄不好还要蚀些本钱。路上也不安静，车上的警察、宪兵混敲竹杠，查票查得严。

一天晚上，黎焕如被一个洋车车夫扶着趔趔趄趄地走进大门，小院的人一惊，都以为他喝醉了酒，但看到他半边脸青肿，眼角有血痕，肩上的中将肩章被撕掉一边，皮囊拉链大开，里面的东西十分零乱，泥泥水水的，有几只布满泥污的玻璃丝袜哩哩啦啦的吊在外边，狼狈之像，不似醉酒后的行状，心生疑惑。母亲给了车夫车钱，要用人赶紧扶他到客房躺下。问他缘由，开始他说是下火车跌倒了，停一会两颗浑浊的泪珠滚落下来，才说是被车上的宪兵打了。

“日他娘，总有一天老子崩了这帮狗娘养的。狗仗人势，我是堂堂中将，狗日的居然敢打我，还直嚷，‘不要说你是假中将，就是吃白饭的真中将老子们也敢打！’看看，还有王法没有？这算什么世道？”

“你没有买票吧？”母亲轻声问。

“我什么时候买过票？做这点小生意，来回花车票钱，还有几个赚头呢？”黎焕如愤愤说，“那几个狗日的早盯上我了，早想找我的碴。”

“别生气了，先歇几天再说吧。”母亲劝他。

“狗日的，打我一顿把我推下车不说，还把我的货翻搅出来，扔到泥里水里，叫我咋卖？”黎焕如气愤难平。

母亲要我去琉璃庙前那座宅子里找宋曼曼，宋曼曼跟着来了一趟，假声假气地问了问黎焕如的伤情，把大皮囊里的货物全抖搂出来，挑出来未被泥水弄污的，叫来车夫提走了。

正在这个艰难时刻，宋田田带着四个腰里别着硬家伙的汉子，风风火火地来到省城。宋田田的扮相把我和秀表姐吓了一跳，她把头发挽成一个高髻，穿一件紧身对襟纽扣密密麻麻的上衣，扑扑拉拉的一条宽绸裤，千层底黑绒鞋，披一件淡紫色的绸斗篷，走起路来呼啦啦响。她这身近似戏里人物的装束，在街上引来不少观众。她不在乎，她的五官长得不难看，身材比宋曼曼瘦弱，但走路飞快，脸上常有一种空洞的骄气。宋田田一来，母亲本以为她是来看看黎焕如的伤的，她却因老家成了游击区，住在乡下不安生，想举家迁来省城，来找黎焕如商量搬家之事的。宋田田来势凶猛，也不管黎焕如还躺在床上，就问他老婆要不要？孩子要不要？那个家他还管不管？她指责黎焕如只顾一个人在外面风流痛快，把老婆孩子搁在乡下不理不管。举家迁来省城居住要房子要花费，谈何容易？黎焕如强打精神站起身，同宋田田去找宋曼曼商量，想借她家的客厅暂住，宋曼曼答道：

“姐，咱们是亲姊妹，一家人不说两家话，我可以把上房东头那间放杂物的小房腾出来给你，你要客厅不行，你知道老张如今客人多，他常要会客。”

“一间小屋要我全家人怎么住？”宋田田不满地瞪了妹妹一眼。

“那要看住几个人了。”宋曼曼看看宋田田身后的四条汉子，用丝手帕掩住嘴笑笑，“你要把你那一连看院的家丁都带来，我把整个院子腾出来也不够住。”

一听这话，宋田田气得霍地起身，面色苍白，拉住黎焕如就往外走，一脚跨过门槛又回头来瞧着宋曼曼骂了一句：“小人得志，忘恩负义。”

黎焕如与宋田田经人介绍去看了几处房子，都是因租金或卖价过高，不能成交。宋田田感到迁家无望，一怒之下带着她那四大金刚回家乡去了。

黎焕如松了口气，但也苍老了许多。他常常踽踽独行，提着一只扯烂的皮囊，在街上走来走去，不知干什么，好像在寻找一件东西。我对秀表姐说，焕如伯可能真的病了。

一天我放学回家未走大道，心血来潮地从相国寺穿过。走走停停，先看看马家的弹弓，又在用铁条猛打胸脯叫卖英雄大力丸的摊档前站了站，闻到炒凉粉的香味，想要一碟炒凉粉吃，摸摸口袋却没有钱。我发愣地看看四周，毒日头晒得满场蒸发热气，人们挤挤攘攘，有打伞的，有扇扇的，也有杵着个光头光肩膊给日头硬晒硬烤的，吆来喝去，一股股热气直往人头上冒，闪闪发亮，好像大雄宝殿也在流汗。我感到很热，正想沿着殿檐下的凉荫离去，忽然看到一个穿绿呢军服的老头低头坐在青石台上，面前铺一张肮脏的白布单，布单上放一些拆包的丝袜、口红、香水之类，身边放一个大皮囊。看到这个大皮囊我心中一震，不禁喊道：

"焕如伯！"

老人慢慢抬起头艰涩地笑了笑，"是憨生呀，你怎么在这里？"

"我放学路过。"

"想吃炒凉粉是吧？叫两碟来。"我正想说不吃，他已对着凉粉挑子喊道："掌柜的，来两碟炒凉粉。"

我俩端着碟子坐在青石台阶上，谁也不看面前的白布单子，谁也不提白布单子上面的物件。吃完凉粉，他终于开口呵呵一笑说："憨生，回去不说。"

我点点头站起身来。

我一直不明白黎焕如为什么要在旧京这样漂泊，为什么不回家呢？

旧京第一次解放之后，他终于回家乡去了。

说实话，解放军第一次攻打旧京城时，国民党守军倒是真拼了，无奈解放军战术高明，集中优势兵力，围城打援等等，以多胜少，城被攻破了。待解放军主动撤出之后，原来被解放军堵在二十几里外动弹不得的援军第五军，才进入旧京，并煞有介事地举行了入城式，坦克轰隆响的火牛部队在烟火未熄的旧京城内耀武扬威，真是笑死人！破城时化装逃出去的原省主席受到蒋介石的申斥，待在南京惶惶不可终日等着发落，下台是肯定了的。风雨飘摇，但省主席的位置还是有不少人觊觎。一些河南籍的耆老、名流、将领或明或暗的活动起来。原二十路军的张总指挥忽来旧京。为表对部属的关心，还到我家来过。他虽是军事参议院副院长、上将，却穿一件蓝布长衫，一双黑布鞋，手拿手杖，走起路来像一个教书先生，没有一点军人或高官的气派。他住在同济医院，黎焕如以为时运来了，整日往同济医院跑，听他差遣，四处联络。如果张总指挥当上省主席，黎焕如肯定可以捞上一个实差。形势变化万端，越来越不妙，张总指挥眼看到手的省主席，却被他原先的一个部属抢了。他虽是同盟会元老，党国名宿，但他手中没有兵，蒋介石斟酌再三，还是把省主席这个位置给了那个手中有兵的。

张总指挥多年失意，这次倍感失落，他不想回南京坐冷板凳，打算回家乡组织部队，静观时局发展。他在同济医院的白色病房里思谋了几天，一晚把他的计划向黎焕如和盘托出。黎焕如遭受又一次打击，灰心至极，已无心去听张总指挥的计划，呆呆地望着窗外梧桐树上的星星，半晌不语。

"看你现在混成啥样子，不要在旧京混下去了。"张总指挥鼓动他，"走，跟我回家乡去，拿出当年的勇气来，我不信我们闯不出一条路来！"

"你这样窝窝囊囊地活着，有啥意思？"张总指挥又激他。

黎焕如默默地点着头，一直不说话。他想想也没有别的路可走，只好跟随张总指挥回家乡了。

后来听说，黎焕如回到豫西之后，拉了一杆子人，但张总指挥给他向上面要不来一个番号，他很恼火，有枪有人之后，他的脾气又大了起来。他同张总指挥大吵一架，一不做二不休，声言不再听从张总指挥辖制，旧地重游，带着他的人马上了熊耳山。再后来，不知是他自封还是谁给他加封了一个"熊耳山区剿匪司令”的头衔。

听说黎焕如又当了“司令”的消息，我和秀表姐笑起来。秀表姐说：“如今当‘剿匪司令’最容易，只要会打家劫舍就行。”我说：“焕如伯会有一套新的中将服了。”

“是吗？”秀表姐问我。

“是吗？”我问她。

我和秀表姐又笑起来。望望空空的东客房，我想，黎焕如大概不会再回来了。

雅士姬参议

姬参议姬笠是我家的房客，他与他的家人住前院北屋，这四间北屋连着门楼，临街有几个围着一排令箭样的半截木栅栏的窗口，面向前院有两个高高的大玻璃窗，很明亮。这四间北屋原来是我家的大客厅，父亲不在，不会有那么多来往的客人，母亲最先把他租了出去。我记不得是谁介绍姬参议来的，反正他是我家最早的房客。刚来时，只有他与一个男仆，两个月后，他把太太、儿子和一个丫鬟接了过来。

姬参议在军队做事、当官，但他实实在在是个文人。没有见他穿过军装，刚来那时天气尚冷，他总是穿一件黑直贡呢面子皮袍，出外穿上水獭毛领的黑华达呢大氅，头戴高高的水獭皮筒帽。热天出门穿灰色或青色长衫，在家则穿麻纺短衣。他生一个条幅脸，高额头下有一双似乎隐藏起来的细眼睛，什么时候都是笑眯眯的，长下巴微翘着，满脸和气，见谁都想打招呼的样子。脸上有些白麻子，这不仅无损他的尊严，反而透出了他的几分精明。他年岁大约三十多岁，长相比实际年龄略大，一出门总要拿根枣红色的手杖，手杖顶端有一个半圆象牙球，他握着象牙球前摇后甩地使手杖很少沾地，不知何故，却着实离不开这根手杖。一次临出门找不到手杖，他急得跳起来，把男仆黑子骂得眼泪花花。姬参议这样失态的时候很少，我遇到的就这一次。他总是文绉绉的，无论对大人还是小孩，说话轻声细语，和蔼可亲。他房里的摆设招眼得很，满墙的字画，琳琅满目；条几上有几个大花瓶，有一对两尺多高，釉面红中带蓝，有一个豆青色的，那豆青色的瓶口上还有两个豁子；靠山墙有两个大玻璃柜，一个放满了蓝布包皮的一函函线装书和封面各异的精装洋书，一个放了一些瓷瓶瓷碗和铜爵铜炉之类，惹我注意的是一把剑鞘乌黑、剑柄镶玉的长剑。除了前窗下一张书桌，靠后窗还有一张大桌，上面铺张羊毛毡，他的与我年龄相仿的儿子姬彬告诉我，这是他爹写字画画的地方。原来姬参议还是个颇有名气的画家、书法家。我不知道那墙上挂的字画有什么好，姬彬说，那些字画要是拿出去卖是很能卖几个钱的。那些字画不全是他爹写、他爹画的，还有赵孟頫、黄宾虹这些大名家的手笔。他指给我看哪是赵孟頫，哪是黄宾虹，我不认识这两个人，也没有在意。我最感兴趣的是玻璃柜里的那柄长剑，我想拿出来看看，可惜柜门上了锁。

姬参议温文尔雅的举止，得到全院人的好评，连最喜欢贬低别人的宋曼曼对他也不能不高瞧一眼。宋曼曼说姬参议是位雅士，大家感到姬参议配得上这个称号，所以谈起他往往不提他的官衔，而以雅士代之。

姬参议常去上班，也常在家里写字画画。听说他是五十五军的参议，但我们都不知道他的办公处在哪里，五十五军调离旧京到菏泽、定陶去同共产党的部队打仗，他也没有跟去。五十五军吃了败仗，一点不关他的痛痒，该画画画画，该写字写字，在院子里遇到我母亲或大姨，该说个笑话照样说了之后哈哈大笑。大家都知道他同五十五军曹军长关系不薄，曹军长的太太常到他家打麻将，不够手，姬太太就走进二门站在院子里喊："凡太太，曹太太在我房里等你，来凑个手，热闹热闹。"母亲早认识曹太太，所以一听姬太太招呼，就收拾一下赶忙过去。听母亲说这五十五军原是韩复榘的部队，韩复榘手下有三个军长，一个是于学忠，一个是孙桐萱，一个就是这位曹军长。一九三八年一月，蒋介石在旧京南关袁家花园召开军事会议，把山东省主席、第三集团军总司令韩复榘抓起来枪毙了，罪名是不战而退。但五十五军抗日却很坚决，在济宁城里与日本人杀了个三进三出。台儿庄会战，曹军长、孙桐萱配合孙连仲作战，是有功的。韩复榘死后，第三集团军由于学忠担任总司令，孙桐萱任副司令，曹军长任前线总指挥。部队编来编去，五十五军的番号和他这个五十五军军长却没有编掉，这在杂牌军中简直是个奇迹。曹军长五十多岁，身材短粗健壮，大脸黑红，上唇胡髭浓密，双目有神，走起路来咚咚有声，同他那枯瘦的老婆，恰成对照。不知他有几房姨太太，他对这个瘦老妇人却是陪着十二分的小心。有时他还跟着太太一起来打牌，但他从不上牌桌。他站在太太身后看牌，时而微笑着点点头，时而还会给太太剥个香蕉递个水。姬太太这时候往往会说：

"军长，你这样对曹太太、对俺大姐好，可把俺女人们都羡慕死了。"

"姬参议不比我强吗？"曹军长哈哈笑着。

"哼，他除了会碰'红中'外，还会什么？"姬太太说着，真的打出了一张"红中"。

"碰，"姬参议真碰了。"你不要在军长面前卖我的赖好不好。"

大家都笑了，曹军长笑得最响。

姬太太是个矮胖、大脸、双颊像涂了层红油的女人。她喜欢穿花旗袍和皮底绣花鞋，走路一摆一摆，整日乐乐哈哈，与人说话热情得像要扑过来似的。姬太太带着姬彬从家乡刚到那一天，小院里的人怎么都不敢相信这就是姬参议的女人。两个人从长相到性格反差太大了。但姬参议倒一点不嫌弃这个女人，似乎还小心地捧着她。这使大家对姬参议又多了份敬重。我母亲对大姨说："有学问的人就是不一样。"为了迎接姬太太的到来，姬参议请来工人将四间住房隔开，变成明两间暗两间，明的两间是他书房，兼作儿子姬彬与男仆睡觉的地方，暗的两间就是他与太太的卧室。北屋与东屋之间的过道里有一间小房，是姬参议家的厨房，丫鬟秋红住在厨房里。姬太太到来的第二天，男仆就暗暗传出了姬参议和姬太太的私房话。姬参议说："喂，伙计，灌灌袋吧。"姬太太好像推了姬参议一下，撒娇地哼了一声："去你的，灌啥子袋。"姬参议低低地笑起来，说："你喜欢打麻将，那就碰个'红中'吧！"

这就是姬参议的"幽默"。从此后，"灌袋""碰'红中'"成了小院用人间逗趣的隐语。

姬参议更大的幽默还在后面呢。

可能是为竞选国大代表筹款，姬参议要姬太太回家乡一趟。姬太太上午刚走，下午姬参议就叫秋红忙碌起来。平日窝屈在小厨房里的秋红，一个下午忙着到理发店剪发，到澡堂子洗澡，换上一身干净的花布衣服，不做晚饭，跟着姬参议下馆子去。夜里，理所当然地由厨房迁移到姬太太床上去。那几天，姬参议带着秋红进进出出，大大方方，一点不怕别人有什么议论。秋红生得高大木呆，大圆盘脸上长一副小鼻子小眼，谈不上姿色，但能写会画的姬参议喜欢上了这个俗而又俗的姑娘。姬参议的脸上洋溢着欢乐，把竞选的事都撇开了，秋红木木的脸上也生出光彩，下垂的嘴角止不住绽出得意的微笑。好景不长，几天后姬太太回来把个得意忘形的姬参议骂得个狗血喷头，还把秋红痛打一顿，一面打一面指着秋红的鼻子大骂："骚货，你别指望他收房，只要我活一天，你就别做这个梦！"站在一旁的姬参议好像眼前的事同他没有关系一样，声调慢悠悠的劝着老婆："唉，你同她生那么大气干什么？生那么大气干什么？"

"不要脸！"姬太太吼道，"就你这样的人，还要当国大代呢？狗屁！"

"嘿嘿，我这样的人不当，你说叫谁当？"姬参议摸摸下巴，心平气和地反问老婆。

身体雄壮的姬太太跳过去给了姬参议两个响亮的耳光。士可杀而不可辱，雅士姬参议忍无可忍地以武制武了。夫妻俩大打出手，姬太太拿到什么摔什么，先摔掉姬参议画案上的笔墨纸砚，接着摔桌子上的茶壶茶碗，还把条几上的青花瓷瓶摔了两个。姬参议一直说，"摔吧，摔吧，反正这日子不过了。"但当姬太太举起一只钧瓷花瓶时，他急忙伸出双手抓紧花瓶喊道："你真疯啦，这可是真的呀！"姬太太一松劲，抱住大花瓶坐在地上号啕起来。

那边厨房里，秋红啜泣着向人们诉说："我十五岁就是他的人了，现在我已是快二十的人了，你叫我咋办？"

"好个骚货，十五岁就偷汉子，还敢问我咋办，我叫你死！"醋劲大发的姬太太放下怀中的大花瓶，转身要冲出房去打秋红。

前院北屋的吵闹声一直传到二院，而且翻江倒海似的吵闹声一阵紧似一阵，母亲、大姨和闲客黎焕如只好过去劝架。不能不佩服姬参议的修炼工夫，他看到这些邻人，面上的焦灼、残忍和绝望的表情突然消失，换上一副委曲求全的无可奈何的神情。他像招待客人一样，急忙扶起倒在地上的他那些宝贝明代木椅和方凳，平静而有礼貌地向大家让座。他坐下说了几句话，苦笑着望望还在抽泣的姬太太，大度地摇摇头站起身来，说是要去办公，就与黎焕如握握手，拿起皮包与手杖，倒退着不断向母亲与大姨点着头走了。母亲和大姨劝了姬太太一会，姬太太止住哭，声言要同姬参议离婚，打个小包袱，叫辆洋车奔往曹军长家去。

第二天，北屋又归于风平浪静，从一早起来拿把喷壶浇花的姬参议的脸上看，好像昨天的事根本就没有发生过。母亲上街路过他家门前，他满面笑容地同我母亲打招呼，并用爱怜的口气提到他老婆，埋怨这两天花没人浇了。

"姬太太种的这些秋海棠、仙人掌长得还是不错的。"母亲敷衍道。

"唉，她那个人没有个定性，这花要不是我帮她侍弄着早就不行了。"他说，突然转换话题，"凡太太，昨天马歇尔第三次上庐山了。"

"唉，我不管这事……"

"怎能不管这事？和平是大事，大家都要管。"姬参议迸发热情，"你想，如果和谈成功了，卓魂兄不是就可以回来同你和孩子们团聚了吗？"姬参议自从搬进前院之后，常同我母亲谈和谈的事。不能说他不是出于好心，他是用这些话来安慰母亲。似乎他是马歇尔的跟班，马歇尔一上庐山、二上庐山的情况他都清清楚楚地向我母亲详细说过，现在该三上庐山了。他只顾说国家的内战，忘记了自家的内战，母亲不想让人家太费神，打断他道：

"唉，马歇尔将军再多上几次庐山也不行，我看和谈不是那么容易谈成的。和谈不是谈了快一年了吗？"

"现在情势不同。"姬参议说，"现在不是只国共两党说了算，还有其他党派呢，还有美国呢。"

"其他党派对局势又能怎么样？"母亲笑了笑，想起听人说过姬参议在国大代表选举前不久参加了青年党，并被委任为青年党河南省支部主任委员。"譬如贵党在和谈中能说到多少话，贵党有多少枪多少军队？”

“鄙党虽没有枪没有军队，但有发言权。”姬参议认为母亲是妇人之见，轻轻一笑，宽容地睨了母亲一眼，“民主政治不靠枪与军队，靠的是发言权。国民代表大会不是将要召开了吗？代表大会一开，现政府还政于民，中国就进入宪政时代了。凡太太你放心吧，国家会好起来的，好起来的。”

“大家都希望是这样。”

到了第四天晚上，姬太太还不回家，姬参议坐不住了。他把秋红打发回厨房，坐上包车去到曹军长家。姬太太看他进来，扭头不理。曹太太以大姐的身份把他数落了一顿。起初曹军长一声不吭，只管一支接一支地抽着金驼牌香烟，待曹太太絮叨完了，这位老兵，咳了一阵，透过满屋漂游的烟雾直直地望着姬参议，突然高瞻远瞩地以政治家的口吻问道：

“我问一下，你这个‘国大代’还想不想当了？”

“当然当然……”姬参议嗫嚅着。

“当然个屁！”曹军长愠怒地瞪着眼睛，“你以为你是当然代表呀？你以为你那个狗屁青年党有上面圈定的名额是不？有圈定名额又怎么样，不是还要选举吗？你在你们那个县参选，那里有你的对手，人家也不是只吃干饭的，真把你拱掉了，我看你怎么办！”

“那是那是。”

“这个节骨眼上你不谨慎小心，却弄出这样一摊子花花绿绿的事。”曹军长痛心而又以幸灾乐祸的口吻说，“给人家递炮弹吧，看人家怎么轰你！”

“还靠曹军长扶持。”

“哼，靠我扶持，我扶持有什么用，烂泥巴还要能糊上墙才行啊！”曹军长可能感到言语过重了，猛抽两口烟，停了停，

“你先回去吧，过两天我叫她大姐把她送回给你。”

又过了两天，曹太太陪着姬太太回家来了，曹老头子穿身便服笑眯眯地跟在后边。进屋坐下，曹军长这时要给姬参议面子，笑嘻嘻地同姬参议点点头，转过脸开导姬太太道：

“我说你也太小气了，有啥好认真的？男人嘛，男人就是男人，哪个男人不是馋猫，喜欢偷吃一口？”

“嘻嘻嘻，看你说的啥话。”曹太太搭腔了，“我看你也好不到哪里去！”

“天地良心，你可得把我除外。”

“我不同你计较。人家睁一只眼闭一只眼，我早已是两只眼都闭上了。”

“冤枉好人，冤枉好人呀！”曹军长大声喊冤，把大家都逗笑了。

气氛平静之后，姬参议热心地向曹军长介绍起他的收藏。他们在屋里走来走去，看看书画又看看古玩。曹军长对黄宾虹、齐白石、张大千、何海霞不感兴趣，走到古玩柜前，他要姬参议把古剑拿出来看看。姬参议一边拿剑，一边开始高谈阔论，滔滔说着这柄古剑的不凡身世，也不管过去是否同曹军长说道过。每逢这时，姬参议的脸上就会忽地生出光晕来。

“这柄剑是汉朝梁孝王的佩剑。汉武帝时，旧京称梁，武帝将他的儿子刘武封为梁孝王。那时候旧京附近气候温湿，河网遍布，草木葱茏，是个得天独厚的神仙福地。梁孝王建梁园，又名兔园，这梁园大约就在如今的禹王台一带，为天下名苑。一日大雪，梁孝王于梁园置酒，宴邹生、枚叟、司马相如一班文士，可惜相如未至。梁孝王在席间歌北风于《卫诗》，咏南山于《周雅》，拔剑而舞，寓慷慨于缠绵之间。当日梁孝王手中挥舞之剑就是这柄剑，现此剑已逾两千余年，古矣，古矣……”

“今天的报纸你看了吧？”曹军长打断姬参议的浩论，“上面有你的花边新闻。”

“谁写的？”姬参议一下子从花团锦簇的梁园跌入平地，一听“花边新闻”四字真急了，“我日他娘，谁打老子的黑枪？”

“人家才不是打黑枪，人家是明火执仗！”

“曹军长，你要再扶我一把。”

“唉，”曹军长模棱两可地叹口气，把剑递到姬参议手上说，“放回去吧。”

“军长，这柄古剑我就是给您留的，”姬参议灵机一动，紧忙又把剑送到曹军长手上，心想为了一块“国大代表”的招牌，他已经送出不少瓷瓶铜镜，在这个节骨眼上对长年拉帮自己的曹军长，更不能舍不得这柄真假无凭的所谓古剑了。

“夺人之爱，不好意思吧。哈哈哈。”

“军长多年栽培与扶掖，本已深感无以为报，区区一剑，略表寸心，请笑纳请笑纳。”

“我们之间也不必说那么些客气话，好，这剑我就收下了。”曹军长把剑抓在手中抽了几下，“我的一个团驻在那个县，我回去打个电话，要团长留点意，不怕那几个龟孙翻天。不过报纸那边还是你自己设法维持一下为好。”

姬参议在又一村请《国民日报》的几个编辑、记者吃了一席，我大哥被糊里糊涂地拉去作陪。在酒席上他介绍大哥是位历史学家，把大哥弄得莫名其妙。他说他最近将由大哥陪同到新郑去寻根认祖，更使大哥不知所云，但也不好当场说穿。回来后大哥问姬参议：“你到新郑寻什么根认什么祖？”

姬参议看看大哥轻蔑一笑，从鼻子里哼了一声，几乎要责备大哥的浅薄。

“这你都不知道？”

“我怎么知道，我从来没有听你说过。”

“中华民族的老祖宗黄帝姓姬，我也姓姬不是，按说我是黄帝的嫡亲子孙。”姬参议理直气壮地说。

“黄帝是姓姬，”大哥点着头，“但也有黄帝姓公孙一说。”

“哼，黄帝姓姬，古书上多此记载。”姬参议不容置疑地说下去，“古书上不是还有‘黄帝生于轩辕之丘，故曰轩辕氏’，‘黄帝国曰有熊，故亦曰有熊氏’。这‘轩辕之丘’与‘有熊之国’就是今天的新郑祝融墟。”

“呵呵，”大哥不能不折服姬参议的博学，但心中仍然存疑。他不想同姬参议无谓争论，转换语气说，“你现在正忙于竞选，怎还有心思理这等闲事。”

“非也，非闲事也。你这位大少爷真乃不识人间烟火。”

姬参议从五十五军军部要了一辆吉普车，带上大哥和《国民日报》一位头发花白的老记者，风尘仆仆地在新郑县的沙地与枣林里转了两天，回到旧京的第二天，《国民日报》登出了著名书画家姬笠到黄帝出生地寻根认亲的消息。又称：据历史学家的实地考察，河南姬氏确为黄帝嫡传后人，并特别强调候选国大代表姬笠为众望所属之人物也。

大哥看到报纸虽没有说什么，心里却不痛快了几天。

姬参议有文有武，有党有军有报纸，自然所向披靡，在选举中大获全胜，当上了开宪政先河的国大代表。国民党要召开国民大会，尽管共产党、民主同盟等民主党派拒绝参加，秋天刚过，这个国民大会还是召开了。姬参议姬国大再不站在国共两党中间做民主柱石了，而是随着青年党那些并不“青年”的同僚们，喜滋滋地步入吵吵嚷嚷有番“民主气象”的大会场去通过“宪法”“改组政府”，庄严地行使不要民主的“民主权利”去了。

报纸在大登国民大会花絮的同时，也登出了周恩来率领中共代表团离开南京的消息。谈判破裂，内战公然爆发。

第二年快过大年的时候，李嫂从外面买菜回来说："前院姬参议从南京回来了，说是刚下的火车。"

"是姬国大回来啦？"我和秀表姐说说笑笑地挤到寒风呜呜作响的二门里向北屋观望。只听姬太太欢叫着开亮了电灯，姬参议那顶水獭皮筒帽在窗帘上晃动了几下就不见了。一阵寒风猛然从北屋的屋脊翻过来，夹着北屋溢出的说话声，跌跌撞撞硬挤进二门的过道，好像姬参议说了几句什么，但声音很低沉。我给姬彬打手势，这家伙傻呆呆的泥塑一般，不抬头。我不觉发出声来，被扭转身的姬参议看个正着。

"憨生，进来吧。"他叫了我一声，又转身写他的字。

热情的姬太太连忙招呼我，"是找姬彬吧？你没看到他爹正罚他背书哩。哼，是得管！"姬太太走过来，拉住我的手把我往里拉。"乖乖，快进来快进来，站在门口可不把你冻坏啦！"

我走到画案旁边，姬彬向我挤挤眼，偷偷笑了笑。

"你母亲好吧？"姬参议在一张虎皮宣纸上写了两个大字之后，抬头看看我又低下头写字，一面写一面说，"这些天很疲倦，路遇风寒，所以想休息几天。过两天我再去拜望你母亲，我还给你母亲带了一只南京板鸭呢，听你母亲说过，抗战前你们在南京住的时候，她是很爱吃板鸭的。"

于是住在二院的人都知道了姬参议姬国大积劳成疾又路遇风寒，正在静养将息着呢。

回来几天，他闭口不谈大会刚刚通过的"宪法"，大哥故意挑起争论，问他为什么刚刚通过的"宪法"有那么多"但"。一项项什么国民的民主、自由权利，接着一个个"但是"，又把那些民主、自由权利收了回去。何必呢？

"国事不堪！国事不堪呵！"姬参议摇着头说，在南京国民大会上受了一次“民主教育”之后，他突然变成了一个悲观主义者。

每逢在院子里遇到我母亲，他往往一声哀叹，不再说马歇尔将军上庐山的事了。

姬参议变了，姬参议不明不白地变了，令小院里的人只能瞪大惊诧的眼睛相望而不得其解。那个风流倜傥的热衷政治的姬参议看不到了。姬参议一下子老了许多，变得慵懒而沉默。他不去演讲，不去拜客，也很少听说他去上班。他经常在家里写呀画的，经常拿一个蓝绸布的小包袱提着镶着象牙球的手杖到南书店街聚古斋去，有时坐包车有时步行。旧京的春天不是先见绿色而是先见黄色，风确比冬天暖了许多，打在脸上腻腻的涩涩的，不一会就把一层极细极细的黄沙均匀地喷涂在你的脸上、眼上、嘴上、头发上。眼睛模糊了，黄黄的变粗了的睫毛挡住了视线；鼻子壅塞了，鼻孔的积泥妨碍了呼吸。黄风从屋顶滚到街道上，又从街道翻上屋顶，像滔滔的黄水，一浪接着一浪地冲击着整个城市。老天只在这时对所有人才是公平的。不管你极富有或极贫穷，你都会分上一抔黄沙。一次，我背对着风倒着走，差点撞到一个人身上，扭头一看是姬参议，我赶忙站住叫了声：“姬老伯！”他看看我，打趣道：“你这是哪国的洋走法？”我龇龇满是黄沙的牙齿笑笑，“这种天气，你到哪里去？”他已经甩着手杖向前迈了两步，回头说：“走走，上街走走。”他的身影很快被黄沙卷了去，飘飘悠悠的像黄水里一片浮动的沫子。我仍倒着走，一直到他的身影消失在黄风卷起的大幕之后。这时我却看到了给他拉包车的车夫，车夫低着头拉着车，无精打采地远远跟在他后边。我听街坊说过，近来姬参议上街不坐包车，车夫怕丢掉饭碗只得架着车把慢慢跟着。谁也不解这是为什么。姬参议确实变得古怪了。

有两个男人来找过他几次。这两个男人都是四十几岁的年纪，一个穿薄棉袍，一个穿中山装，举止斯斯文文，听说都是县里一所中学的职员。两个人一来，姬参议就陪着他们谈半晌，并常到聚古轩走动。

大哥听聚古斋刘老板说，姬参议是去卖画的，但卖的不是古董也不是他的真作而是仿画。刘老板托住他的铜水烟袋呼噜噜地吸一口，一提烟锅吹出燃过的烟蒂，缓缓吐出一口白雾，环顾一下他那间放满百宝格光线有些幽暗的内室，随着鼻孔里的余烟怡然自得地轻声笑了两声。刘老板告诉大哥，姓姬的其实不懂古董，他的收藏大部分是假货，这种假货只能骗他那种附庸风雅的败家子和曹军长那样的老土，在行家面前卖不上价钱。他自己的书画之作也卖不上价钱。他近来好像急着用钱，刘老板给他出了个主意，要他弄仿画，也就是作假画。大哥吃了一惊道："你这个人也太损了。姬参议自以为是雅士，怎会如此不堪？"

"大少爷，我这是帮他救急呀，哪能管他雅不雅呢？"刘老板又从鼻孔里笑出两声。

一天，大哥路过南书店街，被正在店铺里闲坐的刘老板喊住。

"有件珍品给你看。"

"啥珍品？"

"这是真正的珍品，而且还与府上有关系。"

大哥跟着刘老板走进内室，刘老板不紧不忙地从插瓶拿出两个卷轴。刘老板脸上堆起神秘的微笑，要我大哥帮他拉着卷轴一端，双手熟练地攥动着打开了卷轴。

"这是你家的东西吧？这是于右任老先生写给令尊的对联吧？"

"怎么会到你这里呢？"大哥问。这对联是大哥因营救好友柳兴华而送给姬参议的。柳兴华是共产党嫌疑犯，案情重大，大哥想通过姬参议走军方的门子，才狠狠心将对联送了出去。

"我出了二两黄金。嘿嘿。"

“你不要转手，明天我再过来。”

大哥是个要惯脾气的人，没有多想，他回到家就找到北屋，质问姬参议为什么把上有我父亲题款的于右任写的对联卖上街，姬参议的脸蓦然涨得通红，那几颗永不着色的白麻子不停地颤动着似乎要一个个蹦将出来。开始他不承认，后来推说因一时之需向刘老板借钱把对联押在那里了。大哥一定要把对联赎回来，向母亲要钱，其实母亲对那副对联并不看重，但大哥非她亲生，又是长子，两人一向客气多于亲近，还是拿了二两金子给大哥。不意第二天大哥带着金子去找刘老板，刘老板未开口先笑，一把把我大哥按在楠木大圈椅里，叫伙计端上一杯茶来。

“你忙什么，人家已经把东西取回去了。”

“谁？”

“还能是谁。你搅了我一桩生意，我只赚了二钱的蚀头。”

大哥没有再向姬参议提及对联的事，但从此两人之间好像有了芥蒂。加之内战愈演愈烈，传说我父亲不仅在延安新华电台上骂蒋介石是内战“罪魁祸首”，还死心塌地跟随共产党一起撤出延安，帮助共产党打仗；正在此时，国民党军在山东吃了大败仗，五十五军在山东郓城被歼大部，要不是洋教士当年为避捻军在小教堂挖了一个通向城外的地道，曹军长已当了共军的俘虏，不知不觉间这影响了我家二院与前院之间的气氛。有朋友传过话来，说当局将要采取不利于我家的行动，如何行动，军政各方面的意见尚不一致。母亲整日提心吊胆，等着人家来搜查或抓人。而前院北屋那边倒是从未有过的静寂，姬参议神情郁闷，连皮球般跳来跳去的姬太太见人也很少讲话，更不要说来找我母亲串门打麻将了。好像那条炮火连天、惨烈厮杀的战线延伸到了小院，只不过这里的战线没有炮响罢了。

密云不雨、烦躁不宁的酷热夏夜，终于被几道闪电几个炸雷击破了。大哥被保安司令部稽查处抓了。一个军官带着一队头戴钢盔手提汤姆式铁把冲锋枪的士兵，很客气，没有吆吆喝喝，说是“请大哥过去说说话”就把大哥带走了。没过几天，母亲被几个穿黑制服的警察更客气地“请”进了警察局。由于亲朋故友的疏通与说情，几天之后，大哥与母亲都被送了回来。大哥仍然就宪法与民主问题慷慨激昂地高谈阔论，母亲则一声不响，想尽力恢复平静，像没有发生过什么事情一样。这时不知怎样有一种传言在小院里传开了，说是大哥和母亲被抓，都是前院姓姬的使的坏。母亲不信，要大家不要再传这种话；大哥半信半疑，听到这话只哼了一声；孩子们则认为不是那姓姬的装孬还能有谁？不会冤枉他；从此，我和弟弟对前院北屋已是怒目而视，同姬彬不再搭腔。

第二年解放军攻城，解放军在城南开炮打省政府，我家住在大南门与省政府之间，所以颗颗带着啸音与火光的炮弹从我们头顶经过，说不定炮手一不留心炮弹就会落到院子里。母亲把两张方桌并在一起，把所有棉被、毯子堆在方桌上，筑了一个“掩体”，叫我和弟弟、妹妹钻在桌子下面。这时，姬参议不在，到南京选举“大总统”未回，北屋邻街，姬太太带着姬彬、秋红来二院上房躲避，还要姬彬也钻在堆满棉被、毯子的方桌底下。她说我家是大难无灾、逢凶化吉的有福人家，要姬彬来沾点我们的福分。她还悄悄地讨好母亲说：

“说不定这次你们全家就团圆了。”

“谁知道他在哪里呢？”母亲知道姬太太暗示我父亲可能回来，神色平淡地把话搪塞过去。我与姬彬在桌子底下却谈得有滋有味，好像这个奇怪的“掩体”是个指挥所，我们对经过头顶的炮弹不断发议论：这是山炮弹，这是榴弹炮弹，这是重迫击炮弹。一阵排山倒海、听不出所以的炮轰之后，我们得出共同的结论——省政府将于今夜轰平。

解放军撤离半月之后，城内的死尸尚未掩埋完，到处还能嗅到焦味和腐尸的臭味，姬参议从南京回来了。他一回来就说要搬家，他是国大代，按指令要举家南迁。南迁前他在小院有两件事可记：一是把秋红收房，二是要把于右任写的那副对联还与大哥。

可能由于兵荒马乱，也可能由于姬太太反对，秋红收房没有摆酒，仪式只限于“上头”。所谓“上头”就是将秋红的两条辫子解了，梳上去挽成一个纂儿。时代不同了，秋红新挽上的已不是乡下女人紧贴在脑后的“牛粪纂”，而是当下城市妇女流行的垂髻了。没有鞭炮也没有新房，秋红穿一件新做的水红软缎斜襟盘纽旗袍，一双半高跟黑皮鞋，抹了太多生发油的鬓发上，插了一朵鲜红的绒花，就算是“新人”了。由于有了几个月身孕，这个“新人”臃臃肿肿的，像是从庙会上买来的被画得红红绿绿的泥人。总算是喜事，母亲送了两块缎子做贺礼，很久没有照面的曹太太也来了，曹军长的部队正要撤往安徽，曹太太打个招呼，匆匆说了几句喜庆话就走了。对秋红收房，街坊邻居说道不一，有人说姬参议总算有点良心，使秋红最后有了依靠；有人说姬参议糟蹋人家姑娘，枉读圣贤书，算不上一个好人。“上头”那天，原本就是肿眼泡的秋红把双眼哭得桃子一般，谁也不知她是喜是悲。

姬参议搬迁的前两天，把我大哥请到北屋。他喊秋红沏茶，让大哥坐。大哥看看满地箱笼，找了一张已堆在墙角的椅子坐下。

“这就要动身了？”大哥客气地明知故问。

“后天的车票。”姬参议说，“这些家具没法带，下午河道街旧货店有人来拉。”

“可惜了，这可是稀罕的明代家具呵。”

“战乱期间，何顾及此。”姬参议说着，打开一个未捆的木箱取出一对卷轴，“这是贵府之物，现原物归主了。”姬参议躬了躬身，双手捧着卷轴递到了大哥面前。

大哥明白这对卷轴是于右任写的对联，“既赠之，何有收回之理。”

“我这一走，不知何日得回故乡。万里飘零，世事难料，将贵府收藏带往远方，总有不安，也有不便。”

“是否因为上面有家父的题款？”

“非也，非也。”姬参议说，“我是很佩服令尊的。前次因学校经费遇到困难，我一时糊涂，将对联押于刘老板，想及此我一直愧疚难当。”

“原来为办学事，倒是我错怪你了。”大哥坚决不肯收回对联，“此卷轴您一定留下，来日方长，风云变幻，说不定大家还有相见之日。”

姬参议只好又将卷轴放回箱中。

“但愿如此。做了过河卒子，身不由己呵！”姬参议戏谑地大笑起来，笑得味道很惨，把正在窗下玩的我和姬彬吓了一跳。只见姬参议面色白中带青，额头上布满豆大的汗珠，双臂有些颤抖，像是病了。“一步之错，步入浊流。我这半生多得曹军长扶持，但是助我者曹公，误我者亦是曹公也！”

姬参议一家南迁之后，音信全无，与我家再无来往。

我们送姬家出门时，我暗暗把我那把制作精巧的橡皮筋弹弓送给了姬彬。

友伴

太阳偏西了。几株立在庙墙外的白杨树，把浓荫斜射过来，遮住了大半个庙院。绿叶里越来越闹的蝉鸣，唤醒了困倦中的我和少年。

如今改称包公湖的包府坑上，脚踏小艇叶轮击水的嗒嗒声，不时传来。我似乎看到几个少年骑着脚踏车在湖边追逐，嬉闹，呼叫，想起我那个把脚踏车骑在湖面上遨游的梦；我似乎看到雨后湖边一群群被我们驱赶的红蜻蜓，听到表姐的惊叫与责问；我似乎看到一片一片浮在水面上的野鸭，听到偶尔的偷偷摸摸的一声枪响。

风中飘过一串熟悉的车铃声，我未能抓住这声音，它像落叶般飘得无影无踪。

小哥与“火猴”

一

在几次飞雪融雪的气候变化中，回旧京后的第一个春天像一匹受伤的劣马，在灰色单调的旷野上颠踬，喘着气，看着不识时务的迎春花枝，想唱一支春歌，但喉咙却似被冰封住，没有能够唱得出来。旧京依然在严寒中瑟缩，日子不能不依着气节向前移动。

我和小哥准备上学了。经过大姨和她在教育界朋友们的一番张罗，我和小哥考入了全省最好的中学——省立旧京初级中学。我是春季班一年级新生，小哥是秋季班一年级插班生。小哥本应读二年级下学期，因战乱使学业耽搁了一年。

母亲露出多天不见的微笑，坐在八仙桌旁，在刺眼的灯光下，同大姨谈起我和小哥未来的学业，脸上常有的那种慵懒疲倦神色不见了，露出少有的光亮。看着母亲熠熠闪光的眉宇，我惊异发现她原本还是那么年轻而且那么美丽。

母亲将学杂费、制服费，课本文具费一并交予小哥，要我同小哥第二天到学校报名。小哥接过钱又磨磨蹭蹭地站着不走，母亲问他想说什么，他说想买部车，母亲不悦，说如今家里没有这笔闲钱。小哥不肯罢休，说离学校远，有部脚踏车他可以每天带我上学。我瞧瞧他，小哥急忙向我示个眼色，母亲终于被小哥说动了。

小哥一高兴，拉上我就往外跑，叫上皇甫木林和卖水刘把子的侄子刘吉刚一起去看车。这刘吉刚比我们大几岁，高挑个，黑瘦，喜欢戴顶有漆檐的学生帽，穿件黑色长衫，围一条花格围巾；一张镶在高颧骨中间的眼睛不大，却格外明亮，笑起来一闪一闪，有几分女人气。刘吉刚家境不好，他爹是唱戏的，听说是在一个梆子班里跑龙套。常言说，“三五步行遍天下，六七人百万雄兵”，方丈舞台上，这龙套是少不了的角色，因此刘吉刚虚说他老爹是台柱子，也不无道理。可能受家庭熏陶，他喜欢哼唱，京戏、时代曲都能来上几段，还会吹口琴、拉二胡，却绝口不提梆子。他同父母一直住在旧京，沦陷时期，东司门旧京中学的校址里也有所中学，他在那时就读，所以他将是我和小哥的同学。小哥一到旧京，就同他成了好朋友，他教小哥学会吹口琴，吹《苏珊娜》，吹《千里送京娘》，都吹得像模像样；小哥还跟着他学了几段京戏，虽吆喝得不合板，但也有腔有调。说到脚踏车，他更是行家，他有部“万国牌”车子，硬是他同伯父刘把子到破烂市和修车子铺买来一件件旧零件拼对起来的。小哥要买车子，当然离不开他这位“师傅”，我猜想，连小哥急于买车子的主意，可能都是他出的。

小哥听刘吉刚说，英国“三枪”车最有名，整个旧京找不出几部，小哥就一心要买辆“三枪”。这三支枪不好找，刘吉刚推着他那辆一转三响的“万国牌”在前面带路，小哥在他的旁边走着说着，我和推辆半新“克架路”车的皇甫木林跟在后边，从自由路到书店街，转回身经相国寺后街到中山路，找了四五家五金行，店伙计都说没有“三枪”车；不要说店里没有像“三枪”这样的名牌车，连部像样的新车都没有，有的只是日本人寄售的模样笨重的“生茂牌”车。刘吉刚带我们又回到自由路，在人民会场附近的一间修车铺找到了一部残旧的“三枪”。这部车油漆剥落，满身锈迹，虽被精心擦上一层油，也掩盖不住无情岁月留下的印痕。我和皇甫木林笑这部车太老了，不主张买，刘吉刚却将小哥拉到车头处，拾起地上一块满是油污的抹布，用力地擦拭着车头上一个花边环绕的椭圆形铜牌，三支交叉的老枪光灿灿地显露了出来。刘吉刚将抹布往地上一扔，得意地拍拍双手，仰仰下巴，对店主示意地笑了笑。

店主说：“这是一部真正的原装‘三枪’，虽说旧，可在整个旧京，如今你找不到第二部这样的好车！”

小哥被那三支光灿灿的英国老枪和店主的一番话打动了，犹犹豫豫地说了句：“就是旧了些。”

“可以翻新呀？”店主急忙说。

小哥低头向店门外走去，我和皇甫木林急忙从满地正在修理的车梁、车轮中跳过，赶上他。不料小哥惋惜地叹口气，回转身来。议了价，付了钱，小哥一拍车座，要修车铺给车子来个大翻新。

过了几天取车，那辆老“三枪”真的变了个样。按照小哥的意思，店主将车梁、车圈及链盒漆成红色；车座换成红皮新座，锈迹难除的车把换成了一个新的最时髦的羊角把，取掉泥瓦及后架，整架车干净利索，像一匹脱缰的小红马。

回家的路上，小哥伏在把低座高的车子上，像同别人赛车，伸长脖子猛向前冲。刘吉刚骑着那辆“万国牌”追赶得十分吃力，还不忘赞美小哥的好车，不断高喊：

“你那是红鬃烈马呀？你那是红鬃烈马呀？”

于是我坐在皇甫木林的车后，听到小哥刚跟刘吉刚学唱的几句京戏：

一马离了西凉界，
不由人一阵阵泪洒胸怀，
青是山，绿是水，花花世界，
薛平贵好似那孤雁归来……

一进家门遇到秀表姐，没想到她即刻抢白道：

“咦，你怎么将一个火烧过的猴子弄回家来？”

小哥不理她，推着车子直往里走。从此我们都把这部车叫“火猴”，很少想起它牌子上的那三支老枪。

二

旧京初中的校址原是清朝藩台衙门所在地。藩台衙门因位于东大街，被黎民百姓称作东司，随之而来就有了东司门这个地名。旧京毕竟是七朝古都，历史上曾一再辉煌过，许多地名都有来历。至今留下来的“六口八门七角八巷七十二胡同”，每个地名都可以写一部历史小说来。

东司门附近曾经是风水宝地，往西到西大街，有俗称西司的臬台衙门；沿北道门大街往北，有俗称北道的粮道衙门；沿土街往南到河道街口，原是俗称南道的河道衙门所在地，方园不到二里，几大衙门尽在其中，可以想见地昔日的威势繁华。

我和小哥看到的校舍，已经没有当年官衙的遗迹，这是座抗战前新建的建筑，很有几分洋派。校门是一座威严的罗马式大门，门前有个马蹄形广场，广场上有一个被环形车道环绕的半月形花坛；进了校门，越过竖立了十几个篮球架的大操场，迎面是一座东西向的红墙红瓦的教学楼。这座像屏风一样挡住大操场的教学楼，也是罗马式的。主楼高，两翼低；主楼大厅被几根巨大的仿石水泥柱撑起，像一只仰头的巨鸟，正拍着由无数玻璃窗组成的羽毛，振翅欲飞。被教学楼分隔的校园后部，有礼堂和宿舍，宿舍后面是一大片荒凉空地。校门口马蹄形广场两侧墙壁上，有八个美术体大字："挺起胸膛，竖起脊梁"，踏入这间新学校，不信你不打起精神来。

校规很严，天不亮就要赶到学校下早操——跑步，直跑到东方发白。小哥没有食言，一开课就用他的"火猴"带着我上学。顶着凛冽的朔风，在灰暗的晨光中，我能感到小哥因用力踩车而呵出的大口大口热气，但小哥一跨上"火猴"，永远是一副意气风发的样子。

我同小哥吃早餐大都在两个地方：一个是土街的牛肉汤馆，一个是财政厅街的油馍店。小哥做什么都要弄出点声色，吃早餐也不例外。去吃牛肉汤泡馍，他总要另加一份蹄筋；去吃油馍，他会要求炸过的油馍再回锅炸一次，俨然吃家，弄得店伙计不断向掌锅师傅吆喝通报。这天早晨同皇甫木林及刘吉刚一起去那油馍店，小哥要了胡辣汤与炸鸡蛋鳖——所谓炸鸡蛋鳖就是将鸡蛋打在面糊里放在滚油里炸成的一种形状像鳖的小吃，小哥爱吃，还往往要吃出点巧来。胡辣汤端上后，他忽然心血来潮地对伙计说："我的鸡蛋鳖要回锅的。"

伙计看了看小哥："怎么刚才不说呢？"

小哥不在意地笑一笑："刚才没有想起来。"

伙计不满地扭头对着门口的油锅高喊道："二号桌鸡蛋鳖要

回锅罗——”

“二号鸡蛋鳖回锅罗——”掌锅师傅在门边应声。

旧京的小吃店就有这份热闹，此呼彼应，吵吵嚷嚷，十足的一台戏。

我正埋头喝胡辣汤，不料刘吉刚一拍筷子，冲着店伙计嚷道：“你骂谁？坐在二号桌上的都是鳖？”

小哥醒悟过来，猛地站起身，皇甫木林赶紧拉了一把。

伙计堆出笑脸不停地躬着身道：“别误会，别误会……”。

小哥用力一摆肩膀，甩开皇甫木林的手，骂了伙计一句，一副不依不饶的样子。

“凡云山，”忽然邻桌有人唤他的名字，“留点气力明天再喊叫吧。”

打岔的是小哥的同班同学陈思祖。这陈思祖是省党部主委的儿子，算得上是个高官家的少爷，但因他爹一面狠发接收财，一面又标榜廉洁，要做出榜样给他的党员们效法，所以陈思祖的穿着全没有富家子弟的模样。像他爹每当纪念周上台领念总理遗嘱时穿件破棉袍那样，陈思祖身上只有一件紧箍着的袖口已露出棉花、少说也穿了三年的灰布旧棉袄。他戴顶有耳翅的破棉帽，围条有破洞的线围巾，这身打扮，加上瘦小的身材，尖削的下巴和两只又黑又圆灵动的大眼睛，被同学们送了个“猴子”的雅号。陈思祖机警过人，敏捷聪明，自认是只猴子，所以也就不反感别人给他这样一个绰号。他探过头，对小哥挤挤眼睛。小哥问他：

“明天咋啦？”

陈思祖大眼一转：“咋啦？你这个班长还不知道哪？明天上街游行，要美国兵滚出中国去！”

“教童子军的章老师不是说不游行了吗？”小哥问。

“他说不游行就不游行了？他和‘面户’他老爹才不游行

呢？”“猴子”看看坐在身边一个肥胖的同学，挑逗地吐了吐舌头。这个同学本名叫刘进雄，是省主席的儿子，一张黑红的圆脸，身体粗壮，性格却绵软得很，同学们喜欢取笑他，称他“面户”。虽说他脾气平和，不好争斗，但如谁提到他那雄踞一省之上的老爹，他就同谁急。听见“猴子”把他老爹同章教头拉在一起，脸盘蓦地红成一片，腾地起身，似要发作却不知怎的又软沓沓地坐了下去。

“你老爹才反对游行呢……”他细声说。

“猴子”更来了精神：“不是你刚才告诉我的吗？说昨晚你老爹告诫你不要跟随着别人瞎起哄？”

小哥急了，制止“猴子”同“面户”继续扯淡，问：“到底怎么回事？快说！”

“刚才我在操场遇到体育老师余利庆，他正找你。他说你们班长要开会，安排明天上街游行的事。师生们自愿参加。”

“谁不参加谁就是想让美国兵日他的亲姐！”皇甫木林瞟了“面户”一眼，擂着桌子大声嚷叫。小哥的回锅鸡蛋鳖来了，身为班长，“公务”在身的小哥咬了一口丢下就跑。“火猴”停在店门口，小哥抓住车把急跑几步，跃身一跳，身子在空中画了一条漂亮的弧线，屁股不偏不斜地落在车座上，动作干净利落，看得刚才那个怠慢他的店伙计，不禁瞪大眼睛，高喊一声：“棒！”

事情紧急，小哥和他的“火猴”一阵风似的从街口消失了。

三

开学没有几天，遇上了“沈崇事件”。美国兵强奸北京大学女学生沈崇，令我四大强国之一的礼仪之邦中国蒙受莫大羞辱，一时间，举国震动，游行示威，请愿抗议，“严惩凶手”“美国兵滚出中国去”的怒吼声，响遍全国各地。

我们各人手中拿着一支小纸旗在大操场集合。余老师在队前讲话，不知为什么小哥推着他的“火猴”站在余老师身后。所有人都是徒步，唯有他推着脚踏车，起初我有些奇怪，看到车头上一支上写“指挥”二字的威风凛凛的小旗，才有所醒悟。余老师不把指挥旗交给高年级的同学而交给小哥，可见余老师对小哥的信任与赏识。余老师讲了“沈崇事件”的经过，讲到最后，他声音颤抖地大声说：

“同学们，看看我们得到的是什么样的胜利？属于‘四大强国’是假，被人欺侮被人看不起是真！同学们，几千万中国人的血白流了，我们仍是次殖民地呵！”

队伍里一片哽咽声，小哥立即带领大家高呼：

“严惩凶手，还我尊严！”

“美国兵滚出中国！？”

“打倒美帝国主义！”

队伍出发，小哥跨上“火猴”，一马当先地冲出了校门。

预定各校在省政府门前广场集中。我们一路高呼口号，沿东大街，经书店街，马道街、自由路西段到联合国善后救济总署，再向北经中山路中段、行宫角到省政府。气温很低，雨雪交加，路面变成一层油渣似的污泥，走起来泥浆四溅，不一会鞋袜都湿透了。路上不断汇入其他学校的队伍，游行行列越来越长。各色旗帜在寒风中翻卷，由于风力过大，旗杆零乱地左右歪斜着，摆动着，像无数看不见的弓弦，嘭嘭地弹奏出行进的音节；手臂如一片片风中的庄稼，此起彼伏；洪水般的口号声，从一个个街筒子里汹涌而出，摇动着两边堤岸般的残旧建筑。小哥骑着“火猴”在雪泥上来回奔跑，呼前唤后，传达消息。虽然那面猎猎作响的指挥旗依然威严鲜亮，但“火猴”通身已被泥水溅污，几乎看不出原来的颜色。小哥对“火猴”从未有过的不在乎，时不时地将一只脚落地，带领大家高呼口号。

口号声中，中学生们的血液不断升温，热血突奔，悲愤交加，一种复仇与破坏的激情不可抑制的向外喷发，一阵阵波涛般的骚动，汹涌呼啸着从队伍中间掠过。一辆米黄色的道奇轿车紧靠人行道缓缓行驶，生怕溅起泥浆惹恼学生，学生向轿车喊停，惊慌的司机似乎还未明白过来，旗杆和砖块已经纷纷砸下。小哥灵机一动，即景生情地带领大家高呼起“打倒洋奴！打倒美国走狗！”的口号。小哥随口自编的这两句口号，产生了巨大的冲击力，许多美国产的和非美国产的汽车，一一遭到学生们的痛击。街两旁店铺的玻璃橱窗，也被砸了许多；头脑灵活的店老板急忙令伙计去撤橱窗里的玻璃雨衣，玻璃丝袜之类的美国货物，可是已经来不及了。街边围观的市民不断为学生鼓掌叫好，学生们更是情绪激昂，勇往直前，要毕其功于一役，一次就将美国大兵赶出中国！奇怪的是，往日横冲直撞的美国吉普，这天连一部都见不到；学生们有些失望，恨不得遇到一个黄发蓝眼的洋鬼子，揍上一顿出出心中的恶气。

游行队伍经过相国寺门前，余老师从前边传话让小哥上去，小哥跨上“火猴”一路铃声，飞跑上前。一会，小哥传下余老师的话，要大家不要在联合国救济总署门前停留，这引起了一阵不满的喧哗。许多人认为，救济总署里有许多美国人，不在那里示示威，为什么要游行？小哥“指挥”不灵，只好由大家去。这救济总署与相国寺同在自由路上，原是基督教青年会，本是清静之地，自从挂上救济总署那块又宽又长的白牌子，门前飞车来去，尘土飞扬，成了旧京一个热闹处所。这时，我们停在门前往里察看，里面却是少有的寂静。大家又喊了一通口号，忽然有人说看到一个人影从二楼玻璃窗闪过，即刻许多块石子、泥巴投了过去，有好臂力者竟将石子飞过球场和草坪，打碎了二楼几块窗玻璃。一个老头一手捂额角一手扶墙慢慢从楼梯口转过来，指缝间浸出一串血珠。他是门房老大爷，绝对的中国人。余老师指派两个同学陪老头往同济医院包扎，不免又责备了大家几句。看到老头被无辜打伤，同学们的情绪忽然低沉许多。在郁闷的气氛中，不知谁唱起了音乐教员弓老师刚教的《联合国国歌》，大家立即唱和：

太阳与星辰罗列天空，
大地涌起雄壮歌声，
人类欢呼声发如雷鸣，
赞美新世界的诞生。
联合国家团结向前，
义旗招展，
为和平幸福新世界，
携手并肩！

小哥挥舞手臂打拍子，唱完一遍，又用英文起音再唱。“The sun and the stars……”一遍又一遍地唱着。我、皇甫木林、陈思祖、刘进雄和许许多多同学都流出了泪水。我们是四大强国之一，我们是联合国的发起国之一，不是说要创造和平幸福新世界吗？不是说要携手并肩吗？我们怎么还会如此受欺侮呢？

游行队伍绕过县角折转向北，沿中山路中段向省府进发。几个穿黑制服戴白袖套的警察，在县角交通岗旁边指指画画地喝令一切车辆、行人停下，让游行队伍通过。这几个平日恃强凌弱的家伙，突然变得十分乖巧。一队头戴白盔的宪兵却没有那么知趣，步履铿锵地走在街上不肯给游行队伍让路，被学生们投了一身污泥。队伍转过行宫角，终于在省府广场停了下来。广场上聚集的几千个学生，正对着省政府和几个厅的大门不停地呼叫。

“站在这里傻等个啥？”不到一会，皇甫木林就不耐烦了。

“递请愿书。”小哥给他解释。

“向谁请愿？向省政府请愿？”刘吉刚咧咧嘴讽嘲地笑了一下，“省政府能管住人家美国人？”

“是要省政府把我们的请愿书转交给南京国民政府。”小哥对刘吉刚说。

“‘面户’，”陈思祖推推刘进雄，“你说你老爹敢不敢把我们的请愿书转到南京。”

“你不会去问你老爹？”刘进雄涨红着脸向“猴子”翻了一个白眼，“昨天我还看到你老爹来找我老爹商量这事呢。”

我们这一小堆人正在说笑，广场忽然骚动起来，有人跑来跑去，有人跳起来向外面张望；近马路的人群闪开一条道，一辆黑色奥斯汀轿车缓缓地开了过来。眼光锐利的“猴子”认出那是“面户”他老爹的车，立刻推推“面户”说：

“看看，那是谁来了？”

“面户”不语。

“那是你老爹的车，你装什么傻？”“猴子”戏弄地又推推“面户”的厚肩头。

小哥兴奋起来，“是你老爹的车来啦？这次谁不砸谁是龟孙！”

皇甫木林急忙从地上摸了一个砖块塞给“面户”，“面户”骤然憋得满面通红。

“面户”稍一犹疑，轿车已经开到我们面前。“面户”怔了一下，抡起手臂骂了句“我日他娘！”只听“咣”一声响，飞出的砖块砸在车尾的防撞板上。

脸膛紫红的省主席从车窗向外看了看，不知看清他的宝贝儿子没有，就又摆出个泰然不惊的样子，把目光转向前方。司机感到事情不妙，一踩油门，汽车躲过了纷纷追来的砖块，刹那间消失在大门里面。

不管这一次游行示威的成效如何，小哥无可争议地成了学生领袖，那辆红色的老三枪车，成了小哥领导地位的标志。

四

暑假期间，旧京涌进许多伤兵，旧京初中的教室被伤兵医院占据了，几张课桌拼成了一张病床，可见前方军情之紧张。起初我不知这些缠头吊臂，哭爹骂娘的伤兵老总来自何方，后来前院姬参议的儿子姬彬悄悄告诉我，国军在鲁西南吃了败仗，想来这些伤兵就是从那里“转进”到我们学校来的。秋季开学推迟了许多天，校方找伤兵医院多次交涉，才收回部分教室轮流上课。学生们一天来学校一天待在家里，心气不平，常同伤兵闹摩擦。一天放学，小哥发现车子不见了，同刘吉刚找遍全校，没有车子的踪影；报告训育处，体育老师余利庆正同训育主任说话，听到这事就主动去找医院院长，要求院长帮助查问一下，被院长一口拒绝。第三天早上，有同学看到几个有胳膊有腿的伤兵在宿舍后院学骑车，车身通红，疑是“火猴”，告知了小哥。小哥带领班上几个同学前去一看，果然是自己的车子。小哥上前抓住车把，怒斥道：

“你们偷我的车！”

“你的车？你叫一声看它应不应。”一个年轻的伤兵嬉皮笑脸地说。

“什么你的车他的车，老子征用了！”一个脸上有块大疤，年纪较大的伤兵蛮横地打掉小哥抓车把的手。看样子这是个老兵，受伤也不止一次，是个老油子，是个不要命的家伙。社会上流传有“十大赖”之说，“军官总，青年从，伤兵爷，新闻记……”种种，这伤兵爷是惹不得的，但学生们不怕他们。余老师跑过来同伤兵讲道理，却被那兵轻蔑地推开了去。于是误传余老师挨了打，学生们呼啸而至；余老师是最有威望的老师之一，你伤兵爷们竟敢打我们的老师，一时群情激愤，呼啦啦聚集了几百人。伤兵们看到情势不妙，想起他们同共产党打仗的妙策，走为上，丢下“火猴”钻出了人丛。高年级的同学号召请愿，大家立即响应，小哥这些班长们就地开会，议决了行动方案。一方面整队向教育厅进发，一方面派有车子的人去通知今天未来上课的同学迅速赶到教育厅门口会合。小哥跳上他那失而复得的老三枪，一路飞快，去给皇甫木林，“猴子”陈思祖等一批同学传达消息。

大家在教育厅门口喊哑了嗓子，终于把瘦高的穿长衫戴礼帽的教育厅长喊了出来。教育厅长抬起一只瘦骨嶙峋的手，把礼帽抓起来往上提了提，然后唯唯诺诺、等因奉此像读公文一样地说了一通。“兄弟将尽快将诸学兄的申诉呈报上峰，敦请上峰及早垂察，事关军界，兄弟力簿，实无能为力，万望学兄们体谅。”这个半僵的老头子同我们称兄道弟一番，大家哭笑不得，一时不知如何是好。小哥眼睛一转，忽然高喊：“到绥靖公署去！”这一喊，点醒了大家，不是说事关军界吗？我们就去找你管枪管炮的绥靖公署！

这绥靖区主任可是个握军权的大官，架子比个小小厅长大得多，当然也没有教育厅长那么彬彬有礼。千呼万唤，这位主任在南京巷的公馆，才缓缓开启了两扇红漆大门。主任油光满面，睡眼惺忪，手拿泼金折扇，穿一身抖抖索索的绸衣裤跨出了又高又厚的门槛。主任上前两步，开始训话：

“不好吧？这样吵吵嚷嚷扰人清梦不好吧？不文明吧？”主任是个六十多岁的老头，肥胖的下巴上有几根稀疏的胡子；他将一只臃肿的没有血色的手往外一甩打开了折扇。“现在是勘乱时期，第一是军事，第二是军事，第三还是军事。你们要课堂，我那些伤兵往那里搁？可以不管伤兵，谁还去拼命？你们读了几年书，这点道理应该懂吧！”大家不听他讲的那番道理，小哥领着呼口号，要求复课，要求伤兵医院立即撤出学校。主任气恼了，又一甩手合起折扇，用折扇点着小哥愤怒地说：“你带头捣乱是吧？要捣乱去找你们刘主席，别找我，我只管枪炮，不管课桌！”说罢，被几个带武器的卫兵簇拥着走进门洞，两扇红漆大门轰隆隆发出一声巨响，傲慢地闭合起来，冷漠得像是主任那张从白面里提出来的脸。

有些同学垂头丧气了，正准备解散，小哥却提议把队伍拉回学校，直接找伤兵医院讨个说法。没想到伤兵们早已聚集在校门口，不准学生入内。

双方在马蹄形广场对峙着，气氛越来越紧张。学生们要往里冲，伤兵要往外拉，一会推推搡搡扭成一团，一会互相指骂口沫横飞。

一个手臂吊绷带的伤兵走上前说：“老子有功，养伤住个屌教室还不叫安生，你们这帮兔崽子有没有一点良心？”

灵牙利嘴的小哥听出这伤兵的河南口音，就接过话头讽刺道：“老乡，你咋会没功劳哪？你把枪交给共产党功劳大着呢！”

“妈的，龟儿子！”那个四川口音脸上有块大疤的老兵从伤兵群里跳出来，手里拿个木柄手榴弹，扭着狰狞的脸，口气狠毒地吓唬小哥说，“看老子拉响这玩意儿炸飞你们！”

小哥上前一步站在老兵的面前，知道两个人距得这么近那老兵不会为了炸他把自己也搭进去，故意气那老兵道，“拉呀，拉呀，你龟儿子不是挺有种的吗？”几个同学附和着小哥，学着老兵的四川腔说，“龟儿子，拉啦！”老兵恼羞成怒，举起手榴弹打过来，小哥用手臂去挡，学生与伤兵一哄而上，人群乱成一片。正在这时，校长、余老师和伤兵医院的几个军医跑过来强行把学生与伤兵分开。在他们劝说下，学生与伤兵慢慢散去。

学生们为了争取社会支持，第二天走上街头，墙壁上，电线杆上，满街都是“还我课室”之类的标语，当然也不会忘记在伤兵霸占的课室玻璃窗贴上几张。最引人注目的是小哥和几个同学提着石灰水桶，模仿抗战前夕北平学生关于华北局势的说法，在绥靖公署对面墙上刷的一个大标语：“偌大中原，为何放不下一张平静的课桌？”《中国时报》次日登出了这副标语的照片，全市哗然。绥靖区主任气得骂娘，一面令大兵刮去他眼皮底下的那个标语，一面叫喊要抓共产党。童子军教员章教头密报余利庆老师是这次学潮的指使者，当晚余老师被捕。

省政府受到绥靖公署的压力，令保安司令部把余老师抓起来，本意是吓一吓学生，不料却引发了一场更大的学潮。

余老师晚上被捕，翌日早上学生开始罢课。小哥上午和两个高年级的班长到省立旧京高中请求支援，旧京高中学生会决定与旧京初中一起罢课，并通告全市各中学。到下午，全市三十多所中学已有二十多所相继宣布罢课。旧京教育界二百多位知名人士联名发出抗议信，抗议政府抓捕教师；全市沸腾，不断风传出工人要罢工、商人要罢市的消息，事态的发展显露出不可收拾之势，大大出乎省主席和绥靖区主任的意料。

一连三天学生们聚集在省政府和保安司令部门前，要求释放余老师。少年意气，情绪激昂，小哥和几个班长忙得简直像过节一样。在兴奋的中学生中间，难受的只有“面户”刘进雄。同学们当着他的面骂他爹是法西斯，骂他“认贼作父”。“面户”无法辩解，只能眼泪花花地说：“不是俺想认的，他原本就是俺老爹，你们叫俺咋办？”惹得同学发出阵阵嬉笑声。

“你就不会劝劝你老爹，让他积点德。”小哥逗弄地扮了个鬼脸。

“我怎么没有劝，昨晚还同他吵了一架呢。”“面户”说。

“你是怎么劝的？说给大家听听。”

“我对他说余老师只喜欢学生，喜欢篮球，他不是共产党。”

“呃，就这一句话？这就劝了？”小哥斜起眼角看了“面户”一眼。

“面户”没有理会小哥。“我老爹说，‘那姓余的不是共产党起码也是喜欢共产党，我手里握的有情报。’我说，‘那么多好人都喜欢共产党，你能抓完！’这一句话把老爹顶得火冒三丈，他骂道，‘我日他祖宗，我不喜欢共产党就不是好人啦？’我说，‘你乱抓人就不好！’他一拍桌子用指头捣着我的天灵盖，‘你个王八羔子，你也去喜欢共产党吧，你喜欢人家到将来人家还不一定会喜欢你哪！王八羔子，找共产党叫爹去吧，看老子崩了你！’”说到这里，“面户”刘进雄傻乎乎地笑了笑，“你们猜怎样，我老爹真掏出了手枪，要不是坐在罗圈椅里正抽水烟袋的我奶奶骂他，还把水烟袋投过来砸破了他身旁的台灯，气糊涂的老爹真敢撂我两枪。”不善言语的“面户”说到这里已经气喘吁吁，满脸热汗，大家感到昨晚的故事已够惊心动魄的了，静默一下，突然大笑起来。

省政府与保安司令部紧邻，几百个士兵排成三行，挡在两个大门前面，学生不断地向门内冲击，一次次被士兵们挡回。冲突越来越激烈，有几次几乎动起武来，士兵拉动枪栓的声音戛戛可闻。到了第四天，刘进雄没有从省政府里面出来，大家预感到今天可能有大事发生，心情格外紧张起来。

最紧张的还是“面户”刘进雄。一大早，他老爹告诉他不准走出大门，并要她奶奶对他严加看管。他老爹在书房里踱来踱去，像一只被关起来的黑熊那样急躁不安，狂怒不止，几次电话铃响，他拿起听筒，不等对方说话就把听筒放下。或者只简短地说几个“等等”，“再等一等”之类的词。刘进雄听出来这是保安司令打来的。时近中午，保安司令又打电话请求下令开枪，刘进雄看到他老爹的手颤抖得厉害，吓得一连说了几个“不”字，连手中的听筒都吓掉了。见此情景，刘进雄急忙对奶奶编了个瞎话，说是拉尿，从旁门溜出了省政府。

刘进雄一见小哥就叫喝，“挺住，咱们要挺住，我老爹他们熊了！”

“他们怎么熊了？”小哥问。

刘进雄将保安司令请求开枪的情形说了一遍、然后卖了个关子，问大家：“你们猜我老爹在电话上咋回答？”

“咋回答？”“猴子”陈思祖性急地推了一下刘进雄。

刘进雄学他老爹直直腰，摆出一副气急败坏、无可奈何的样子：“呵不不不，老弟呀，我思前想后千万不可开枪不可开枪呀！开了枪，我和老弟你都担负不起这个千秋骂名呀！”

“面户”学得像模像样，有同学不觉鼓起掌来。小哥顾不得高兴，跨上随身的“火猴”去给各校领队通报，并要求各校发动更猛烈的一次攻势。

下午，刘主席召集冷总参议、陈主委、刘司令和王厅长等人开会，座在长会议桌四周的人，个个愁眉不展。一开始，身负全省保安重任的保安司令部刘司令就说：“这样下去，我无法控制局面。”大家都不接话，刘主席看他一眼，问：“孙主任哪？”刘司令答："刚刚绥靖公署打来电话，说孙主任到前线去了，今天中午刚走。"刘主席冷笑两声，骂道，"这老混蛋，他捅出的乱子，撂给我们给他擦屁股。"刘主席变变声调，巡睃一眼两边的几个人，又说："大家谈谈，摆在门口这摊烂事如何收拾？"

个个缄口不语，冷场。只有墙角那架亨达利钟表店为庆贺省府还迁赠送的紫檀木立式大座钟和着大门外飘来的口号声，咔咔作响。

"王厅长，这些学校都是你管的，你先说说。"刘主席逼视着教育厅长，目光烦躁而凶狠。

"卑职失职，卑职失职。"王厅长连连颔首。

"不说你失职不失职，是要你说出个法子。"刘主席看见王厅长那副半死不活的样子，叹了口气。

"谁有什么法子？我看谁也没有什么高招。"省党部陈主委忽然插了进来。他这个主委按说不是刘主席的部下，再说马上他要离开党部到黄河水利委员会当主任发洋财去了，所以不在乎省主席的威严，用半调侃的声调，嬉笑怒骂地发了一通牢骚："我说咱国民党不亡，实无天理！看看咱们教育的娃子，"他扭转头，面对刘主席，"我不知道你家那个咋样，我敢肯定俺家那个王八羔子，那个陈思祖正在大门外叫哪，跳哪。再说那个姓孙的吧，"他顿了顿，一提到绥靖公署孙主任，他那副只罩层薄皮的下巴骨动来骨动去，牙齿咬得吱吱响。他同孙主任是老对头。"姓孙的在前方吃败仗，又在后方给我们制造麻烦，他就知道要粮要款要美式装备。你们说说，娃子不听话，老将不中用，要救国民党可有啥法子？啥法子？"

"谁知道有啥法子？"一直不开腔的冷总参议突然接了一句。

"对了，请冷老说说，说说。"刘主席好像找到了解决办法，急忙敦请。

老谋深算、颇孚众望的冷总参议仰着脸冷漠地瞧着头顶呼呼旋转的电扇，话像从口中一句句蹦出来一样，“立即放人，别无他法！再告诉姓孙的，尽快搬迁伤兵医院，强占学校不像话！”

一直在会议室窗前同卫兵们斗蟋蟀的刘进雄，未等会议开完就要卫兵帮他看好蟋蟀缸，溜出大门通报消息。

“他们熊、熊、熊啦！”“面户”兴奋得说不出一句囫囵话。

小哥不再听下去，一个“跃身上马”的漂亮姿势，蹬起“火猴”钻入广场的人群。

“他们熊了；他们熊了！”小哥与别校的人打着招呼。

当晚，余利庆从保安司令部稽查处放了出来。不久，伤兵和那个不像样子的伤兵医院，撤离了旧京初中。

五

学潮之后，我明显感觉到小哥变了。“时尚少年”小哥变得沉稳了，他的勇敢与机灵也变得内敛了。

同　桌

一

皇甫木林与我同岁，生得方头大耳，浓眉圆目，比瘦弱的我，少说也高出半个脑壳，看起来至少大我两岁。他性情腼腆，说话出奇的少。他家离我家只隔两座门楼和一条通往后坑的曲曲弯弯的小巷，算是近邻。这后坑本是包府坑的一角，不知哪个年代连接包府坑的小湾被人填死，上面竖了两个白木篮球架，把一角死水孤零零地撂在若大个包府坑之外。我和皇甫木林常在那块竖了两个球架被称为篮球场的地方捉蜻蜓，打球，所以很快成了好朋友。

我同皇甫木林都是报考的旧京初中。开学那天，我坐在小哥的车子后架上，看着骑在“克架路”上一路不声不响的皇甫木林问：“皇甫，你分在哪个班？”

皇甫把头偏在另一边，好像没有听到我的问话。

走进教室，按编号我找到座位。刚把书包中的课本，文具拿出来放进课桌抽屉，身旁的位置就坐下一个人，扭头一看，是皇甫木林。

“你怎么来这里坐呢？”我问。

“怎么？这里只准你坐不准别人坐？”皇甫木林飚声飚气地顶我一句。

我用拳头捣了一下他的腰。原来是同桌。我们的课桌是第二排第一张桌子，正在窗下，是个好位置。两人相对一看，都会心地笑了。

上完第一节课，闷葫芦皇甫木林急急把我拉到室外，好像有要紧话要说。

“你崇拜谁？”他没头没脑地突然问。

“什么崇拜谁？”

“我问你崇拜的是哪一个？”

我突然明白他是问考试时写的作文，考试的作文题目是《我最崇拜的人》。

“我写的是凯末尔。”

“哈哈，”皇甫笑弯了腰。“你崇拜那个戴高筒皮帽子的土耳其人干啥？活该倒霉！”

“小学课本里不是有一篇讲凯末尔的吗？讲他领导土耳其人摘掉西亚病夫帽子，是民族英雄。”我说明，“其实我也未必崇拜他，只是有那篇课文垫底，写起来容易，想省事。”

“你这一图省事就考砸了吧！考到了预备班。”皇甫木林取笑我，也像自嘲。

“我本以为我的作文写得不错呢。”我说。

“人家不管你写得错或不错，只看崇拜哪一个。”

皇甫木林听他一个在教育厅做事的亲戚讲，教育厅只批准旧京初中招一个春季班，因为考生太多，学校录取了一百人，是两班，一班名谓预备班。最后童子军教员章振国翻阅作文卷，凡是写崇拜蒋主席蒋中正者，进入正班；反之，入预备班。

“那你崇拜的是谁呢？”我反问皇甫木林。

“我崇拜冯玉祥。”

“你崇拜哪个穿身破棉军装的基督将军干吗？”

“我就是崇拜他那身破棉军装。”皇甫木林说，“再说，我爸爸崇拜他。”

皇甫木林的父亲皇甫将军是个传奇人物，他由一个学兵一步步升到今日的位置。

抗战期间，他是六十八军的一个师长，在喜峰口抗战，娘子关战役和豫南战役当中，都有赫赫战功。胜利后，原六十八军军长担任兵团司令、绥靖区主任，军中上下都认为他接任军长一职是实至名归的事，不料原军长竟敢不顾道义、不顾舆论，将军长的位置“禅让”给他那无能的老弟，却“以袍泽之谊，真诚地劝留皇甫将军屈就副军长之职，以共处时艰”。皇甫将军没有接受老上司的“好意”，坚决请辞。他是一员名将，在家赋闲几个月后，十一战区令他到另一个军报到，任军长。此时内战已渐露端倪，他不想干，但蒋介石打内战需要将才，军令再三，他不得不从小油坊街他那座宅院里走了出去。

皇甫木林家的那座宅院我是熟悉的。一次我到他家复习英文，提起女家庭教师要到美国留学，皇甫木林露出伤感的神情。他的女家庭教师我在豫南是见过的，记得皇甫唤她小姨，是个落落大方的姑娘，我想到我们漂亮的女英文老师芮佑梨，就调侃他，要他别难过，把芮老师请来兼做家庭教师好了，芮老师可能比小姨还温柔。皇甫听出我话中有话，扑上来撕我的嘴，两人闹成一团。

打闹过，我要回家，他要留我打网球。打网球对我绝对是新鲜玩意儿，提起了我的兴趣。他从他母亲房间里拿出两个网球拍，递了一个给我，又把一个硬邦邦的但弹力很大的毛茸茸的圆球往地上拍了一下，拉我走出房门。院子狭小，只打几下，我就把球打进上房窗子里去了。

“谁呀？”房里传出皇甫木林母亲的声音。他母亲是一个瘦弱的样子好看却神色憔悴的女人，因为姓林，常被一帮夫人戏称作林黛玉、林姑娘。

我惊惶地看了皇甫木林一眼，伸伸舌头，皇甫木林笑笑对着窗子答道：“妈，是我和凡云生。”

棉门帘“扑嗒”一声掀开了，从上房走出一个年约五十，中等身材，健壮，微胖，穿身灰粗布棉军装的人。是皇甫木林的父亲。

皇甫将军瞪了有点惊慌的皇甫木林一眼，说：“熊样，不就是打烂块玻璃吗？”说着又转向我，抛抛手中的球，“这地方怎么能打网球，整个旧京城内怕也找不到一个网球场，走，我带你们到包府坑边去打。

三个人一起去到包府坑与后坑之间那块空地，还正经拉上了球网。一对二，皇甫木林的父亲为一方，我和皇甫木林为一方。听皇甫木林讲过，他父亲驻守南阳时，修过一个网球场，常陪他母亲和小姨打网球，所以打得熟练。我和皇甫木林则不行，不是接不住球，就是把球打歪，球不时落在包府坑里。幸好坑上结层坚冰，不至于沉在水里。球在冰上滚动，三个人就跟在后面追赶，惊起一片野鸭。

皇甫将军同我们两个少年在一起似乎玩得很开心，可能是那身老棉军装妨碍了他，他还要不断掏出手绢拭擦着黑红的脸膛。回家的路上他问我累不累，我说不累，他拍拍我的肩膀说，不是不累，是要不怕累，做事和读书都要如此。

“与木林同班？”

“是，我们都是预备班。”我丧气地摇摇头。

“都是童子军教员弄的鬼，怪我们崇拜错了。”皇甫木林嘟哝着。

“什么崇拜错了？各人有各人的想法嘛！”他父亲不觉提高了声调，“预备班没啥不好，当年我读老西北军的随军学校，一开始进去读的就是预备班。预备班的学生年纪小志气大，能出将军嘛！”

以后，我再没有见过皇甫将军。

二

读小学时，大家都没有读过英文。上第一堂英文课之前，大家心里充满好奇，不料想，当英文老师出现在课室门口，更大的惊奇一下子就把整班同学惊呆了。班长半晌没有发出“起立”的口令。原本乱哄哄的课堂，刹那间静得像一泓艳阳照射的春水，因为没有一丝风，直落的花瓣也在上面敲击不出一点波纹。是谁胆怯地咳嗽一声，有几个同学不由自主地扭了扭头，尚未看明白，那声音已像碰到墙壁上的网球一样，骤然反弹过来又消失了。我在桌下用手推推皇甫木林，他坐得僵硬，目不斜视，毫无反应，呼吸急促而粗重。

正走进课堂的英文老师是位女老师，准确地说是个姑娘，而且是个非常美丽娴静的姑娘。一双黑色小巧的高跟皮鞋，叮叮叮叮地敲击着地板，敲击着讲台，敲击着几十双大睁着的天真而好奇的眼睛。

在一个有一千多师生的男校里，出现了这样一个女性，试想这颗小小的石子，会激起怎么样的波澜？

她叫芮佑梨，毕业于北京辅仁大学，二十一二岁年纪，生得清秀端庄。她皮肤白皙，细瓷般的圆脸盘上，镶一双杏仁大眼，仪态矜持而柔和；一个略显扁平的小鼻，不仅没有损害她的美丽，反而把一种掩盖不住的清纯与天真，宣示给人们；那张鲜亮的小嘴，总是紧抿着，但这样强迫出来的严肃，却被嘴角旁的笑窝扰乱了，即使用洁白的牙齿咬住下嘴唇的一角，也无法把未脱的稚气咬破。她身材娇小而苗条，冷天常穿一件黑色束腰英国呢大衣，热天常穿一件纯白丝绸旗袍，四季不变的是手中那只木提手格子布手袋。走起路来，那只黑白条纹相间的手袋总是用双手揽在小腹处，一双穿在高跟鞋里的灵巧小脚踩着一条无形的直线交替摆动着，迈出“一字步”的优美步形。“一字步”是风雅女性的时髦步态，但唯有芮老师走得最优美最为风雅。芮老师的出现，给这所灰暗的阴沉沉的尚未在复校后恢复元气的男校带来了光亮，带来了暖色。可以不夸张地说，她自跨进校门那一刻起，立即成了一千多师生心中的女神。

一颗美丽的石子即使掉进沉寂的死水里，也会在布满水藻的水面上激起涟漪，进而出现波浪。

不久，校内许多墙壁上，甚而一些树皮上，出现了“我爱芮佑梨，我爱芮老师！”之类的小字。这可能是一些无聊学生的“杰作”。

老师中间，开始出现童子军教员章振国与音乐老师弓角羽之间争风吃醋的传闻。

芮老师是我们班的英文教师，全班同学都认为芮老师是属于我们班的，我们有责任保护她，警惕着四周的动静。

其实，班内也不平静。

皇甫木林虽说功课平平，但擅画，不少同学喜欢央求他把“白雪公主与七矮人”画在包书皮上。皇甫木林画的白雪公主，面孔在不知不觉中变得越来越像芮老师了。全班最调皮的毛俊珊发现了这个秘密，一吵吵，许多同学围上细看，指指点点，说说笑笑，把坐在座位上的皇甫木林闹得满脸发烧。

“皇甫木林，你说，你是不是爱上芮老师了？”因发现这个秘密而自鸣得意的毛俊珊进一步挑逗着。

皇甫木林抓起桌面上的一本书，向毛俊珊打了过去。毛俊珊不认理亏，跳起身向皇甫木林扑过去，被两个同学急忙拉住。下节课是童子军，正在此时，童子军教员章振国走了进来。看到毛俊珊和皇甫木林正在推搡，就走到皇甫木林的身旁拿起一张图画看看，阴阴一笑，不论分说罚两人一起站堂。

毛俊珊总想报复皇甫木林。一天，在上英文课前两分钟，他突然跑到讲台上用粉笔在黑板上写了“ILOVE 芮”几个大字，值日生皇甫木林赶快拿起粉刷，正要去把黑板擦干净，芮老师走进了课堂。皇甫木林僵住了，举在黑板上的手迟迟没有移动。芮老师看看黑板，问：

“这是你写的？”

“我……”口讷的皇甫木林本想解释他是上来擦黑板的，却未能说出口。

“胡写些什么哪？”芮老师责备道。

“我……”皇甫木林越急越不能说明白。

芮老师要皇甫木林把黑板擦干净回到座位上。

芮老师音色柔和清纯，十分甜美，几十双眼睛注视着讲台，个个屏声敛气，规规矩矩，生怕弄出一点声响来。有时她走下讲台，在课桌的夹道里缓缓走动，一面讲解课文，一面不时低下头去看看同学们的笔记。一股淡淡的清香从很远的地方飘来，有的同学不觉深吸口气，无缘由脸红身热，心跳起来。芮老师在皇甫木林的身边停下，皇甫木林不敢抬头，双眼盯着摊开的课本，一动不动。芮老师伸出白莲般的小手，翻了翻皇甫木林摊开的笔记本，默默地看了一会。

“皇甫木林，你说说‘Walk（走）’这个词的时态，也就是它的过去式、现在进行式和未来式。”大概芮老师发现了皇甫木林的笔记本上有什么错误，问道。

皇甫木林站起来吭巴起来。本来是个非常简单而他也非常明了的问题，竟一下子答不上来。

“过去式加‘ed’，是‘Walked’，现在进行式加、加、加……”

“加‘ing’，”我小声提醒皇甫木林，急得在桌下用脚踢他的腿，有节拍的喃喃着“i、n、g，i、n、g……”

“凡云生，这不是上音乐课，你唱什么。”芮老师发现了我这个“枪手”，把我叫起来。“好吧，你来回答。”

我站起身低头不语。

“怎么不回答？”芮老师有点生气了。

“我知道他会回答。”我偏过脸瞧瞧皇甫木林，又低下头。

“会回答？我看你们两个演双簧可以，回答提问都不行。坐下，把头上的汗擦擦。”

“报告芮老师，今天我没有带手绢。”皇甫木林突然说。这堂课上到现在他才说了一句囫囵的话。想不到他口里会蹦出这样一句整话，满室哄地笑开了，芮老师也笑了。芮老师看看皇甫木林头上淋漓的大汗，掏出一条柔软的折叠整齐的手绢，递了过去。

“拿着，把汗擦擦。”

也许芮老师后来忘记了这条手绢，也许芮老师隐隐感觉到了这少年对自己稚气的倾慕，更可能是由于少女的洁癖，后来她没有把手绢要回；不管是何种原因，这条手绢被皇甫木林幸运的握在手里了。这是一方月牙边、一角绣了个淡蓝色的大写“R”的白绸手绢；尺寸不大，十分雅致。在同学眼中，这是一件圣洁的物品，特别是那个美丽的婀娜多姿的“R”，分明是芮老师姓氏的第一个字母，一定是芮老师一针一线绣出来的，其珍贵自不待言。大家传看着这方手绢，但一向待人慷慨的皇甫木林却多次申明他对这方手绢拥有的不容置疑的所有权。所有权问题大家无话可说，也确实提不出有根据的异议，但心中总有那么一点不平和因不平而引起的失落感，更何况皇甫木林对手绢所有权问题表现得过于执着、小气、这不能不令人气愤与嫉恨。他把手绢用两层图画纸包好塞进书包，谁要他打开看一看，得找到借口。皇甫木林可以把自行车借给你骑一天甚至几天，可你想借这方手绢给姐姐或表姐之类的女孩剔个样儿，他准得站在你背后，生怕这块宝贝手绢飞了。为了这方手绢，教室里不断发生小小风波，弄得手绢保卫者皇甫木林穷于应付。

“呆人憨福”，这是大家为了平息自己心中的不平，常说的一句自我安慰的话。

三

一天午休之后，突然下了一阵暴雨。斜刺的雨点把球场的泥地打成一片白烟。铜圆大小的水泡蹦跳着，四散飘去。几分钟后，忽然雨小了。略偏的太阳推开云层，闪闪发光的雨丝辉映着，像风中的游丝，袅袅娜娜，似断似续，飞挂在远处天主教堂的塔顶和近处的球蓝上。我、皇甫木林和几个同学站在窗口向外张望，看到芮老师和一些赶来上课的师生，被阵雨隔在校门穹形的门洞里，焦急地望天。我说谁给芮老师送把伞就好了，毛俊珊奚落我，要我去送，我不再开口。只见章教头打把黑布伞匆匆从校门外赶来，看见芮老师，就嘻着脸迎了上去，像是要给芮老师打伞，芮老师似不领情。他举着伞讨好地在芮老师身旁转来转去，不料芮老师一低头，独自步入雨中，快步向教学楼走来。

“芮老师会淋病的。”我说。

“用不着你操心，”毛俊珊的鼻孔哼哼着，“你看，不是有人送伞去了？”

操场上确有个人正打把黄色的油纸伞，不顾地面泥水，迎着芮老师奔去。由于雨伞遮挡，大家看不出那人是谁。但我晓得那是谁的伞，扭头看看皇甫木林确已不在身旁。

当皇甫木林打着伞把芮老师接进教学楼内，章教头随后跟了上来，章教头合起布伞不怀好意地甩了甩，故意甩到皇甫木林身上许多水珠。

自此之后，身穿“夏威夷式”敞领白咔叽衬衫白帆布短马裤、身如圆球的章教头，不断找皇甫木林的麻烦。

又是一个雨后的下午，我和毛俊珊趴在二楼教室窗口，看着身宽几等于身高的章教头从校门口蹒蹒跚跚走进来。那情状简直是一个圆球在湿地上滚动，滚得缓慢而滞重。我和喜欢调皮捣蛋的毛俊珊来了兴趣，不禁想操练他一番，就学他喊“立正”“稍息”的口气，我喊声“嘚儿隆”，毛俊珊接着喊了声“好戏”；“嘚儿隆”，“好戏”，“一二一”，把个章教头操练得不断仰头低脑，调换脚步。我们每喊一声，身子就往下一缩，自以为他看不到，忘记下午第一节就是他的童子军课。

章教头汹汹而来。“是谁？”一走上讲台他就厉声问，双眼阴沉沉地扫视着课室。

课室内静如死水。

“是谁？”章教头猛然拍了一下讲桌，高声大叫。

下面仍然没有一丝声响。

他惶乱地瞧瞧讲台两边，气急败坏地扑向屋角，抓起一把高粱秆笤帚，发疯似的扑向坐在第一张课桌、个子最小的曹宝善。他猛打曹宝善几下，要曹宝善回答，曹宝善站着不说话，他又去打与曹宝善同桌的毛俊珊，毛俊珊也低头不语。正当他一面发出"说！说！说！"的吼叫声，一面将笤帚打向第三个同学的时候，我站了起来。

"是我。"我等待笤帚向我飞来。

"是你？真是你？"章教头狞笑着向我扑来，"好嘛，好汉做事好汉当哪，有勇气！不过还有一个人，你得给我说出来！"

"就我一个。"

"胡说？"章教头正要打下来，他挥动的笤帚却被挡住了。

"还有我！"皇甫木林站立起来，拨开了章教头的手臂。

"有你吗？"章教头吃惊地后退一步，对着皇甫木林愤怒的眼睛，有点气馁。

"不管有没有我，你不能打人！"皇甫木林同章教头对视着。

"谁说的？谁说我不能打人！"章教头扭着厚厚的嘴唇。

"我说的，我爸说的。"皇甫木林仰着头，"我爸说打人是法西斯。"

"你骂谁是法西斯？"

"谁打人谁是法西斯。"

"好，你们不服管教，我不教了！回家找你爸教吧！"章教头扔掉笤帚，脸色由红变紫，由紫变青，冲上讲台拿起讲义夹，手微抖着向下瞧了一会，不知所措地把讲义夹往桌子上用力一拍，急步走出了教室。

有一天曹宝善从楼下跑进来，气喘吁吁地说他看到芮老师正一个人坐在备课室暗暗流泪。一接到这个情报，我、皇甫木林、毛俊珊几个人就急急忙忙往楼下跑，救驾似的，一点不敢怠慢。

操场比教学楼的基座高数尺，我们钻在一个篮球架下，面对备课室的窗子，把室内看得清清楚楚。这时，好像刚出去过的章教头又回到室内，涨红着脸伏向芮老师，一面擦拭满脸的油汗，一面像在低声说什么。芮老师起身躲避，他用鸡公车般的身躯逼将过去，眼看芮老师被逼到墙角无处可躲，皇甫木林忽然高喊一声“打手犯规！”，并与毛俊珊在球篮架下跳起身做了个抢球动作。章教头吃了一惊，转头望窗外，芮老师趁机绕过他跑到室外。

放学回家的路上，皇甫木林几次拉我绕道相国寺，他要学马家弹弓。我问他想干啥，他说要治治那个教头。

“治教头请你爹派些兵把他抓起来得了，还用得着我们向老马家学艺？”我开玩笑说。

“啥名目抓他？”他反问。

“就说他是共产党呗。”我打趣道。

“狗屁，看他那熊样，哪一点像共产党！”

那熊样确实不像共产党，我只有同皇甫木林苦练弹弓了。

我们钻了几次老马家的棚子，老马家的棚子只要一开锣，就会围过来几层人。那弓法确实了得，场子上祖孙三代转来转去，一面开讲，一面左右开弓，只听挂在棚顶上的几只铜制猫头鹰当当作响，弹无虚发，马家人口说打哪个部位，绝不会打在别的部位上；说打眼睛绝不会打着鼻子。最令人叫绝的是，两人一面调侃，一面互打鼻尖上的一摞铜钱，一弹一钱，像揭纸一样，揭到最后一弹打在下巴上，原来是故意打歪，给对手的下巴糊上一小团脏泥。皇甫木林几次要拜师，都被一个白胡子长者笑骂一声“逃学小子”，慢慢推出人圈。

拜师不成自家练，皇甫木林从他爸开回家的美制十轮大卡车上，割下了几条内胎胶皮，自制两把枣木柄皮筋弹弓，武装了他和我。

皇甫木林说，我们一面练一面寻求战机。我知道他这话是从他老爹那里听来的，说起来有点号令千军的样子。为了练习，我们把洋铁溜水管、篮球架常常打得“嘭嘭”响，还打碎过几块窗玻璃。后来练得功夫大增，竟打下过两只麻雀。我们不能出师无名，几经等待，才抓住了一个机会。

每到下午课外活动，我和皇甫木林、毛俊珊、曹宝善、张国祥、吕一德、李致民几个人就泡在球场上打半场篮球，个个晒得黝黑，全不顾夏日炙人的太阳。皇甫木林是个上篮高手，体育老师余利庆名噪旧京的三大步上篮技巧，他得真传，运用得娴熟精到，只要对方篮下稍有空档，他就中间切入，大跨步跃身而上，手起球入，几乎没有失手的。那天下午，我在十二码传了一个好球给他，眼看他已带球切入，身子即将跃起却突然停了下来。

“不打了，不打了，”皇甫木林随便把球往地下一滚。

我以为他崴了脚，急忙上前扶他，他却摆下手，将我拉到场边，暗暗拿出书包里的弹弓，并示意我往备课室的窗子里看。

我跟随皇甫木林拿出弹弓，眼前出现了芮老师的背影。只见芮老师正拉开木门想走出去，却被一个肥胖的身子挡住了。这辆竖在狭窄道路上的鸡公车，正左右摇摆着向前轧去。

“打！”皇甫木林压低声音迸出一个字。

“嗖嗖”两弹飞出去，正打在胖子那有弹性的脑袋上。胖子惨叫一声，那辆挡道的鸡公车瞬间歪倒了。

第二天，章教头戴顶巴拿马草帽，两眼充血，到处嗅来嗅去。

“你的弹弓呢！”他多次悄悄走到一个同学旁边突然问。

“我没有弹弓。”

“你呢？”他随便指指另一个同学，吼着。

“我也没有。”

他走到皇甫木林和我的桌边，站了很久，不说话。我的耳畔只有粗重的呼吸声。

“拿出来，”章教头竭力压低声音，使语气变得温和。

“什么？”皇甫木林抬抬头。

章教头不由分说抓起皇甫木林的书包，翻翻，从里面提溜出了那支用美制十轮大卡车内胎胶皮做的皮筋弹弓。

“什么？你说这是什么？”章教头将弹弓抓在手里摇了摇，奸笑一声，转身对我厉声道：“还有你，快拿出来！”

我下意识地捂住书包，他把书包夺过去搜出了弹弓。

“弹弓事件”震动了全校上下。

章教头把这件事与上次喊口令调笑他的事联系在一起，说皇甫木林和我是屡教不改的害群之马，孺子不可教也，如果这次再不开除我俩，他就辞职。校长阎一本是个圆滑练达的人，他知道一方面需要安抚章教头，给他一个台阶下，一方面也不能触犯众怒和得罪皇甫木林那位在省教育厅有实职实权的亲戚。阎校长做人处世的第一原则是不树敌，树一个敌人等于说他本家阎王老子多派来一个小鬼。正在发愁之际，老英文教师赖夫子给他出了个主意：查！一个“查”字，如千钧落地，阎校长脱下礼帽当扇子，顿时清爽许多。

我家邻居赖夫子在教师中威望甚高，阎校长听他的主意贴出布告收缴弹弓。布告措辞严厉，“不交者，一经查出，定以不遵守校纪论处”云云，两天内收缴弹弓一百多把。

“有枪不一定是枪手，这么多弹弓，怎么就能肯定章老师头上那两个大包是皇甫木林和凡云生的弹弓打出来的呢？”赖夫子在备课室内大发宏论，分析精辟，得到余利庆等众老师的一致赞同。他怜惜地看一眼低头不语的芮老师，又道：“再说，有人也欺人太甚，不说也罢，说出来连我们这些为人师者，脸面都无处搁。”

有了众老师的支持，阎校长的腰杆硬了些。章教头追问他查处之事，他故意叹口气，半带抚慰半带责备地说：

“振国，你说这叫啥事？算啦，让它慢慢过去好了。”

章教头听出阎校长的话，只好暂忍了这口气。章教头的老婆是财政厅街一所小学的校长，旧京名女人，正在竞选国大代表，同阎校长是熟悉的，所以章教头临出校长室，阎校长又从他身后撂过去一句：

“我劝你今后少招惹芮佑梨，早已是有老婆儿女的人了。”

四

一天傍晚，在饭后与晚自习的间隙里，我同皇甫木林抓紧黄昏的最后一缕微光在球篮下练投球，毛俊珊忽然从校门口慌慌张张地跑了过来。他拉着皇甫木林嘀嘀咕咕说了两句又转身往外跑去。我同曹宝善急忙跟上。我们沿着土街向南走去，土街两旁的店铺陷在一团团模糊的灯光里，没有一点生气，直走到造型城堡似的金城银行近旁，才豁然亮堂起来。大华电影院的首轮影片《假凤虚凰》即将开映，人群往入门处汇集；从对面模范商场百乐门舞厅里飘出阵阵鼓号声，几个穿皮夹克、短皮靴的空军军官拥着浓妆艳抹、花枝招展、听人说是从上海来的舞女正步入舞厅。毛俊珊鬼鬼祟祟领着我们从人丛里挤过去，停在一家饭店门外的柱子后面。

“看，快看，”毛俊珊向店堂那边努努嘴。

为补电灯光线的不足，店堂正中挂了一盏汽灯。白炽的灯光把饭桌和顾客投进一个冰窖似的世界，闪闪烁烁，竟使人看不清面前真实的形状来。

“你们看那两个人，”毛俊珊指了指，“就是坐在墙柱旁边的两个，嘿，看到没有？”

“好像是章振国。”皇甫木林把头伸过去说。

“还有一个呢！”

“是个女的，”皇甫木林犹疑着，“好像是好像是……不会是芮老师吧？”

“就是芮佑梨，”毛俊珊不屑地撇撇嘴，“就会是我们可爱的芮老师。”

“在喝酒呢。”我怯怯地说，生怕让我说着了。

“堕落！”毛俊珊嚷了一声。

“是堕落！”我的头轰的一下，脑子一片空白。

心中的女神訇然倒地。几个人嚷嚷着，毛俊珊还吹了一声口哨。唯有皇甫木林一声不吭。

第二天是周末，也就是从这一天起，皇甫木林再没有来上学。起初听说他是骑车去禹王台过铁路时车轮卡在道弯里，摔成了脑震荡；后又听说是害了脑膜炎；再后就一点消息没有了。

我几次去探望皇甫木林，都被他家那个戴顶旧军帽的看门老兵挡住。老兵总是说他有病，会传染的，不让我进去。我往里望望，院里静得出奇。很久之后，我鼓起勇气再次拍响那两扇黑漆大门，老兵从门缝中伸出一个苦瓜样的头，一侧脸问：

“干啥？”

“找皇甫木林。”

“走了。”

“到哪里去了？”

“走了，走了。”

“哐”的一声，两扇沉重的大门像不愿再嚅动的嘴唇一样，紧紧地闭合起来。

我的同桌就这样从我的座位旁，从“小个队”的队友间，永远消失了。

下个学期，芮老师那踏着一字步的身影，也在校园里消失了。

很久以后听说，同桌皇甫木林的父亲皇甫将军因筹划起义，被蒋介石杀害于南京雨花台。

五

关于芮老师陪章教头吃饭喝酒的因由，有两种说法；一是说芮老师想转到女校任教，章教头企图乘虚而入，说能把芮老师介绍过去，故有那次饭店会面；一是说芮老师得知章教头想以同情共产党的罪名加害老英文老师赖夫子，为救赖夫子她只好与章教头应酬。我没有深想这些说法，渐渐也把芮老师淡忘了。

我生了一场病。母亲给我买的那辆生茂牌自行车不再骑了。每天我坐黄包车上学，皇甫木林教我骑自行车算是白搭了工夫。两个月后，我向母亲提出要住校，母亲拗不过我，只好任我到学校里去睡地板。

我越来越孤僻，我不断到土街一间书店租书。我读《爱的教育》，读《小妇人》，读《灭亡》，读《草原上的人们》，读《啼笑因缘》，读《凡氏探察》和《泰山情侣》，读《沉沦》……有一天偶然自问：我就是郁达夫笔下那个不争气的孩子吗？在校园那座残破的纪念碑基座后面，我哭过许多次。

我感到我的座位旁边，永远被空置了起来。

表　姐

在以后的几十年里，每当想起“娜塔莎，我的光亮！”这句诗，我就会想起两个女孩子——我的两个表姐。

当然，在我和这两个女孩的故事发生时，我还未读过普希金的这一名句。

人们说，如果一个人的一生始终有一朵光亮伴随着他，无论是在阳光灿烂的清晨，还是在风雨如晦的黄昏，总有一朵光亮在他眼前温暖他、照亮他，用一种甜蜜的痛苦激励他、安慰他，他是幸运的……

说的这两个表姐，就是凤表姐和秀表姐。

一

按农历的月份计算，秀表姐比我大十五个月，属猴，算是大两岁。凤表姐比我大十九个月，属羊，却比我大三岁。老人们开玩笑说，女大三，抱金砖，但又说凤表姐的羊是冬天的羊，冬天的羊没有青草吃，是要受苦的。秀表姐如何呢？无人说。

凤表姐与秀表姐都很美丽，但从长相到性格，好像为了互为反衬，却有明显不同。凤表姐生得比较丰韵，略圆的脸盘上皮肤白得透亮；秀表姐的身材不见得比凤表姐高，却显得高挑娟秀，鸭蛋形的脸盘上皮肤红润细嫩。凤表姐的鼻子略小，线条柔和可亲；秀表姐的鼻子高挺，聪慧中带种逼人的英气；凤表姐生就一副脉脉含情的大眼，秀表姐却生了一副秀丽而灵动的丹凤眼。穿着打扮也不同，秀表姐总爱穿学生制服，把一头浓密乌亮的秀发剪得短短的，即使穿便服也多穿她自己设计的肩头高耸、灯笼袖的衬衫和蓝色咔叽裤；凤表姐在家很少穿学生制服，虽然她的制服是草绿上衣蓝裙子，比哪个学校的制服都好看，但她在家最常穿的却是一袭深蓝旗袍。也有穿着相同的时候，如果她们两个一同穿上花旗袍去照相，去看电影，去吃冰激凌，走出门口那景况就会又不同，能使整个一条街即刻静下来。

奇怪的是，她们两个来到小院的方式也是那么不同。先是大姨住进二院东厢房。听说秀表姐和显表哥将从远方回来，但还没看到人。一晚，我到外面游玩回来晚了，一进二门就听到一个柔亮的女孩声音从上房飘过来，不觉心头一颤。我怯怯地拉开上房的风门探探头，不知是进是逃。

“这是你秀表姐，快进来吧。”妈招呼我。

我眼睛一亮，看见一个身穿暗底长条布棉袍，围条红围巾，面容娟美的女孩正对我笑，我僵住了。

“过来吧，”女孩拍拍长沙发，“坐在这里。”

我没有唤她，径直走过去坐在她身边，她拉起我一只手，把我拉得靠近一些。我看看她，木呆呆地没有说出话来。

“怎么不说话呢？”秀表姐摇摇我的手。

“他口吃。”母亲笑了笑。

我没有听母亲说什么，忽然大声说：

“天上掉下来一个林妹妹！”

“胡说，我是你姐。”秀表姐嗔道。

“你是林妹妹，一看见你，我就知道是林妹妹来了。”我只顾自说。

“净说疯话。”妈佯怒地斥责我一句，转过脸笑慰秀表姐道，“这人说疯话第一，以后听他说起疯话来，能把你气死几遭！”

“哼，我才不怕他说疯话，看以后谁气死谁吧。”秀表姐不示弱。

“三妹，你不知道，秀的嘴可不会饶人。”大姨对母亲说，慈爱地望着秀表姐。

“你读过《红楼梦》吗？”秀表姐问我。

“读过。”

“这么小就读《红楼梦》，看这人能好到哪里去？”秀表姐调侃我。“看过《郁垒》没有？”

“专捉恶鬼的神荼、郁垒门神谁没有见过，家家门上贴的是。”

“我是说话剧《郁垒》。”

“就那个手牵一只虎，凶神恶煞的郁垒还上话剧啦？”

“不但上话剧，而且我还演过呢。”秀表姐得意地摆摆头。

“你演郁垒？”我惊讶得睁大眼睛。

“不，我演贾宝玉。”

“贾宝玉同郁垒怎么牵扯上了？”

“这幕话剧讲的是《红楼梦》里的事，我是贾宝玉，所以你不能说我是林妹妹。再说，我本来就是你姐嘛，就是从天上掉下来，也只能掉下个老姐嘛！”

“还老姐呢，看你有多大。”本来秀表姐说得在理，我不服，胡搅蛮缠，“贾宝玉是男的，你是女的，你难道会变不成？”

“演戏嘛。”

“演戏也得男是男，女是女的！”

“三姨，你看憨生多不讲理！”秀表姐柔声向母亲求援。

母亲抬起手对我做一个恐吓的手势，笑着安慰秀表姐，“我说过他最会气人，以后少招惹他，这憨子最不是东西，别看他人不大，古怪多着哪。”

风表姐的到来不仅没有这么多风这么多雨，甚至连一点声响都没有。

听说四姨也要搬来同我们一起住，住前院西厢房，我的心无缘由地跳得厉害。四姨是风表姐的继母，不晓得这次带不带风表姐来。是想四姨带她来，还是不想四姨带她来呢？我自己弄不明白。在豫南我同她做过一学期的同班同学，却只说过一句话。有次父亲的随从参谋的一本《萧伯纳情书》被我拿到教室里看，好奇的男同学争相传阅，兴奋地窃窃私语着，极大地刺激了前排女同学们的兴趣。下午放学，风表姐十分例外地留在前排座位上迟迟不走，待教室里只剩下我们两个人时，匆匆走到我的课桌旁轻声说：

“拿给我看。”

我一时慌了，看她着急的眼神，知道她要的是那本书。我刚将书借给别人，后悔得要死，“别、别、别人刚拿走。”

她不易觉察地轻轻一笑，一转身逃也似的走出教室。在黄昏的微光中，我一直目送着她走过一棵苦楝树，转过神殿旁的教务处，走出原本是庙门的学校大门。我远远跟在她身后，追逐着捕捉着她的身影，为未能把书借给她，懊悔得要死。

如果风表姐来了，会不会还有同班时的尴尬？

四姨家静悄悄地搬了进来。近晚，我走出二门，看到院里堆放许多杂乱的家具，还未醒悟过来，一抬头就看到了仍旧一身黑缎子棉袄棉裤，围一条又长又白的羊毛围巾的凤表姐。

“三弟！”她轻柔地先叫了一声，她知道我排行老三，所以这样叫我。

“凤表姐！”

她的声音很轻，像从遥远遥远的地方传过来似的，但我不但听到了，还令我的心莫名地震颤了一下。

我开始同凤表姐、秀表姐一起复习功课准备升学。凤表姐念书耽误了两年，同我一样要报考初中，秀表姐打算到旧京女中初三插班，秀表姐无疑成了我们的辅导老师。除了复习功课，还看些闲书，凤表姐找来一本《鲁滨逊漂流记》，秀表姐找来一套《爱情三部曲》，读着读着我往往就要同秀表姐发生争论，甚至争吵。争论的范围甚是广泛，从原子弹到七弦琴，从鲁滨逊的独木舟到巴金是不是一个无政府主义者，巴金这个笔名是不是像传说的那样，是俄国无政府主义者巴枯宁与克鲁泡特金前后两字的合写。我言之凿凿，说在家乡曾从挑担下乡的洛阳书贩那里买的一本《一个无产者的自述》就是巴金翻译的。凤表姐总是浅笑不语，很少参战，偶尔也做做评判，但秀表姐常常有理无理地骂她偏心，她也就只好闭口不言了。有一次我主动向她求救，她说了几句折中的话，被秀表姐骂了她一声“薛宝钗”，于是两人打闹成一团。

大年很快到了，旧京的风俗，年节是从腊月二十三开始的。二十三祭灶，自从勇敢的小哥用灶糖抹了灶君老爷爷的嘴巴，打发他老人家“上天言好事”之后，小弟和小妹就天天学着街上的孩子们高唱：二十三，祭灶官；二十四，扫房子；二十五，打豆腐；二十六，蒸馒头；二十七，杀只鸡；二十八，杀只鸭；二十九，贴门旗儿。秀表姐说，吵死人了。吵着吵着，三十就到了。

三十这天上午，下起盐粒般的雪，雪粒蹦蹦跳跳，傻笑着，很顽皮的样子。人们还没有觉察，雪粒变成了雪片，只觉得天色越来越阴暗，原来飞扬着的雪片已混绞起来，变成真正的鹅毛大雪了。

晚上熬年，不知是因为年节还是因为大雪，大家的神情很兴奋。院子里总有人走动，各个房门上早两个月安的风门，不时发出噼啪的响声。积雪长到两寸高，新踩上的脚印，一回头就被毛茸茸的新雪盖得朦胧起来。

“瑞雪兆丰年啊！”大姨说了句老话。

“不打仗就好了。”陈干娘搂住只有几岁的小妹，看着脸上没有多大喜悦的大姨，接过话头。两人似乎都没有谈兴，话就没有往下说。

“还能有不打的仗吗？随他们打吧，我们快快乐乐过我们的年。”秀表姐无所谓地说。

“就你能！”大姨佯嗔地瞥了秀表姐一眼。

室内沉默片刻，石炭炉烧得正旺，炉盖已成暗红色，围坐在炉边的人被红光一映，脸和手像从晨曦里刚刚洗过一般。不知为什么室内仍有几分寒意，陈干娘打开炉口往炉膛里添了几块石炭。

凤表姐侧过脸朝秀表姐微微一笑，手中的织针不停地上下滑动。

“三弟弟过来，”凤表姐这样唤我，“试试这领圈合不合适。”凤表姐把带着织针的领圈生拉硬扯地套在我的脖子上。

“哟，怎么那么知道心疼人呢？”秀表姐对凤表姐故意夸张地撇撇嘴。

凤表姐用拳头轻轻地敲敲她，低笑不语。

“我们是老同学嘛。”我说。

“我们？我们是谁和谁呀？还老同学呢，到门后量量自己才多高。”秀表姐揶揄地瞧瞧我，猛然将我拉过去，靠近她的胸前，用下巴抵抵我的额头，“哼，才同我的下巴一般高！”

“谁说的？”我猛掂一下脚跟。

秀表姐坐回原位，晃动着一头乌亮的短发，懒得再搭理我。

“成天斗嘴，”大姨嗔起脸，做出生气的样子，“一过罢年就把你们全都送到学校去。”

本来是过了午夜才放鞭炮驱赶被天狗咬掉一个脑袋的九头鸟的，弟弟按捺不住，不顾九头鸟飞过来没有，就不停地央求我同他到院里去。我们不敢把两响炮捏在手里燃放，就撮了一个雪堆，把炮身插上，把一支香颤巍巍地伸过去，捻子滋滋一阵响，赶快避开，雪堆炸开了，火光与巨响腾空而起。

“小哥呢？他胆子大，要他来点。”秀表姐想起了小哥。

我们的两响炮连续在雪花迷蒙的天空上撑开一把把金伞，闪闪烁烁，十分好看，惹得站在风门外观看的凤表姐和秀表姐拍手叫好。放了几个炮，我进房经过秀表姐身边，她却骂我一句："胆小鬼！"

待她坐下，我乘她不备，突然将冻僵的双手伸进她的袖筒。

“你们看他多不讲理，靠着炉子他不烤，却把手伸进人家袖筒里。”秀表姐嚷着。

“袖筒当然比炉子暖啰。”凤表姐报复地打趣道。秀表姐冲过来推了凤表姐一把，两人相拥着笑作一团。

母亲在上房同她的干姐妹们打麻将，大约打得头昏脑涨走到前檐下吸口新鲜空气，听到这边笑得热闹，叫用人过来请大姨也去玩几圈，并送来两盘花生、瓜子、糖果之类的食品。大姨说喜欢和孩子们在一起，要用人回说不过去了。这时，大姨想起了小哥，问我：

“你小哥呢？”

“在前院同堂哥、表哥、解老师打牌呢。”我说。

“就他喜欢装大人，”秀表姐讥刺道，“前院后院两台戏，对着唱吧，都是啥人？”

“过年了，你管那么宽干啥？”宽厚的大姨把秀表姐的话挡了回去。

坐得无聊，陈干娘说起旧京的古。

她说相国寺八角琉璃殿里的那尊几丈高、用一棵白果树雕成的千手千眼佛，原本是个凡人，只因他砍掉一只手和挖掉一只眼睛给他娘做药引子治病，感动了佛祖，才被点化成佛，并还他一千只手和一千只眼。可灵验了，有求必应。当年冯玉祥拆庙打神，派人来锯这尊大佛，锯着锯着锯缝里淌出血来，从一千只眼睛里流出一千滴泪来。冯玉祥害怕了，下令停工，大相国寺才保了下来。陈干娘说得大家噤声不语，好像那尊身带血痕的千手千眼佛正睁着一千只忧伤的眼睛望着我们。

半晌，大姨打破沉寂说：

“陈干娘，这同冯玉祥当督军那时扩建马路拆了你家的铺面不是一回事。”

“如果不信，过几天你们到相国寺瞧瞧去，那条锯印深着哪！”

我想那千眼千手佛真可怜，不觉心有些发抖，怔怔地看着炉火，一动不动。厨娘李嫂过来要大家到厨房包饺子，凤表姐上来拉我，我不动，秀表姐推推我说，“又犯呆了不是？年还没有熬过去就熬出了毛病。”

初一五更起床，陈干娘要我穿的不是往年在家乡我最讨厌穿的长袍马褂，而是从自由路成衣店刚取回来的还带有颜料气味的新棉制服；吃饺子时我又吃到一个包有制钱的饺子，大家都为我高兴，说我新年有好运，可我仍高兴不起来。千手千眼佛身上那条伤痕，总在我眼前晃动。

初二开年，一听说堂哥与解老师要去逛街，我就急忙跟了过去，先马道街后相国寺，他们是想过罢年回家探亲给家人买点东西，我是想趁机早过秀表姐们看到千手千眼佛。寺内场子很多，到处都是支棚和地摊，叫卖耍武，挤挤拥拥，待我们走出寺门，才觉察漏了那八角琉璃殿。

回到家对着凤表姐、秀表姐和小弟妹们，我神侃胡聊一气，把个我只看了一半的相国寺说得天花乱坠，甚至忘乎所以地把千手千眼佛身上的锯痕，也如此这般地描绘了一番。我的话勾起了他们的好奇，要我第二天一定带他们去看个究竟。

第二天我带领身着新衣的凤表姐、秀表姐、小弟、表弟往相国寺走去，一路上招前呼后，俨然领袖。在寺院，先看了马家的弹无虚发的弹弓，听了二歪嘴的相声，接着看了大雄宝殿的香火，甚至在罗汉殿前吃了炒凉粉和风干野兔子肉，就是不带他们进八角琉璃殿。

“千手千眼佛呢？”秀表姐问。

“还远着呢。”我低头一直往前走。

“这殿里是什么佛？”秀表姐拉拉凤表姐，朝我这边瞧了一眼，“走，进去看看，别听他的。”

他们都进去了，我站在殿门口。

“三弟弟，这不就是千手千眼佛吗？还往哪里去找！”秀表姐在殿内喊我，“快进来吧。”

我只好硬着头皮走进大殿。

我忐忑不安地围着一尊形态奇异的大佛转了一圈。这是一尊四面佛，每面面容神态相同，慈祥安宁，俯视下方，好像正关注着万物生灵。佛身的每一面有六只大手和数不清的小手，小手作扇形排列，像欲飞的翅膀。每只小手的掌心，有一只清亮的眼睛。我从没有见过这样奇特与美丽的佛，不觉从心底升起一种崇敬与畏惧。

“三弟弟，你过来。”秀表姐又在唤我，“锯印呢？你昨天看到的锯印呢？”

我装作听不到，专注地去数佛的小手。

“佛是锯不倒的，随锯随平，哪还有印痕？三弟弟昨日可能看花了眼。”凤表姐为我开脱，对我轻轻笑了笑。

我也偷偷笑了笑。

“就你会替他说话，”秀表姐瞟了瞟凤表姐，“他七老八十啦，眼就花了？”

“秀表姐，你饶了我吧，我承认我昨日说了假话还不行吗？”我说。秀表姐握紧拳头捶我的背，“我看你在佛面前还敢说假话不！还敢哄人不！”

“不敢了，不敢了，”我跑出殿门，秀表姐、凤表姐的笑声在后面追赶着我。

经过绒花铺，秀表姐与凤表姐进去买了红绸蝴蝶结和绒花，大家才说回家。到了相国寺门口，我依在石狮子上不肯走了，凤表姐过来拉我，说：

“累了？来，我拉着你。”

“不累。”

“不累怎么不想走呢？”

“我想等等月老。”我说。

“什么月老？”秀表姐走了过来。

“陈干娘说的，相国寺门前有个月老，白眉毛白胡子，每当月亮升上来，他就在相国寺门前送红线……”

“又犯毛病了不是？哪有什么月老。”秀表姐数落着，“就算有，按你干娘说的，也要到月亮升上来他才露面是吧？”

“你等月老干啥？走吧。”凤表姐劝慰道。

"我想向他要根红线。"

"你要红线拴谁呢？"秀表姐有意逗我。

"不知道……"

"憨子，你不走我们可走了。"秀表姐拉着凤表姐做出生气的样子，急急走去。

夕阳下，我望着黑发上两个新扎的不停闪动的红蝴蝶结，突然心像被锯了一下，涌起一种朦胧的喜悦与悲愁。

"我要一根红线拴谁呢？"慢慢泪水濡湿了我的双眼。

那天晚上我做了一个奇异的梦，梦到从千手千眼佛的佛座上走下两个熟悉而陌生的女孩。她们说，她们同我前生有缘，我同相国寺有缘。

我第一次随秀表姐看电影也是在相国寺。相国寺有个醒豫大舞台，本是演戏的，有时也放映电影。第一次看的是无声片，胡蝶主演的《万里寻母记》。不知是戏院里冷还是我对片中的镜头有些惊惧，看了不久，就伸手紧握住秀表姐的手，秀表姐动了下身子，没有把手抽出来，从这之后，大凡遇到星期天，我就同秀表姐，还有她的同学童秋雨和冷玫一起去看学生专场。童秋雨住在对门，冷玫是冷总参议的女儿，都在一条街上，每逢往大陆电影院都由秀表姐去叫上一起走。我们看过很多片子，《西施》《西厢记》《苏三》《荒郊孤魂》《夜半歌声》等等，美国片也看。学生专场，票价便宜。电影院里，男生喜欢欺负女生，我自然对这三位女生起着保镖的作用。凤表姐住校很少回家，也就很少一起看电影了。我喜欢握秀表姐的手，有时中间休场，电灯突然一亮，童秋雨们看到我们，也只是轻轻一笑。有一次我还故意将秀表姐的手抬起来，讨好地说：

"姐，你的手指这么细长这么柔软，将来学弹钢琴好。"

秀表姐抽出手打下我的手背，"去，谁要学弹琴，将来我要做外科医生。”

“就你这胆子？”我讪讪地。

“怎么？比你胆小？”秀表姐喜欢用这种口气对我说话，这种时候，我不在意。

秀表姐是个极有音乐天赋的女孩，她的音乐老师很重视她，常带她参加音乐会，很快她就在旧京有了名气。电影插曲，她只听一遍就会，词谱都记得分毫不差。看罢《西施》，一走出电影院她就轻声对我唱起来：

那是你亲手种下的桃花，
那是我陪你插下的柳枝，
现桃红柳绿，树已与人齐，
我每天走到浣纱溪，
我怕的是你，我怕的是你，
早把我忘到九霄云里。

唱得实在是太好了，听起来比电影中的人唱得还好，我和童秋雨们不禁鼓起掌来。

“你鼓什么掌？”秀表姐有点不好意思地拨拨我的手，“这一段是范蠡唱的，现在本该由你唱。”

“我不会。”

“憨生，你是真憨呀还是假憨，唱这么一小段就不会？”

说者无意，她却无意伤了我那非常脆弱的自尊心。

我非常喜欢听她唱歌，又往往反感她唱歌，她的歌声往往令我感动又令我自卑。

二

也许是家庭境况不同，凤表姐比较内向。她沉静、忧郁，连歌声都有一种抹不去的感伤。

记得还是外婆到来的那年正月十五，当隔壁新娘给压轿孩儿小弟送来一只白兔灯笼；当我们各自都将自己动手糊的或在街上买的灯笼打了出来；当厨娘李嫂蒸的豆面灯盏已被放上各房门墩点着，前院二院笑闹成了一片。几个人正在唱“三只老虎”，凤表姐要大家静一静，听秀表姐好好唱一支歌。秀表姐没有推辞，站在灯影里扯一扯围巾，唱起了《红豆曲》，这想必是她在《郁垒》中饰演贾宝玉唱过的，唱得情真意切：

滴不尽相思血泪结红豆，
看不尽春花秋月满画楼，
听不尽纱窗风雨黄昏后，
忘不尽新愁和旧愁，
攒不尽的眉头，
数不尽的更漏……

这是我头一次听秀表姐这么认真地唱歌，她歌声婉转、激越，一下把大家迷住了，所有人手中的灯笼都停在半空，生怕灯笼把歌声烧断了。可惜秀表姐只唱了一半就闹着要叫凤表姐唱，分散了大家的情绪。凤表姐说声“我可唱不好”，也就大大方方地唱了起来：

太阳下山明朝依旧爬上来，
花儿谢了明年还是一样地开，
美丽小鸟飞去无踪影，
我的青春小鸟一样不回来……

这本是一支欢快的歌，节拍也比《红豆曲》快，却在凤表姐低徊的歌声中透出哀伤。秀表姐把《红豆曲》唱得如此热烈，凤表姐把《青春恋曲》唱得如此冷怨，使我不能不感染了几分惆怅。

回想起刚才秀表姐唱的一句歌词，我低声问凤表姐：

“更漏是什么意思？”

“呵，你是说‘那数不尽的更漏’吗？”凤表姐望了一眼灯影中的秀表姐，“古时一种计时的器具叫滴漏，夜晚，滴漏中的水一滴滴地滴着，像报时的更，又称更漏。不知我说得对不对，你可以再问问秀。”

“等你将来睡不着的时候，你就知道啥是更漏了。”秀表姐听到了我们的说话，瞧着我道。

眼看到了阳春三月，旧京依然了无春意，放眼望去，东南西北几乎找不到一点绿色。突然从二门里的酸石榴树枝上发现几个毛茸茸的青黄叶苞，已经可以令我和表姐们喜上半日了。旧京真正的春消息是风沙，而不是那几个可怜的叶苞。雪融化了，城墙外黄河泛滥之后，淤积的沙地裸露出来。经过千万年磨蚀的沙粒，变得细腻柔滑，铺陈开来，简直是女人的肌肤。料峭的春风越过高悬的黄河河滩，不停地揉搓舔舐着平坦的沙原，沙原因激动与瘙痒而颤抖而痉挛，把无数细小得几乎看不见的沙尘扬起来送上半空，天空被细微的沙粒所充盈，所推移，一忽变成无数匹飘荡的纱绸，一忽又变为汹涌翻滚的烟幕，无始无终，无所不在，遮天蔽日，淹没一切。望望迎面被染黄头发的行人，望望门窗紧闭的屋子里那张像刚涂层黄油的八仙桌子，旧京的人知道：春来了。

就是这个样子的春天，我们还出城踏过春，不过，那已是第二个年头的事了。

那一天，小院的几个年轻人加上童秋雨和冷玫骑车去到城南禹王台。本说要拉上住在后院的白副官长的女儿白丽金一起去，白丽金出外演出，未能参加。禹王台是很有些来历的，它的历史可以上溯到春秋时代，据说西汉的梁园，就在它的周围。我们看到的禹王台早已是败落的了，但那几座土山，一园绿树，虽荒凉空漠，却别有一番意趣，令整年钻在城圈里的我们，顿觉耳目一新，精神一振。表哥的同学纪一天拿着照相机要大家排在“古吹台”的木牌坊前照相，几个吊臂拄拐的伤兵故意在牌坊后边的高台阶上走来走去，弄出些恶作剧。纪一天把照相机举起放下，放下举起，就是避不开那几个伤兵。他急了，喊道：“老总，朝旁边让一让，让我们照个像。”

“让什么？让我们也同小姐们一起照照不行吗？”一个伤兵歪着脸说。

“捣什么乱！”显表哥猛转过身，面对伤兵发起脾气。

“你说谁捣乱？你们照相，老子们就不能站在这里了？”一个伤兵一挥拐似要冲过来。

纪一天见势不妙，急忙笑着走过去套近乎。

“看，这是做什么呢？都是自己人吧？”

纪一天掏出一包香烟，“我们是青年军二〇四师的，老总，您是哪一部分的？”

“二〇六师。”

“驻洛阳？我说呢，那可真是一家人了。”

为了杀敌报国，热血青年纪一天、徐大显从军在青年军二〇四师当过兵，虽早已复员，但这张牌子必要时打出来还可派上用场。

纪一天是个精灵人，又是个爱热闹的人，给大家拍过集体照，又要为四位女郎拍个合影。他让凤表姐、童秋雨、秀表姐、冷二小姐依序排好，然后对显表哥、小哥和我说："你们看这张'乱世四美图'，不正合李清照"绿肥红瘦"四字？"女郎们正要提出抗议，他已按下快门。

秀表姐抢白纪一天"酸"，我仔细一想，倒觉得纪一天观察准确。凤表姐的淡雅，童秋雨的丰韵，秀表姐的绮丽，冷二小姐的纤柔，不正合那"绿肥红瘦"四字吗？我没有将想法说出口，只向秀表姐撇了撇嘴。

登小山，得先过一座吊桥。小山被一道已近干涸却长了些菖蒲、芦苇的水渠围着，吊桥的木板已经朽蚀，桥面有许多空隙。我们这群勇敢的探险者从这座摇荡不已的吊桥上走过去，沿着一条踩出的小路往山上爬。山坡有许多刺槐，侧柏、杨柳和低矮的灌木，不时令小路转换方向。近山顶，有一个高坎，不易攀登。我没有回头，但我感到凤表姐就在身后，待爬上高坎，转身将手伸了过去，紧握住一只温热的小手用力一拉，凤表姐趁势登了上来。她踉跄了一下，差点跌在我的身上。怕她摔倒，我急忙一抱，她却推我一把，还用拳头轻轻地敲了一下我的肩头。接着，我将跟过来有点喘气的秀表姐也拉上了高坎，然后在山顶方亭下休息片刻。

下了山，秀表姐发现山下有个洞，定要进去看看，想阻止她，她已不见了。她在洞里呼唤我，我循声找去，在黑暗中摸索前行。洞呈曲尺形，直到中间才看到另一头发亮的洞口。洞内潮湿，从洞口透进来的光线很稀薄，像是一层稀稀的糨糊附在洞壁的水珠上，灰暗而不洁。雾气扑鼻，我想赶快把秀表姐领出来，却看不到她的身影。我诧异地向前后瞧瞧，猝然秀表姐从一块微凸的洞壁后跳出来，“啊”地吓我一跳，扭身向洞口跑去。我一惊，急转过身，不料竟碰在一个人身上，闻到一种熟悉而清新的发香，即刻意识到是凤表姐。心在刹那间不知是静止了还是飞升了，只留下一片空白。不知道过了几个世纪，还是只有几秒钟，当凤表姐用双手推我的肩膀时，我才从遥远的地方转回来，急忙收回拥着她的双臂。为了不让我难堪，她低声说："还不快去追秀，她在那边唤你哪。"

这次踏青，在黄沙漫天的地方，我采撷了一片永恒的绿……

自从母亲给我买了一辆“生茂牌”自行车，我就常常在二院里骑车。秀表姐常笑我，说我是表演车技，其实我只是喜欢在院里绕圈子罢了。

二院不大，我骑上自行车从东厢房的房檐下经过，穿过二门楼与花坛之间的夹道，绕过门楼西边的酸石榴树，经过凤表姐的窗口时，有时难免碰到那棵石榴树，把树叶碰得哗哗响。

石榴树的枝叶披拂着凤表姐的窗口，秋天和煦的阳光投上窗纱，烙印上稀疏的枝影。我停在树下，手扶着一个枝杈，久久地望着坐在窗前看书的凤表姐。凤表姐明明知道我在看她，却一直把脸埋在书本里。

“你干啥呢？”她终于抬起头，瞥了我一眼。

“摘石榴。”我用力摇摇树枝，枝梢的几个青石榴像铃铛一样摆动起来，却发不出声音来。

“胡说，”凤表姐嗔道，“石榴还青着呢，能吃吗？吃着不酸吗？”

“它熟了，红了，就不酸了。”我笑出了声，“你忘了，这可是一棵酸石榴。”

“呵，是的，这是一棵酸石榴，”凤表姐吟哦着，又把脸埋在书本里。

“凤表姐，你看什么书？”我无话找话地问。

“嗯，”凤表姐把封面翻给我，“你看。”

“那我进去同你一起看书好吗？”我探询地看着她。

“谁不让你进来啦？”

“大表姐说你要提前考高中，说我不好总找你捣乱，影响你复习功课。”我略带委屈地说明。

“呵，原来是这样哪，你还怪听大表姐的话呢。”凤表姐轻轻一笑，轻嘲道。

“可是，你什么时候复习功课我捣乱过？是吧？”

“想进来就进来嘛，何必转弯抹角的，也学狡猾了是不是？”

我急忙把自行车靠在石榴树上，一转身推开房门走进屋去。

“谁说我学狡猾了？”我走近凤表姐身边，不好意思地拉把椅子坐下，把一只手肘支在书桌上，用手掌托着下颌，摆出一副认真看书的样子。

只看了几页，就有些困倦了，不觉将头靠向凤表姐，她的鬓发触摸着我的脸颊，痒痒的。阳光慢慢退出窗外，印在纱窗上的倒影越来越低，桌面上斑斑点点，像铺了一张剔花的桌布。几个斑点在书页上流动，跳来跳去，带起石榴树梢的一阵风声。有几个灰色的斑点在书页上固定住并且濡染开来。我用手轻轻触摸一下凤表姐的面颊，一行温热的泪水沾在我的手指上。

“凤表姐，你哭了？”

“看闲书掉眼泪，为古人担忧。”凤表姐自嘲地笑笑。

我知道她未必是为古人担忧，她是个最易伤感的女孩，不知她又想起哪件伤心事了。我把头向她靠过去，不再去问。

“又想睡了，怎么一看书就瞌睡了呢？”凤表姐想把话岔开。

“谁瞌睡了呢？”为了证明，我猛坐直身。

“我还不知道你的德行？”凤表姐用指头捣捣我。

我经常同凤表姐在一起看书和复习功课，有时在她与大表姐住的这间屋，有时在她父亲、继母与弟弟住的那间屋，有时去我同母亲住的上房。凤表姐是个自幼丧母的孩子，性格沉静，不喜欢交往，在院子里她亲近的人，除了大表姐之外就是我了。大表姐是她的亲姐姐，一直像母亲一样的关怀着她。至于她为什么同我亲近，我也说不清，可能是我喜欢同她亲近的缘故。我同她在一起看书确实有个毛病，看着看着，一感觉到她鬓发的搔拨，感觉到她耳轮的轻触，感觉到她呼吸的香温，就会不知不觉地靠着她的肩头睡去。有几次还得她将我扶到枕上，拉来毛毯为我盖好我的梦。一次大表姐看到了，问：

“他是真睡着了还是假睡？”

“他睡着了，别吵醒他。”凤表姐将毯子给我往上拉了拉。

院子里的大人们都说凤表姐的性格好，她说话轻声细语，做事不急不躁，瓷白美丽的脸庞上那双大眼，凝重而柔和；走路时，她喜欢微微低着头，很少左顾右盼，只有遇到熟人才仰起脸轻唤一声。平日，她的神情似乎有些冷漠，好像有一种化不开的孤单感笼罩着她，感伤与自持形成一种宿命，紧紧攫住她的心灵；她不像秀表姐那样乐观自信，也不像有些女孩子那样怨天尤人，她有自己的路，但她在路上是孤单的。我总想拉着她孤单的手，也不知为什么，在院中那么多优秀的男孩子中，她却能够容纳最愚劣的我。我常常为凤表姐无端端的悲愁而悲愁，也常常陷入无端的烦恼之中。

一天下午，我无聊地坐在上房的台阶上，把玩着一个皮筋弹弓，我与同桌皇甫木林用弹弓打童子军教员章教头的事，还不知如何处理，心情很不好，百无聊赖地随意开着弓，连发数弹也没有打到房檐上叽叽喳喳叫得烦人的麻雀，反而打破了一个瓦当。

房瓦的碎片啪的一声落到地上，把我吓了一大跳。回头望望屋门，屋内没有动静，心想母亲没有听到瓦当破碎的声音，才定了神。这时我看到从二门楼隔扇一边露出一角阴丹士林布旗袍和两只雪白的、圆润而雅致得如粉琢玉雕般的小腿，立刻知道那坐在木隔扇后面的是凤表姐。我想唤她，差点唤出声却又急忙忍了回去，我想吓吓她，拉开弹弓，一下两下三下，弹子打在隔扇上弹跳着发出蓬蓬的响声，而那一角阴丹士林布旗袍却纹丝不动。于是，我从长满苔藓的砖缝里挖了两块软泥，团成小丸，拉弓向两只洁白的小腿打去，第一弹，一只小腿痉挛了一下，第二弹，一只小腿猛缩了回去，这时凤表姐才抬起头苦笑着问我：

“憨生，你是不是真憨了？你这样打姐姐不疼吗？”

“谁要你不理我哪？”我说。

“你唤我了吗？”

我急忙跑过去，蹲下身看到凤表姐的小腿上有两个圆圆的青印。我把手放在青印上，一面轻轻地揉搓，一面仰起脸望着凤表姐微皱的眉头问：“疼吗？”

“怎能不疼，你怎么对姐这么狠呢？”

“我……”

“你欺负姐。”

“我不欺负姐，我永远不欺负姐。”我难过地说。

“骗我……”凤表姐的眼眶溢满泪水。

“不骗你。”我认真地说，声音低得连自己都听不到。

她淡淡一笑，没有一点责怪或不信任的意思，反而拉出一张小凳子让我靠近她坐下来。

“我给你说件事。”她口气有些犹豫。

“什么事？”

“我们可能要搬家了。”

“是王母娘娘拔下金簪，又要划道天河吗？”我想起前晚过七夕，她望着星空说的故事，半开玩笑地说。

“我不是同你说玩笑。”

“是大表姐想要你们搬走？”我感到事情有些严重，急忙问。

“也不会马上就搬。”她还要说什么，恰巧秀表姐从门外回来，兴奋地说起筹备演唱会的事，就把搬家的话打断了。

三

寒假大表姐从西安回来，没有提搬家的事，我心中一个多月的不安，才算平复下去。

大表姐与秀表姐为了参加一个音乐会，准备演唱节目，准备上台服装等等，一连忙了几天。音乐会在旧京女子师范学校礼堂举行，在这个为战乱所困的危城里，居然还不断有这一类音乐会举办，居然还有许多也许正饿着肚子却冒着严寒赶来的听众，不能说不是战争阴云下的一幅奇景。

是夜没有风，这是旧京冬季少有的暖夜。满月像一块凹凸不平的小磨盘，把凛冽的寒光磨成粉，撒满大地。月面上的阴影一动不动，吴刚冻僵了，蟾蜍冻僵了，有几片白云像轻软的棉絮飘过去为它们取暖，却只擦摩了一下月边，就滑了下来。云片跌落之后，跳出几颗星星，亮晶晶的，那么高，那么寒。

音乐会上大表姐演唱的是意大利民歌《桑塔露西娅》和舒伯特的《菩提树》，秀表姐演唱的是爱尔兰民歌《夏日里最后的一支玫瑰》和歌剧《吉普赛人》中的咏叹调《流浪之歌》。她们的演唱得到了观众热烈的赞赏，赢得了很多掌声。我特别喜欢秀表姐演唱的《流浪之歌》。散场后，我看她有点不高兴，就紧走两步，摇着她的手臂说：

“秀表姐，今晚你唱《流浪之歌》唱得真好。”

“瞎恭维。”不料秀表姐给我吃个没趣。

“怎么是瞎恭维，就是唱得好嘛。”我争辩着，“我都听得哭了。”

“你怎么没听出来，我把一个附点唱跑了！”

“这我听不出来。”

走在我旁边的大表姐和凤表姐都笑起来。

“大表姐，桑塔露西亚是地名还是人名？”我转向大表姐。

“桑塔露西娅是意大利女人的名字。”秀表姐抢着说。

大表姐想了想，纠正道：“秀说得虽然对，但不完全，实际意大利人与瑞典人都很崇敬桑塔露西娅，她在意大利是女神，在瑞典是白衣美女。”

“大表姐说得对，不愧是读音乐学院的。”秀表姐说。

“哎哟，什么时候秀表姐开始谦虚起来了呢？”我戏谑道。秀表姐举起拳头吓唬我，我想躲开，却被她抓住了手。

“咦，你的手怎么这样凉呢？”秀表姐惊叫一声。

“你帮我暖暖吧。”我趁势要将手往秀表姐的袖筒里塞，秀表姐急忙躲避，向前跑开，她穿一件紫色花格厚呢大衣，跑不快，只跑两步就被我拉住了，她只好将我的手攥在手掌里暖着。

秀表姐虽然天真得有几分稚气，对我却还是很会做姐姐的。

旧京酷寒，每到冬天我的手都要生出冻疮来，上学骑自行车，当然容易冻伤手，但我出门前都先在手上涂上凡士林，戴上线手套，再戴上内有羊毛的皮手套，照样会生出冻疮来。秀表姐常常给我暖手，还弄些红枣、核桃、芝麻之类的东西嚼碎，按照土法子给我涂抹、烘烤、疗治冻疮。炭火映亮她美丽的面颊，由于专注，她的额头沁出一层细微的汗珠。她督促我复习功课更是经常的事，如果我同凤表姐在一起是温习的话，那么我同秀表姐在一起就是补习了；她是我真正的老师，我的哪门功课她都给我辅导过，几乎每个星期天都成了她辅导我复习的日子。没有她的辅导，我这个在课堂上并不专心听讲的学生，不会成为优秀生，更不会初中未修完就考取了全省最好也是最难考取的高中。温习功课时，她为我拍扇子、赶蚊子，如果我睡着了，还会轻轻地为我盖上被子。只比我大两岁的她，却在我面前变成了“大人”，对这个“大人”我内心充满感激，也有几分抗拒。我虽然倾慕于她的聪慧与美丽，却又故意表现出不服膺于她的聪慧与美丽，我是一个脾气倔强的少年，有时不可理喻，喜欢无端找岔子，挑起事端，惹秀表姐生气。大人们知道我和秀表姐的关系是六月的天、小孩子的脸，不以为意，但有时也闹得大人们不能不为之操心的地步。

冬至那天，大姨家和四姨家都聚在我家厨房包饺子，为求热热闹闹过个节。李嫂早把馅盘好了，馅是白菜猪肉和韭菜羊肉两种，满满地堆在两只小瓦盆里。大家一起动手，揉面的，擀皮的，包馅的，我同小弟负责运送，把包好的饺子放在旁边的秫拍上。大家一面包一面说笑，你包大了，他包小了，你包个元宝，他包个猫耳朵，指指点点，互相评说一番。我故意凑到秀表姐旁边，说：“馅太多了，看你包的饺子还张嘴，一下锅准烂。”秀表姐推我一下：“啥馅多了？不懂就张着嘴等着吃好了，别在这里瞎嚷嚷。”

“谁瞎嚷嚷了。”我指着一个饺子给大姨看，“大姨，你看。”

“秀，少包点馅。”大姨提醒秀表姐。

“哼，馅少不好吃。”秀表姐嘟哝一句，侧过头不再理我。

为了暖和，吃饺子也在厨房，一人一碗，热气滚滚，一面吃一面猜测哪个是谁包的，我挑了一个包得很精致的饺子夹在筷子上说：

“这个饺子是凤表姐包的。”

凤表姐看看我的筷子笑了笑。

“凭啥你就认为这个饺子是凤表姐包的？”秀表姐甩甩乌黑的短发。

“你看这个饺子包得多支棱，多齐整。”

“哟，那齐整的事都是凤表姐做的？你可真会抱大腿。”秀表姐抢白道。

凤表姐脸一红，用筷子敲了秀表姐一下：“死妮子，说的多难听。”

“好，不是抱大腿，是搂粗腰！”

“越说越难听了，看我撕你的嘴。”凤表姐放下碗，走上前抱住秀表姐的肩膀，秀表姐也急忙放下碗，用手臂揽凤表姐的腰，两人抱成一团，笑成一片。

大姨把她们分开，骂秀表姐“越来越没有女孩子的样子了”，秀表姐哀怨地看我一眼，委屈得红了眼圈，凤表姐赶紧上前安慰，把饺子碗递到她手上。我趋前想给秀表姐说几句好话，冷不防被她一推，差点撞到凤表姐身上，凤表姐为了缓解气氛，转过话题问我：

“你知道旧京人为啥把饺子叫扁食？”

“它是扁的呗。”

“不对，因为饺子的模样像耳朵，人的耳朵一边一个，喜欢偏听，所以饺子叫扁食。吃多了扁食就等于多长了耳朵，能够多听，人就聪明了。”凤表姐煞有介事地向我解释。

“如果不吃扁食呢？”

“那就冻掉耳朵变聋子呗。”

窗外天色灰暗，云层低低地压向屋脊，寒风在瓦面上嘶鸣，像那些用陶土烧制的麒麟螭龙都活过来了似的。偶尔随风飘来一声汽笛的悲鸣，火车由远而近，由近而远，钢轮轧着冻裂的大地，轰隆隆地从城墙那边越过；风变成了黑色，打着滚，把天和地卷在了一起。忽然，透出混沌一片的白光，下雪了。

“雪下得真大！”

随着厨房门外这一声高喊，满身花白的陈干娘提个荆条篮子走了进来。

“妈！”我惊喜地叫了一声。

陈干娘冲过来拉起我的双手。

“陈干娘，想你儿了吧？”四姨打趣道。

“今日不是冬至嘛，我想让少爷们尝尝我包的饺子。”陈干娘从荆篮里拿出两只用棉垫捂住的大碗来。

“他马伯怎样？”母亲问候陈干娘现在的丈夫。

“他不好，还在牢里。”陈干娘答着话就掉下泪来了。

陈干娘再婚后就被人称作马嫂了。陈干娘虽然辞了工，仍常来我家走动，做点什么好吃的，就用她那个荆条篮子提来一些，总不会忘记我们弟兄。马伯遭到无妄之灾，被牵扯到一个车贼案里，下了大牢，陈干娘这是又来找母亲去说情的。

院子里是少见的大雪，雪是黑雪，灰色的雪片打着旋，旋得天昏地暗。二门楼里的电灯泡被冻成拳头大小的一个光球，它的光芒都被严寒吸收去了。窗棂被雪片抽打着，渐渐积了一层雪，又因受到屋内热气熏蒸的缘故，迅速结成晶莹的薄冰，遮盖了半边玻璃。

“太太，你们过得还好吧？”吃罢饺子，母亲把陈干娘让到上房，一落座，陈干娘没话找话地问。

“好个啥，硬撑着往前过吧，过一天算一天。”母亲了无情绪地同陈干娘扯闲话。

我陪陈干娘坐了一会，就到东厢房去了。东厢房仍有一番热闹，显表哥、纪一夫、小哥在议论到电台演奏广东音乐的事。这是他们练习演奏广东音乐后头一次接到邀请，很兴奋，为演奏《寄生草》还是《梅花三弄》争论不休。秀表姐被吵得心烦，独自无情无绪地弹着风琴，谁也不理。我过去胡乱按了几个琴键，正在赌气的秀表姐拨开我的手，连头都没有抬一抬，我感到没趣，为了扰乱她，就跟着她随意弹出的曲调唱了两句：

山连水茫苍苍，
水连天苍茫茫，
天地间下夕阳，
光阴兮无留意……

“你这是唱的那一家的高腔呀？”秀表姐用力敲了一下琴键，停下手问我。

“《努力歌》，”我说，“这是我在小学时唱的《努力歌》。”

“什么《努力歌》，什么‘光阴兮无留意’，”秀表姐把一双丹凤眼的眼角往上一挑，含讥地瞥了我一眼，“这曲调是歌剧《弄臣》的名段《女人多变》，知道不？你们的老师咋教的？”

“我们的音乐老师还说这歌词是他自己作的呢，怎么会跑到外国人那边去了？”

“中国的音乐家就会改编，哼，是偷。”秀表姐不屑地撇了撇嘴，“你们那位音乐老师也是偷人家的，是小偷。”

“你们的音乐老师才是小偷呢，他教你的歌，哪首不是人家外国人的？”

“可我们的老师并没有说是自己写的编的呀！”

“其实一样。”

“其实不一样。”秀表姐学着我的口气和腔调，挑逗地摇着头，故意激我。

我正想再回敬她几句，她已转过身，旁若无人地自弹自唱起来：

我的家庭真可爱，

我的家庭真安康……

“砰”的一声，我抑制不住自己的情绪，猝然锤了一下琴，愤怒地喊：

“别唱了，女高音！”

秀表姐目不斜视，继续唱她的歌。

“陈干娘正在上房哭呢，你还唱？”

愤怒与屈辱燃烧着秀表姐，听不到我的叫喊。

我失去理智地冲出房门，跑回上房取了一支粉笔，走到秀表姐的窗下。这时秀表姐已经不弹不唱了，正坐在窗前暗暗流泪。看到她泪眼中的万般委屈万般无奈万般沉痛，我的心被刺了一下，但我还是硬下心肠拨开窗台上一寸厚的积雪，把手臂放上去，在窗纱上写上“打倒女高音！”五个大字。

室内的灯光把我的杰作投射到庭院地面，放大了。雪虽然小了，还在下。纷乱的雪花一层一层地加在地面的积雪上，却盖不住那几个被光线放大了的字。

这时，小院里没有琴声，没有歌声，只有秀表姐轻声地啜泣。

母亲问明缘故，狠狠骂了我一顿。

“你就不是东西！你秀表姐平日待你多好，给你补习功课，带你去看电影，你却总要惹她，把她惹哭。”我推开风门走到前檐下，还听到母亲在房内数落。

我坐在台阶上，把大衣的领子翻上来遮住双耳，双手托着面颊，茫然地望着夜空。

雪时断时续，月亮也时隐时现，缥缥缈缈的月华和稀稀疏疏的雪花融在一起把夜空汇成一片迷离而又透明的银白。这夜气纯净得如一块水晶，里面镶嵌有星星、房舍、树木……还有一个金色的窗口。

我凝视着那个金色窗口，泪流满面，懊悔与羞惭使我垂下我那颗顽劣的头。我知道我深深伤害了爱护我的秀表姐。我感到羞愧。如果她生长在意大利，她就是桑塔露西娅；如果她生长在爱尔兰，她就是那支最后的玫瑰；如果她生长在奥地利，她就是多瑙河上的春神，但她却生长在战乱不止的中国，而又不幸成为我的表姐。

我哭得很伤心，越哭越伤心，谁来拉我谁来劝我我都不肯回屋，让魔鬼来惩罚我好了！寒夜把我冻死好了！最后，还是秀表姐走出来，抱住我的肩头，把我扶进屋去。

第二天，我和秀表姐碰面尚有点不好意思，再过两天，就全然记不得“打倒事件”了。可能是那天夜间在院里受了冻，我手上的冻疮泛起更紫的瘢痕，秀表姐看到了，忙起来，又弄来核桃、芝麻、红枣，拉我坐在炭盆旁，将已经捣碎的红枣、核桃再放进口中细细嚼烂，轻轻地往我手上涂抹。木炭发出的气味和秀表姐吐出的香味包围着我，使我熏熏然昏昏欲睡，只觉手背痒痒的，疼痛顿消。我打开微闭的双眼偷看，只见秀表姐正拉住我的双手在火上面烘烤，神情专注，炭火映照着她半个身子，她那红润的因距火太近而挂了汗珠的面庞和狭狭的肩膀浸在光辉里，像是从童话当中飞来的人物。我正想抬高头看看她身后有没有两只白色翅膀，不料她突然仰起脸，正好与我的目光相遇。为了掩饰我的慌乱，我急忙闭上眼，煞有介事地发出轻微的呻吟。

“痛吗？”她问。

“痛。”我回答。

“我不信，别装模作样的！”

正在这时，凤表姐撩起门帘走进来，看看我们，对秀表姐调侃道：

“你还在这里当医生啊！”

“呃，现在不能说是医生，将来我可是要当医生的。”秀表姐不甘示弱地摆了摆乌黑的短发。

“你能当什么医生？你还是去唱歌吧！”凤表姐笑着说，“大姐在前院等你等得急了。”

“大表姐等我干啥？”

“今晚有音乐会，你们要去参加演出，你忘了？”

“啊，真的差一点忘了。”

“你赶紧换衣服，我来给憨生治手。”凤表姐一面坐上秀表姐刚才坐的小凳，一面不停地催促秀表姐。

秀表姐匆匆换了一身白衣蓝裙的学生装，穿上那件紫色暗格的厚呢大衣，离去时，又嘱咐凤表姐道：

“嚼烂一些，要嚼出香味。”

“哎呀，在我口里能嚼出啥香味呢？我又不是你。”凤表姐看看我调笑说。

“多嚼一会就香了。”

秀表姐刚走出房门，我叫住她问：

“今晚唱什么歌？”

“《流浪之歌》。”

秀表姐的声音从院子里传过来，我看到她的身影从窗口一闪而过，蓦然，心头涌起一阵惆怅。

“又唱《流浪之歌》。”我自语。

凤表姐凄然地望我一眼，在她的眼神中，我读出了一句话：

“也许我们都将浪迹天涯。”

这个忧郁的思想在我心中翻来覆去翻腾，特别是在星期天晚上，欢乐相聚的星期六之夜与星期天过去之后，就是郁闷、惆怅、孤单的星期天夜晚。一个星期天下午由家里返校，在夕阳的冷光里，一路听着杂沓的车声人声，感到一种难以言说的孤独。上晚自习前，我独自拿个篮球在篮球架下投篮，一轮清冷的月光升上来，球场像铺了一层银色的薄冰，迷迷蒙蒙的夜雾在远处摇动，从那边传来了车铃声。就在这时我想到了《流浪之歌》，篮球从我手中滑落，我凝立不动，唱出我心中最深的忧伤：

月色是那样朦胧，
大地涌起夜雾，
我的心中的人儿啊，
你在何处？

四

又到了七月初七。

旧京人是很重视“乞巧节”的，特别是有女儿的家庭。

我想起去年秋天在二门楼里同凤表姐说的话。这一年来，她家搬家的事提起又放下，但看情形是越来越打算搬的。战争像王母娘娘的簪子，毕竟是要把许许多多人划开，天各一方，好给银河多添些眼泪。

可能是感到越来越难过的日子太平淡无味，母亲强撑着也要把一年几个大节气过好，过得有点声色。“乞巧节”的前两天，母亲就叫我为表姐们“乞巧”做准备了。

我在母亲的梳妆台上拿了两个胭脂盒，用竹竿从檐角戳下两个蜘蛛网，捉了两个小蜘蛛放进盒里，送给凤表姐与秀表姐一人一个。初七清晨，一大早我在二院唤凤表姐和秀表姐，她们两人拉开房门走了出来，接着各房的门都开了，人们络绎走进二院。凤表姐与秀表姐各握着一只盛蜘蛛的胭脂盒，我笑着对大家说，看看她俩谁得了巧，要她俩打开盒子给大家看。秀表姐把盒子背在身后，嘟着嘴不肯打开，我要凤表姐先开，凤表姐的脸红了红，轻轻掀开了盒盖。晨光中，一个园园正正、银丝颤动的小蛛网罩在盒口上，院里爆出一阵惊讶，一阵喜悦的笑闹声，都说凤表姐得的巧好。我又叫秀表姐开盒，秀表姐仍不开，我说肯定你盒里的网没有织成，秀表姐被我这么一激，不服气地哼了一声，猛然打开了盒子。人们看到盒口一片银白，蛛丝密密麻麻地织成了一片银帛，银帛中隐约卧着两只蜘蛛。

“怎么有两个蜘蛛呢？”我问。

“就是有两个蜘蛛嘛！”

“我给你的是一只蜘蛛啊！”

“蜘蛛都归你管，就不兴别人也抓一只放进盒里。”秀表姐瞪我一眼。

大家都说秀表姐也得了巧，而且是巧上加巧，秀表姐鲜艳得像莲花一样的脸庞，才灿然地笑了。我想这多出的一个蜘蛛可能是小哥给她抓的，看看小哥，小哥故意扭过头去不看我。

傍晚，母亲特意叫用人拉开两张八仙桌，铺上淡蓝色通花台布，一张桌上放着五彩丝线和十四枚银针，一张桌上放着笔墨纸砚。几乎全院的人都来到上房看凤表姐和秀表姐穿七孔针了。凤表姐用手指搓搓桌上的银针，神色淡然，秀表姐可能由于太接近灯光的缘故，脸上的红晕倒褪去了不少，表情有些紧张。今晚，母亲少有的好心情，充当了这次乞巧的指挥，只听她说“开始”，风表姐和秀表姐手臂一伸，同时理出一条丝线来，一手捏住线头，一手捏起银针连续穿过几个针孔，只见两双轻柔灵巧的手不停摆动，一根根明晃晃的银针在丝线上跳跃，旁观的人们不禁数出声来：一根、两根、三根……，两个穿针人的速度几乎一致，但凤表姐穿到第七根针时，不知为什么却将针拿在手中顿了顿，侧脸看了看全神贯注的秀表姐，就在这一刹那，秀表姐穿完了七根针。待风表姐也穿完了七根针，满屋子的人为她俩一起鼓起掌来，母亲、大姨、四姨走过来夸赞了几句。

“都是巧姑娘，”大姨说，“针穿罢了，去写字吧。”

虽然没有人说凤表姐与秀表姐谁胜谁败，但秀表姐毕竟领先一针，是实际的优胜者，因此情绪难免有些兴奋。她走到摆放墨砚纸笔的方桌前，拿起一支羊毫楷笔，略一沉思，在十行纸上挥笔写下一首诗：“银烛秋光冷画屏，轻罗小扇扑流萤。天阶夜色凉如水，坐看牵牛织女星。”秀表姐是一个非常灵秀的女孩子，平日书读得好，字写得好，这时把杜牧的《秋夕》诗，写得娟美飘逸，气韵潇洒，得到一片啧啧赞扬声。轮到凤表姐书写，她从秀表姐手里接过笔，微微一笑，俯身挥笔，写出了杨朴的《七夕》。诗曰：“未会牵牛意若河，须邀织女弄金梭。年年乞与人间巧，不道人间巧已多。”众人上前观看，故意不解诗意，只道字写得端庄方正，清秀可嘉。我见众人言不由衷，高声说道，“两位表姐的字写得都好，录的这两首诗也好。”说罢，竟独自鼓起掌来。母亲看我得意忘形的样子，指指我对大姨说：“你看他，不知他高兴个啥？”大姨笑笑。“今晚没有他还不行呢，这针呀线呀蜘蛛呀，都是他张罗的。”四姨拉住我逗趣道，“今晚最忙乎的是你，封你个牛郎好了。”

“我才不当牛郎哩！”

"咦，还不当牛郎哩，还不知有没有织女要你呢。"

上房和庭院充满笑声。高高的天幕合拢起来，星星像黑锅里的炒豆一样，噼噼啪啪地蹦出来一大片，一忽儿，满天繁星，若明若暗，明明灭灭，横空奔过来一条迷迷蒙蒙的银色天河。

街上传来喧闹声，听说有人举着布偶做的摩侯罗孩儿[①]通过，我要凤表姐和秀表姐出去观看，秀表姐站在石榴树下不动，说是在树荫下看牛郎织女过鹊桥呢。我拉着凤表姐转身跑了，穿过大门，跑到街边看个究竟。原来是一群小孩手执荷叶，模仿摩侯罗孩儿的形状，笑着闹着刚刚走了过去。

我与凤表姐在大门前的石级上坐下。

街上的行人比平日多，灯下行人匆匆来又匆匆去，显得繁忙兴奋的样子。西边稍远处，冷总参议家门前停了几部小轿车，几个仆人立在门前，轮番引领客人往里去，黑影幢幢，看不出都是些何样面目。

"冷总参议家今晚要待客？"我推测着。

"听秀说，今晚冷二小姐订婚。"凤表姐向那边望了望。

"今晚订婚可不是个好日子。"我说。

"你懂？你懂？"凤表姐笑着推推我。

"你想嘛，今晚是牛郎织女一年一度的会期，谁家恩爱夫妻想一年只见一次面呢？"

"也是。"凤表姐轻声应道，手托面颊，沉默了。

我也不再说话，抬头望天，天空也是沉默的。墨蓝色的夜空很高很高，高得好像不存在，好像融化了，飘逝了。

"凤表姐，哪颗星是你呢？"我问。

"你说呢，"她的眼睛在星光下一闪，"哪一颗星又是你呢？"

---

① 摩侯罗孩儿为布偶之类的人物，旧京自北宋始，每逢七夕，有儿童手执新荷叶扮摩侯罗状从市街走过，以增添节日的热闹。

“那一颗，在牛郎星左边的那颗星。”我指引着她，“看到吗？那颗很明的星。”

“呵，看到了看到了，那颗星真明。”她说，“找到我的星啦！就是你旁边的那颗。”

“不是那颗，是天河那边那颗。”我说。

“我才不到天河那边哩！”

“你为什么不到天河那边呢？”

凤表姐没有回答我，我一直盯着那颗不太亮的星，它虽然不明亮，但它却十分温顺和柔美，于是我认同那就是凤表姐的星。

接着，我们又为小哥、秀表姐、大表姐找星，轮到大表姐，凤表姐叹口气说不找了，我问为什么？她不答，神情顿时变得很忧郁。

“她明天要回西安。”许久，凤表姐才说出这一句话。

“大表姐回西安做什么？”

“她在音乐学院的学业还没有结束。再说，她的男朋友来电报催她了。”

“她离婚的事办成没有？”

“男方不同意，没有办成。”

“男方不是医学院的学生吗，怎么还这么不开明呢？”

“男方就是要拖住我姐，男方对我姐本来不错，可我姐对他就是没有感情，唉，男方也可怜。”她顿一顿又说，“都怨我爸，这门婚事是他包办的。”

“你爸不是也给你包办了一门婚事吗？”我随口无心说出了这句不该说的话。

“没有！”凤表姐赌气道。

“说不定哪一天人家就把花轿抬到门口了，还说没有呢！”我故意逗她。

“没有，没有，就是没有！我不承认！”凤表姐突然气愤得用两个拳头乱敲我的背脊，接着把脸埋在膝盖上哭了。

夜风渐渐变冷。我不禁打了一个寒战。天河移向西边，街上早已阒无人声。我摸摸凤表姐被风吹凉的手臂说，回去吧，扶她站起身来。在门楼的灯光下，我看到她那吹乱的头发和脸颊上濡湿的泪痕，心猛然往下一坠，一种说不清的惆怅，像浓雾一样弥漫开来，充盈了我的胸膛。我伸出手扶着她，让她跨过门槛，随后把大门关上。门厅内漆黑一片。我摸索着向前走了两步，黑暗中碰到了她伸过来的手，我紧抓住，被牵引着向前走了两步。她的手滚烫，我的手掌刹那间就被汗水打湿了，有一团火一直向上燃烧，烧着手臂、烧着肩头、烧着胸膛，忽然我站住脚，用力把她的手向后一拉，扳过她的肩头把她拥在怀里。她没有出声，头放在我的肩膀上紧紧贴着我的脸颊，仅仅是轻轻的一个拥抱，大地就在脚下旋转起来，星空就在头上燃烧起来，山迸地裂，深渊万丈，莺歌燕舞，阳光灿烂，一切存在于一刹那间，一刹那间铸成了一切的存在……

墙脚有几只蛐蛐。“织促织促”地鸣叫。

“走吧，”她轻声说，我牵着她的手走出了门厅，一出门厅，庭院上空依然星光闪烁，好像刚才世界上什么也没有发生，只是两个少年走进了同一个梦。

深秋，包府坑上飞来一群一群野鸭；一队一队大雁鸣叫着从高远的天空飞过；石榴树上的石榴真的红了熟了。

我摘了两个石榴给凤表姐送进屋去。石榴皮红得发亮，鲜艳欲滴，剥开来，里面的籽儿却是白的。

“不熟？”我疑惑不解地望着白玉般的石榴籽儿。

“熟了。”凤表姐说，“这种石榴的籽儿不会变红。”

我把几颗石榴籽儿放进嘴里，只一嚼，就酸得闭目咧嘴地不知如何是好。

“真酸！”我说。

“不是什么石榴树都能结果的，也不是什么石榴都是甜的，人间很多事都如此，这是没办法的事，只有认命。”凤表姐笑笑说。

“你甭吓我，你甭给我讲哲学。”我打趣道。

“我才不给你讲哲学呢！我对哲学没有兴趣，我绣我的花去。”凤表姐说着，走到床边拿起一个绣花绷子，坐下来一针一线认认真真绣了起来。她坐在床边，不再同我说话。一缕淡白的似有寒意的阳光投射到她的身上，把她穿的红毛衣烘出一层红光，反射在瓷白的面颊上，双颊像匀染上一层胭脂，于皎洁淡雅中透出一种分外的妩媚。随着针线的上下摆动，几缕微黄的柔发从前额落下来，拂着鼻梁与眼睛，显出绣花人的从容与娴静。我终于忍不住，走近前看了一眼，问：

“凤表姐，你在绣什么？”

“不给你说。”

“我看看。”

“不给你看。”

我趁她不备，伸手夺过了她的绷子。

“真不讲理。”凤表姐半嗔半羞地瞥了我一眼。

我翻来覆去地看着夹在绷子上的绣品，图案是两只大雁，几茎枯苇和左上角的“雪鸿”二字。

“呵，原来绣的是两只大雁，”我说。

“就只是两只大雁？”凤表姐夺过绣花绷子。

“不止两只大雁还有什么？”

“那你就只要两只大雁好了。”凤表姐斜了我一眼，两个眼圈竟红了。

我想了想，说：“还有‘雪鸿’两个字。”

凤表姐垂下头，过了半晌才问："'雪鸿'是什么意思？"

"雪地里的大雁呗。"

"雪地里的大雁又怎么啦？"

"呵，我明白了，'雪鸿'是雪泥鸿爪的意思。"我说。

"苏东坡有一首诗不知你读过没有？"凤表姐背诵道："'人生到处知何似，应似飞鸿踏雪泥，泥上偶然留指爪，鸿飞那复计东西。'唉，也许人生就像'鸿飞那复计东西'般的无情吧。"

"凤表姐，你今天怎么了？"我担忧地忙问。

"我没有什么。"她答道，"昨天我爸接到我姐一封信，意思是要我们全家往江南迁。这我才想起要给你绣一个枕头。"

"凤表姐，我不要你给我绣枕头！我不要你南迁！"我一面喊一面去抢夺绷子，这个消息太突然，一时我难以接受。

"南迁不南迁不是我愿意不愿意的事，甚至也不是我爸我姐愿意不愿意的事，这要看战事的发展。"等我平静下来，凤表姐解释道，"再说，就是南迁，也不是最近的事。"

大表姐的男朋友是个军官，如果战事对国民党军队继续不利，并且大表姐能与原夫离婚，凤表姐她们是要南迁的，否则，南迁只是一种打算而已。

凤表姐一家南迁的事说了一阵又停了下来，但离散的阴影已经在老门楼里边悄悄漫延开来。

有一天，凤表姐送了我一套书签。她父亲在南书店街一间文具店里有投资，她到店里挂账拿文具多拿了一套书签。书签是菩提树叶做的，一套八个。小手掌般的树叶，经过处理只留下淡黄色的网络状的纤细叶脉，像绢纱一样轻盈剔透，纯净明丽。叶脉上是双面书画，一面用色十分简洁地勾出些花鸟虫鱼，一面书写着莎士比亚、高尔基、罗曼·罗兰、鲁迅等大文豪的隽语箴言。叶柄上系两条狭狭的丝带，我非常喜欢这套书签。

“书签背面的字是我写的，话是我选的，希望你能喜欢那些隽语箴言。”凤表姐说。

“菩提树是一种圣洁的树，是佛祖悟道时为佛祖遮风挡雨的树。”凤表姐又说。

我一震，指指窗外说：“这棵酸石榴树就是我们的菩提树吗？”

凤表姐点点头，叹了口气。

故乡有菩提老树，
它立在水井旁边。

当我骑自行车穿绕酸石榴树和凤表姐的窗口时，常听见凤表姐在轻唱舒伯特这首名曲。

我清楚地知道，离别的日子不远了。

五

这是我们在旧京一起度过的最后一个夏天，也是一个非常炎热的夏天。

傍晚时分，小哥骑车从裁缝铺前的瓜摊经过，抱回一个西瓜。旧京的西瓜有名，叫作“沙城西瓜”，名播上海、南京，颇给穷困的旧京挣回一些面子。旧京人嗜吃西瓜，小院里的人亦如此。显表哥看到小哥抱来了西瓜，就赶忙搬张桌子放在当院，把瓜洗净切开，唤大家过来。缺了四姨家的人，李嫂说是新姑爷带他们全家上街买东西去了。于是大家把话题自然而然扯到大表姐的新婚和这位第一次进家门的新姑爷身上。

“哼，不知道大表姐怎么会爱上这样的人！”秀表姐口气不敬地说。

“什么这样的人，你可不要瞎说。”大姨担心秀表姐说出更难听的话来，赶忙把她的话头挡回去。

“过去那孩子不错嘛。”母亲说，她指的是大表姐的前夫。

“就是太腼腆太懦弱了点。”大姨说。

“我看不错。”母亲放下半块瓜，掏出手绢擦擦嘴。

“你看不错有什么用，要大表姐看着不错才行。”小哥插嘴道，“这感情的事，别人就不要瞎操心。”

“别人当然不需操心，但别人总可以有个想法、有个看法吧？一个大活人站在那里，能不叫别人评说几句？”秀表姐狠瞪了小哥一眼，伶牙利嘴地顶撞着。

端午节前，大表姐从西安把新姑爷带了回来。新姑爷穿一身笔挺的草绿薄呢军装，中校肩章，年轻英俊，儒雅有礼，与那寡言瘦弱的医学院学生不可相比。去年寒假，那个医学院学生来院子里住了几日，大表姐不理人家，他只好整天一个人闷在房里看书看解剖图，可怜巴巴的。他很少说话，一说话苍白的脸颊就变得通红。显表哥与小哥在背后议论他没出息，一个男人还怕找不到个媳妇，何必如此低眉顺目地前来俯就，人家要离婚就离婚呗！不知是后来医学院学生长了出息，还是大表姐使出了别的法子，最后还是离了。对大表姐离婚，小院同辈人不加妄评，对这位新姑爷就有些不恭维了。

新姑爷是一位上将司令官的副官，眼看国军就要丢了这场战争，经常关注战局发展的显表哥，对这位戎装威武的新姑爷特别地看不顺眼，讥他是个“绣花枕头”。新姑爷在小院与众人周旋了半个月，尽了为婿之礼，带上大表姐到江南去了。具体地点是杭州，大约是想去重温“直把杭州当汴州”的旧梦吧。

战事像黄河滩上的干风从四周烘烤着这座城池，城内燠热，脏乱，紧张，到处游荡着绝望和腐烂的气息。但小院里今年夏天却喜庆连连，刚走了一个新姑爷，又要来一个未婚妻，实有些反常。

祖母曾在家里给小哥订了一门娃娃亲，如今，女方来了信，还托人带口信过来，探询我家对这桩亲事的态度。信内还附了一张姑娘的全身照。姑娘家住的离我老家不远，父亲原先在我父亲属下做事，也算是老朋友了。听说姑娘生得不错，比小哥大两岁。乡下习俗，姑娘十七八岁到了完婚年龄，就得出阁，不能老待在父母家。所以人家托人来问，又有一层催婚的意思。母亲询问小哥的意思，小哥一口咬定不要这门亲事。

“姑娘长得还是不错的，听说人品也好。”母亲拿起姑娘的照片看来看去。

“她就是天仙，就是七仙女下凡，也同我无关。”小哥口气决绝。

“那你找谁？”母亲苦笑一声信口问道。其实母亲一点没有为难小哥的意思，她同祖母积怨甚深，凡是祖母乐意的事，她是乐意作对的。

母亲问小哥找谁，本是一句笑话，随便说说罢了，不料小哥竟像发表宣言似的郑重宣布：

“我找秀！”

“谁？”

“秀！”

母亲惊呆了，我站在旁边也惊呆了。母亲张开的口半晌没有合上，我怔怔地瞧着小哥，简直不敢相信刚才的话是他说的，简直不可想象。

小哥一天之内给小院带来了两次震动，第一次震动，小哥反抗封建包办婚姻，全院年轻人一齐为他叫好。我们在《夜半歌声》中常唱“要与那封建的魔王抗争！”这不是嘛，眼前就出了一个反封建的斗士。第二次震动，小哥居然宣布他要找的人是秀，这就令大家有些迷惑，有些错愕了，感觉复杂起来。一时我不明白小哥话中的确切意思，是他想找秀还是已经找到秀，据我知，秀平日没有给过小哥几个好脸色，小哥怎出如此豪言？奇怪的是秀表姐，平时喜欢作激烈语，说话不饶人的她，忽然沉静了，连走路的姿态都变了，不蹦不跳，高昂着头，庄重得很。

沉闷燠热中来了一场雨，当酷热像绳索一样勒紧大家的喉咙，从南边忽然吹来一阵风，这风先热后冷，一阵紧接一阵，不一会就将一堆堆乌黑的雨云赶牲口般的赶到了城市上方，一群群奔腾的牛呀马呀越聚越密，眼看就要挤破了天。几道闪电劈下来，呼啦啦一声炸雷，骤雨凌空而下，树抖房颤，天空成了往下坠的一口黑锅，越坠越低，似要把大地扣实，翻转过来蒸煮一番。可惜锅里的水四散奔流，不到五分钟，院里青砖地上的积水已有一寸多厚。雨溅在水面上激起一个一个杯口大小的水泡，有的水泡竟然不破，顺着哗哗的水流穿过水道眼流向前院，流向大街。我站在上房前檐下看那些生生灭灭的水泡，时间稍久，一丝凉意上身，不觉打了一个激灵。走进上房，小哥独自一人又在看那个乡村姑娘的信和照片，我好奇地走过去，要求看信看照片，小哥不让，把信和照片收了起来。

经过一场骤雨，天气凉爽许多，人们的心情不像前几天那么烦闷与躁动不安。秀表姐照常唱她的歌，凤表姐照常看她的书，我照常在庭院里练我的车技，小哥与显表哥们照常高谈阔论，评点时政。但在这照常之中有变化，秀表姐的神情分明变得深沉起来了。自从小哥挑明了他的意愿，大家惊疑之后并没有认真地思虑，母亲与大姨也没有表示赞成或反对。可是有一天秀表姐突然若无其事地问我看到过那张照片没有。她要我找一找，拿给她看。

“好像小哥把它撕了。”我不肯定地说。

“你再找一找。”

后来我对小弟说起这事，小弟说小哥确实把照片和信撕了，碎片扔在条几上的帽筒里。我将小弟看到的情况告诉秀表姐，有一天秀表姐趁母亲不在，小哥推着他那辆红色自行车外出，就把我和小弟叫到一起，悄悄走进上房去看个究竟。小弟爬上八仙桌，搬起景德镇细瓷彩绘帽筒，倒转来将里面的东西全倒在桌面上。一堆零乱的不知何年何月塞进去的杂物中，发现了些碎纸片，其中闪闪发亮的，分明是撕碎的照片了。秀表姐十分耐心地把这些碎片拣出来，用糨糊拼贴在一张白纸上，于是一个面容姣好，亭亭玉立、身穿月白大褂和带襻黑布鞋的姑娘就渐渐显露在我们面前了。秀表姐还把那封信拼接起来看了几遍，然后叹口气说：

“唉，你小哥没有福气，这么好看个姑娘……”

我们又把照片和信放回帽筒，以为事情做得很密实，没想到小哥发现了帽筒里这个秘密的秘密，大发脾气，大骂一顿，差点同我动起手来。

看过照片之后，秀表姐对小哥仍然是一副不冷不热的样子，小哥殷勤备至，却常遭受秀表姐冷讽热嘲。

秀表姐参加音乐会之类的活动越来越频繁，追求者也越来越多，一些追求者越来越痴迷不悟。有一天秀表姐从学校带回一书包信叫我们看，全是大学里一个学生在本月内给她写的，看日期几乎是一天一封或两封，每封八九十几页粉红或粉蓝信纸，从信纸上的钢印凸花来看，这个好逑者购信纸信封是舍得花些钱的。情书基本语调虽是缠绵的张恨水、冯玉奇体，内中却大量引用莎士比亚、小仲马、弥尔敦、白朗宁夫人、罗曼·罗兰等作家的语句，文采斐然，如泣如诉，深情感人。只可惜秀表姐不为之感动。近些日子这个陷入单相思的大学生，竟然天天等候在女中校门口，想同秀表姐搭上一句话，正遇期末考试，把秀表姐吓得整日坐在教室里不敢走出校门。此时我始感身在福中不知福，整日同秀表姐耳鬓厮磨，竟还忍心寻方设法去惹她生气，怪不得小哥笑我憨，憨子者，我也。看了信，显表哥一拍桌子，要对那个痴情者教训一顿，小哥却主动请缨，说是旧京学生追 MISS 早成风气，不必大惊小怪，此事由他去料理一下就行了。

几天后，秀表姐气呼呼地拿出刚收到的一封信给大家看。信纸上只有两句话："有幸聆听了贵未婚夫的教诲，祝你幸福！"信分明是那个大学生写的，也说明小哥已经去"料理"过了。

秀表姐把信从我手中夺过去，往小哥手中一塞，问：

"你是谁的未婚夫？你是你家乡那个姑娘的未婚夫！"

小哥看着发怒的秀表姐，下意识地将信慢慢叠起来，装进衣袋，一句话没说走出房门。考完期末考试的第二天，小哥独自回乡办理解除婚约的事去了。我真佩服小哥的勇气，回乡走一趟并非容易的事，火车、汽车不说，还要徒步赶路，况且家乡已是解放区，国统区与解放区之间的过关检查是难免的，关卡重重，兵荒马乱，一个少年独自走这条路确需要一些勇气。

夜晚，一家人在庭院里纳凉，凤表姐拿张小竹椅走过来坐在我睡的行军床旁边，我把小哥回家乡办理解除婚约的事对她说了一遍。凤表姐听后似乎没有反应，只淡淡地说了句："你小哥是个有本事的人。"

"你怎么样？你就不能也拿出点本事？"

"我怎么了？"凤表姐轻轻一笑。

"你再不着急，你那个小女婿带着花轿上门娶你了。"

"再胡说，看我捶你！"凤表姐虚张声势地扬起拳头，我急忙把身子滚到行军床那边。

两只萤火虫突然俯冲下来，尾巴后面划了一道闪光的白线，其中一只故意同我们逗趣似的，绕着凤表姐的上身转了两个圈，循着螺旋形的轨迹，又冲上房顶。一会儿，这两只萤火虫恋恋不舍地又飞近我们，我想坐起身去捉它们，凤表姐用手臂捺住了我。

真的是被我不幸而言中，几天后，凤表姐的小女婿家果真来了人。来的是凤表姐的准婆婆，带了两副金镯子，两对金耳环，一条金项链，和几块衣料，都用长方形的红缎盒子装着，说是来“送好”的，言下之意吉日已定，就要迎娶了。那女人要看看即将过门的儿媳妇，凤表姐躲开不见，一气回学校去了。由于大表姐婚变的教训，四姨夫不敢收下聘礼，好言好语地把那女人打发了。凤表姐住在学校不肯回来，我到学校看她，她正在井边洗头洗衣服。暑假期间，没有几个人留校，倒有一份深幽清远的情趣。我提起井绳要帮凤表姐打水，她阻止说：

“走那么远的路，还不歇一歇？坐下来说说话。”

“我不累。”我说。

“看你头上的汗，还说不累。”凤表姐从盆里拿出一条湿毛巾，递给我擦汗。

“那个女人走了，你还不回去？”我一面擦脸一面说。

“住在学校清静，我想清静。”停了一会，凤表姐半带埋怨地又说，“你也不问问我有什么想法，你真憨了？”

我一时不知说什么好，笑一笑，低下了头。

几只麻雀飞到井台上跳来跳去。

“我不怕，我爸不会逼我，我已经写信给我姐，我姐会帮我。”凤表姐一面用梳子梳理湿发，一面又说，“我不怕，你别为我担心。”

“我知道。”

“你知道个啥？”凤表姐含羞地笑了笑，红了耳根。

我默默地望着坐在井边上的凤表姐，感到她眉宇间舒展了许多，开朗了许多，那一头长发由于水的湿润，更加亮泽了。阳光下，她姣洁的面庞闪着亮光，一双凝静的大眼被烘托得如湖水似的。

其实分离正一步一步向我们逼近，离散只在旦夕之间。

一场酷烈的攻守战，终于降临于这个城市，七天七夜的厮杀、呐喊、焚烧，使整个城市变了样，使城市的人变了样。

战争像火一样忽然烧起又忽然熄灭了，但人们在那一堆灰烬上再找不回往昔的一切了。

在一场连续多日的秋雨过后，凤表姐和秀表姐先后离开了旧京，离去的还不只她两个，还有那一年在禹王台拍的那张“绿肥红瘦”美人图中的另外两个女孩。童秋雨最先走，她是跟随解放军离开城市的。接着是冷二小姐冷玫随家人去了南京。

那位新姑爷实行了他的许诺，要把四姨一家接到了“山外青山楼外楼”的杭州去。我没有敢去送行，在前一天晚上我给凤表姐写了一封十分胆怯而勇敢的信，第二天，当他们要出门往火车站时，凤表姐在酸石榴树旁那个窗口里叫住了我，悄悄交给我一封写在绿格子纸上的信。我回到上房只看了两句，眼睛就模糊了：

读了你的信，我的心轻轻颤抖起来……

我无数次地读着这两句话，火车的车轮声渐去渐远。

稍后，大约是在八月仲秋前几天，秀表姐随校南迁，只有我同大姨两人到车站去送她。一列闷罐车停在站台前很久很久，一车女学生仍然是叽叽喳喳地笑闹个不停。我和大姨站在秀表姐那节车的车门前，嘱咐话已经说完，大姨饱经沧桑的面容上只剩下一层凝固的孤苦的笑。秀表姐不怕同学笑她，不时地拉拉我的手。车快开了，她又拉起我的手，却不知想到哪里去了，说：

“今年冬天保护好你的手，别再冻了！”

怎么也想不到，我的眼泪一下子竟在几百个女学生面前涌了出来。

几个与秀表姐同班的女学生开玩笑说：“这就是你常说起的那个表弟吧？把他拉上车来，让我们带他走。”

我同大姨目送列车东去。我们找不到出站口，绕过铁丝网，在灰蒙蒙的田野上望着远处的城墙走了很久。我们迷了路。

战场观察家

我是很崇拜显表哥的，显表哥是个军事天才，虽然他还是个高中学生。

围城的第二天，我由学校回到家里。一进二门，一手扶木梯的显表哥看我一眼，就得意地瞧瞧身边的好友纪一天和小哥高喊：

“看看，我早上没有说错吧？我一掐一算，憨生今天就该到家。”

“这次算让你猜着了。”小哥说。

“怎么是猜呢？军事上最讲个先见之明。”显表哥高傲地睃了小哥一眼。

显表哥刚爬到房檐上，只听丁零零一阵轻响，像一阵雨水，一颗子弹头从瓦坡往下滚来，他“呀”的一声，比子弹头稍快一步落到地面，为了掩饰滚落地面的那种小小狼狈，急忙跃起，军容庄严地举起了手中的望远镜。镜头摆动一下，对准的却是大姨一张表情严厉的脸。

“快回屋！”大姨厉声道。

我们几个人急忙钻进了东厢房。大家还被那颗不祥的流弹弄得惊魂难定，显表哥已经从容地面对壁上的地图了。

我崇拜显表哥是有道理的。显表哥有三样喜爱的东西都令我倾慕，一是他手中正拿着的两年前一个偶然机会从徐府街旧货市上买来的望远镜，一是抗战时期印制的全国地图，一是经常在他手上转动的篮球。显表哥当过一年青年军，复员时带回家一个棕色牛皮图囊，地图与望远镜平日就珍藏在这个磨破了一角的旧图囊里，必要时，如遇重大战役的消息在报纸上出现，就将地图用图钉钉在墙壁上，望远镜挂在脖子上。我见过父亲用个放大镜在作战地图上移来移去的情景，所以一直不明白显表哥为什么每逢看地图都要把望远镜挂在脖子上。我不敢把这点疑问说出来，因为显表哥是懂军事的。显表哥那个经常用网袋挂在自行车把上的篮球，简直就是一个令人起敬的标志。说起篮球，显表哥不仅球技出众，自身条件也好，十七岁时身高已经一米八几了，天生的球将料子。是整个旧京为数不多的篮球名将之一。

回到东屋，我发现这一次显表哥的阵势摆得不一般，在原先那张全国地图旁边，多钉了一张不知从哪里弄来的旧京城市地图，并且已经在上面划了不少红蓝箭头。显表哥听听远处的枪声，下意识地举起望远镜望望，然后用手中的红篮铅笔杆捣捣腮帮子沉吟着说：

“听这枪声，好像是在南关。”

“昨天傍晚，我听老师说解放军到了红洋楼。”我说。

“那就对了，昨晚在红洋楼，今天到了南关，解放军要攻城了，而国军在收缩。”显表哥弯下身，又在地图上划了几道红蓝杠子，好像双方军队都在听他调遣，一派聚精会神的样子。他忽然回头问我，“憨生，你回来啦？”

“我回来啦。”

听到我同显表哥的对话，纪一天嘲笑显表哥道："你现在才知道憨生回来啦？真莫名其妙！"接着纪一天又转过脸来问我："对了，你是怎么回来的？"

"走着回来的呗。"

"我是问你路上好走吗？"

"好走。"

本来已经临近放暑假了，同学们都在集中精神准备期考，没有顾得战争的事，战争却悄悄地骤然来到了身边。城南传来零星的枪声，像六月突然转热的天气一样，校园与市面的气氛突然失去常态，隐隐地变得紧张起来，同学中开始流传着一个消息，说是解放军要攻城了。人对什么都能够适应，失去了和平环境的人们对战争也早已习惯。似乎没有哪个同学惊慌，小小年纪，被不间断的战争消息、战争新闻磨炼得处之若素的样子。几年来在攻攻打打进进退退的内战烽烟中，同学们对这种真真假假的消息，早已习以为常。去冬，传说解放军要来攻城，说得千真万确，风声鹤唳，母亲特意把我叫回家，在我的棉衣腋下、裤裆，缝进了许多金器，一则为了"藏宝"，二则是怕我同家人走散后衣食无着。可怜天下父母心，聪明无比的母亲却没有考虑到残兵败将仅为这点金器，可能就会要了她小儿子的命。这几疙瘩金子在我身上整整坠了一个月，解放军说攻不攻，密云不雨，害得我每晚就寝都不敢大意，都得小心谨慎认真负责地遵照母亲的嘱咐将棉裤作枕，用棉衣蒙头，把腋下那两个疙瘩贴在耳朵边，小心它飞了。我吃这金疙瘩之苦不是第一次，也知道不是最后一次，因此有时我倒希望解放军来个痛快的，别总是声东击西什么的，害得我反反复复白受金疙瘩之累。

俗话说得好，智者千虑，必有一失，母亲也有措手不及的时候。

这次，听到零星的枪声，同学们没有把它当作一回事，照常上课，下午自由活动时间照常打篮球。

第二天凌晨，枪声密了。吃罢早饭，久久未打上课铃，老师们集中在教务处商量事情，我和一些同学登上教学大楼三楼的天台，四处张望。直至有同学被流弹击中，大家才猝然明白战争不是好玩的，于是兴奋顿消，几乎在同一时刻想到了家。校方没有宣布放假学生就自动走散了。

住校的秀表姐已经在我之前回到家里，我到凤表姐的房里看看，四姨说凤表姐没有回来。凤表姐的学校在东司门以北，离家更远，如果午后她还不回来，怕是要被阻隔在学校里了。

战场观察家显表哥同我想的一样，他说，凤怕是回不来了。

天将黑下来时，枪炮声像一块铺天盖地的黑幕，拉了过来，瞬间，天空墨黑墨黑，连一颗星星都找不到。

房内闷热，显表哥搬一张小方桌走到二院里，望望天，又进屋拿了一张小竹椅，并顺手将桌子上的望远镜提在手里。

“这个时候提个望远镜做什么？神经！”张口不饶人的秀表姐笑道。

“打扑克，到院里打百分。”显表哥没有怪罪秀表姐的不恭，招呼着房内的几个人走了出来。他同纪一天、小哥在小方桌旁边坐下之后，秀表姐却不往桌边坐，声言不打。显表哥要我加入，我看到秀表姐摆了下头，就推说不会。三缺一，但显表哥仍未气馁，他挥手将一副新扑克牌甩进罩子灯的光圈里，瞧瞧纪一天与小哥说，“咱们打‘信不信由你’吧。”

南边和市中心有几处火头映红了天空，纪一天一面出牌一面轻描淡写地自语般说：“解放军攻城了！”

显表哥下意识地提了提放在桌子一角的望远镜，不紧不慢地说道：“我看解放军攻不进来，新五军就在兰封一带，离旧京不远。解放军擅长的是围城打援，援军这么近又这么硬，它怕是难以应付。”显表哥如此胸有成竹，俨然军事家，桌上没有谁同他做无谓的争论。

可能已经占据了南关的解放军这时不断向城内发炮，炮弹划着弧线正好从我家院子上空飞过，震得贴了纸条的窗玻璃咯咯作响。大姨唤我们回房，我们怕房内的热气，都不应声。大姨呼唤再三，显表哥狠狠甩出一张牌，很不耐烦地高声说：“人家这是打省政府，又不是打我们，炮弹只不过从我们头顶过。”

“省政府在北边，离我们住的地方不远，万一一颗炮弹打近了，落到我们这里怎么办？”大姨担忧着。

炮弹连续地像涌浪一样在我们头顶呼啸，抖动，悲鸣与飞旋，不间断地飞越过去。有一阵排炮，声浪特别沉重与凄厉，令我们的头发和脚下的地砖都在发颤，心中不禁惊惧。显表哥却没有停牌的意思，他辨别着已经听不出所以的炮声解释说：

“这是重迫击炮。哎呀，这一阵是榴弹炮，解放军有榴弹炮了，装备可以。”

房顶上不时发出叮当叮当的响声，是子弹头的蹦跳声，大姨生气了，把显表哥怒骂一顿，大家才收牌进房。

这是一个无月的夜晚，奇怪的是刚才隐藏的星星，忽然都出来了。它们牢牢贴在高远的天幕上闪动，那么清幽，那么散淡，并不因猛烈炮火的震动而跌下一颗两颗来。国民党的飞机不断在夜空中扔照明弹，时时有几个照明弹在半空飘动着，像几盏打足气的汽灯，照亮了半个城郭。枪声，炮声，爆炸声变成了一阵阵风，一排排浪，忽远忽近，人们只感觉着一种巨响的包围却又似什么也没有听到。在混杂的枪炮声中，有一种枪声特别脆响而瘆人，清晰可辨。它一忽儿远一忽儿近，一忽儿在城外，一忽儿就响在你的身边。显表哥说这是信号枪。纪一天则说这是指挥枪，但不知使用这枪的人在退还是在进。枪炮声稍歇时，一阵南风吹过，可以隐约听到城东南的呐喊声。母亲叫来用人把两张方桌拼起，把全部棉被、毛毯找出来铺上桌面，给我们做了一个掩体，要我们躺在桌子下面睡觉。我和小哥觉得好笑，不肯钻进桌底，直到后窗高处的瓦当分明被流弹击碎了两个，碎片碰得窗玻璃一阵阵乱响，我同小哥才紧张地从窗前大床上滚落下来。

第三天上午，显表哥握着红蓝铅笔趴在壁上给那张城区地图上标示战况——那张地图老得连红洋楼都没有绘上，况且这两天那只望远镜连大门之外都未看到，真不知道他那些红杠杠蓝杠杠是根据什么画出来的——画得十分精心，好像生怕把双方战斗位置标错了，影响决策似的。看显表哥聚精会神的表情，我想问却又不敢打扰他。正在这时，大门响了，接着传来车夫郭娃的声音，好像是说解放军凌晨从大南门进攻，同国军打了个三进三出，现在被打退了。纪一天不相信大南门可以失而复得，显表哥不屑于同他争论，只用铅笔在地图上由内往外穿过大南门划了一个大大的篮箭头。接着街上不断有一群群士兵跑过的声音，脚步声、呼叫声、哨子声在院内清楚可闻。又有人拍击大门，拍击声与吆喝声持续着，一阵紧似一阵，好像非要把大门砸开不可，院子里的人轻声议论着，心都提了起来。刚从乡下回来的堂哥只好走到门洞里与外面搭话。显表哥也挺身而出跑了过去。外面的人自称是保安旅的，想找点水喝。堂哥熟悉兵腔兵调，一面用话应付着，一面无奈地打开大门。挤在门外的是一个班，班长身强体壮，皮肤微黑，神情紧张，却还有礼貌，堂哥做出热情的样子把他们往院子里让，班长却要他的士兵坐在门洞里，只他一个人进了院子。

“老总让弟兄们进来歇歇嘛。”堂哥说。

"不啦，我们只要点水喝。一天一夜没有喝口水啦。"班长说。

"好，我叫人去沏茶。"

"不啦，别费事，给我们掂一桶凉水拿几个馍行了，我们还要赶路。"

"听口音，老总是……"堂哥故意与班长套近乎。

"我是宜阳人。"班长说。

"呵，我猜得不错，原来是老乡，我是南伊阳[①]人。"

堂哥叫用人提了一桶水拿了几个碗过来，还从厨房端出来一笼白馍。

士兵们渴坏了，一碗一碗地猛喝。在他们喝了一阵之后，用人试探着问："南关丢了？"

"南关丢了，解放军今早进了城。"班长一面喝水一面说。

"那你们这是往哪走，我给你们找几套便衣你同弟兄们换换吧。"堂哥十分同情地看着班长。班长犹豫了一下，接过堂哥递过去的烟，坐在台阶上猛吸几口。

用人找来了一些衣裤，班长站起身接过衣裤又随即退了回去，甩掉烟蒂，苦笑一下说：

"不用了，我和弟兄们还是遵照上司的命令，往省政府集中好了。"说罢，这位班长走进门洞，要士兵们每人抓两个馍，出门向西跑去。

用人急忙关紧大门，在大家呼口长气的时候，显表哥发表评论说，"这个班长还像个军人！"大姨狠狠地瞪了一眼，他才收住话头。

日近中午，街上的人声、跑步声更乱了。

"站住！站住！"

---

① 河南省汝阳县的旧称，因与西北边的邻县宜阳同音，民间用"南伊阳"以作区别；1959年改名为汝阳，因县治在汝河之北，故名。

“冲上去！冲上去！”

“开枪了，开枪了。”

“回来，回来。”

哨声，乒乒乓乓的枪声时起时伏，一会儿混成一片，一会儿沉寂下去。

我家的房客姬参议，住房临街，临街那面墙上有四个方窗，我和姬参议的儿子姬彬忍不住爬上凳子往外看。越过护窗的木栅栏，可以清楚地看到街上跑动的已经不单单是国民党的败兵了。双方的士兵都穿黄绿色军装，武器又没有大的不同，唯一明显的区别是标识。国民党军的士兵在脖子上或者左臂上缠一条红蓝白三色布条，而解放军的士兵则在左臂上缠一条白毛巾。双方士兵互相追赶，布条和毛巾在小街上飘来飘去，像在玩一场捉迷藏的游戏。不知什么时候显表哥已站在我们身边，正举着望远镜向外观望。望远镜把姬参议吓得面色苍白，急忙拉开显表哥，劝他不要招引那些打仗的。显表哥似观察到了什么说：“看来国军只能坚守几个核心阵地了。”

随着风向的变化，从东、南、北三面不断飘来呛人的焦味。南关邮局大楼在燃烧，大南门城楼在燃烧，中鼓楼在燃烧，省政府在燃烧，中山路、寺后街与鼓楼街的许多高大建筑在燃烧，几乎整座城市笼罩在烟雾中。双方士兵在逐条街巷进行厮杀，街坊邻居却在抓紧机会互相传递消息。车夫郭娃最为活跃，一天过来敲门通报几次，虽然消息并非全都准确，但也为显表哥的红蓝铅笔找到了事做。又是一夜山洪暴发般的枪炮声。夜空中飞机多了，照明弹多了，炸弹多了。直到第二天，一批批飞机接连不断地盘旋着，俯冲着。一排排像黄河鲤鱼产卵似的炸弹，下坠时的尖啸，如哭如笑，凄厉而阴冷，挑逗着震慑着即将粉碎的无辜生命。大姨不断绝望地说：“这是为什么？为什么呀？”观察家显表哥露出沉闷的样子，好像想对大姨解释什么似的说："可能新五军反攻了，但这种狂轰滥炸是愚蠢的，愚蠢的，难道不知道炸弹都落在老百姓头上了吗？"傍晚，郭娃陪着一男一女身穿黄绿色军装的解放军敲开了大门。两个解放军说，国民党飞机明天会进行更大规模的轰炸，居民要尽可能地出城避一避。全院居民第一次面对两个真实的有血有肉的解放军，原先的紧张与恐惧竟突然消失了。那戴着个用药水染黄的大口罩的女兵，虽然军装上满是汗渍，耳边的短发沾了许多灰土，却遮不住的清秀与文静。大姨打了一盆凉水要他们洗个脸，他们推说有事不洗，大姨竟能十分自然地拉起女兵的手说："洗吧姑娘，跑一整天够累的了。"女兵不好拂意，望了一眼男兵，摘下军帽与口罩，把手搁进盆里笑笑说："我已经三天没洗脸了。"白牙闪了闪，滚动着水珠的瓜子脸十分美丽，笑意未消的眼角里，透出几分稚气。那个更为文气的男兵点点头，看着她笑了。

"原来在哪里读书？"大姨递过去香皂。

"亳州师范。"姑娘答。

"啊，曹操的老乡哪。"大姨笑着与姑娘搭话，"想当老师是吧！"

"我一直想当老师，"姑娘一面擦脸一面说，"现在只能等打完仗再说了。"

"我是教员，将来说不定我们还能同事呢。"

世界上最难沟通的是人，最容易沟通的还是人。由于难于沟通，只有动枪动炮；由于容易沟通，只几句家常话，过去被描述为青面獠牙的人，就成了熟人，可亲的人。

夜里大姨同母亲商量，决定第二天带显表哥、秀表姐、我和小弟出城到西乡躲避飞机。母亲不走，她要守住家，小哥也不走，留下来陪母亲。

第二天早饭后，大姨带着显表哥、秀表姐、我和小弟还有纪一天，走出了老门楼。我们每个人把几件换洗衣服包成一个小包袱背在身上，出门后先向东走去。解放军攻下省政府之后，战事已转到城北龙亭一带，这时小油坊街上是意想不到的清净，甚至看不到战斗过的痕迹。但一出街口进入中山路，景色突变，眼前的一切令我不敢相信这就是我熟悉的常常走过的街道。什么是战争？战争就是我进入中山路的一瞬间——成了我永恒记忆的一瞬间留下的印象。中山路南北两段的电线杆子全都横七竖八地倒在街中间，零乱的电线上倒伏着累累尸体，两厢未烧尽的房屋冒着青烟；几部汽车翻倒在路旁，一部轮朝天的大卡车的驾驶室仍在燃烧，两个烧焦的士兵将缠着红蓝白三色布条的手臂耷拉在车门外，而其中一只衣袖还在浓烟中抖动。几匹被射杀的马堵住了半个路口，血肉一片狼藉。一匹受伤的马顽强地站立起来，眼神却是痴呆的，它向远处望着望着，不知在望什么；一只满是血污的蹄子蜷缩起来，不时抖动几下，驱赶嗡嗡叫闹的绿头苍蝇。我心头一惊，我看到这匹马的左耳上有个小白点，这不是那匹将影子留在黄河波涛上的小红马吗？但它的皮毛不是红色，是红色吗？是血染成的红色！它好像嘶鸣起来，慢慢移动了身子，颠踬着，在死尸与断木间茫然走去。它在寻找，它在寻找什么？它仍在寻找那个丢失在黄河泥沙里的和平梦想吗？路上的死尸越来越多，因为天气炎热，尸体很快膨胀糜烂，变成浓液外溢的黑紫色圆体，迸裂了肮脏的军衣，既恐怖又难闻。我害怕低头看到这些尸体，又害怕被它们绊倒，走得十分小心。走到木厂街与外马号街交汇的街口，看到一部歪倒在几株小树旁边的卡车正冒着青烟，驾驶室里三个死亡的士兵皮肤惨白。显表哥说这里可能刚发生过战斗，我才跟着大家加快了脚步。我们几个曲曲折折地穿过几条小巷，沿着一个水坑边缘走近了小南门。小南门附近的死尸成堆满沟，有几堆似在燃烧，飘散着难闻的恶臭。路边的解放军战士都戴着白的或黄的大口罩，提醒出城的老百姓注意隐蔽，并不加盘问与检查。显表哥停下脚步，望望崩坍一角的城门与两侧完好的城墙对纪一天说："解放军硬是从城门洞子里攻进来的。"纪一天点点头附和道："是场硬仗。"显表哥以专家的眼光又审视了一下地形，竟从他那只宝贝破图囊里掏出了纸和笔。"让我算算。听说这里有几十挺重机枪织成的交叉火力网，有个公式，可以算出网眼的密度。"大姨催他快走，责备地话刚出口，一个炸弹已落在我们身边。

"散开！卧倒！"戴口罩的解放军在不远处高喊。

我同秀表姐把脸伏在泥地上，秀表姐紧紧抓住我的手，指甲掐进我的肉里，我却不知道疼痛。三架飞机上上下下盘旋，扫射，投弹，把坑水与烂泥吸上半空又砸下来，每一个击打点都是死神敲门的手指。飞机闹腾一阵，向远天飞去了。我和秀表姐坐起来，互相抹抹头发上的泥水，眼睛一动竟笑出声来。这时显表哥却愤怒了，他猛然挺起身子，盯着远方的飞机大骂起来：

"这算什么战略战术？失民心者失天下！"

又躲了两次飞机，我们走到南郊飞机场误入了解放军的炮兵阵地。十几门榴弹炮正在向国民党军的最后一个据点龙亭开炮，这边炮膛的淡烟尚未消尽，那边还击的炮弹就飞了过来，在附近击起一个个裹着飞沙走石的烟柱。"想死啊！怎么走到这里来了？"一个解放军干部模样的人怒骂着向我们跑来，急忙把大姨按倒在地，我们几个紧跟着趴了下去。炮战打了一会，间歇中，干部模样的小伙子扶起大姨和蔼地询问我们这是到哪里去。大姨说是去西乡，解放军干部要我们穿过一条僻静的小巷向西走。显表哥从他那百宝箱似的图囊里掏出了那张老地图，单膝跪地，展开地图查看，解放军干部细瞧瞧地图笑了。

“同志，你这张地图上连飞机场都没有，太老了，没用，还是听我说，向西走，一直向西可以走到护城大堤。”

大姨脸上露出笑容，“对了，西乡就在大堤外面。”

过了两天，天上的飞机少了，远处的城池寂静了，大姨又带着我们从西门回到了小油坊街。

令我惊喜的是经过凤表姐住房的窗下时，我看到了凤表姐。我停下来，经历了数日生死线上的梦游，有许多惊险的故事要说，凤表姐却忽然打断我的话，问：

“童秋雨走了，你知道不？”

“走哪里去？”我立即想起秀表姐那个性格开朗的同学童秋雨，似乎已经好多天没有见到了。

“跟着解放军走了，昨天，她突然来到我们家。”

“是来告别的吧？”我紧张地问。

“听她说，你小哥的同班同学‘猴子’——就是那个省党部主委的儿子，也跟着走了。”

“他们是投奔革命去吧？”我问，凤表姐默默无语。

凤表姐还把童秋雨出走的事找着秀表姐说了。显表哥在一旁听到，意义不明地摇摇头，神色忧郁。我们一进城就听到许多传闻，说是省政府刘主席在省政府被解放军攻破的一刻，被他的警卫营长夫妇化装成头部受伤的老百姓，用架子车拉出了小南门；他的曾是大军阀的哥哥、教育厅长等几十个高官被解放军抓住又放了。又说，解放军就要撤了，这次解放军取得的不是一座城而是人心，许许多多文化人和学生跟随解放军走了。

秀表姐提出来去看看童秋雨，凤表姐和我立即附和，小哥和显表哥也跟我们一起走出大门。听说童秋雨们是在大金台旅社报的名，我们向鼓楼街走去。到了大金台旅店，解放军的机构已撤离，没人知道童秋雨是谁。听说新五军的坦克已开到南关，马上就要进城。回来的路上，在鼓楼旁看到五六个解放军用石灰水在鼓楼的砖墙上刷标语，其中一个女的看到秀表姐还扬了扬手，一侧脸，笑得十分好看。我想起来，她就是劝我们出城躲飞机，同大姨拉话的那个女孩。“打到南京去，活捉蒋介石！”写完最后这条标语，几个人拉过旁边的马，翻身跨鞍，向东面飞奔而去。

看到省政府处冒着一股股浓烟，我们从行宫角向西走了过去。昔日威严的衙门，转眼间成了一片废墟，遍地瓦砾与烧焦的梁木，面目全非；有几个人，在残砖断木间游走，不知在寻找什么。我们刚来到一个紧靠路边仍在冒烟的瓦砾堆旁，忽然碎瓦窸窸窣窣响着坐起一个人来。这是一个伤兵，他的后脑勺不知是被炸掉了还是被刀劈碎了，血肉模糊，一群绿头苍蝇嗡嗡乱飞。他坐起来摇晃了几下，又噗的一声倒下。在他一旁一个穿呢军服的下身压在灰烬中的军官蠕动了几下。想必是他们已经昏死过一次了，是清晨的一场大雨，又使他们略微恢复了知觉。

后脑勺重伤的那个伤兵又挣扎着坐了起来，模糊不清地嗫嚅着：

“补我一枪，补我一枪……”

显表哥拉了下秀表姐，我们急忙离开了这个令人毛骨悚然的地方。

“显表哥，你看清没有？是那个到我们家要水喝的班长！”小哥说。

显表哥拧紧眉头，闷声不语。

街上有许多人向行宫角及中山路跑去，有人一面跑一面喊，“新五军举行入城式啦，几十辆坦克开过来了……”小哥要过去看个究竟，被显表哥恼怒地拉了回来。

在坦克的巨大轰隆声中，我听到显表哥对小哥高喊：

“狗屁入城式，这仗打到何时了啊！”

金子谢幕

金子的本名是白丽金。不知是出于娇爱，还是受日本女孩名字的影响，曾留学日本的白副官长白甫臣，从小把他与前妻生的女儿白丽金叫作金子，因此，街上人都称白丽金为金子姑娘。

金子姑娘在左邻右舍眼中是个奇人。说她奇，这有两层意思。一是她身上常有点仙气，常弄出些古怪来；一是她祖上是从城西北隅“里城大院”搬出来的。这“里城大院”是康熙年间建的满洲城，两百多年来，吃铁杆庄稼的旗人就住在这城中之城里，享尽吃白饭的安乐。直到民国年间，冯玉祥将军来河南当督军，不管里城门上挂的皇上老儿的御书敕令，把康熙爷照顾的子孙赶出了大院。一向不事劳作稼穑的旗人兄弟被冯大帅遣散之后，惶惶不可终日，没有谋生技能的，只好靠刮硝熬碱、卖煤土糊口，饿死不少。金子的爷爷幸好读过书并做过几任小官，赋闲后在玩雀斗鸟中结识了几个生意上的朋友，得以开间甜品店维持一家温饱。

白副官长白甫臣也算为里城争气，在艰难世事中不仅读完了大学，并且还到日本留了洋，回国后能够一直在官场混事。白甫臣的官运不算亨通，抗战前只当过几任教育科长之类的小官。年轻时，白甫臣一表人材，长脸，白净面皮，浓眉下一双灵动而威严的长眼，身高虽说略显不足，但斯斯然有雅气。白甫臣官运不旺桃花运旺，特别是那种绵绵的随和脾气，很招女人喜欢，因此不断闹出些风流事。先是他当票友同一个当红女伶打得火热，后来又同童二老爷的填房丫头惹出不少闲言碎语。童二老爷是他的老泰山，这一来就将童家大姑——金子的妈生生气死了。白甫臣的第二个妻子杨水仙是我大姨旧京女师的同班同学。据大姨说，当年杨水仙面若桃花，风姿绰约，走起路来袅袅娜娜，如风摆杨柳，故有杨校花之称。二十余年后，杨水仙吸毒耍泼，皮黄骨瘦，老同学见了她，不能不惊呼杨校花变成杨活鬼了。这杨活鬼有一肚子委屈向大姨倾诉。当年白甫臣追求杨校花时，说自己没有结过婚。杨校花看白甫臣深沉成熟，谈吐不俗，又是同族名门之后，无多加思索即以身相许。不料婚后发觉，白甫臣不仅结过婚，且前房还留下一个女儿。满族女子最忌给人家当续弦，因续弦比原配夫人低一等，即使死后与丈夫合葬，续弦的棺材也要比丈夫和原配夫人下错一尺。杨校花认定白甫臣有意欺骗，每想起这段婚姻带给她在同学面前的羞惭，想起生前死后的悲哀，对白甫臣的怨气就不打一处出，经常翻江倒海闹得自己心口疼抽上大烟，闹得白甫臣蔫下头到处碰壁。

前两年，白副官长白甫臣把我们一家人接来旧京回部队复命后，就将杨水仙和女儿白丽金、儿子白俊仪从抗战时期流落的一个小县城接到旧京。他不准备再回部队，并筹划开光复楼饭庄，就同我母亲商量，全家在我家后院安定了下来。本来他应该住在岳父家，但他同岳丈童二老爷早已暗中结怨再不来往。光复楼歇业之后，白甫臣在荥阳、汜水之类的小县任了不到一年县长，据他说直到共产党游击队攻城，他才撤离出来。后来上边追查此事，他一直躲躲藏藏的，没有一个可以挣钱养家的职位。杨水仙照旧只抽大烟不做事，还多亏大姑娘金子在外面能挣几个钱回来。

转眼金子已是二十好几的大姑娘了，高挑个，柔柔腰，椭圆的脸蛋，忽灵灵的大眼，生得丰韵娇美。多少年来杨水仙千方百计地挟制她，但她一直不服杨水仙管束，到如今长成大姑娘，并能置钱养家，更是不受杨水仙的那份后娘气，杨水仙如今也不敢像前些年间那样对待金子。可能是由于长年与杨水仙争斗的原因，金子养成了一副大胆奔放、不屈不馁的性格，并且常会捣弄出一些古怪来。她是个开通的女孩子。夏天常穿一件白色无袖圆领绸衫，一条宽大的长度只及小腿的花格纺绸裤，走在街上风一吹，丰满白嫩的肩头与脚踝袒露无遗，明明知道四面有许多异性谗羡的目光，她毫不在意。她的脚上常穿一双古老的满族女式木底圆宝鞋；穿着这双鞋底中间像垫了半截砖头的圆宝鞋走在街上，不单是男人们看得眼热，也引来老太婆子媳妇们不少的议论。她还有一双木底草面鞋，用草结成的鞋面厚厚的，简直像一座拱桥，穿起来同她有时穿的尖头高跟皮鞋大异其趣，真令人惊叹不已。谁也不知这些怪鞋的来历，是她祖上传下来的，还是她找人定做的。她早已不上学了，在外面做什么事，人们说不清楚。好一阵子街上看不到她，有人说她到附近县里教小学去了；后来秀表姐说，她在一个演剧队里；有一阵听说她在南书店街军人俱乐部里做事，甚至有人还说看到过她坐在吉普车上同美国兵说笑。我常从军人俱乐部门前经过，从未碰见她，因此我十分怀疑人们的传说。我只知道小油坊街上才有个金子。金子回到街上，便是一个态度和蔼，待人敦厚的姑娘，但她保持满族人风俗礼仪的顽强举动，却成了小街的一大景观。每次她到我家来，见到大姨或母亲，不鞠躬不点头，而是双手扶膝下蹲，来个所谓的"蹲安"，道个万福。她在我家后院东南角竖了一根丈高的木杆，杆顶经常挂些馍馍、菜叶之类，招来不少乌鸦啄食。母亲把乌鸦视为不祥之物，曾几次要求白家放倒木杆，白甫臣虽然满口唯唯，可就是说服不了女儿金子。后来听大姨说，这是满族的风俗，母亲也就不再干涉。当年清朝开国始祖努尔哈赤兵败逃难时，曾得到明朝驻抚顺总兵李成梁的爱妾李夫人和黑狗、乌鸦、木杆相救，故李夫人、黑狗、乌鸦、木杆都成了满人尊崇之物。金子不单竖杆饲鸦，并且坚决不吃狗肉。

一次我看到金子同挑食品担的郭汉吵架。每到冬天，郭汉的担子就改卖风干野兔肉，时而也卖狗肉。一次金子买野兔肉买成了狗肉，与郭汉大吵不说，还把郭汉的玻璃盒子砸了。

“啥子了不起嘛，还当自己是金枝玉叶不成？江山都没有了，还想着那条救过祖上的黑狗有啥用？”郭汉说话太刻薄，气得金子骂声“你混蛋……”飞起一脚就将人家的挑子踹了。一只木底圆宝鞋夹在盒匣中间，成了郭汉后来找白甫臣赔钱的证物。

金子这一脚在小油坊街踢出了名堂，之后小油坊街的大人小孩见了她，都会同她亲亲热热地打个招呼。

金子的扬名全城，则是在旧京经历了一次战火之后。

又是一个山雨欲来风满楼的日子，《国民日报》登出广告，相国寺醒豫舞台的门墙上也贴出大幅彩色海报：不日隆重上演曹禺名剧《原野》。海报被一个十分美丽并有几分野气的女人画像占了大半边，据秀表姐说，这个女人就是剧中主人公金子，而饰演《原野》金子的，正是小油坊街的金子姑娘。

金子送来了票，那时凤表姐一家已去了江南，我、小哥、秀表姐硬拉上显表哥去看了她的演出。剧中那个大胆、泼辣、富有反抗精神的金子，像附在她身上的一个灵魂，把她变成了另一个金子的化身。特别是她坐在铁轨上与仇虎的对话，她说出的简直就是她本身的向往与祈求；她表演的朴实与真诚，深深打动了观众。演出结束，反应热烈，掌声四起，要她多次谢幕方罢。显表哥怔怔地却没有鼓掌。在观众挤拥中，有人上前献花篮，看样子那人是个军官。我站起来仔细看，那人原来是冷总参议的副官吴青。我与秀表姐又去看了两场，每次都看到吴青坐在前排。

金子姑娘参加的剧团不是一个有名的剧团，但《原野》的演出却轰动了旧京。可能由于人们在这动荡不安的时刻，需要这么一点点缀，得到些许心灵的抚慰。《国民日报》用整版刊登剧评和金子姑娘的大幅剧照，报童不停地喊着她的名字，一时她成了大街小巷议论的新闻人物。秀表姐对金子的演技抱着不敢恭维的超然态度，我说金子演得好，她就用嘲弄的口气学了一句台词：

“火车跑得挺快挺快的，就是不会拐弯儿——”

秀表姐夸张地将“弯”字儿化，带出河南人的土腔，用以嘲笑金子姑娘。

我认为秀表姐是故意挑刺，很不以为然。这几年虽然旧京一直在残败中挣扎，但时不时还有一些令人心神一振的艺术盛事，戏剧演出相当活跃。我与秀表姐们一起看过从西安来的某抗日宣传队原班人马演出的《忠王李秀成》和连本话剧《清宫秘史》。演员们的演艺水平高超，尤其是扮演慈禧、光绪和李莲英的演员。他们在旧京演出之后，就被请到上海拍电影去了。我们还看过部队剧团演出的《雷雨》《日出》与《风声鹤唳》。这几个话剧虽演得平平，但也给我留下了印象。看罢演出同秀表姐发生争论是常有的事，但这次她对金子姐的批评，我尤为不服，无形中我成了金子姑娘的保护人。

一天傍晚，我同街上的几个中学生在包府坑旁那块竖了两个破篮球架的空地上玩篮球，在黄昏如纱帐一般的金色中，我看见站在球场一边的金子正向我招手。她又穿起她那宽大的白绸圆领衫和那双怪样的草窝木底鞋。落霞飞在她雪白的脸庞与脖颈上，渲染着她，像是把她从天外另一个世界刚刚接过来。她向我笑着，笑得很美很温柔。

“三弟弟，打球呵。”她又向我招手，“怎么不见你显表哥呢？”

“显表哥他们请愿去了，迁校的事。”我拍拍球，走到她的身边，“金子姐，今晚不去剧团啦？”

“剧团休息三天。”

“不是还在演出吗，为什么要休息呢？”

“有三个朋友离开了，一时找不到人顶他们的角色。”她解释着，拉起我的手，“陪我到水边走走吧。”

我同她沿着水边的一条土路向南走去，一直走到小桥上。晚霞中紫色的城墙上方滚动着一团团火云，烧破了半边天。火云渐渐烧成了灰烬，由红变紫变青，最后匀化成挂在城墙上的一条淡淡的透明的彩绸。水面随着西天的颜色变幻着不同的画面，渐由热烈归于宁静。平日姿色不为人们注意，像一个被劳累折磨着的用人似的包府坑，此时忽然展示出少妇般恬淡的美色；在黄昏将逝夜色即至的朦胧中，景象迷人。

“你们剧团不演了？”我望望金子，弯腰拾起一块石片，一甩手打出个水漂，石片在水面上一连串地跳跃着，直跳到水雾笼罩的远处。

“哟，还真神！”金子也拾块石片，可惜投下去就沉了。“还演，过两天新演员就到了。”

“你们团那三个人为什么要离开呢？”我又问。

“各人有各人的追求吧。”金子回答。

“什么追求？”

“他们到那边去了。”

“找解放军去了？”

“可不敢对别人说呵！”她点点头，急忙告诫我。她的神情有些紧张，停了一会才缓过来。“我们团内这几天很不平静，说来说去就是一个往何处去的问题。有人要到那边闹革命，有人想到江南，各有各的打算。”

“你去哪里呢？”我问。

“我只想演戏。至于去那里，我还没有拿定主意。按本意，我想去那边，去演《白毛女》，就是我们传看过的《杨白劳卖豆腐》那本小说的故事。可现在又遇到些麻烦事。”她低头望着我，像对一个知心朋友一样，说着心里话。

“什么麻烦事？”我打趣道，“你谈恋爱了吧？”我想起那个晚晚坐在戏院前排的吴青。

“小毛孩子，知道什么叫谈恋爱！”她揉揉我的被风吹乱的头发。

风凉了，我打了一个抖。金子慢慢抬起丰润的手臂搂着我的肩头。

“金子姐，那个人怎么样啊？”我问。

“哪个人？”她调皮地反问一句。

“那个人嘛。”我坚持道。

“呵，你说的是他呀，对我还好。现在对我还好。”她大声笑起来。“我看你挺鬼的，人不大心眼不少。”

“这有什么鬼不鬼呢？”我也笑出了声。

过了几天，小油房街的街坊们议论开来，他们用好奇的或诧异的眼光看着常常并肩走过的金子与吴青。吴青是省警务处派给冷总参议的副官，常穿一身非常合体的毛华达呢草绿军装，英俊挺拔，与美丽的金子可说是天生一对。有人说金子有福了，找了个好人家，有人则说警务处出来的没有好东西，这么年轻就当了中校，不知走了哪门路子，这种人最靠不住。喜欢唠叨、力主金子嫁给吴青的继母杨水仙，不会不把街上这些说三道四的议论带回家翻腾一遍，但金子听而不闻，泰然处之，好像什么也不听也不想似的。

金子经常挽着吴青的手臂走过街西口的小庙，走上湖中土路、小桥，走近南城墙，西边的落日刹那间将他们溶入金色，两个明亮的光点一闪一闪，渐渐步入黑暗。天上出了星星、月亮，水面升起薄薄的夜雾，半空却是透明的蓝。薄雾中两个暗蓝的身影，相拥相扶，又慢慢接近了街口黑黝黝的小庙。他们在郭汉的食品担前停下，挑选了几样食品带回去孝敬正在等待下酒菜的杨水仙。

有一天，我与几个中学生在破球架下打完了球，吴青看到考上海军学校的小哥同班同学刘吉刚正把一顶水兵帽往头上戴，就主动上前攀谈起来。他问刘吉刚考上的是哪个海校，刘吉刚说是基隆海校。他说：

“过不多久，我也会到台湾去，到时说不定会看到你这个小老乡。”

我猜想吴青就要离开旧京了。听杨水仙对母亲讲，金子快要同吴青结婚了，家中正在筹办喜事。杨水仙向母亲借钱，母亲面有难色，杨水仙就赶忙说，“嫂子，姑娘出嫁我总得陪送几件东西吧？借你的钱你别担心，只要姑娘嫁过去，我们家的事情他吴青就得管，他不能只养个金子。以后他就是我们全家的依靠。他爹有钱有权，不像俺那个没本事的白甫臣。那天吴青说到带我们去江南去台湾的事，白甫臣死要面子，还假惺惺地推说不去拖累人家呢。我说他不去我去，女婿就是儿，这年月不跟儿跟谁？再说，女儿是娘心头的肉，俺把女儿拉扯这么大，容易吗？”杨水仙说到后来竟激动得流出了眼泪，感动得母亲陪着掉了几滴泪水。

九月间，国民政府行政院换了一班人马，摆出一副励精图治的架势，第一炮是币制改革，推行金圆券。这个金圆券虽说也是一张纸片，推行者信誓旦旦地说，它是真的如假包换的硬通货。一圆金圆券相当于法币三百万，含金量为0.22217克，可随时到银行兑换。妙就妙在只准你拿黄金兑换纸币，不准你拿纸币兑换黄金，说的是刚开始推行时如此，老百姓将来还是可以拿着油墨味未散的金圆券纸币到政府开设的银行换回黄金的。老百姓有了这样一个长效定心丸，并且今天还需要购物吃饭，只得将手中那点金银首饰之类拿到银行兑换成纸币出来。母亲找出三只金戒指要我和小哥到书店街交通银行换钱，小哥聪明，为防银行职员少计分量，路过马道街老凤祥金店时，忽然向我打了个手势，要我赶上去跟着他一起走进店里。他要店伙计用戥子把金戒指称了个仔细，记牢分量，从铜盘里拿起戒指正要离开，忽然看到金子与吴青牵着手笑吟吟地走了进来。他们是来取首饰的，我看着老师傅从柜里取出两只戒指，吴青与金子一人一只地试戴了一下，又互相交换着察看一番。

“这是一对订婚戒指吧？打得不错。”小哥十分老练地说。

“是打得不错。”金子瞧瞧戒指瞧瞧吴青，甜美地笑了笑。

“怎么只有戒指没有镯子呢？”我傻乎乎地问，小哥推了我一下。

“镯子会有的。”吴青有些不自在地回答，“结婚时我会给你金子姐打金镯子的。”

“不是要结婚了吗？”我又问。

“现在是订婚，三弟弟。”金子用手理着我的头发，瞥了吴青一眼，“看三弟弟对我多好，为我争聘礼了。”

过了两天，吴青在又一新饭店请了一桌客，宣布与金子订婚。母亲去吃了这席订婚宴，回家后还对吴青的彬彬有礼夸赞了几句。

在秀表姐随校南迁的前一天，金子陪吴青来我家告别，吴青说他先走一步，到江南安排好就接金子过去。

吴青走了许多天之后，一次杨水仙找我母亲诉苦，鼻涕一把眼泪一把地把个吴青骂得狗血喷头，一直骂到吴青的祖宗八辈。骂到最后归结为没办法还母亲借给她的钱了，因为那狼羔子变了心，到了江南来信说他爹不同意这门亲事，他不好忤意，只好请金子原谅了。这不是要咱金子吗？这不是要俺白家鸡飞蛋打、没脸没面吗？母亲知道借出去的钱没有了，自认倒霉，只能同杨水仙一起唉声叹气。

我想金子姐心里一定很苦，就去到后院探望她。金子坐在房间内一张小木椅上看天，见我走近，说了声三弟弟来啦，就仰头仍看她的天。我走进屋，方桌两边相对而坐的白甫臣与杨水仙只向我微微地点了下头，看样子这一家人正在生气。我想退出去，金子却拉了一只小凳要我坐。我没有坐小凳子，而是坐在紧挨着金子的门槛上。金子拉起我的一只手用双手捂着。

“你的手这么凉。”她说，露出洁白的牙齿，惨然一笑。

“我怕凉。”我说。

杨水仙不想冷落了我，走过来递给我一杯热茶，要我暖手。我接过茶杯，正想道声谢，她却已经将脸转向金子，怒目而视，恨不得用凶狠的眼光剜掉金子一块肉。

“你去找他，明天就去。”杨水仙说。

“我不去，再说我也没有他的确切地址。”金子说。

“这狼羔子，想藏起来，不行！”杨水仙歇斯底里发作起来，干嗓子发出沙沙的摩擦声。“占了便宜就溜，占了我们黄花闺女的便宜就溜，没那么便宜的事！明天去找他，叫你爹带着你去找。”

“上哪儿找他？”白甫臣狠狠地瞪了杨水仙一眼。

“上哪儿？上南京，他还没有跑到台湾吧？我不信南京城里打听不到他的下落；亏你还是当过县太爷的人呢，遇事先缩头，自己的闺女让人耍了，这口窝囊气也能忍吗？”杨水仙手舞足蹈，指头差点插到白甫臣红红的鼻子上。

“找着他又怎么样？”白甫臣擤了擤因严重伤风而堵塞的鼻涕。

“找着他同他算账！”杨水仙叫嚷道。

“就是知道他的地址，我也不去找他。”金子低声而口气坚决地插上一句。

“你怎么能这样？你还有没有良心？”杨水仙气急败坏地哭闹着，“我同你爹把你拉扯大容易吗？在这兵荒马乱的年头，你弟弟小，我们老两口靠你了，靠你找上好人家，让我们享两年福！”

金子顶撞道：“反正我不去找他！”

“那你怎么办哪？”白甫臣怜惜地望望女儿。

“我打算过那边去。”金子说。

“到哪边去？”白甫臣愕然直起腰，向四周瞧了瞧，恍然有所悟，痛苦地说，“到那边去，你没想想你能去吗？吴青是什么人？是警务处的一个中校军官，家庭背景又那么复杂，你与吴青有那么一段关系，到那边去人家能信任你吗？我太了解共产党了，我年青时参加过他们的活动。金子，你是万万不能到那边去的！”

听到白甫臣的话，金子像被电击一样，怔住了，目光由惶乱、迷惘而呆滞，久久陷入一种巨大的惊悚之中。我的被捂住的手猛然感到一股冷气，抖颤了一阵。慢慢地她恢复了平静，嘴角浮起一缕傲笑，轻描淡写地说了一句，“这就是说，我哪里都不能去了。”

以后半个月，金子常找我借书，我把从学校图书馆借来的《贵族之家》《罗亭》《前夜》《父与子》拿给她看。她看得很快，我给她送书几乎赶不上她看书的速度。不管杨水仙怎样敲打啰唆，她置若罔闻，我行我素。她的穿着仍然那么随便，天一凉就在绸衫外披件大衣，整天懒懒散散，家务事一点不做，丢下书本就去逗弄木杆上的乌鸦，颇有兴致地往那根纪念祖先的木杆上挂几片菜叶。傍晚，她常常出现在包府坑当中那条土路上。有时我陪陪她，闲步中同她谈谈屠格涅夫，谈巴扎罗夫、谈罗亭这些小说人物。有一天，我看到金子站在远处的木桥边，面对水面，身子往下一弯一弯的，像是鞠躬，又像是要接什么东西。晚霞的余晖将她的身影托浮起来，她像是看到仇虎描述的那个堆满黄金的地方，张臂欲飞，不料被脚下凹凸不平的木板绊了一下，一个趔趄，差点飞将起来飞进水中。我跑过去拉住她，劝她跟我回家。

“散场了吗？”她问，茫然回顾，神情恍惚。

“什么散场了？”我抓住她的手臂用力摇动，想要摇醒她。

“我不是刚刚才谢了幕。”她兴奋异常，“观众真是太热情了，花我接了，幕我谢了，还让我一次一次再谢幕。”

“是的，观众喜欢你，我们大家都喜欢你。”我顺着她的话安慰着她。

“我在演《白毛女》吗？”

“会的，你会演《白毛女》的。”

“不对，好像不对。”她突然改变了语调，样子十分张皇。

“有什么不对呢？没有不对。”我说。

“怎么台下有我的影子呢？”她转身又要往木桥上走，“我得把我的影子捞上来。”

“金子姐，”我急忙拉住她，“刚才你看到的是水。”

“呵，这里是包府坑呀？”她说。

“是包府坑，在我们家旁边。”我加重语气说。

“看，我糊涂了不是？”她斜我一眼，不好意思地笑了笑。

天气开始变冷，一群群野鸭从北方飞来过冬。野鸭在水面上盘旋，一忽儿融在灰色的秋云里，一忽儿浮在青冷的水波上，成为天与水茫茫走廊里的过客。在它们身后，严冬即将进逼这座城市。

“野鸭子来了。”金子深情地望望湖面。

“到了冬天野鸭子就更多了，满湖都是。”我说。

“今年冬天你们还在湖上滑冰吗？”

“我不会滑，小哥会滑。”

“很多人不喜欢包府坑，其实包府坑很美。”

“包府坑是很美。”

“唉，我想起来了，”金子突然想起什么，好像一下子又断了线，皱起眉头想了许久，“我想起了蜻蜓。今天怎么看不到蜻蜓呢？”

“晴天蜻蜓少。要下雨了，蜻蜓才飞来。”我告诉她。

“前几天我看到你与几个孩子在水边捉蜻蜓，手里都拿着葛针棵子，打死了不少是吧？那些红蜻蜓多美，为什么要把它们打死呢？”金子语含责备道。

“我本来想捉两只送给你的……”我辩解，却吞吞吐吐地只说了半句。

“我不要你送给我蜻蜓。蜻蜓飞起来才美。再说，蜻蜓是益虫。”金子扳转我的肩头，直看着我的眼睛，伤感地，“唉，益虫又怎么样呢？人类需要益虫吗？”

我把金子送到她家门口，看着她身上的衣着，说：

“金子姐，天要冷了，穿暖和点。”

“我穿得不暖和吗？”她把两只插在大衣口袋的手张了张，大衣前摆像翅膀一样扑扇了两下，里面的绸衬衫随着抖了几抖。她又瞧瞧脚上那双全城独一无二的草窝木底鞋，自己先笑了。“唉，自己是该给自己找点温暖了。”

第二天正午，天色阴成一块深灰的幕布，冷风阵阵吹来，水面上一群群野鸭收拢翅膀聚集一起，像落叶一样被水波推涌着上下浮动。岸边，无数美丽的红蜻蜓来回翻腾着，一会儿打成团，一会儿散开来，忽上忽下，从扇动的闪光的翅膀上发出金属的摩擦声，声音虽然很轻，却有一种贯耳的力量。红蜻蜓是那么的欢快，它们在迎接一场大雨，它们飞翔的姿态几乎是在欢叫：雨来了！

不时有一两只狂欢着的红蜻蜓迷了方向，飞着飞着竟碰在我的面颊上。我挥挥手，不让手拿葛针棵的几个孩子再追赶红蜻蜓。我喊道：

“它们是益虫，它们是生命！”

“是的，它们是益虫，它们是生命。”金子应和着从我背后走过。我转过身，正遇到她回望的目光。她赞许地向我微微一笑，然后扭过脸向木桥走去。

我远远地望着木桥上的她。她又在弯腰做鞠躬状、接花状、打捞状。有几次她的腰弯得十分低，手臂伸到了桥面下，大衣的后摆被风吹得高高地鼓起，飘荡着，像许多只推搡她的黑色手臂。我想，她大概又在谢幕中看到了自己的影子，正努力打捞自己的影子。

“金子姐，下雨了！”我高声喊叫。

一刹那我的眼睛花了，木桥上面空无人影。我看不到金子姐了。

我和几个捉蜻蜓的孩子呼喊起来。当我们跑到桥上，只看到浮在水面上的一角大衣和一只木底鞋。

听到我们的呼喊，从学校回家刚刚到街西口的显表哥跑了过来。他从水下托起了金子的身子。

大幕在金子姐美丽的眼睛里永远永远地闭拢了。

空门楼

夕阳染红了街角老屋残破的门楼墙壁，白杨树的投影越拉越长，不断变化着图案。在树影渐渐褪去的刹那，我看到几片叶子般的黑影凝然不动，像谁把它剪贴在那里，成了几片真正的绿叶，而不再是绿叶的影子。我有些纳闷，世界真奇妙，竟有影子变成实物的奇事。夕阳不觉黯淡下去，墙壁反射出灰白的光辉，我凝视着那几个树叶般的黑点，忽然意识到那是几个历史的枪眼。

我想起五十多年前的那场战争。战争不再是传闻与报纸上的热闹，也不再是从远处隐隐传来的炮声；战争带着人们的恐惧与期待，带着不亲临其境无法体验的凶险惨烈、狂热与悲壮，骤然来到这座古老的城池和这条古老的街道。

战争还带来了别离、动荡和革命……

三少爷的浪漫抉择

这年夏天特别闷热。一场惨烈的攻防战之后，焦味与腐尸味仍流连在这座城市里，生活却无可奈何地踟蹰着。就在这时候，初中未毕业的我意外地考上了全省最著名的高中。好像是中了状元，陈干娘跑来看我，一进庭院就一连声叫了几声“三少爷”。陈干娘的呼唤掩盖不住她心中的一种忧惧，自从凤表姐随父母去了江南，秀表姐随同学校南迁，小院是分外地寂寞了。

时局急剧变化着，在许多人迁往或计议迁往江南时，这被战火焚毁近半的古城，却成了另外一些人的避风港。从各县迁来许多人，一些县里的学生也陆续来到旧京。一个叫乔敏升的由汲县中学来的插班生成了我的新同桌。他是隔壁赖老师的亲戚，住在赖老师家里，因此也成了我的新邻居，我们上学放学常常走在一起，很快成了好朋友。由于班上来了几个插班生，同学们对战事更加关心起来，晚自习中常常聚在一起谈话，不再复习功课。一种微妙的情绪在课堂里流动，或迁校或等待解放，总之，将面临一个巨大的不可捉摸的变化。我丢下了手中的小说，不知不觉被周围的议论所吸引，但我很少参加这种闲谈，坐在自习桌前常常面对的仍是我那本几乎已被写满小字的本子。

一晚，听着窗玻璃上的雨点与同学们的喧闹，我在本子上写了一首诗：

雨，冷风和远方的枪声，
击穿了我们画在纸上的梦，
刺刀划开了黑夜，
黎明在燃烧，
当真，
我们拥有一个
血与火的朝阳？……

乔敏升见我一直沉默，趴过头来朝我的本子上看一看。

“写情诗？”他问。

“狗屁。”我顶回他。

他拉过本子拿起来就念。他有朗诵才能，开始他拿腔拿调地戏谑着，念了一句就正经起来，想不到，随着他的朗诵，教室里的同学全都静默了。

窗外的雨声、风声与冷枪声，在为乔敏升配乐伴奏。

乔敏升将这首诗传了出去，传遍全校。

想不到我在晚自习上写的那首诗，有一天竟出现在纪一天的同班同学陈谷之独办的《倔夫》壁报上，被许多同学围观。这张对开壁报大约半月一期，因其常常讥讽时政，吸引了不少校园读者。陈谷之住在与小油坊街相邻的小油坊后街，大家有时在路上难免相遇，却很少打招呼，都把他看作怪人。他喜欢独来独往，走路仰着头，目不斜视，瘦长的被青春疙瘩占据了不少面积的脸上架一副硕大的黑框眼镜，一派卓尔不群的模样，俨然诗人。不承想他会对我的诗产生了好感，惺惺惜惺惺，竟把我当成了后起之秀，常来找我谈诗。一时间我倒真以为那顶桂冠戴在我头顶上不虚，甚为兴奋。我还没有弄清楚桂冠的模样，已经被迫要去背着背包流亡了。

解放军攻占了济南，省政府即将从旧京撤离，许多人忙着准备后事了。

学生们担心没有书读，各个学校都在闹迁校。请愿、示威、把新上任的省主席闹得应接不暇。

省立女子中学、女子师范学校已经南迁，男校的学生们急了，一次次围向残破的省政府大门。能说会道的纪一天被推举为代表，他与其他几个学生代表挡住新主席的轿车上前交涉，手握军权的新主席目中无人地缓缓步出车门，王顾左右而言他。

“这些娃子闹个啥咧？没饭吃啦？”

纪一天跨前一步，又把迁校的请求说了一遍。

新主席嘀嘀一笑：“我的省政府才迁到信阳，你们就要迁往江南，可能吗？想到江南可以，入伍好了。我的部队说不定也到江南去，跟着部队走好了。嘀嘀，弟兄们，一起走吗？”

首席代表纪一天跨前一步，说：“我们要读书，我们要一张课桌，不让我们把书读好，将来谁去建设国家？”

“这个时候，还谈何读书哟，还谈何建设哟。”省主席干笑着钻进了他的座驾。

在同学中以善于辞令著称的纪一天在老军头面前碰了一鼻子灰，耿耿于怀，但并不丧气。他与显表哥开始考虑单独行动了。目的地是江苏镇江，听说那边有个流亡学生接收站。我到隔壁找过乔敏升，问他去不去江南，他惨然一笑，他已经成了流亡学生，不想再到更远的地方流亡。

可以想见做流亡学生是很艰辛的，但不像乔敏升那样已经流亡过的许许多多青少年对“流亡”二字又充满奇思妙想，愿意流亡，去尝试一种带有冒险色彩的生活。

纪一天与显表哥决定带领小哥和我向江南“进发”。这“进发”一词是显表哥摆出军人姿态特意加重语气说出来的。

他对我说：“可能要步行，这次‘进发’就是一次行军，你行吗？”

我低头看着我的两条细腿，齉声齉气地说：“我不是也有两条腿吗？”

一张薄被，两套换洗衣服，用一张被单打成背包。因为随时准备要将这个怪模怪样的长方形包袱背在身上，母亲拿杆秤称来称去，加加减减，掉了不少眼泪，也同我费了许多口舌。小哥说了一些宽慰母亲的话，我却一句不会说，只傻笑，想想母亲真的是白为我操心了。

她说：“天哪，我怎么养了这么个傻子，还傻笑呢，看吧，前头有你小孩吃的苦。”

天无绝人之路，传来一个消息，明天有一列向东开行的火车。

第二天一早，我与小哥、显表哥、纪一天背着背包进了火车站。几个穿铁路制服的员工和一排拉开距离站在站台的士兵，心不在焉地望着涌进车站的人流，表情漠然。一列车厢混杂的货车，卧在车轨上，各个车厢都挤满了人，不少人挤在高高的行李堆上，甚至一半身子已被挤出车外，使整列火车变成了一条僵卧的巨大的毛毛虫。几个同学将我们拉上车，我勉强在一个抱婴儿的与另一个噙着烟袋的老头之间坐了下去。人们面色紧张，关于开车的消息不断传来，机车在前边远远近近地奔跑了几趟，列车呼隆隆地动了几次，但这条已僵的毛毛虫仍然趴伏在原处冰冷的车轨上。

我从挂包里掏出小说《家》，埋头书页里。太阳渐渐偏西了，当我正为高家大院里几个年轻生命而悲而喜，猝然传来的几声枪响打破了高家大院的死寂。

有人喊："解放军来了，解放军来了！"周围立刻掀起一阵骚动。

我抬起头，只见刚才守卫在站台上的几个士兵已经十分快捷地爬上车厢，并在恐慌中十分自然地举起了枪。为了让解放军看得清楚明白以免引起误会，这些爽快的交枪者以无比的真诚在车帮上躬腿站立着，因车帮太窄，难为他们的身子与头顶的枪支晃动不停。如果不是亲眼所见很难想象出这道风景。一个军官模样的人随后跳上车，迅速脱下军装，扔掉军帽，魔术般抓了几抓把一支手枪抓拆成零件，撒到车下。已经变成身穿蓝布袄裤的他，翻过车厢，在铁道另一边消失了。我正感到奇妙，坐在我身边那个噙着烟袋貌不惊人的老头，忽然抓掉头上的皮帽往行李堆里一塞，提起一只皮箱，也从车厢的另一边跳了下去。

一群穿灰衣的解放军越过站台向列车跑来，跑在最前面一个壮壮实实的年轻人，一面挥舞着手枪，一面不住高喊：

"不要开枪！不要向列车开枪！"

正在这时，列车前方传来两声枪响。

解放军命令车上的国军士兵都下来，又过了一会，要车上的人全部下来，各自回家。

显表哥被刚才的两声枪响所吸引，非要绕到车头那里去。一个穿绿呢大衣的国军军官倒在地上，挥动手枪率领解放军冲进车站的那年轻人站在一旁，正向两个解放军战士与两个火车司机询问什么。我们过去听听，才知道这个国军军官是拔枪强令司机发车，待解放军赶过来还进行反抗而被击毙的。刚才的两声枪响就是由此而发。

“指导员，”纪一天听到两个战士这样称呼那个年轻人，也这样唤一声，走上前熟络地同指导员握了握手。指指脚下的尸体问：“这个人没得救了？”

“你认识他？”

“不认识不认识。”

旁边有几个坐在铁轨上的国军士兵向指导员要烟抽，指导员无心同纪一天闲聊，笑笑说：“是学生吧？你们当学生的，跑个啥。”

我忽然插上来说：“我们不是跑，是流亡。”

指导员笑出了声：“好好，天快黑了，先回去吧。”

走到南关大街，前方一片隆隆声，传说南门里正在开战，惊恐的人群避进一条小街里的教堂。淅淅沥沥的雨下着，过了大约两个时辰，探信回来的人说刚才是场虚惊，城内无事，人们才纷纷离去。

一进大南门，雷鸣般的轰响把我们惊住了，当是又一个攻城之夜，却没有火光。定定神，只见灰暗的夜色里，南门大街像发大水一样，被无数粼粼滚动的汽油桶塞满，一个个人影在汽油桶后边脚蹬手推的，像是黄河上奋力划桨的船夫，原来大街旁边一个空汽油桶堆积如山的露天仓库被哄抢了。

纪一天故作惊讶地说：“这么快就共产了？”

“趁火打劫！”显表哥嘟哝了一句。

纪一天弯腰看着显表哥的脸，又说：“你还不赶快参加一份。”

正巧朦胧中有一个老太太吃力地用小脚蹬着两个汽油桶从旁边经过，显表哥想帮她一下，把滚在脚边的一个油桶猛然蹬出近一丈远。我来了精神，跑上去加了几脚。小哥们紧跟过来，你一脚我一脚蹬着油桶往前走，直蹬到小油坊街口，看看四周，那位小脚老太早已不知落后到哪里去了。显表哥一脚将油桶向街心蹬去，四人相视而笑，转身向家里走去。一进大门，迎面走来的大姨高声笑了起来。

她说："怎么这四位流亡学生这就回来了呢？"

过了几天回到学校看看，想不到学校竟是一番空前热闹景象。秧歌队、歌咏队、社会科学读书社纷纷成立，墙报、标语满墙，口号声不绝于耳。我参加了歌咏队与社会科学读书社，一跃而读起了《社会主义从空想到科学》《反杜林论》，手握草纸印刷、砖头般厚重的大书，昂首挺胸，自有一番年轻革命者的气概。青年学生投奔革命成了热潮，很快旧京就出现了三所革命大学。一所是由山区迁来的中州大学，占据了河朔大学原址；一所军政大学，设在土街金城银行；一所建国学院，设在南关红洋楼。这三所大学有个共同特点，无意间遵从了孔夫子的"有教无类"的授徒原则，几乎是来者不拒，这可乐坏了我们这些天天想圆大学梦的中学生。中州大学刚在徐府街陕山甘会馆挂出招生处的牌子，纪一天、小哥和我就急忙前往投考，不言而喻，人人均金榜高中。母亲因我年纪太小，哭哭啼啼不准我走出家门，无奈我只好答应继续读书。不久，看到班上的人越来越少，我再按捺不住寂寞，决定重考中州大学，找乔敏生商量，乔敏生积极附和。

所幸设在陕山甘会馆的中州大学考场是流水作业。一批接一批地接受考生。中州大学的考试分笔试与口试两段，笔试主要是一篇作文，这没有难倒第二次去考的我和同去的乔敏升；简单的口试却让我吃了一惊。

口试的主考人是一位身穿黄棉军装、军帽上两个棉帽翅的带子没有系紧，长脸上有许多枣疙瘩的三十多岁的干部。他说话和蔼，但一双微眯的眼睛里却闪出冷峻的光芒。每个考生走过去，他都在桌子后面微笑着点点头，只有叫到我的名字时他似乎突然忘记了微笑，枣疙瘩收缩了一下，掠过一丝惊疑的神色。

他问：“小同学，几岁了？”

“十七。”我有些心虚，报名时我虚报了两岁。

“不像，不像。”

主考人歪歪头，像在同我逗笑。

“十五。”我低声更正道。

“你是哪年哪月出生？”他又问。

我告知了我的出生年月。

他故意掐着指头算了算，“呵，还不满十五呢。”

“我十五啦！”我觉得我不能再退让。

“十五岁好嘛，十五岁就参加革命，英雄呵！”主考人兴致勃勃地说。

“我是想当革命英雄嘛。”我冲口而出，说罢又有点不好意思。

“嗬，好，好，不过当英雄可不容易呀，要吃很多苦。”他像在说笑，“你听说了吧，革命队伍里生活条件很差很苦。”

“精神胜于物质！”我忽然想起纪一天说过的一句话。信口道来。

“这是唯心主义。”坐在一旁的一个年轻干部插话。

“不，不，这个小同学精神可嘉嘛！”主考人弯下冻红的脖子把脸移近我，“不过，啃窝窝你怕不怕？”

“不怕！”

“睡麦秸你怕不怕？”

“不怕！”

“这就好，这就好，小同学真是革命坚决呀！”他微微摇着头，很陶醉的样子。“不过——我们商量件事行不行？”

“行。”

“你还是先回学校念书，再念几年书行不行？”

“不行！”

“咦，我还真说服不了你呢。”主考人摇了摇扁长的脑袋，长长嘘了口气。

就这样我成了中州大学的学员——大学生。

从那年六月旧京第一次解放到我进入中州大学，仅仅半年时间，我完成了从初中生到高中生再到大学生的三级跳。在这半年中，在我人生的屏幕上——像理查德的幻灯片，急剧转换着角色；在我一生中，再没有哪一个时期，有如此剧烈而富有戏剧性的转化，也没有如此艰难而欢快的抉择。

但我的这一抉择差一点因父亲的归来而改变。

父亲几年没有音讯，前两个月特别市政府突然有人来我家找我母亲，说大军区有电报，询问我们一家人的下落，我们才略知父亲的近况，好像他正在西柏坡一带。我进入中州大学一个多月之后，不意父亲突然回到旧京。他正在为一个豫北城市的和平解放奔走，顺道回来探家。仍是军长的头衔，仍是一身笔挺的草绿薄呢军装，还有一个警卫排相随，其实他手上已无一兵，只是一个使者而已。中州大学的领导通知我回去同父亲见面，我本来同父亲很少在一起生活，他给我留下的印象只有严厉的表情与洪亮的嗓门。一次我看到他召见他的那些跟随他出生入死的旅长、团长们，一群穿马靴的人一走进房门就齐刷刷地站立在那里，父亲一面齇声齇气地说话，一面在房内来回踱步，那群马靴随着父亲走动，像钟摆一样转动着身子。我感到吃惊，我真不明白明明有许多椅子父亲为什么不让那些马靴坐下。这次见到的父亲却变了。他同我谈学校，谈革命，虽然仍喜欢踱来踱去，但分明把我当作了平等的谈话对象，说着说着不时嗬嗬地大笑几声。后来谈起了我的学业，他说：“听你大姨说，你读书读得好。”

我说："不是很好。”

他说："后天我要回北平去，你准备一下，跟我到北平读书。”这是一道命令，他望望坐在旁边的母亲，放缓语气补充一句，“这事我同你妈商量好了。”

“我不去。”

“为什么？”

“我不能脱离革命。”我低声而坚决地说。

“哈哈，这怎么是脱离革命呢！”父亲似乎想开导我的无知，笑了，“有关方面已经同中州大学打了招呼，学校领导也同意你去读书。”

“他们同意我不同意！”我争辩道。

母亲生气了，拍了下沙发扶手，“又犟了不是？你爸为你好，你就用这态度同你爸说话？”

父亲对母亲摇摇手，平静地问我："还有什么理由没有？”

我说："我到北平找学校也不容易，学校一般不欢迎插班生。”

“这就不用你操心了，到北平还会没有你上的学校？”父亲激动起来，恢复了他过去说话的高调门，“你想上哪个学校？我可以去找 ××× 同志，××× 同志！”

他说了两个十分吓人的名字。这两位 ××× 同志说一句话可以影响国家的命运，给我找间学校当然不成问题。但我主意已定——不去！

母亲再也忍不住了，站起身用手指捣着我的脑门骂道："我们都是为你好，你行，去革你的命吧！不听老人言，必定受艰难。看着吧，有你小孩擦鼻子抹泪的时候！”

父亲劝止母亲，毕竟是在延安学习过的“老革命”，告别了过去的军阀作风，拉起我的手，饱含期望地注视着我说："我让你再想想，再想想。”

直到父亲前往北平，我没有改变我的决心。

后来听大姨说，此事使父亲很有些感伤。临行前他对大姨说：

“大姐，我是行伍出身的大老粗，我很希望我们凡家能出一个真正的读书人，你也为我花费了心血，但这孩子辜负了您的培养。”父亲又苦笑着说一句：“可能是我们凡家的地气不好。”

革命狂欢

一连十多个夜晚做着同一个梦：一条汹涌澎湃、激浪飞溅的大河，在我面前奔腾，人们纷纷扑向它，搏击，沉浮，或消失，于是一股不可遏止的激情把我推向河心……

我醒了，可能已是夜半，隐约中传来秧歌的锣鼓声。

一

我和乔敏升往中州大学报到那天，母亲看着我执拗地打背包的样子，最后叹了口气，心灰意冷而又凶巴巴地说："吃你的苦去吧，到时候你小孩哭都找不到地方！"

有先见之明的母亲只说对了一半。革命确实不仅仅是秧歌的锣鼓，苦似乎是革命与生俱来的宿命，但我没有找地方去哭。

我的革命之路是从旧京的一个城角开始的。

中州大学所在的城东北角，是旧京的一块风水宝地。北宋时，这里为上方寺，清雍正年间，贡院由明代周王府旧址移于此。到了民国，这里先后为省议会、省党部和国立河朔大学所在地。河朔大学在这里大兴土木，建大礼堂、教学楼、图书馆大楼及多座二层小楼的东斋，构成了一个具有现代风格的中西合璧的建筑群。抗战期间，国立大学内迁，日本驻屯军司令部占据教学楼数年之久。内战波及这块思静而难有宁日的地方，复校不到三年的国立大学再迁，于是，革命的中州大学当仁不让地在那座飞檐斗拱的校门旁边，挂上了一块新的校牌。

中州大学当然是按革命的办法办事，不分系不分班而分队，每队的学习课目基本相同。虽不下操，却有些军事化的味道。我同乔敏升进校后分入二十三队。队下分小组，我俩不在同一个小组。幸好我同已改名陈秋风的陈谷之一个小组，原来他也与我们同时考入中州大学。各队没有专门的课室，一个小组一间房，房内有拼在一起的几张桌子和靠墙铺开的一个大地铺。看着这些房间我们有些迟疑，更令我们惊讶的是出现在我们面前的同学。我找到我那个小组，十几个围着拼桌面坐的同学热情地站起来，欢迎我的加入，我愣了一下，怀疑自己走错了地方。这十几个可能就是我的同学的人，差异之大，令我惊讶。他们年龄悬殊，年纪大的看样子有五十多岁，年纪小的则略大过我；穿着更是五花八门：学生制服，破旧军衣，长袍礼帽，毡帽棉袄，济济一堂，应有尽有。三个女生的打扮，长短各异，也十分有趣。我急忙找到乔敏升，他同我一样满脸惶惑，我们冷丁来到这个陌生而喧闹的人群中，忽然感到一种说不出的迷惘与孤单，相视无言，几乎落下泪来。吃完晚饭，我俩找到设在二楼的队部，要求队领导将我俩调整到一个小组。原来佟辅导员就是口试的主考人，一认出我就幽默地问道：

"晚饭吃得如何？精神胜物质没有？

"啃了一个'钢盔'。"我答，一挺胸抖了抖精神。

晚饭时，我同小组十多个人围着一瓦盆熬萝卜丝蹲在地上，手抓高粱面黑窝窝头，挥动筷子，吃了进校后第一顿晚饭。早来几天的同学说，这高粱面黑窝窝有一个颇具革命色彩的名字——“钢盔”，而我尚未谋面的玉米面黄窝窝则有一个比较娇贵的名字——“黄金塔”。

佟辅导员听到我爽朗的声音，高兴地拍了拍我的肩膀：

“好，好，还有点革命坚定性！”

“何止一点！”我用自信的口气说，心中却不禁回味起“钢盔”撞击牙齿的苦涩滋味。

对黑窝窝、黄窝窝我是下决心要去啃的了，但对同陌生人挤在一起睡地铺，却暗生畏惧。佟辅导员没有同意我与乔敏升调组的要求，当晚我只能无可奈何地挤在刚刚相识的“各界人士”中躺下。怎么也睡不着，屋外北风呼啸，身边鼾声起伏，不知谁摸黑上厕所，踢了地上的洗脸盆，咣的一声巨响，引起了地铺上一连串的翻身与梦话。小组长是个四十几岁的职员模样的人，特意将我的铺位安排在他的铺位旁边，本是好意，但他口中喷出的劣质烟草味混合着满屋飘游的愈浓愈烈的汗味、脚臭味，阵阵袭来，令我感到昏眩与窒息。我用被子蒙住头，把强烈的孤独感与不争气的泪水紧紧拥在被子里边。

“有你小孩吃的苦！”暗夜中，我听到了母亲数落的声音，想起了那个温馨的小院。

佟辅导员说，中州大学是个革命大熔炉，此话不谬，未过多久，人们就认识到了这个熔炉的博大精深。它熔各色人等于一炉，除渣荡污，淬火锻造，确有一番功力。单拿我们小组的十几个人来说，能汇聚在如此这般一个烈火熊熊的炉膛里，就是不简单的事。我们小组的成员，大部分是原来的在校学生，也有几个已在社会上做事的人。小组长原是个小学校长，一身长衫礼帽的装束与说话的神态却像个做小买卖的生意人。据他说他是个老共产党员，只不过未看清革命形势脱了党。大家很难相信这位面色乌青，像是吸食过鸦片的小学校长，曾经轰轰烈烈地在大别山发动过农民运动。他常以老革命自居，大家难免调侃他几句，很让他伤心。那个五十多岁，一对深度近视眼镜半遮住满面风霜貌不惊人的老者，不料想原是一个报纸主笔。一个身穿黑布制服，身躯魁梧自称职员的县政府副科长，写得一手好毛笔字，大凡队里写字的事他都踊跃参加，但他每打开随身带来的一副文房四宝，都要略带自嘲地说白道："过去，我也是靠这套家伙吃饭的。"言下之意，如今老祖宗留下的这套宝贝，仍是他吃饭的家伙。直到被扣了几次雇佣观点的大帽子，才改变了说法。有个过去的外事警察，高个，驼背，是个乐天派，整日吊儿郎当，嘻嘻哈哈，兴之所至，忍不住还要透露一些当年警察检查妓女之类的黄色见闻。有一个架副金边眼镜、穿件驼色长袍的才子派人物，原是个小学音乐老师。他公然宣称自己是逃婚来的。这么一说，似乎他身上就多了几分反封建的浪漫色彩。他已有妻子儿女，其实真正逃婚的是同组的一个与他一起报考中州大学的瘦弱女孩。最有传奇色彩的是一个三十多岁的斯文汉子，他是地地道道的在册大学生，已在国立大学修业九年，仍未拿到文凭。不是学校不让他毕业，是他不要毕业，在这九年中，这位在校学生同时当过教员、保长及副官。小组里还有两个不守教规的回教徒和一个虔诚的基督徒。如此等等，均将同数千人一起投入熔炉里冶炼一番，可知其炉之巨，其功之伟矣！

三个女同学除了那个跟随人家逃婚，当过小学教师的年龄稍大之外，其他两个女中学生年龄都在十六七岁。一个叫崔莉的，圆脸蛋，大眼，皮肤微黑却非常滋润光洁。她是个小美人，善于扭秧歌，很活跃，来后不久就被好事者暗中授了个"队花"称号。一个叫屈莹莹的，鹅蛋脸上一双弯月般的眼睛总含着笑意，性格开朗，但那正蓬蓬勃勃发育的身子，则透着几分刚气。由于这两个漂亮姑娘，我们小组常无端招来一些莫名其妙的访问者。所幸的是，有一个守护神在她们身旁。自觉担当如此重任者是我在旧京高中的高年级同学陈秋风。这位曾在壁报上高喊过“世人皆醉我独醒”，怒抨时政，差点被宪兵队抓进去的勇士，除了擅文学，也学了些名士派怜香惜玉的风流余韵。入中州大学之后，他仍以“作家”自命，集体活动之余常伏案写诗，甚而声言要写一部类似名作家赵树理《李家庄的变迁》那样的小说——暂名曰《王小庄的变迁》，因此也颇引起一些同学的注意。他对两位女同学可谓尽心尽责，即使闭目构思大作也不忘记对崔莉与屈莹莹的保护。特别是对屈莹莹那份关爱之情，常有不得体之处，崔莉说他酸，常骂一句“神经病”，弄得多情的面色发青的诗人有些尴尬。屈莹莹是个明白事理的姑娘，听到崔莉这声骂，一漾笑窝轻推崔莉一把，无意间就把一股暖流不明不白地推到了陈秋风身上。由于经历及年龄相近，我也同崔莉、屈莹莹比较亲近。还有一个喜欢同她们两个交谈的同组同学叫赵匡。赵匡从乡下来，体格强壮，为人老实，常被陈秋风与崔莉调笑，却从不恼怒。赵匡家有几十亩地，是个小地主，他挖剥削阶级思想根源竟能一直挖到赵匡胤头上，听着让人着急。陈秋风忍不住抢白他说：“你那个名字起得不好，还想有那个命？”

老实的赵匡拧起浓眉望着陈秋风，“俺的名字咋着就不好啦？”

陈秋风说：“还问咋着就不好呢！你的名上有皇帝老儿的肚子却没有他皇帝老儿的脚，就是来到大宋东京也只能啃窝窝，你说是不是？还要往死了一千多年的皇帝身上挂呢，算了吧！”

一天小美人崔莉拿赵匡开心，约他一起上铁塔，吓得他手中正在写字的钢笔噗的一声掉落地上，跌坏了笔尖，令他心疼了好几天。后来我们几个人真的一起上了次铁塔，爬到被日本大炮轰开的一个大豁口处，赵匡一直挡在崔莉身子外面，那份小心，那份忠勇，绝不是善于讨好淑女的“资产阶级绅士”可比的。

渐渐我同周围的人没有了陌生感。在习惯了吃窝窝睡地铺的同时，在习惯了自我检查与互相批评的同时，我也习惯了这种具有强烈凝聚力的集体生活。小组中，各种社会经历带来的社会界限被打破了，融合了，“四海之内皆兄弟”，“同志”的称呼，有了一种实在的意义。

从进校的第一天起，我们就感到这个地方同我们的大学梦有很大的差别。佟辅导员直言不讳地说，大家来此就是学习革命理论与进行思想改造。我们想象的大学课堂会有的，但那是以后的事，眼下每人只能有个小马扎，无论是听《社会发展史》还是听《辩证唯物主义与历史唯物主义》，总之不管听什么课，是离不开这个小马扎的，小马扎就是活动课堂。到了思想检查阶段，一组人围着拼桌交代历史，深挖思想根源，轮流过关，进行激烈的自我批判与互相帮助，那滋味就不像坐在小马扎上听大课那么热血沸腾的了。思想斗争逐渐白热化，精神紧张，物质跟上，司务长和上士露了一手，忙着给大家改善生活打牙祭，于是久违了的肉包子与红烧肉捧了出来，香气逼人，有的人硬是吃不下去。情况有了变化，那位带着女朋友投奔革命的逃婚者走了。“老革命”的小组长再一次告别革命。那位主笔，那位副科长，那位外事警察及那位上了九年大学未曾毕业的大学生，捶胸顿足，痛哭流涕，咬紧牙关将自己骂得狗血喷头，总算经受住了“考验”，过了这革命漫漫路程上的第一关。

一般来说，每日三件事：听课、开会、扭秧歌，不亦乐乎。论扭秧歌，乔敏升是一把好手。他虽年龄不大，身板却高大英武，扭起来潇洒豪迈，无人可比。秧歌队最前面有两个领跳的，一男一女，男的扮工人模样，手拿锤头，由乔敏升扮；女的扮农民模样，手拿镰刀，由崔莉扮。工农联盟不可分，扭到哪里，锤头镰刀就一起舞动在哪里。

锣鼓敲得响，秧歌扭得欢啊，
哪里的人民翻了身，
哪里的秧歌就扭呀么扭起来。

你看乔敏升与崔莉欢快的样子，唱呀跳呀，昂首挺胸，脸上放射着自豪的光彩。有时还忘情地拉一下手，工农联盟嘛，可毛病正出在这个地方。不意乔敏升这小子竟爱上了与他联盟的小农女崔莉，不用说那小脸蛋黑黑、一双大眼忽灵灵的小农女也看上她那只有十五岁的工人老大哥了。一天，上街宣传的秧歌队回来晚了，散队后，在灰灰的暮色里，有人看到乔敏升把崔莉拥到了院中仅有的一棵槐树后边。天机泄露，一帮原来幻想在革命中寻求爱情而未能如愿的同学，不平了，愤然了，革命责任心大发扬，就自觉地把乔敏升与崔莉这对革命小情人认真地"帮助"了一番。一雷惊春，全队立即兴奋起来，人们擦亮眼睛，循着蛛丝马迹，顺藤摸瓜，竟热热闹闹地提溜出了一大串"爱情"的生瓜裂枣，一时间，将思想检查阶段留下来的沉闷空气，扫除净尽。

寒冷的月光照在刚刚开冻的土地上，地面像铺了层白布，纯净得让人不敢抬步。我同挨了批判的乔敏升笼在迷蒙的月光下，谈着个人利益服从革命利益之类的大话题。

他说："我的检查通过了。"

我问："怎么批判的？"

他想了想说："个人主义。"

我问："有没有集体主义的爱情呢？"

他沉默着走了一段路，忽然侧脸问我："想过没有想过凤表姐？"

我不语。

第二天，秧歌队又拉上大街，乔敏升与崔莉仍担任工农联盟的对子，但他们的动作已有些生硬了。不久，父亲又回到了旧京。我回家看父亲，队里要我顺便在小油坊街上代借一套大锣鼓，为了欢送几个结业队的同学，队里的秧歌队准备一直跳到火车站，阵势要大些。需要一个同学帮忙拿锣鼓家伙，赵匡争着要去，他在家里听到许多关于我父亲的传闻，甚至听他爷爷讲过，我父亲刀枪不入，每打完一仗，脱掉褂子一抖，子弹头就哗哗跌落一地。据我所知，仅在抗日战争中，父亲就负过两次重伤。我告诉赵匡，那传说是假的，但赵匡不管分说，仍然随我向小油坊街走去。一进街口，就有人大声向我打招呼：

"三少爷，回来啦！"

我一惊，向两旁瞧瞧，原来是手托车把的车夫黑娃在叫我。一年前又重操旧业的黑娃，仰着一张笑脸又说："听说军长回来啦？"

父亲回家的事，街上的人是知道的。我还未答黑娃的话，另外两个坐在车踏板上的车夫也站了起来。几声"三少爷"，把我弄得十分慌乱。我扭头望望身边的赵匡，只见他不知所以地正望我傻笑。我们在西头小庙顺利地借到锣鼓，坐下歇口气，庙祝仍然是车老板王福喜，冷总参议的司机老赵没有跟着冷家去江南，也暂住庙里，他俩问起我父亲，也问起我堂哥，我说一直没有堂哥的消息，他们默默点点头，流露出一种不祥的感觉。回到家，父亲听我介绍，很有兴趣地同赵匡谈到家乡，接着又重提几个月前要带我去北平读书的事，我仍然没有答应。中午吃饭，可能因我坚持不去北平上学，父亲的情绪受了影响，很少说话，气氛一时沉闷了许多。

赵匡回校后自然要对大家谈他的见闻，本无一点恶意，却被陈秋风和其他同学听出了蹊跷，把我戏称起“三少爷”了。我受不了这番挑逗，气愤地争辩着，但寡不敌众，到后来竟呜呜地抹起了鼻子。佟辅导员走过来，把几个围着我逗笑的同学狠狠批评了一顿。他说：“三少爷怎么了？三少爷也可以成为革命战士嘛！以后谁也不准再叫小凡三少爷，不准再开这种玩笑。以我说小凡很值得大家学习呢。”

一提学习，忽然我想起父亲那双流露着感伤的老兵的眼睛。

编号靠前的几个队，一队接一队地结业了。纪一天结业了，小哥结业了，我们多次唱着“打过长江去”，前往火车站欢送了一批又一批同学。我们再也静不下心来讨论“否定之否定”这类理论问题，只想跑步赶上，好像一切荣誉、功勋以及考验等等，再晚一点就轮不到了。时间在缓慢地推移，到了五月，终于轮到我们队当老大哥队，接着开始分配了。

二

适逢两广纵队从山东南下路经旧京，要从两个队中挑四十个人去，这四十个同学个个身强力壮，不然不能行军打仗。每个人都想上前线，但大部分人没有到两广纵队去的幸运。那四十个人刚走，其他分配名单陆续宣布了。另有四十个同学被分往一个大区机关，其中有我，乔敏升、赵匡、陈秋风、屈莹莹与崔莉。乔敏升与赵匡本已进了两广纵队名单，但这个机关对年龄限制十分严格，只要年龄小的，只好将他俩调换过来。

想上前线而不能的我们，有些失望。

我们要去的机关在东木匠铺街，距学校不远。可能是因为我路熟，佟辅导员就将四十个人的档案材料交给我，嘱咐我带领大家前去报到。机关没有牌子，找到门牌号码，走进去，遇到院中两个穿灰布制服的人，问了问，这个四合院正是我们要找的地方。

这是大区机关属下的一个训练班，有七八个干部，其中两个女的；一个姓冯的科长是领导。学员七八十人，除我们四十人外，还有郑州职工学校来的二十多个失业工人和十几个中学生。说是要我们来这里学习业务，但一开始还是学习《中国革命与中国共产党》之类的理论著作。冯科长不知怎么就察觉出中州大学来的小知识分子看不起职工学校来的工人，当然也包括看不起他那样的土包子了，立即结合实际改为学习报纸上刚发表的文章——《谁领导谁》，以便我们憬悟我们所处的地位；他的辅导课讲得好，讲得透彻入骨，鞭辟入里，确能振聋发聩。

一天早上，发胖了的官威十足的冯科长微闭肿胀的眼泡，站在西厢房前一条潮湿的青石条上，面向集合在院子里的学员，慢条斯理地开讲了：

"小知识分子最没有知识，不要自以为了不起，不要看不起工人、农民，不要看不起工农干部。哈哈，这是毛主席说的。"他不敢掠毛主席之美，停一停，挑高淡而宽的眉毛看看一边的职工学校学员，又看看身旁的灰衣干部，仰起脸，故意不瞧令他厌恶的小知识分子们继续说道，"毛主席讲过，你们小知识分子手不能提，肩不能挑，是最没出息最没本领的人，你们必须向工农学习，走与工农相结合的道路，这是其一。其二，你们必须割掉剥削阶级的尾巴，必须与你们的剥削阶级家庭划清界限。我虽还没有抽出时间看你们的档案，但根据我的经验，在北方念过中学的，可以说没有不是出身于剥削家庭的。没有几十亩几百亩地，能供得起一个中学生吗？所以你们要记住，你们身上有阶级烙印，不但有，而且那印子还很深嘛。这几天，我有这个感觉。其三，你们刚来到，就拿我们这个训练班与那个大杂烩的中州大学相比，看不起我们这个小小训练班，对我们的干部说三道四，这是不行的！中州大学是什么级别？它里面有多少地委级干部？没有几个吧！在我们机关，地委级干部只能当科长。可以告诉你们，我大老冯就是一个地委级干部嘛。其四，听说有人认为中州大学讲民主，好像我们这边不讲民主似的，明白告诉你们，我们讲的是民主集中制，有集中才能有民主，从今以后，你们要正确理解民主的意义，否则要犯错误，要犯大错误，过去多少人人头落地，就是被这民主闹的！教训呵，同志们！”

冯科长越说越兴奋，越说声调越高。

我以为这篇讲话只是冯科长给我们这批爱说民主的小知识分子的一顿杀威棒，过去了事，但几天后我们发觉冯科长用这种奚落的语调训话，是一种嗜好与乐趣。他口才惊人，嬉笑怒骂，运用自如。每天早上站在那块青石条上，都能对着排队立于院中的我们滔滔不绝地说上一个两个钟头。他的话说得好，像一盆盆冷水泼向我们狂热的头脑，确实有清凉作用，但我们许多人不领这个情。

一天，不知什么事情又触动了冯科长的神经，他满脸怒气地出现在青石条上。刚爬上房坡的阳光，像水波一样流下来，穿过屋前的一棵老枣树，把那张阴沉的脸弄得斑斑点点的有些变形。他静默一会，咳嗽一声，猛地开了腔：

“你们这些小知识分子自以为革命性强得不得了啦，我都为你们脸红！说什么你们是来革命的，不是来混饭的，哼，你们来革的什么命？”

昨天，陈秋风到厨房拿饭，同赵干事发生了顶撞。他拿了两个高粱面饼子，赵干事说他拿多了。陈秋风在我们四十个人中年纪算是大的，近二十岁的人了，自尊心特别强，听到赵干事训斥的口气，感到受了羞辱，就把高粱面饼子扔回筐里，说了句："我也不是来讨饭的！"赵干事可能将这句话汇报给了冯科长，故引起冯科长诸多感慨。

冯科长提提精神，又说："你们哪个敢说不是来投机革命的？我们在太行山喝西北风时，为什么你们不去喝喝。如今解放军打过黄河来了，你们革命了，这不是投机又是什么？有人嫌高粱面饼子不好吃，扔了，告诉你们，高粱面饼子是革命烈士的鲜血换来的，甭身在福中不知福！小知识分子只不过有一点点文化，不要觉得了不起，目中无人，看不起我们这些土包子。告诉你们，土包子比洋包子香，没有膻味。毛主席给你们画过一个像，说什么来着，说什么来着……"他把毛主席他老人家的话忘了，不好意思地向两边瞧瞧，身边一个女干部急忙提醒，"墙上芦苇"，这令他豁然洞开，抢回话头接着说："是是，墙上芦苇，头重脚轻根底浅；山间竹笋，嘴尖皮厚腹中空。哈哈，英明啊，大家看画得像不像？"

职工学校来的一个学员突然在队列中大声应和："像，像得很，以我说还要画上铁嘴钢牙豆腐脚！"

冯科长极其兴奋："好，好，说得好，这就是工人阶级的水平。"他招着手，"来来，上来，上来给大家讲讲这铁嘴钢牙豆腐脚怎么个画法！"

那个年岁至少有四十大几的工人学员走上前，与冯科长并驾齐驱地站上青石条，手舞足蹈龇牙抻腿地比画了一番。可惜门牙处有个黑洞，表演效果欠佳。他一时忘乎所以，几乎将冯科长挤下那俯视前方的石条，冯科长有些不悦，急于收场，截住那位学员的话头问：

"你是铁路工人还是电灯工人？快给大家说说，你原来是做什么的。”

“你问我嘛？做工？我不做工。我讨饭。”那人满不在乎，一脸茫然地微笑着。

冯科长的脸暗暗红了一下，问：“那你怎么成了失业工人，进了职工学校呢？”

“我失业了嘛。”那位老学员斜视冯科长一眼，不以为然地答。

“你失啥子业嘛？”冯科长似乎被弄糊涂了，又问。

“解放军进城后不许讨饭啦，我不就失业了嘛！还问我失啥子业呢，不失业俺会来你这里？这不是明摆着的事嘛！”老学员顶撞了冯科长几句，语气中颇有几分教训的意味，闹得冯科长下不了台。忽然有人在队伍中喊了一声“张大嘴”，老学员一怔，看到学生会主席汪金亮恶狠狠地打了个手势，才急忙钻进人群。站在院子里的干部及学员，包括工人学员及冯科长张口闭口所说的小知识分子学员，再也忍不住，哄然大笑起来。笑声把老枣树的碎叶搔得擞擞发抖。

奇怪的是冯科长笑得特别响亮。院里从未有过的热闹，街上的人还以为在开联欢会哩。

三

训练班的气氛同中州大学大不相同。许多年轻人投奔革命时头脑里生发出的那种革命 + 爱情 + 自由的幻想，像一个放飞的气球，越飞越高，接近树梢时突然撞破了，把一个浪漫的新的生活模式撞成碎片。碎片在空中飘游着，五光十色，却无所依附，一种阴郁的情绪将天真的祈愿紧紧包裹起来。

一天晚饭后，陈秋风、乔敏升、赵匡、屈莹莹、崔莉和我走出木匠铺街西口绕着潘杨湖散步。浓绿的湖水泛着腥味，雨后的湖岸爬满刚孵化不久的脊背上有几条黄色条纹的小青蛙，千万只绿灰色的幼蛙密密匝匝地蹲伏着，像是给湖岸镶了一圈彩色的锦带。都不明白为什么会有这么多青蛙，有说是因为忽睛忽雨，天气闷热的缘故，有说是因为一年前的那场战争，尸体肥了湖水的关系，随便猜想，谁也讲不出个究竟。话题转向革命后的体会，大家不约而同地对中州大学那段生活流露出留恋。陈秋风提起前几天冯科长大骂小知识分子投机革命的讲话，一直沉默的乔敏升低声地说了一句：

“为什么要恨我们呢？”

大家心里都“咯噔”了一下，但没有谁想接话。第二天在小组会上讨论“小知识分子的投机性”时，陈秋风与赵干事发生了争论，他以为还在中州大学似的，竟冲口说了一句最不应该说的话。

会上赵干事刚将冯科长关于小知识分子为什么不到太行山参加革命的论断又发挥了一通之后，陈秋风冷笑着说道：“好像把我们当作了蒋介石，是从峨眉山下来抢胜利果实的。”一句话炸了锅，立即引发了全班一场大批判，把陈秋风——当然包括他代表的小知识分子批得灰头灰脑。赵干事是这场批判的直接组织者，差点把我、乔敏升、赵匡与陈秋风拉在一起，弄出个什么“集团”，为了抢救受蒙蔽者还十分耐心地对屈莹莹和崔莉做了许多分化与说服工作。他依靠的主力军是失业工人，但不少职工学校来的学员不以为然，只有张大嘴与汪金亮几个人形成不了声势，只好草草收兵。

这场大批判刚偃旗息鼓，紧接着发生了两件意想不到的事情。

赵干事已近而立之年，不管是否已达“三六九营，二五八团[1]”的条件，想在女学员中寻找一位“窈窕淑女”是可以理解的。他看中了他帮助过的屈莹莹，漂亮的屈莹莹大方热情，不知为什么偏偏对赵干事冷漠得很，避之唯恐不及。一天晚上，赵干事约小屈上街吃牛肉面，吃碗牛肉面本不可等闲视之，那是要用去差不多半个月津贴的，却被小屈回绝了，真是敬酒不吃吃罚酒啊！长相斯文，平日把灰制服穿得板板正正，一心当“好逑者”的赵干事，一冲动竟失去了“君子”之风，拔出了皮带上那把露出一角红绸的小手枪。

他喝问：“你去吃还是不去吃？”

小屈仍然回答：“不去！”

暴怒的赵干事一把揪住小屈的短发，又问：“给你牛肉面你不吃，你想吃啥？想吃一颗黑枣？”黑黑的枪筒顶了顶小屈隆起的胸脯。

“你敢！”小屈一甩头，两个燃烧的大眼将赵干事灼了一下。幸好小屈剪的是“二小子头”，头发很短，又是一甩竟挣脱了。

此事引起了大家的愤慨，要求训练班领导查处。特别是守护神陈秋风，放下手中正在写的《进军江南》长诗，不断大发议论，还给训练班领导写了两封抗议信，要求处分赵干事。未过两天，小屈与陈秋风被找去谈话，追究起他们的“恋爱关系”来了。

另一件事更离奇。前天半夜，突然乔敏升大叫一声滚下床板，揭起床席顶上头，又蹦又叫。夏夜闷热，睡在一间大房内的几十个同学梦中一惊，恍恍惚惚地跳起身，顶起席，嗷嗷嚷着蹦着冲到院子里去。残月西沉，夜色如水，一群赤身露体的人像天使又像魔鬼，扇动着苇席架起的翅膀，不知欲飞何处。民间把这种现象叫作“夜惊”，是一种熟睡中突然受惊的无意识行为，本

① 三六九营，二五八团”是战争时期有些地区对干部结婚问题所做的规定。意即36岁、9年军龄的营级干部或25岁、8年军龄的团级干部，才可结婚。

不难解释；据乔敏升回忆，梦中他看到“特务”从窗口砸下一块大石因而猛然惊起。在这个整天谈论同暗藏的敌人做斗争的训练班内，一个十几岁的少年做这样的噩梦本不为怪，但赵干事则认为事情并非那么简单，建议彻查，冯科长一点头，查破坏开始了，直查得大家垂头丧气。

陈秋风和几个中州大学来的同学把我叫到屋外，正是午睡时候，院里十分寂静。我被拉到老枣树的荫凉下，原来他们找我商量回中州大学反映情况的事，甚至有人要求重新分配。我不知说什么好。不幸来时佟辅导员要我拿着档案袋，被他们说成是带队的，这反映情况的任务，似乎我是不可推脱的。我不愿意别人说我怕负责任，又因我在同学中年纪最小，给中州大学的领导留下的印象较深，容易同领导交谈，就不假思索地慨然应许了，没料想这一趟回中州大学，却惹了祸。

四

两天后，青石条上响起一声炸雷。

晨雾尚未散尽，灰蒙的潮气中，冯科长突然一声断喝，炸出了一片水粉：

“都给我站好，无组织无纪律得不成样了，不成个体统啊！有人串通一气告状，啊，国民党的飞机大炮我们都不怕，还会怕几个小投机分子告鸟状吗？告到哪里去了？告到那个开杂货铺子的中州大学去了！哈，可笑！看它有本事敢来要人！告诉你们，你们既然进了我这间小庙，就得跟着我们吃斋念佛当和尚。想走不行，想跑更不行，除非被我们赶出庙门，清洗！清洗到啥子地方啰，你们不会不明白！”

我向中州大学教务长反映的情况，大约中州大学将情况转告了训练班的上级机关，可能还提出了一些建议，无非是注意知识分子政策之类，这惹恼了冯科长。几个干事分头找我、陈秋风、乔敏升、屈莹莹谈话，要求我们交代“幕后活动”，与此同时，争取、分化工作在进行中。许多同学同我们拉开了距离，有人开始揭发。我不断被找去谈话和不断被叫到一个以学生会主席汪金亮为组长的小组里接受“帮助”，弄得疲惫不堪，头脑麻木，昏天昏地，不知时日。做记录的是一个郑州来的中学生，名叫储强，比我大两岁，却已长得高大英俊，成了一个成熟的青年。他平时沉默寡言，稳重干练，加之出身好，很为领导及同学看重。他埋头记录，偶尔说几句话，语调平和，没有把我往“敌人”那边推，使我感觉出他与别人的不同来。一天深夜谈话结束，小储一起身，记录纸掉了一地。看着找我谈话的干部与学员一个个兴味未消地走出房门，蹲在地上捡纸的小储忽然抬头望望我，低声说，“机关就要有人下来了。”我一时不明白小储话中的意思，但过了一天，就没人再追问我了。我困顿至极却睡不着，一连几夜依窗望着西厢房通宵不灭的灯光，偶然一阵劣质烟草味飘过，不禁暗惊。白天在厕所门口碰见小储，低声问了一句西厢房的事，他小声告诉我是冯胖子在做检查，这使我大感意外，猜想情况有变。我不去多想冯胖子在检讨什么，反正我已被不断的检讨整蔫了，情绪从未有过的消沉。革命的幻彩一层层剥落，狂热的心潮冷了下来。回想参加革命时的激情，我不知紧接革命狂欢之后的是一条什么样漫漫长路？不知在我们前面是一条怎样的如小托尔斯泰所说的“苦难的历程”？心绪茫然。

中午，我正半睡半醒地躺在木板床上寻梦，忽听到赵匡在外面唤我：

“凡云生，快出来，有两个女学生找你！”

我坐起身，向门外摇摇头瞪他一眼：“开什么玩笑？”

赵匡用奚落的口吻回敬我：“还摆架子哪？不出来是吧？不出来人家可就走了。”

小储正经过大门楼走进院子，附和说：“是真的，人家说是你表姐。”

“表姐？我表姐来啦？”真不敢相信，我大声喊叫着冲了出去。

大门楼外靠近石鼓的地方，站立着两个身着白衣蓝裙的女孩。一个身材稍高的女孩看到我，惊疑地粲然一笑。

“秀表姐！”我呼喊着扑上去，几乎忘了正在门洞张望的同学，张开双臂，紧紧搂住秀表姐的肩头。我摇着她不停地问，“你回来啦？回来啦？你真回来啦？”

“这不是真的回来了嘛。”秀表姐抬起双手推推我的身子，笑着说，“别把我箍这么紧，让我看看你，你大了嘛？大了，嗯，好像还没有大。冷二小姐，你看他大了没有？”

听到秀表姐唤冷二小姐，我才注意到一直站在旁边微笑着的那个女孩，原来是冷总参议的女儿冷玫。

我说：“冷玫姐，怎么你也回来啦？”

冷玫仍然微笑不语，秀表姐说：“这年月谁想去哪里就去哪里，她老子可以去台湾，她可以参加革命！”

冷玫补充一句：“我不想同家里的人在一起。”

我说：“还是回来同我们一起革命好。”

秀表姐抢白我：“才多高，就革命革命的了。”她把我拉近她的身子，抬起一只手平放着从我头顶滑过，然后停在她的耳边，扭头盯着冷玫很郑重很担忧地说，“看，还是只到我耳边。”

“我长高了！”

秀表姐撇撇嘴：“又不讲理了不是？又不讲理了不是？”

挤在门楼里看热闹的同学哄笑起来。

我与秀表姐分别不过八九个月，却已恍若隔世。我怕是在梦中，不敢相信自己的眼睛，傻里傻气把站在面前的秀表姐上上下下打量个够。

秀表姐的脸颊泛起红晕，抬手抚了抚我瘦削的肩头：“傻看个啥？不像啦？”

走在炙热的街道上，我问秀表姐继续升学还是参加工作。

“上革命大学！”秀表姐与冷玫不约而同地一笑。

秀表姐半取笑地又说：“憨生，你参加革命已大半年了，算是老革命了，快说说革命怎么样。”

我吟哦不语，想起虚胖的冯科长，想起腰挎手枪的赵干事，想起那些无休止的谈话与追问，更想起忽来的激情与欢乐，默默朝前走了十几步路，才醒悟秀表姐正在等我的解答。这是一个非常深奥与复杂的问题，如何说明我的体验呢？忽然我想起陈秋风在诗中常写的一句话，灵机一动，借用道：“革命是美丽的。”

“嗯，水平不低哩，还美丽呢。”秀表姐取笑着亲切地拉起我的手。

“既然要入革命大学，江南也有革命大学嘛，何必又跑回来。”我信口说。

“你呀，好像就你能！”秀表姐又恨恨地捏捏我的手指。“我不想我妈啦？我不想整天同我拌嘴的三弟弟啦？哼，人家可能一次也不想咱，革命才几天，就六亲不认了！”

“秀表姐，你冤枉我了……”我急忙辩解，不知怎么，鼻子就忍不住酸了一下。

秀表姐眼里也浮起了泪花。

我一直送秀表姐与冷玫走出街口，直到她们向北道门大街转去才分手。秀表姐的湿润的手掌留给我一种烫人的感觉，我怕她病了，望着她的背影，见她依然轻快的步子，才放心。

当晚我却病了。发高烧，昏迷中反复回到小院。

五

冯科长挨了上级批评之后，对同学们的态度好多了，训练班的日子，也变得平和而顺畅。公正地说，冯科长还是个好干部。他虽有狭隘偏执、蛮横粗暴的缺点，但对革命事业则是忠诚的。为了活跃训练班的气氛与改善学员生活，他想了不少办法，每次文娱晚会上，他还登台唱上一段山西梆子呢。

制度也放宽了，饭后不再限制外出。由于距潘杨湖近，同学们常常傍晚到湖边散步。我与乔敏升、陈秋风、赵匡、屈莹莹、崔莉几个人，更是喜欢同行，说说笑笑，往往等到夜雾在湖面升起始归。

一日雨后，潘杨湖的湖面平展了许多，绿水几乎溢上路面。那种背脊有三条黄纹的绿灰色青蛙，爬满湖岸。它们不怕人也不鼓噪，只静静地伏在湿地上，不住抬抬头，两只鼓眼望望岸上最早的灯光。崔莉好像发现了什么，说：

“这些小家伙怎么不见长呢？天天都这么大。”

乔敏升折一枝柳条打下水，不经意地说：“可能是又换了一茬，不是又下过雨嘛。”

乔敏升甩动的柳条，惊起一片小青蛙，水面发出一阵叮叮的响声。跳入水中的小青蛙伸展四肢，划出一道道绿光，搅乱了平静的湖面；也有几只呆头呆脑跳到路面上，有两只竟跳到崔莉的脚背上，把崔莉吓了一跳。崔莉跺跺脚，朝乔敏升骂道：“死人，你打扰它们干什么！”乔敏升向崔莉扮了个鬼脸，弯腰捡起一只小青蛙往崔莉脚边撂去。崔莉往上一跳躲过撂来的青蛙举起拳头扭秧歌似的奔向乔敏升。乔敏升避过，沿着湖岸奔跑，崔莉不依不饶，追了上去。旁边的人看热闹，嘻嘻哈哈地为他们加油助兴。乔敏升不跑了，站在那里老老实实地让崔莉的小拳头擂了几下。乔敏升一面夸张地大声求饶，“还打呀？还打呀？”一面握住了崔莉的小手。可能是乔敏升紧握不放，也可能是崔莉一时竟忘记将手抽回，两人牵起了手。看着摇摆的柳枝，我与赵匡不觉一笑。陈秋风暗暗瞧了瞧身旁默然的屈莹莹，摇着头，意义不明地叹了口气。

崔莉与乔敏升在前面放慢了脚步，我们赶了上去。

屈莹莹取笑道：“崔莉，你俩在唱《兄妹开荒》哪？”

陈秋风一听屈莹莹开了口，急忙凑趣：“什么兄妹开荒，分明在演罗密欧与朱丽叶嘛。”

“什么锣呀猪的？”赵匡愣愣地瞧瞧我，他在乡下读书，可能还没有读过莎士比亚的名作。

我告诉赵匡：“陈诗人说的是一对西洋恋人，像中国的梁山伯与祝英台。”

赵匡朝前望望，善意地一笑，如梦初醒：“呵，原来如此。”

崔莉的脸一红，假意恼了，推开乔敏升，独自走去。屈莹莹急忙追上，一只手臂搂住崔莉的肩头，接着传来一阵低笑。

落日的余晖像一块块碎布挂上龙亭焚过的断壁时，我们绕着湖岸来到了龙亭的台礅下。围墙已经多处坍塌，围墙内在冯玉祥将军治豫时辟为中山公园的地方，如今除了一尊摇摇欲倒的孙中山铜像，再也找不到公园的其他痕迹了。夕阳下，这位被国共两党奉为国父或革命先行者的革命家，如今满身弹洞，已无法分辨哪个弹洞来自哪个方向的了。奇怪的是，无情的炮火摧毁厚墙高阁，竟没有将这尊傲然孑立的铜像击倒。老先生虽然伤痕累累，却依然目光如烛地怆然望着明亮的湖水与黄昏的街市。铜像背后的石级与丹墀虽然也布满弹痕，但不像铜像那样残破。我们拾级而上，居然尚能登到台顶。台顶的殿堂，只剩下一个烧焦的残缺不全的框架，全没有金碧辉煌、重檐飞拱的当年气象，在渐渐黯淡下去的夕照里，显现的只是孤寂与苍凉。我们触景生情，由孙中山谈到康有为，由改良谈到革命，渐渐热烈地争论起来……

晚霞无言，星星无言，龙亭无言。在霞光与星光交替的天幕上，连残破的龙亭也是美丽的——一种苍茫、悲凉与庄严交织着的美。我们嘈杂的声音破坏了周围沉默的庄严。

陈秋风走在屈莹莹身边热切地谈论着革命，谈兴浓时竟忽略了默默站立的屈莹莹。

“革命是美丽的！”湖面的晚风抛撒着陈秋风激昂的声音。

风有点凉意，我的肩膀不觉抖了一下，暗想：“假如革命并非美丽呢？”

六

无论干部或学员，每天都只有几分钱的菜金，令司务长除了萝卜变茄子，茄子变萝卜之外，实难变出别的花样来。冯科长提出改善生活，许多人认为只是说说罢了。但冯科长是个实干家，过去抓过机关生产，有经验。他想，在城里就不能走开荒种菜的老路，得因地制宜出新招才行，于是就提出做豆腐。冯科长在家乡读私塾时曾跟着他爹做过豆腐，不由得就想起了豆腐这个宝贝。做豆腐好，不仅豆腐可做菜，豆浆可喝，豆腐渣可养猪，挑下来的豆子还可以发豆芽，一举几得。他把赵干事与学生会主席汪金亮找来商量，马上决定开展一场“自力更生，大做豆腐”的大生产运动。

豆腐大战打响了。

冯科长做大会动员，汪金亮代表全体学员在大会表态，“不取全胜，决不收兵！”只差没有宣誓。

鸣金开场。司务长带领汪金亮、张大嘴、赵匡、乔敏升等人从街上买回了石磨、木屉、水缸、黄豆、大铁锅等等，支磨盘灶，劈柴浸豆，呼啦啦一个豆腐作坊安排停当，满院飘起了豆浆的香味。

第一夜，安排我与陈秋风、屈莹莹值下半夜班。磨声隆隆，闷热难熬，我尚未睡熟，就被交班的同学推醒了。弯月西沉，暗蓝色的天空上像谁撒了一大把黄豆，星星稠密得结成一团一团。厨房洞开的门口透出红亮的火光，闪动着几个在腾腾白气中时隐时现的赤膊身影。我与陈秋风在枣树下等候住在后院女生宿舍的屈莹莹，看到过道闪出一个灰白的人影，本以为是屈莹莹走了过来，却突然听到屈莹莹在过道那边呀地惊叫了一声。接着，是汪金亮嬉皮笑脸的声音：“偷看我哪，我可是没有穿衣服。”汪金亮像蛇一样赤条条一丝不挂地由过道蹿了出来。

“嘻嘻，大姑娘偷看人家。”汪金亮撞见我与陈秋风，仍无耻地喃喃着。

“你混蛋！”我冲口骂道。这位学生会主席不知有啥毛病，经常于夜半脱个光身在院里扭来扭去，一般人不至于如此不知羞耻。平时，没有人愿触犯他，这时我实在气愤不过，就冲口骂了一句：“流氓！”

汪金亮跳到我面前，凶狠地嬉笑着问：“是你在骂？你敢骂我？”

“我就骂你，你是流氓！”我顶上去，一股热血冲上了头顶。

“哈哈，你以为你还是军长家的三少爷呵！”汪金亮伸手抓住我的衣领。这位以产业工人为标榜，极受冯科长等领导青睐的学生会主席，在这个小小训练班里呼风唤雨，算得上是一尊神灵，怎咽得下“三少爷”此类人等给他的这口气，果真就要动起手来。他嚷叫：“看我能捶扁你这个狗崽子不能！”我不服，两个人推推搡搡，围着枣树打起转来。

我呼叫陈秋风，心想陈秋风理应站出来帮我，奇怪的是他既不助我，也不劝架，站在树下呆了。

汪金亮烦了，猛一发力，说声“滚吧”，把我推出一丈多远，撞在墙上倒下。我羞愤难当，一纵身跳起来又扑了上去，屈莹莹挡住了我。在厨房煮豆浆的工人学员小贺正在这时把一瓢滚热的豆浆泼洒在汪金亮身上，把个汪金亮烫得像猴子一样乱蹿乱跳，口中胡吵乱骂，几次要冲进厨房找小贺算账，被在房里的另一个工人学员小刘及赵匡拉住。

一场争斗之后，我与陈秋风、屈莹莹走进磨房接班。陈秋风抓住磨杠望望刚受欺负、眼泪汪汪的屈莹莹说：“你加豆子吧。”意思是照顾屈莹莹，但屈莹莹不领情，推他一把，把他推到旁边，同我并排站在磨杠一端。陈秋风自我解嘲地笑着摇摇头，走到木桶旁弯腰拿起了勺子。磨盘呼噜噜转动起来，白色的浆液沿着石缝流淌下来。陈秋风往磨眼里加了一勺豆子，扭过头关心地对屈莹莹说：

“累了吧？来，让我换一换。”

屈莹莹不理他。

陈秋风又问：“我给你的信你看了吗？”

屈莹莹摆了下头：“请你以后不要给我写信。”

“我写的那首诗你读了没有？”

“我不懂诗。”

陈秋风感到没趣，转向我突然想起什么似的问：“是不是要出下一期的墙报了？前天冯科长要我写一首豆腐诗给你这位墙报委员，还说要写得激昂些呢。”

“你写好没有？”我问。

“嗬，现在才来了灵感！写作还真是要深入生活呢！”陈秋风停下手中倒豆子的勺子，凝神片刻，手扶磨扇，张口朗诵了几句：

在轰隆隆的磨盘转动中，
电闪雷鸣，
我听到了暴风雨的声音，
我听到了枪炮的轰鸣…

“停，快加豆子。”屈莹莹不耐烦地打断了陈秋风的诗兴，“你要磨扇空转呀！”

“好吗？这几句诗好吗？”陈秋风意犹未尽，转着头，来回看我与屈莹莹。

屈莹莹咯咯笑着弯下了腰，脸上很痛苦的样子。

“她笑什么？”

陈秋风被笑得摸不着头脑，摘掉溅上豆渣的眼镜擦一擦，浮肿的眼皮眨巴着问我。

“笑我们的豆腐都被你的暴风雨冲走了。”我说。

赵匡过来提豆浆，轻声告诉我们，汪金亮的屁股烫起了一片大泡，正说要找冯科长告状呢。

第二天听说汪金亮当真告了状，同学们为我担心。但小贺、小刘他们都说是因汪金亮挑逗屈莹莹引起的，从来大刀阔斧办事的冯科长犹豫起来了。屈莹莹过去上的是师范，懂点乐理，能教大家唱歌，豆腐大战中，又露了一手做豆腐乳的技术，在冯科长心中留下了好印象，文娱晚会又靠她与崔莉张罗，冯科长不想影响气氛，最后就将前晚打架的事按住了。汪金亮未能达到报复的目的，看我的眼神总是恨恨的。

七

星期天伙房杀了一口猪。豆腐渣催肥，猪膘厚，少见油星的学员们的确解了一次馋。吃到豆腐，吃到猪肉，又有晚会助兴，虽然天天学的是搏击射击与对敌斗争的各种隐秘性知识，但生活却像暴雨过后的天空，开朗而明净。

会餐时冯科长到伙房查看了一下，看到伙房墙上挂了一长串水牌；一个水牌几分钱，一长串水牌是要很多钱的，就向司务长问起吃水的情况。司务长说这个月买水是多了，因为做豆腐用水多。冯科长说花这么多钱买水不行，得想个节约的办法。在一次干部与学员代表的联席会上，他把这个问题提了出来。有几个人说，这个城市缺乏甜水，居民吃水大都靠推水车的人从远处推来，除了买水没有别的好办法。冯科长不信这个邪，要大家再开动脑筋想想。憋了许久，汪金亮猛醒似的说：

“后院有口废井，不妨淘淘看。”

“对！”冯科长狠拍了下大腿，“我怎么把这口井给忘了，真是抱着金碗讨饭。”

小储说：“我们现在住的地方，是日伪时期和国民党时期特务机关的驻地，听说那口井不干净。”

“你听谁说的？”冯科长不高兴地瞟了小储一眼。

“听隔壁老百姓说的。”

“别听那些闲话。”冯科长克制住怒气，笑着说，“就几步路，我们去查看一下，没有调查就没有发言权嘛。”

一群人围在井口周围。井口有一张摆席的圆桌面那么大，井筒不深，黑色的券石上布满滑腻腻的绿苔。井下一泓淡红色的水，浸泡些树枝、家具及锈蚀的铁器。

司务长在井口上往下望望，退到后边轻声说：“这个地方可能就是原先造水牢的地方。我们接收这座院子时，听说这里有个水牢。”

“淘！不管是废井还是水牢，能淘出甜水就是一口好井！”冯科长下了决心。

淘井开始了，小贺、小刘、赵匡，乔敏升、储强成了突击队员，汪金亮自任突击小组组长。

乔敏升第一个下井。几个人轮流上下，用了一整天时间戽干水，把里面的木头、铁枝及几乎泡烂的衣服拿出来，又用箩筐一筐一筐地吊出了发臭的烂泥。汪金亮在井沿指挥，要井下的人往下狠挖，看能不能挖出枪来。没有枪，却挖出了一堆被污泥包裹着的硬东西。有一个像石头一样圆圆的东西，乔敏升用铁铲怎么也铲不住，就伏下身用两手抱起，顺势用力抛出了井口。这个圆物滚了几滚变成了一个白森森的骷髅，汪金亮惶乱地用脚一踢，呀的一声后退几步，急转身去找冯科长。

晚饭时，乔敏升捧起饭碗呕吐一阵，恹恹地发呆。我同崔莉走过去，他不说话，问他，他只摇头，崔莉问得紧了，几乎急出了眼泪，他才看看两旁低声说，井里有人骨，肯定里面有过死人。

“千万不要说出来，冯科长说这是纪律。”乔敏升嘱咐我们。

第三天，乔敏升强打精神又下井戽水。井下水旺，戽一阵，稍一停戽，立即再涨到齐腰深，奇怪的是到此为止，也并不再往高处涨。人们议论这就是曾把它当作水牢的原因。突击小组的人把井水反复戽干几次，水变清了。并且是甜水，汪金亮才要他们上来。

“有水了！有水了！”汪金亮跑到院中高喊。

冯科长站在院中不住地用手揉搓他那并没有几根胡须的厚下巴。

到晚上，乔敏升发起高烧，接着赵匡，小贺，小刘都病倒了。卫生所的医生来看看，显然他那喝两碗白开水的妙方已不再灵验，暗暗嘱咐将这些病号转移到部队医院。磨豆腐吃豆腐的学员们，渐渐少了。不久，小储、崔莉、屈莹莹也都不见了。上级机关派人下来过，接着枪也不练了，课也不上了，赵干事同几个干部一早就将我们带出去，今日龙亭，明日铁塔，玩起了同抓特务毫不相干的丢手巾之类的游戏，谁也不知道是怎么回事，也绝对不能议论。

我也病了，请假到同济医院看病。院长是父亲的好友，我唤他世伯，同他讲起同学的病情，他忧虑地说，他们很可能得的是传染性很厉害的伤寒，部队医院现在可能缺药。我求院长给了我一大包药，找到南关部队医院。先找乔敏升，医务人员都说没有这个人，要我出去，我在走廊里向别的病室张望，忽然看到半倚在病床上面色蜡黄的崔莉。

崔莉已变了形，原来稚嫩的闪着毫光的圆脸，变成了狭窄的一条，像一个青黄的枯黄瓜待在细细的藤蔓上；两只眼睛大而无神，似有几分痴呆。我坐在她床边，问起乔敏升，她用力支起身，紧紧抱住我，呜呜地哭出了声，哭了许久，她喃喃啜泣着说：

“乔敏升死了！”

“什么？”简直是五雷轰顶，我不信，我不能信！

“乔敏升死了！”崔莉重复说。

“不可能，这怎么可能，他才十五岁啊！”我像同谁争吵，猛站起来转了几个身，双手捂住了满是泪水的脸。

“你冷静些，”崔莉恢复了平静，“听说小贺、小刘也不在了，还有一些同学死了，但我不知道是谁。”

我暗暗把我带的药分给崔莉一部分，说这是特效药，要她按时服用。我又到别的病房看看，只看到屈莹莹、赵匡和储强，也分了药。一个医生进来，说这里不能探病，就将我撵了出去。走到病室门口，储强在病床上高声交代我说：

“小凡，回去什么都不要说。”

我走出这座充满消毒药水味的西洋建筑。原先这里是法国医院，那些修女和穿白大褂的洋医生不见了，如今有许多穿绿军装或白罩衣的人在忙碌着。

我脚步沉重，想着乔敏升们短促的生命和短暂的革命生涯，昏昏然，深一脚浅一脚地向木匠铺街走去。

我没有听从储强的劝告，一回训练班忍不住就将医院里的情况对身边的同学说了。我说有同学死了，在医院听说传染伤寒病是因为吃水的原因，井里的水有病菌，引起了一阵惶恐与愤慨。正在磨房忙碌的同学自动散去，豆浆锅熄了火，晚饭开出来也没有人动筷子，有同学提出派代表去找领导，陈秋风嚷得最凶。赵干事绷紧脸把陈秋风叫去，一会陈秋风回来向我仰仰下巴，说赵干事在等我，要我快去。我知道闯了祸，不由紧张起来。赵干事正在骂我“造谣”“搞破坏”，冯科长推开办公室的木门进来了。冯科长向房内巡睃了一下说：

“我从机关开会回来，机关领导正在研究处理这件事。”

赵干事急忙上去说：“第一个要处理的就是凡云生！”

冯科长扫了赵干事身旁的几个干部一眼，用力摆下手：“责任不在你们，不在同学们，当然更不在小凡。责任全在我，我已经请求处分。”他喘口气，向我点点头，“小凡，你可以走了。”

我有些感动，没有挪动脚步。

“小凡，你还有什么意见和要求？同学们还有什么意见和要求？”冯科长见我不动，又问。

我说：“我听到同学们的议论，要求大约是这样几点——第一，不再吃那口井的井水，买水吃；第二抓紧给患病的同学治疗；第三，给乔敏升等已经死亡的同学开追悼会。”

“好好，这几个问题我向部长汇报了，部长的指示也是这个意思。”他转向赵干事，“部里指派我随一个和谈代表团去南方，明天出发，班里的工作你主持一下，同学们反映的几个问题要立即解决。”

磨豆腐及打井水停了，听说部里已请求有关部门给储强等留医的同学派去了最好的医生及用上最好的药，就是开追悼会的事，却拖着。

过了几天，储强、屈莹莹、崔莉、赵匡等几个同学先一批出院了。

又过了一个星期，我，陈秋风及另外几个同学找了赵干事几次，才在前院后院之间作为礼堂的大屋里，为乔敏升等几个同学开了追悼会。追悼会前，我学会唱《国际歌》。

八

可怕的一场伤身夺命的伤寒病刚过，赵干事临时主持下的训练班时运大转，喜事接连不断。机关里一些年过三十为革命耽误了娶妻生子的老干部，将目光像枪管上的准星一样，集中在训练班女学员身上。赵干事为成人之美，热心扮演大红娘角色，穿针引线，谈话介绍，忙得不亦乐乎，确也迅速促成了几件好事。对屈莹莹他没有松手，仍然是留给自己，一往情深地捕捉时机；对崔莉他则做了另一番安排。缘分难料，想不到那次在追悼会上代表部里讲话的处长，竟对泪眼婆娑、楚楚可怜的崔莉留下了深刻的印象。赵干事琢磨到了处长的心思，主动请缨，几次找崔莉谈话，从革命需要谈到个人前途，甚至谈到“组织安排”等等，均被目看别处，充耳不闻的崔莉一口回绝。其实，崔莉对还算年轻的处长并无恶感，但她讨厌赵干事的作为。

赵干事嘻嘻一笑，装作不经意地半开玩笑说：“还记着乔敏升啊，他不是死了嘛。”

崔莉嗔着脸，一咬嘴唇发狠地赌气道：“死了怎样？有的人死了也比活人强！”

赵干事劝说：“何必呢，死了就活不过来了不是？再说，那时他是个学员，学习期间是不允许谈恋爱的。”

崔莉冷冷一笑：“我现在不也还是学员，为什么你要我去谈恋爱？”

闹得赵干事无话可说，一拉椅子，恼怒地走开了。

赵干事布置大家进行一次思想总结，全班转入思想建设阶段。动员大会上，他话锋一转，说到目前学员中出现的严重的不符合我们工作特殊性的思想问题。他说前一阶段训练班遇到一些困难，就有人惊惶失措，甚至暗中兴风作浪，这说明在我们内部思想斗争甚或阶级斗争的尖锐与激烈，不清除非无产阶级思想、异己思想，不清除非组织活动甚至于暗藏的敌人，就不能保证我们这支队伍的纯洁性，就不能担负起革命赋予我们的特殊使命。赵干事微笑着的眼睛一闪一闪，但说出的话惊心动魄。

下午，收缴了我们练习射击用的全部空军手枪①，小组长给每人发了一沓白油光纸，要求按照赵干事布置的提纲，开始写思

① 空军手枪，又名加拿大手枪，因国民党空军飞行员多佩用，故名。

想检查。接着人人过关，我虽然十分认真地写了思想总结，有暴露，有批判，坦白真诚，高度上纲，却三番五次地无法通过。我嗅到了暴风雨的气息。几天后，我、陈秋风、赵匡、屈莹莹、崔莉成了全班重点“帮助”对象。

老账新账一起算。从回中州大学告状，豆腐风波到密谋串联等等，反复追查。重点是“龙亭会议”。我们被孤立起来，一会儿个别谈话，一会儿小组斗争，逼迫我们交代“龙亭会议”的内容。我们的确曾经到龙亭散过几次步，信马由缰地扯过闲篇，如今要交代“会议内容”，确实交代不出。

为了攻下小集团的“最后堡垒”，组织了几个战斗组轮番作战。主管我的战斗组由汪金亮与张大嘴担任正副组长，火力最猛。除了“龙亭会议”之类的事情之外，他们还不厌其烦地追问我的革命动机、我失踪半日等等莫名其妙的问题。颠三倒四，反反复复。无休无止的追问，分析、诱逼，把我弄糊涂了，倒怀疑自己是不是说了假话。

我疲惫至极，身子晃动起来，头脑也晃动起来了，那面充满浪漫色彩的革命旗帜飘荡着，飘得不可捉摸了。

我想，或许我不应该不跟父亲到北平读书去了。

孤立，绝对地孤立就像被放置于一座死寂的荒岛，四周是无声的大海，只有苦闷与矛盾在内心的波澜上发出海啸般的轰鸣。

批判升级了，一个有组织有政治目的的小集团眼看就要挖出来了。人们的心情与人与人之间的关系，在迅速地发生着变化。

一天突然要我在全班大会上做坦白交代，我说来说去还是那些已经说过多遍的话，张大嘴带头喊了一通口号，把我轰了下来。接着，陈秋风上台，可怜巴巴的，一反他执拗的常态，却说出了让全场震惊的话。

“我揭发，”痛骂了自己一通之后，他说，“凡云生组织了一个反动小集团，成员有我、赵匡、屈莹莹、崔莉，还有还有乔敏升。凡云生是头目，我做他的高参；我们策划告状，散布不满，挑拨离间，矛头一直对准班领导……凡云生和他的反动堂哥有联系，他堂哥是与共产党至死为敌的大军阀、大土匪黎焕如派来的，在旧京设据点。他那天假借看病离开训练班半日不归，就是到那个据点找他堂哥去了……”

“你怎么知道得这么清楚呢？”一个工人学员坐在队列中间语带讽刺地问道。

陈秋风怔了一下，怯怯地瞧瞧昨晚同他个别谈过话的赵干事。这时，赵干事鼓励地点点头，示意他说下去。

他说：“是凡云生本人告诉我的。”

“凡云生站起来！”有人喊。

我站起来说：“我在小组里说过我堂哥和黎焕如的历史，别的我没有同他说过，什么联络点之事根本就不存在。”

“那你那天到哪里去了？”

“快说！”

“不交代不行！陈秋风是你的好朋友，难道他还能诬蔑你不成！”

你一句他一句，此起彼伏，会场上一片追问声。

“呸！陈秋风配‘朋友’这两个字？”失去理智的屈莹莹猝然站起来，粉白的脸庞变得血红，用手指着陈秋风大骂，“你这种人，即使参加革命也会成为革命的叛徒。什么‘小集团’，一派胡说！”屈莹莹似要向陈秋风扑过去，被坐在她身旁的崔莉按住了肩头；屈莹莹挣扎着还要往前冲，又被一直低头拨弄砖缝的赵匡拦住了。

“我要发言！我要发言！”屈莹莹喊叫着。

会场乱了。有人站起身向屈莹莹这边瞧。

“都坐下！”赵干事厉声喝道，“凡云生，你继续交代，先说说那天你去找你堂哥的事吧。”

我不说话。我有个堂哥抗战时期当过军官，不久前从乡下来，也到训练班看了看我，当时很多同学在场，我已交代过，不知还有什么好说。

“说！”

我仍不开口。

“让我来说。”一向老成持重的储强出人意外地站了起来。“凡云生那天的下落我知道，他是到南关部队医院给我们几个住院的同学送药去了。”

会场一片惊疑的低语声。站在队列前的汪金亮用力摇着手，示意大家不要说话，但嗡嗡的声浪反而越来越高。

“原来人家是去救同学命的，怎能硬说人家失踪了呢！”

“听说那是好药，当时部队正缺这种药。”

“要不是小凡，可能还要死几个同学呢。”

你一言我一语，会场失去了控制，秩序乱了。

赵干事焦躁地皱皱眉头，硬着头皮不肯罢休。他走前两步直盯着储强大声说：“储强，你对你说的话负责。”

“我负责。”一向温顺的储强同赵干事四目相碰，没有退缩的意思。

大会开不下去了，赵干事宣布散会。

赵干事宣布把我与“小集团”先挂起来，批判与追查暂停，一时训练班内出现了从未有过的宁静。所谓“大战前夜的寂静”，一场更大的风暴正在酝酿中。前面，可能有更大的磨难在等待着我，我却反而比前几天轻松镇定了许多。人们避免重提前一阶段的“批判”，各自抚平着心灵的伤痕。最难过的人是陈秋风，因为从情感上他被大家真正地孤立了。但他不自量，又给屈莹莹写了一首诗，屈莹莹当场撕碎投了回去。赵干事这期间也做了一件蠢事，他本意是要拉屈莹莹一把，不顾疲倦地把屈莹莹找去谈话，不知谈到哪里，性格激烈的屈莹莹却从他的办公室一面往外冲一面高喊："我宁肯坐你说的监狱，也不吃你的牛肉面。"从此，"不吃你的牛肉面"成了描述某种情态的经典语言，以至于跨出训练班，在整个大区机关流传开来。

正当赵干事打算对"小集团"这个顽固堡垒发起最后强攻命令时，冯科长回来了。

冯科长面带僵硬的微笑出现在那条他站惯了的青石板上，许多学员认为这是大战开始的信号。冯科长意义不明地挥挥手，先报告了他这次负责和谈代表团安全工作的种种历险，接着话锋一转，出人意料地谈起这几个月训练班工作上的问题与失误。他不无沉重地谈到他对知识分子的偏见，谈到片面强调节约用水而导致的疫情、死人。最后他说："这次我一回来，部领导就找我谈了话，谈了群众的反映，我认为训练班出现的问题全部责任应由我负。我有严重的官僚主义、形而上学，我决心做出深刻检讨并要求部领导给予处分。如果我还能同大家一起在训练班学习及工作的话，我一定用实际行动改正我的错误。"

大家热烈地鼓起掌来，有人眼里浮起泪光。冯科长一席平常而真实的话感动了大家，冯科长也被大家的掌声感动了。掌声过后，冯科长宣布了一个十分振奋的消息：不久，训练班将随大区机关南迁武汉。

终于要南下了，大家兴奋不已。当天夜里班里发生了一件大事：赵干事那支整天挂在腰间曾经从皮套里抽出来向屈莹莹炫耀并发出威胁的八音手枪，被偷了。

失枪事件不能不报，机关即刻从一处[①]派来几个干练的侦察员，同冯科长一道展开了侦破工作。不到一天工夫，人枪并获。偷枪者不是别人，就是那个少了两颗门牙的张大嘴。原本张大嘴就是一个惯偷，会耍钱，会唱“莲花落”，一副竹板能打出五律八音；山穷水尽时，讨过饭，推过车，总之没有正当营生，是个无业游民，用当今文雅一点的说法，叫作流氓无产阶级。前几天，机关接到地方上转来的一份材料，把一个在铁路上作恶多端、假冒“失业工人”混入训练班的伪警官抓走了，令张大嘴猛一震。他怕了，又不愿随训练班南下，就想捞一把赶忙走人。他瞄住了赵干事腰里那把有点用处值点钱的手枪，趁去赵干事宿舍“汇报”的机会，轻轻松松地就把那个用红绸包裹的宝贝疙瘩揣到自己怀里了。他这点小伎俩，跑不脱冯科长这种“老肃反”的眼睛，三问两问就露了马脚。

从训练班里一连抓走了两个人，部长认为问题严重，指示冯科长立即清查内部。

几声哨响，人们从各小组跑步到院里集合，冯科长宣示了一篇精彩绝伦、惊心动魄的动员令。

“敌人已钻进我们内部，必须立即彻底清查。前一阶段我不在家，搞的那个思想总结，是胡扯蛋！查思想是个割尾巴问题，先放下来；查历史就可能是个割脑袋问题，要搁在先。”冯科长像乡下人说到锄草一样，语言中一点不带肃杀的味道，甚至还嗬嗬笑了两声。稍顿，他忽然严厉地扫了赵干事一眼，提高嗓门，声音干涩如锯木似的接着说：“哪个重哪个轻，这个分量就掂不出来吗？部长说啦，你们天天抓小孩子的鸡巴毛能抓到个啥？要抓敌人的命根子！对，我们要抓敌人的命根子！把一个人的历史

① 一处即政治保卫处。

翻开，一年一年地查，一月一月地查，一天一天地查，我不信再狡猾再善于伪装的敌人，能不露馅。除了你不干坏事，干了就会留下蛛丝马迹。我们是专门研究蛛丝马迹的行家里手。我们机关是干什么的？我们的机关在苏联就叫作“契卡“，是对敌人进行专政的，是专门对付特务、恶棍、土匪，强盗包括张大嘴这样惯偷惯盗之类的人，这类人想找上门来同我们玩玩，好嘛，咱们就来个关门打狗！”

冯科长根据部长的指示，一声令下，把每个人的历史逐年逐月逐日翻腾开来，接连地穷追猛打，竟挖出特务、交警总队大队长、土匪小头目、恶霸、把头、地痞流氓、逃亡地主等十余名之多。学生出身的学员历史单纯，都容易过关，曾被冯科长当作工人阶级依靠的职工学校来的学员，则几乎减员一半。

不断开斗争大会，会场上挂一个大横幅，红底白字，上书“敌人不投降，就消灭之！”一眼望去，寒气逼人，但确有顽抗者。一天，挖出一个一身白肉却体格强壮的土匪小头目。在追逼之下，他慢慢说出一些抢劫、杀人、偷袭解放军的罪行；他汗流如注，身上的白背心像刚从水中捞出来一般，但面部表情却似十分镇静。听别人发言，他一忽浮起一丝微笑，一忽怒目猛睁，一忽又闭目养神。当大家反复追问他打死多少个解放军时，他突然站起身，微笑倏间变成了狞笑，眼球暴突，凶光闪闪，双臂的肌肉痉挛着做托机关枪来回扫射状，嘻嘻一笑说：

“我就是这样扫射解放军的。要是现在我有机关枪，突突突突，我把你们全扫了！”

冯科长指派几个学员把这个土匪小头目往第四巷的由妓院改作的看守所送时，一路上他还嬉笑着同我和几个同学找话说。我们不理他，他竟大摇大摆地叹口气说：“早知道你们不重同学一场缘分，我早把你们干掉了。”

训练班内部发生的事情不可谓不错综复杂，真正找出责任人也难。不久，赵干事被下放到一个偏远县当公安局长去了，而冯科长则被提为总务处处长。虽说是提升，但冯科长原本属意的是一处处长的位置。

九

冯科长虽然已成了冯处长，却还不能离开训练班。大区机关迁武汉，冯科长还必须将这些让他伤透脑筋的几十个学员带到武汉，才能办理移交。

由于敌方飞机的不断轰炸，预计乘火车可能走上十天半月，所以第一准备的是路上要吃的干粮。冯科长承诺一路给大家吃白馍，路上无法蒸馍，就先将白馍蒸好，发动各小组切馍片，晒馍干，忙了几天晒制了大量馍干。

正在班内出现一片少有的兴奋、忙碌景象的时候，又出现了新的问题。先是陈秋风病了，有人说是精神病，说他常常一个人独自说话，“太可怕了，太可怕了……”谁也听不清楚他究竟说些什么。我说服屈莹莹一起找过陈秋风一次，问他什么他都不回答，只是一句话：“我累啦，我要回家啦。”屈莹莹急了，摇着他的肩头问：“你那暴风雨呢？你那搏击闪电的海燕呢？”他闭目不语。过几天他写的探家报告，领导没批，他就不辞而别了。有人提议把这个“逃兵”抓回来，冯科长难过地摆摆手，“革命还是要自愿的嘛。”接着，有几个工人学员以家庭负担重为由，不愿南下，要求回家，冯科长也答应了。

我抽空去探望了一次已考入行政学院的秀表姐。行政学院在中州大学的老地方，我很熟悉，很快在东斋找到了秀表姐与冷玫的宿舍。宿舍里还有几个女生在看书，我们三人出来漫步，绕操场走了一周，不觉走出校门，向东沿着湖边又走一段路登上了城墙。夕阳在燃烧，东北城隅像一个盆子盛满金光，城墙上夯实的黄土与古砖上的青苔在盆沿荡漾着。城堞给黑沉沉的旷野加了一条孤线，铁塔的倒影挂在孤线上，像搭在弓上一支永远射不出的箭，冷冷地停留在天地之间。举目四望，城东与城北尽是黄沙，无限荒凉。回望城隅，校园内最早点亮灯火的窗口已经黄了。

“憨生，你真的要走了？”出了校门一直很少说话的秀表姐又重复问了一句。

“秀表姐，明天我就走了。”我答。

“我送你点什么做纪念呢？”秀表姐惶乱地摸摸口袋，掏出一支花杆钢笔给我，我不要。我说：“再给我唱支歌吧。”她摇摇头。

我过于庄重因而又露出孩子气地说：“如果我还能回来，如果我们还能在一起，你唱歌我一定不再捣乱。”

秀表姐哽咽了。“三弟弟……”她唤了一声。晚霞跳跃在泪花上，她掏出手帕本想擦眼，手在城堞上碰了下，淡红的手帕像秋天的一片红叶，飘落在城外洁净得发白的细沙上。风从黄河滩上裹挟来的细沙，成年累月地堆积着，已接近布满青苔的堞口。我要去捡拾那块飘落的手帕，秀表姐刚要拦我，我已跳到墙外。沙面距堞口有半人多高，我身材瘦小，捡起手帕往上爬，两次未能爬上来，后来还是被秀表姐与冷玫拽上来的。

“看看，多危险，还下去捡什么？丢了不就丢了呗，一块手帕。”秀表姐埋怨着，不住为我拍土。

“姐，说实话，我真喜欢听你唱歌。”我说。

“我知道，我能不知道吗？……”秀表姐的思绪不知道怎么一转，又说：“你到了江南，说不定会遇到凤表姐呢。”

“不是一条路线吧？”冷玫问我。

“不是一条路线。”

我与秀表姐、冷玫走下城墙，黄昏已完全笼罩了湖面与街道。

第二天上午，我回家向母亲和大姨告别，母亲告诉我，父亲从北平刚刚回到旧京，现在正在市政府招待所会客，尚未顾着回家，要我立即赶到招待所见父亲。见到父亲，父亲笑着说：

“我再问你一次，你愿意回来读书吗？”

我答：“不，我要南下。”

“也好，不难为你。”父亲脱下腕上的手表，“把这块手表带上。这块表是我年前当和谈代表时，一位老朋友送的。表不太好，可用。我原来戴的那块名表，两年前丢了。”

我接过父亲送我的表。也许正是这块表标志着我在父亲眼中的长大成人。

说是下午六时开车，我们早早来到车站，一列长长的火车已靠在站台下。这是搭乘大区机关与第四野战军总医院的列车，前后两节敞车上特意架了两尊高射炮。各节列车都有很多人及行李在上上下下，十分繁忙，生怕掉了车似的。总医院的几节列车下，一群身穿草绿军装的日本女护士哇啦哇啦地在站台上跑来跑去，吸引了不少目光。训练班分到了两节闷罐车，但干部们不让我们立即上车。原来是冯科长尚未正式到总务处上任，已经履行总务处处长的职责，抓起了机关生产。他听说南边食盐贵，就在旧京购了几百包食盐，顺带做一趟生意。一会儿来了几辆大卡车，力气大的同学上去卸车，冯科长以身作则，打着光膀，扛着近二百斤重的盐包在踏板上跑得飞快。我和崔莉及几个年纪小的同学在一旁点包对数。冯科长扛着包在我和崔莉跟前停了一下，低声说：

“你们两个注意着汪金亮。”

我们还未弄明白，已看到冯科长紧跟着前面的汪金亮扛包上了车。

盐包装上了，大家简单的行李也装上了。赤膊的汪金亮扬扬自得地正向卡车走，被冯科长叫住了：

“汪金亮，你留下来！”

汪金亮一回来，看到两个机关执行处的人正拿着手铐站在冯科长旁边，一愣怔，镇定下来说：

“好，让我拿件衣服穿上好不好，我的褂子就在车门口。”

“去拿吧。”冯科长示意地仰了下下巴。

汪金亮走到车门口，猛然向下一蹲，钻进车底，平着打了一个旋，就在列车那边消失了。

冯科长气愤地骂道：“这个飞贼，这个狗特务。跑不了你！”

一阵奔跑与呼喊声中，响起了两声枪响，四周重归于平静。

没有人再提及汪金亮的事。大家默默地坐在闷热的车厢里等待开车，时间一个小时一个小时地推移着。我拿起临行前在北书店街买到的《钢铁是怎样炼成的》翻看。有几个同学在传看我的表，轻声议论着。

去买冰棍的崔莉在车下喊我，说我母亲和表姐来了。

我急忙探出头，在道旁信号灯的反光中，我看到母亲憔悴的脸。秀表姐陪伴着她。我急忙跳下车，迎上前去。

我埋怨道：“你们怎么这么晚还来呢？”

秀表姐说：“三姨哭了一晚了，没办法……”

母亲没说什么，抖抖索索地将两只金戒指塞到我手里，我推了回去；她再塞过来，我再将她的手推回去。

“如果你在外面有个灾症，这两个戒指可以变钱用。”母亲终于开口了。我明白母亲是专为这两个戒指来的，好像这两个戒指可以代替她守在我的身旁似的。

“妈，我不要。”我坚决将戒指退还给母亲，“你看车上这些同学，有谁身上带两个金戒指呢？”

母亲低低地啜泣着，望着她瘦削的不停耸动的肩膀，忽然我感到她是那么苍老，但她才三十几岁呵！这一刻，我才知道一个远行的孩子留在母亲心头的沉重，我哭了。

秀表姐说：“还告诉你一件事，我找到凤表姐的一个同学，她听说凤表姐跟着部队走了。”

我急问：“什么部队？”

秀表姐说：“那个同学也不清楚。”

不会是永远的天各一方吧？我不敢再往下想，理了理纷乱的思绪，说车快开了，夜已深了，催母亲与秀表姐快回去。

我走回车厢，不管小储、崔莉和许多同学关注的目光，一声不语，埋头翻开书本，又走进保尔与冬妮娅的故事里。

隐约听见飞机声。列车猛地耸动了几下。高射炮从列车及地面上，开始向夜空猛烈射击。

“咚咚咚咚咚咚……”

“咚咚咚咚咚咚……”

夜空上一片火球。

炮声，爆炸声在耳畔轰鸣，奇怪的是听不见车轮在钢轨上的轰鸣声。有人说火车开动了，有人说没有开动。一声汽笛，有个铁路工人出身的同学说，列车快开过杏花营了。我俯在方窗上回望，远处几堆火光中，似乎闪现出半截繁塔的塔影……

我不禁自语着：

“别了，旧京！”

但飞转的车轮，顷刻轧碎了这声道别。

残　园

土地爷和少年陪我一连谈了六夜。每当更深夜静时，好像听到有叫卖野兔肉的喊声，几次想出来看看，终于没有起身。睡梦中，只剩下那只更漏发出的似乎永不止息的滴答声……

我拿起行囊，同土地告别。土地坐在他那条木工凳上打盹，泥塑木雕般毫无表情，久久没有说话。我没有再看到那个少年。

我走出庙门，本想往车站赶车，抬头望一眼这条苍老的街，顿时生出一种惆怅，想最后一次找找那个盛载过我少年的欢乐与忧伤的庭院。

我找不到那个庭院。小街两边的房屋残破得像一个年代的遗迹；在残破的门楼、残破的台阶、残破的窗棂中间，我搜寻着记忆，却寻不到一点印证。我犹疑地走着，辨识着方向与距离，终于下决心走进一个既没有门楼也没有庭院的“院子”。杂乱的小房挤逼着一条弯曲的小过道，循过道入内，看到上房后面探出一片桐树的树荫。我依稀记起夹院里，当年我与凤表姐、秀表姐栽的那棵小桐树。至今它也老了吗？天热时，我同凤表姐、秀表姐常在二院与后院中间的夹院里温习功课。从这棵枝干伸展的老桐树身上，我揣测我正站在上房前边。上房里没有人，这时从几间被树冠遮蔽的临建小屋里，走出一位老大爷。我问了一个门牌号码，他指点我到隔壁去。其实左右院子相通，无须出大门，即可跨入无壁可隔的隔壁。隔壁小院还有点庭院的模样，一棵使我惶惑不已的石榴树，令我在院中来回走了几遍。一声帘响，一位大娘和一位中年妇女出现在一间住房门口。

我怔了怔，指着那棵石榴树问：

“大娘，这棵石榴树是酸的吧？”

“是酸的。”大娘打量着我。

“可是它不长在这里呀！”我不解地说。

“几十年前它就长在这里。”大娘笑笑，说。

“不对，它应该长在二门里边。”我迟迟疑疑地用眼睛丈量着石榴树的所在方位。

“我们家的树，我们还不知它应该长在哪里！”中年妇女抢白我一句。

“哈，不管应该不应该，你看到了，它就生在前院里。”大娘说。

中年妇女有些不耐烦了，用疑惑的声调问：“你到底找谁呀？”

“我不找谁，我在这个城里无人可找，我只找一个院子，一个门牌。”我说出了要找的门牌。

“你说的号数，现在就是这里，过去嘛，就是你刚才走过的院子。”大娘一面解释，一面又认真地打量起我来。突然问：“您贵姓？”

“我姓凡。”

“您是凡师长家的人吧？”

我点点头。

“刚才我就想到……可真让我猜着了。”大娘拉起我的手，兴奋地把我往房里让。

在桌旁坐下，我看着大娘说：“大娘，怎么我感到您有些面熟呢？”

“我是童秋云啊！”

“就是那年过门的新媳妇？”

“早成老太婆了。”

“秋云姐，”我急忙改口，“那我可不能叫你大娘啊！”

“将八十岁的人了，早当奶奶了，怎么叫都行。”童秋云拉着中年妇女又道，“叫叔，这是你隔壁凡叔。”

中年妇女是童秋云的小女儿，看样子也已四十多岁了。

童秋云的女儿叫我一声叔，忙着去沏茶。

“赖老师呢？”我问。

“俺爹早不在了，是‘文革’期间的事。”童秋云的声音有些沉重，停了一下，从桌面上一个黄金叶牌烟盒里抽出一支香烟，磕了磕，噙在嘴里，划燃了一根火柴。

“你妈还抽烟吗？”

“早几年就不抽了。”我说，“我妈刚过世。”

“我七十九岁了”，当年的新娘童秋云微闭双目计算着自己的年龄，“你妈比我也只是大几岁。”

“大七八岁吧。”

“回过头来，日子过得真快，一晃几十年了。”童秋云叹息着，又注视了我一会，笑了。“想起你小时候的模样了，你喜欢穿绛色衣服，骑的自行车也是绛色的是吗？”

“你的记性真好。”我笑着说。

“我还能记得你哥你表姐他们的模样。我去过你们家的院子，你记得吗，那年正月十五？”

“新娘子给我小弟送了一盏灯笼。”我回忆着。

“新娘子如今是这个样子了。”童秋云自嘲地扎扎手，又说，“你们家的院子也早变了样。我听婆婆讲，日本人就占住过，日本人离开的前一晚，在你家院子里摔了一夜东西，那响声传出了半条街。你们家回来了，又走了。自从你们走后，院子里已经住过几茬人，还当过派出所呢。‘文革’时，一天中午上房的屋顶忽然塌了下来，砸死了人。如今院里那些杂屋，都是以后翻修和加盖的。”

我静静地听着。

童秋云发出一声感叹。“房子老了，人也老了；都已经老了，我们还能不老？唉……”她抽口烟凝神想了一想，忽然又问，“你妈过世了？”。

“过世了。”

“是啊，年岁不小了。”她的声音变得很伤感，“原来这条街的人已经没有几个了。冷家、刘家的人去了台湾，皇甫家和你们家的人散在各地，杂货铺老八死了，推水刘把子死了。就是郭娃红火过一阵，从街道一直上到区委会，‘文革’时武斗，在人民会场前被打死了。”“从来没有人回来过吗？”我问。童秋云想了想，“解放初那两年，你堂哥和赵师傅回来过，住在小庙里，后来被送到青海。如今还在街上的老街坊，就只有两个了：一个是我，一个是当年挑担吆喝卖五香兔肉的郭汉，就是郭娃的老弟。”

“在土地庙里还有两个。”我为童秋云的话做补充。

“街西口土地庙早扒过，现在这座是刚修的，听说还没有完工，除了工匠不能有什么人。”童秋云说。

我本想问土地爷和少年的事，犹豫一下，没有开口。我对在土地庙里遇到土地和少年的真实性发生了怀疑，甚至对土地庙的真实性发生了怀疑。

“如果你晚几年过来，怕是一个老街坊也没有了。”童秋云说。

“这条街已如此残破，为什么不改建呢？”我问。

“听说这一带是当年包公倒坐南衙的地方，政府计划把这里开发成旅游区，为包公再建一座衙门呢。”童秋云低笑两声，听不出她对政府的计划是赞成还是反对。

我想买两条香烟送给童秋云，习惯地走过街对面，但那里已没有老八的杂货铺。在附近一个把窗口作柜台的小卖部里，买了两条芒果香烟送回去，才与当年的新娘子童秋云告别。我留恋地沿街又走了一个来回，虽然它残旧不堪，但它毕竟还是那条旧街。也许我再回来它已经不存在了；在新辟旅游区的花丛里，谁也不会再提到它……

时间尚早，不期然走近相国寺。在寺旁一间小饭店吃了碗羊肉烩面。望望熟悉的寺门，走了进去。

寺院清静，不再有当年兼作游艺场与商场的那种熙攘与杂乱场景。妙相庄严，香篆缭绕，我的心似乎顿时浸入一种清凉境界。可是，走进八角玻璃殿，一看到那美轮美奂的千手千眼佛，时光忽然倒退五十多年——我想起我同凤表姐和秀表姐一起看到的相国寺，想起我们在千眼千手佛下的笑语……

我孤独地在殿廊青石台阶上坐下。苍然回望，一时不知身在何处。

不知什么时候，响起了一片梵乐：

阿嘛观世音，
阿嘛观世音，
千手千眼观世音，
大慈大悲，不弃不离，
阿嘛观世音菩萨……

梵乐回旋着，延续着。

“三弟弟……”是谁在千眼千手佛的旁边唤我。

是凤表姐和秀表姐的声音，是凤表姐和秀表姐那柔弱的却能穿透时间屏障的声音……

顿时，我泪流满面。

初版后记

上世纪最后一年，回想起世纪中的一些人和事——当然是与我个人经历有点关系的人和事，忽发奇想，打算写一部所谓跨文体的东西。因为我觉得这样写容易些，对多写散文的我来说，也可能“得心应手”些，不意竟事倍功半，写了四年。这部稿子大部分经过两遍三遍的修改或重写，而写出来的东西连自己都无以为名，是我所谓的散文体小说呢？还是长篇小说或系列小说呢？自己不免惶惑。

十年前，我参与编辑出版《二十世纪外国文学精粹丛书》时，维·苏·奈保尔的《米格尔大街》吸引住了我，给我留下很深的印象，奈保尔用辛辣而幽默的笔调写了生活在特立尼达毗邻西班牙港一条大街的一些平凡人与平凡事。也许是一种启发，使我想起一条街，亦即现在《旧京，旧京》中的小油坊街。当年生活在小油坊街的这些人的社会层面比较复杂，同米格尔大街上那些单纯而蒙昧的人们有很大不同，小油坊街的这些居民，是活动在特定历史背景上的一群人，也是留在我记忆中并引发长久思索的一群人，其实我早有写他们的冲动。

四年时间过去了，在这部书的写作过程中，我得到了不少友人的指点、帮助与鼓励，也得到出版社领导与责任编辑的支持与指正，特在此表示由衷的感谢。四年中，女儿范霓和范邈，为我的写作付出了辛劳，为此我内心也常充满感激之情。

我长期做编辑工作，创作实践少，眼高手低，《旧京，旧京》一定有不少不足与舛误，敬请大家批评指正。

若丁

2003年10月1日夜于广州丽江

再版说明

二〇〇五年，人民文学出版社出版了长篇小说《旧京，旧京》，曾受到评论界的关注。十三个年头过去了，虽然这本书在发行界未曾“热”过，却在许多读者心中留下了深刻印象，并荣获广东第八届鲁迅文学艺术奖。

这是一部记忆之书，反思之书。记忆与反思都是不可或缺的东西。

小说写了一座古老都市中一条小街的各色人物——大人物和小人物，但没有中心人物，也没有中心情节，如果一定要找一个主人公和贯穿全书情节的话，那就是这条叫作小油坊街的小街和一个单纯少年用他独特视角对小街的观察和感受。作者在初版后记中说，多年之前，维·苏·奈保尔的《米格尔大街》吸引住了他，奈保尔写的特立尼达毗邻西班牙港的一条大街，给了他一种启发，使他想起了另一条街——小油坊街。但小油坊街的居民们的层次、职业和心灵寄托则与米格尔大街的邻人们大有不同。

抗日战争胜利后，经受过八年战争苦况的小油坊街居民们期望着和平生活的到来，和平也好像理所当然地将叩响每扇门窗，这似乎是顺理成章的事。但是，和平就像小说中写的那匹叫“胜利”的“影子马”，在黄河渡口失足落水，挣扎间被惊涛骇浪无情地吞没，倏忽消失。这像一个预言，胜利与和平只不过是个影子。内战随即爆发，紧接着铺天盖地的革命浪潮急遽地席卷了全国，理所当然地也席卷了这座城市和这条名不见经传的小街。小街的居民们由期盼到失落又由失落到期盼，和平的梦破碎了，革命又带来了新的梦……小街上各色人物——政客、将军、贵妇人、交际花、饭庄老板、牧师、教师、学生、女佣、杂货店店主、裁缝，以及卖烧饼油馍的女贩、黄包车夫、卖水的、淘粪的等等人物的命运迅速发生了变化。不变的似乎只有小街，它在几十年风雨中，愈来愈破旧了。作者曾回过小街几次，由于居住的拥挤和长年失修，它已是难以相认的了。前几年，那里却忽然发生了变化，变成了一个旅游景点。经过历史学家和考古学家的努力，挖掘出小街的一段历史。原来北宋良臣包公升堂的南衙曾在这个地方，于是拆了半条街，包括小说中少年曾居住过的四合院，建成了一座老包座衙的“开封府”。

原来历史是会被挖掘的。

抗战胜利后那几年，是一段变幻不定的历史，是一个大转折的时代，无论从哪个角度来说，这段历史、这个时代是需要探索、叩问和反思的。它既不能被遗忘，也不能忽略不计。也许后来的历史学家和考古学家也会在这里挖掘出一段被湮没了的历史。

《旧京，旧京》现由中国友谊出版公司和北京创美时代国际文化传播有限公司再版，为读者提供一个重新阅读和审视此书的机会。

再版除了改正初版的个别错字之外，其他没有改动。

编者

2018年6月2日

出 品 人：许　永
责任编辑：许宗华
封面设计：海　云
印制总监：蒋　波
发行总监：田峰峥

投稿信箱：cmsdbj@163.com
发　　行：北京创美汇品图书有限公司
发行热线：010-59799930

创美工厂
微信公众平台

创美工厂
官方微博